UNION GÉNÉRALE D'ÉDITIONS
8, rue Garancière Paris VIᶜ

# SÉRIE «JULES VERNE INATTENDU»

(Les ouvrages à paraître sont précédés du signe *)

HORS SÉRIE

# L'ILE A HÉLICE

PAR
## JULES VERNE

Postface
par Francis LACASSIN

**10 18**

Série « *Jules Verne inattendu* »
dirigée par Francis LACASSIN

Le présent ouvrage
a paru pour la
première fois en
1895.

# PREMIÈRE PARTIE

## I

### LE QUATUOR CONCERTANT

Lorsqu'un voyage commence mal, il est rare qu'il finisse bien. Tout au moins est-ce une opinion qu'auraient le droit de soutenir quatre instrumentistes, dont les instruments gisent sur le sol. En effet, le coach dans lequel ils avaient dû prendre place à la dernière station du railroad vient de verser brusquement contre le talus de la route.

— Personne de blessé? demande le premier, qui s'est lestement redressé sur ses jambes.

— J'en suis quitte pour une égratignure! répond le second en essuyant sa joue zébrée par un éclat de verre.

— Moi pour une écorchure! réplique le troisième, dont le mollet perd quelques gouttes de sang.

Tout cela peu grave, en somme.

— Et mon violoncelle?... s'écrie le quatrième. Pourvu qu'il ne soit rien arrivé à mon violoncelle!

Par bonheur, les étuis sont intacts. Ni le violoncelle, ni les deux violons, ni l'alto n'ont souffert du choc, et c'est à peine s'il sera nécessaire de les remettre au diapason. Des instruments de bonne marque, n'est-il pas vrai?

— Maudit chemin de fer qui nous a laissés en détresse à moitié route! reprend l'un.

— Maudite voiture qui nous a chavirés en pleine campagne déserte! riposte l'autre.

— Juste au moment où la nuit commence à se faire! ajoute le troisième.

— Heureusement, notre concert n'est annoncé que pour après-demain! observe le quatrième.

Puis diverses reparties cocasses de s'échanger entre ces artistes, qui ont pris gaiement leur mésaventure. Et l'un d'eux, suivant une habitude invétérée, empruntant ses calembredaines aux locutions de la musique, de dire:

— En attendant, voilà notre coach mi sur le do!

— Pinchinat! crie l'un de ses compagnons.

— Et mon opinion, continue Pinchinat, c'est qu'il y a un peu trop d'accidents à la clé!

— Te tairas-tu?...

— Et que nous ferons bien de transposer nos morceaux dans un autre coach! ose ajouter Pinchinat.

Oui! un peu trop d'accidents, en effet, ainsi que le lecteur ne va pas tarder à l'apprendre.

Tous ces propos ont été tenus en français. Mais ils auraient pu l'être en anglais, car ce quatuor parle la langue de Walter Scott et de Cooper comme sa propre langue, grâce à de nombreuses pérégrinations au milieu des pays d'origine anglo-saxonne. Aussi est-ce en cette langue qu'ils viennent interpeller le conducteur du coach.

Le brave homme a le plus souffert, ayant été précipité de son siège à l'instant où s'est brisé l'essieu de l'avant-train. Toutefois, cela se réduit à diverses contusions moins graves que douloureuses. Il ne peut marcher cependant, par suite d'une foulure. De là la nécessité de lui trouver quelque mode de transport jusqu'au prochain village.

C'est miracle, en vérité, que l'accident n'ait provoqué mort d'homme. La route sine à travers une contrée montagneuse, rasant des précipices profonds, bordée en maints endroits de torrents tumultueux, coupée de gués malaisément praticables. Si l'avant-train se fût rompu quelques pas en aval, nul doute que le véhicule eût roulé sur les roches de ces abîmes, et peut-être personne n'aurait-il survécu à la catastrophe.

Quoi qu'il en soit, le coach est hors d'usage. Un des deux chevaux, dont la tête a heurté une pierre aiguë, râle sur le sol.

L'autre est assez grièvement blessé à la hanche. Donc, plus de voiture et plus d'attelage.

En somme, la mauvaise chance ne les aura guère épargnés, ces quatre artistes, sur les territoires de la Basse-Californie. Deux accidents en vingt-quatre heures... et, à moins qu'on ne soit philosophe...

A cette époque, San Francisco, la capitale de l'Etat, est en communication directe par voie ferrée avec San Diego, située presque à la frontière de la vieille province californienne. C'est vers cette importante ville, où ils doivent donner le surlendemain un concert très annoncé et très attendu, que se dirigeaient les quatre voyageurs. Parti la veille de San Francisco, le train n'était guère qu'à une cinquantaine de miles de San Diego lorsqu'un premier contretemps s'est produit.

Oui, contretemps! comme le dit le plus jovial de la troupe, et l'on voudra bien tolérer cette expression de la part d'un ancien lauréat de solfège.

Et s'il y a eu une halte forcée à la station de Paschal, c'est que la voie avait été emportée par une crue soudaine sur une longueur de trois à quatre miles. Impossible d'aller reprendre le railroad à deux miles au-delà, le transbordement n'ayant pas encore été organisé, car l'accident ne datait que de quelques heures.

Il a fallu choisir: ou attendre que la voie fût redevenue praticable, ou prendre, à la prochaine bourgade, une voiture quelconque pour San Diego.

C'est à cette dernière solution que s'est arrêté le quatuor. Dans un village voisin, on a découvert une sorte de vieux landau sonnant la ferraille, mangé des mites, pas du tout confortable. On a fait prix avec le louager, on a amorcé le conducteur par la promesse d'un bon pourboire, on est parti avec les instruments sans les bagages. Il était environ deux heures de l'après-midi, et jusqu'à sept heures du soir le voyage s'est accompli sans trop de difficultés ni trop de fatigues. Mais voici qu'un deuxième contretemps vient de se produire: versement du coach, et si malencontreux qu'il est impossible de se servir dudit coach pour continuer la route.

Et le quatuor se trouve à une bonne vingtaine de miles de San Diego!

Aussi, pourquoi quatre musiciens, Français de nationalité, et, qui plus est, Parisiens de naissance, se sont-ils aventurés à travers ces régions invraisemblables de la Basse-Californie?

Pourquoi?... Nous allons le dire sommairement, et peindre de quelques traits les quatre virtuoses que le hasard, ce fantaisiste distributeur de rôles, allait introduire parmi les personnages de cette extraordinaire histoire.

Dans le cours de cette année-là — nous ne saurions la préciser à trente ans près — les Etats-Unis d'Amérique ont doublé le nombre des étoiles du pavillon fédératif. Ils sont dans l'entier épanouissement de leur puissance industrielle et commerciale, après s'être annexé le Dominion of Canada, jusqu'aux dernières limites de la mer polaire, les provinces mexicaines, guatémaliennes, hondurassiennes, nicaraguiennes et costariciennes jusqu'au canal de Panama. En même temps, le sentiment de l'art s'est développé chez ces Yankees envahisseurs, et si leurs productions se limitent à un chiffre restreint dans le domaine du beau, si leur génie national se montre encore un peu rebelle en matière de peinture, de sculpture et de musique, du moins le goût des belles œuvres s'est-il universellement répandu chez eux. A force d'acheter au poids de l'or les tableaux des maîtres anciens et modernes pour composer des galeries privées ou publiques, à force d'engager à des prix formidables les artistes lyriques ou dramatiques de renom, les instrumentistes du plus haut talent, ils se sont infusé le sens des belles et nobles choses qui leur avait manqué si longtemps.

En ce qui concerne la musique, c'est à l'audition des Meyerbeer, des Halévy, des Gounod, des Berlioz, des Wagner, des Verdi, des Massé, des Saint-Saëns, des Reyer, des Massenet, des Delibes, les célèbres compositeurs de la seconde moitié du XIX<sup>e</sup> siècle, que se sont d'abord passionnés les dilettantes du Nouveau-Continent. Puis, peu à peu, ils sont venus à la compréhension de l'œuvre plus pénétrante des Mozart, des Haydn, des Beethoven, remontant vers les sources de cet art sublime qui s'épanchait à pleins bords au cours du XVIII<sup>e</sup> siècle. Après les opéras, les drames lyriques, après les drames lyriques, les symphonies, les sonates, les suites d'orchestre. Et, précisément, à l'heure où nous parlons, la sonate fait fureur dans les divers Etats de l'Union. On la paierait volontiers à tant la note, vingt dollars la blanche, dix dollars la noire, cinq dollars la croche.

C'est alors que, connaissant cet extrême engouement, quatre instrumentistes de grande valeur eurent l'idée d'aller demander le succès et la fortune aux Etats-Unis d'Amérique.

Quatre bons camarades, anciens élèves du Conservatoire, très connus à Paris, très appréciés aux auditions de ce qu'on appelle la «musique de chambre», jusqu'alors peu répandue dans le Nord-Amérique. Avec quelle rare perfection, quel merveilleux ensemble, quel sentiment profond ils interprétaient les œuvres de Mozart, de Beethoven, de Mendelssohn, de Haydn, de Chopin, écrites pour quatre instruments à cordes, un premier et un second violon, un alto, un violoncelle! Rien de bruyant, n'est-il pas vrai, rien qui dénotât le métier, mais quelle exécution irréprochable, quelle incomparable virtuosité! Le succès de ce quatuor est d'autant plus explicable qu'à cette époque on commençait à se fatiguer des formidables orchestres harmoniques et symphoniques. Que la musique ne soit qu'un ébranlement artistement combiné des ondes sonores, soit. Encore ne faut-il pas déchaîner ces ondes en tempêtes assourdissantes.

Bref, nos quatre instrumentistes résolurent d'initier les Américains aux douces et ineffables jouissances de la musique de chambre. Ils partirent de conserve pour le Nouveau-Monde, et pendant ces deux dernières années les dilettantes yankees ne leur ménagèrent ni les hourrahs ni les dollars. Leurs matinées ou soirées musicales furent extrêmement suivies. Le Quatuor concertant — ainsi les désignait-on — pouvait à peine suffire aux invitations des riches particuliers. Sans lui, pas de fête, pas de réunion, pas de raout, pas de five o'clock, pas de garden-party même qui eussent mérité d'être signalés à l'attention publique. A cet engouement, ledit quatuor avait empoché de fortes sommes, lesquelles, si elles se fussent accumulées dans les coffres de la Banque de New York, auraient constitué déjà un joli capital. Mais pourquoi ne point l'avouer? Ils dépensent largement, nos Parisiens américanisés! Ils ne songent guère à thésauriser, ces princes de l'archet, ces rois des quatre cordes! Ils ont pris goût à cette existence d'aventures, assurés de rencontrer partout et toujours bon accueil et bon profit, courant de New York à San Francisco, de Québec à La Nouvelle-Orléans, de la Nouvelle-Ecosse au Texas, enfin quelque peu bohèmes — de cette bohème de la jeunesse qui est bien la plus ancienne, la plus charmante, la plus enviable, la plus aimée province de notre vieille France!

Nous nous trompons fort, ou le moment est venu de les présenter individuellement et nommément à ceux de nos lecteurs qui n'ont jamais eu et n'auront même jamais le plaisir de les entendre.

Yvernès — premier violon — trente-deux ans, taille au-dessus de la moyenne, ayant eu l'esprit de rester maigre, cheveux blonds aux pointes bouclées, figure glabre, grands yeux noirs, mains longues, faites pour se développer démesurément sur la touche de son guarnérius, attitude élégante, aimant à se draper dans un manteau de couleur sombre, se coiffant volontiers du chapeau de soie à haute forme, un peu poseur peut-être, et à coup sûr le plus insoucieux de la bande, le moins préoccupé des questions d'intérêt, prodigieusement artiste, enthousiaste admirateur des belles choses, un virtuose de grand talent et de grand avenir.

Frascolin — deuxième violon — trente ans, petit avec une tendance à l'obésité, ce dont il enrage, brun de cheveux, brun de barbe, tête forte, yeux noirs, nez long aux ailes mobiles et marqué de rouge à l'endroit où portent les pinces de son lorgnon de myope à monture d'or dont il ne saurait se passer, bon garçon, obligeant, serviable, acceptant les corvées pour en décharger ses compagnons, tenant la comptabilité du quatuor, prêchant l'économie et n'étant jamais écouté, pas du tout envieux des succès de son camarade Yvernès, n'ayant point l'ambition de s'élever jusqu'au pupitre du violon solo, excellent musicien d'ailleurs — et alors revêtu d'un ample cache-poussière par-dessus son costume de voyage.

Pinchinat — alto, que l'on traite généralement de «Son Altesse», vingt-sept ans, le plus jeune de la troupe, le plus folâtre aussi, un de ces types incorrigibles qui restent gamins leur vie entière, tête fine, yeux spirituels toujours en éveil, chevelure tirant sur le roux, moustaches en pointe, langue claquant entre ses dents blanches et acérées, indécrottable amateur de calembredaines et calembours, prêt à l'attaque comme à la riposte, la cervelle en perpétuel emballement, ce qu'il attribue à la lecture des diverses clés d'ut qu'exige son instrument — «un vrai trousseau de ménagère», disait-il — d'une bonne humeur inaltérable, se plaisant aux farces sans s'arrêter aux désagréments qu'elles pouvaient attirer sur ses camarades, et pour cela maintes fois réprimandé, morigéné, «attrapé» par le chef du Quatuor concertant.

Car il y a un chef, le violoncelliste Sébastien Zorn, chef par son talent, chef aussi par son âge — cinquante-cinq ans, petit, boulot, resté blond, les cheveux abondants et ramenés en

accroche-cœurs sur les tempes, la moustache hérissée se
perdant dans le fouillis des favoris qui finissent en pointe, le
teint de brique cuite, les yeux luisant à travers les lentilles de
ses lunettes qu'il double d'un lorgnon lorsqu'il déchiffre, les
mains potelées, la droite, accoutumée aux mouvements ondu-
latoires de l'archet, ornée de grosses bagues à l'annulaire et
au petit doigt.

Nous pensons que ce léger crayon suffit à peindre l'homme
et l'artiste. Mais ce n'est pas impunément que, pendant une
quarantaine d'années, on a tenu une boîte sonore entre ses
genoux. On s'en ressent toute sa vie, et le caractère en est
influencé. La plupart des violoncellistes sont loquaces et
rageurs, ayant le verbe haut, la parole débordante, non sans
esprit d'ailleurs. Et tel est bien Sébastien Zorn, auquel Yvernès, Frascolin, Pinchinat ont très volontiers abandonné la
direction de leurs tournées musicales. Ils le laissent dire et
faire, car il s'y entend. Habitués à ses façons impérieuses, ils
en rient lorsqu'elles «dépassent la mesure», ce qui est regrettable chez un exécutant, ainsi que le faisait observer cet
irrespectueux Pinchinat. La composition des programmes, la
direction des itinéraires, la correspondance avec les imprésarios, c'est à lui que sont dévolues ces occupations multiples
qui permettent à son tempérament agressif de se manifester
en mille circonstances. Où il n'intervenait pas, c'était dans la
question des recettes, dans le maniement de la caisse sociale,
confiée aux soins du deuxième violon et premier comptable, le
minutieux et méticuleux Frascolin.

Le quatuor est maintenant présenté, comme il l'eût été sur
le devant d'une estrade. On connaît les types, sinon très
originaux, du moins très distincts qui le composent. Que le
lecteur permette aux incidents de cette singulière histoire de se
dérouler: il verra quelle figure sont appelés à y faire ces quatre
Parisiens, lesquels, après avoir recueilli tant de bravos à
travers les Etats de la Confédération américaine, allaient être
transportés... Mais n'anticipons pas, «ne pressons pas le
mouvement!» s'écrierait Son Altesse, et ayons patience.

Les quatre Parisiens se trouvent donc, vers huit heures du
soir, sur une route déserte de la Basse-Californie, près des
débris de leur «voiture versée» — musique de Boieldieu, a dit
Pinchinat. Si Frascolin, Yvernès et lui ont pris philosophique-
ment leur parti de l'aventure, si elle leur a même inspiré
quelques plaisanteries de métier, on admettra que ce soit pour

le chef du quatuor l'occasion de se livrer à un accès de colère. Que voulez-vous? Le violoncelliste a le foie chaud et, comme on dit, du sang sous les ongles. Aussi Yvernès prétend-il qu'il descend de la lignée des Ajax et des Achille, ces deux illustres rageurs de l'Antiquité.

Pour ne point l'oublier, mentionnons que si Sébastien Zorn est bilieux, Yvernès flegmatique, Frascolin paisible, Pinchinat d'une surabondante jovialité, tous, excellents camarades, éprouvent les uns pour les autres une amitié de frères. Ils se sentent réunis par un lien que nulle discussion d'intérêt ou d'amour-propre n'aurait pu rompre, par une communauté de goûts puisés à la même source. Leurs cœurs, comme ces instruments de bonne fabrication, tiennent toujours l'accord.

Tandis que Sébastien Zorn peste, en palpant l'étui de son violoncelle pour s'assurer qu'il est sain et sauf, Frascolin s'approche du conducteur:

— Eh bien! mon ami, lui demande-t-il, qu'allons-nous faire, s'il vous plaît?

— Ce que l'on fait, répond l'homme, quand on n'a plus ni chevaux ni voiture... attendre...

— Attendre qu'il en vienne! s'écrie Pinchinat. Et s'il n'en doit pas venir...

— On en cherche, observe Frascolin, que son esprit pratique n'abandonne jamais.

— Où?... rugit Sébastien Zorn, qui se démenait fiévreusement sur la route.

— Où il y en a! réplique le conducteur.

— Hé! dites donc, l'homme au coach, reprend le violoncelliste d'une voix qui monte peu à peu vers les hauts registres, est-ce que c'est répondre, cela! Comment... voilà un maladroit qui nous verse, brise sa voiture, estropie son attelage, et il se contente de dire: «Tirez-vous de là comme vous pourrez!»

Entraîné par sa loquacité naturelle, Sébastien Zorn commence à se répandre en une interminable série d'objurgations à tout le moins inutiles, lorsque Frascolin l'interrompt par ces mots:

— Laisse-moi faire, mon vieux Zorn.

Puis, s'adressant de nouveau au conducteur:

— Où sommes-nous, mon ami?...

— A cinq miles de Freschal.

— Une station de railway?...

— Non... un village près de la côte.

— Et y trouverons-nous une voiture?

— Une voiture... point... peut-être une charrette...

— Une charrette à bœufs, comme au temps des rois mérovingiens? s'écrie Pinchinat.

— Qu'importe! dit Frascolin.

— Eh! reprend Sébastien Zorn, demande-lui plutôt s'il existe une auberge, dans ce trou de Freschal... J'en ai assez de courir la nuit...

— Mon ami, interroge Frascolin, y a-t-il une auberge quelconque à Freschal?...

— Oui... l'auberge où nous devions relayer.

— Et pour rencontrer ce village, il n'y a qu'à suivre la grande route?...

— Tout droit.

— Partons! clame le violoncelliste.

— Mais, ce brave homme, il serait cruel de l'abandonner là... en détresse, fait observer Pinchinat. Voyons, mon ami, ne pourriez-vous pas... en vous aidant....

— Impossible! répond le conducteur. D'ailleurs je préfère rester ici... avec mon coach... Quand le jour sera revenu, je verrai à me sortir de là...

— Une fois à Freschal, reprend Frascolin, nous pourrions vous envoyer du secours...

— Oui... l'aubergiste me connaît bien, et il ne me laissera pas dans l'embarras...

— Partons-nous?... s'écrie le violoncelliste, qui vient de redresser l'étui de son instrument.

— A l'instant, réplique Pinchinat. Auparavant, un coup de main pour déposer notre conducteur le long du talus...

En effet, il convient de le tirer hors de la route, et, comme il ne peut se servir de ses jambes fort endommagées, Pinchinat et Frascolin le soulèvent, le transportent, l'adossent contre les racines d'un gros arbre dont les basses branches forment en retombant un berceau de verdure.

— Partons-nous?... hurle Sébastien Zorn une troisième fois, après avoir assujetti l'étui sur son dos au moyen d'une double courroie disposée ad hoc.

— Voilà qui est fait, dit Frascolin.

Puis, s'adressant à l'homme:

— Ainsi, c'est bien entendu... l'aubergiste de Freschal vous enverra du secours... Jusque-là, vous n'avez besoin de rien, n'est-ce pas, mon ami?...

— Si... répond le conducteur, d'un bon coup de gin, s'il en reste dans vos gourdes.

La gourde de Pinchinat est encore pleine, et Son Altesse en fait volontiers le sacrifice.

— Avec cela, mon bonhomme, dit-il, vous n'aurez pas froid cette nuit... à l'intérieur!

Une dernière objurgation du violoncelliste décide ses compagnons à se mettre en route. Il est heureux que leurs bagages soient dans le fourgon du train, au lieu d'avoir été chargés sur le coach. S'ils arrivent à San Diego avec quelque retard, du moins nos musiciens n'auront pas la peine de les transporter jusqu'au village de Freschal. C'est assez des boites à violon et, surtout, c'est trop de l'étui à violoncelle. Il est vrai, un instrumentiste digne de ce nom ne se sépare jamais de son instrument — pas plus qu'un soldat de ses armes ou un limaçon de sa coquille.

## II

### PUISSANCE D'UNE SONATE CACOPHONIQUE

D'aller la nuit, à pied, sur une route que l'on ne connaît pas, au sein d'une contrée presque déserte, où les malfaiteurs sont généralement moins rares que les voyageurs, cela ne laisse pas d'être quelque peu inquiétant. Telle est la situation faite au quatuor. Les Français sont braves, c'est entendu, et ceux-ci le sont autant que possible. Mais entre la bravoure et la témérité il existe une limite que la saine raison ne doit pas franchir. Après tout, si le railroad n'avait pas rencontré une plaine inondée par les crues, si le coach n'avait pas versé à cinq miles de Freschal, nos instrumentistes n'auraient pas été dans l'obligation de s'aventurer nuitamment sur ce chemin suspect. Espérons, d'ailleurs, qu'il ne leur arrivera rien de fâcheux.

Il est environ huit heures lorsque Sébastien Zorn et ses compagnon prennent direction vers le littoral, suivant les indications du conducteur. N'ayant que des étuis à violon en cuir, légers et peu encombrants, les violonistes auraient eu mauvaise grâce à se plaindre. Aussi ne se plaignent-ils point, ni le sage Frascolin, ni le joyeux Pinchinat, ni l'idéaliste Yvernès. Mais le violoncelliste, avec sa boîte à violoncelle — une sorte d'armoire attachée sur son dos! On comprend, étant donné son caractère, qu'il trouve là matière à se mettre en rage. De là grognements et geignements, qui s'exhalent sous la forme onomatopique des ah! des oh! des ouf!

L'obscurité est déjà profonde. Des nuages épais chassent à travers l'espace, se trouant parfois d'étroites déchirures, parmi lesquelles apparaît une lune narquoise, presque dans son premier quartier. On ne sait trop pourquoi, sinon parce qu'il est hargneux, irritable, la blonde Phœbé n'a pas l'heur de plaire à Sébastien Zorn. Il lui montre le poing, criant:

— Eh bien! que viens-tu faire là avec ton profil bête!... Non! je ne sais rien de plus imbécile que cette espèce de tranche de melon pas mûr qui se promène là-haut!

— Mieux vaudrait que la lune nous regardât de face, dit Frascolin.

— Et pour quelle raison?... demande Pinchinat.

— Parce que nous y verrions plus clair.

— O chaste Diane, déclame Yvernès, ô des nuits paisible courrière, ô pâle satellite de la terre, ô l'adorée idole de l'adorable Endymion...

— As-tu fini ta ballade? crie le violoncelliste. Quand ces premiers violons se mettent à démancher sur la chanterelle...

— Allongeons le pas, dit Frascolin, ou nous risquons de coucher à la belle étoile...

— S'il y en avait... et de manquer notre concert à San Diego! observe Pinchinat.

— Une jolie idée, ma foi! s'écrie Sébastien Zorn, en secouant sa boîte, qui rend un son plaintif.

— Mais cette idée, mon vieux camaro, dit Pinchinat, elle vient de toi...

— De moi?...

— Sans doute! Que ne sommes-nous restés à San Francisco, où nous avions à charmer toute une collection d'oreilles californiennes!

— Encore une fois, demande le violoncelliste, pourquoi sommes-nous partis?...

— Parce que tu l'as voulu.

— Eh bien! il faut avouer que j'ai eu là une inspiration déplorable, et si...

— Ah!... mes amis! dit alors Yvernès, en montrant de la

main certain point du ciel où un mince rayon de lune ourle
d'un liséré blanchâtre les bords d'un nuage.

– Qu'y a-t-il, Yvernès?...

– Voyez si ce nuage ne se dessine pas en forme de dragon,
les ailes déployées, une queue de paon tout œillée des cent
yeux d'Argus!

Il est probable que Sébastien Zorn ne possède pas cette
puissance de vision centuplée qui distinguait le gardien de la
fille d'Inachus, car il n'aperçoit pas une profonde ornière où
son pied s'engage malencontreusement. De là une chute sur le
ventre, si bien qu'avec sa boîte au dos il ressemble à quelque
gros coléoptère rampant à la surface du sol.

Violente rage de l'instrumentiste – et il y a de quoi rager –
puis objurgations à l'adresse du premier violon, en admiration devant son monstre aérien.

– C'est la faute d'Yvernès! affirme Sébastien Zorn. Si je
n'avais pas voulu regarder son maudit dragon...

– Ce n'est plus un dragon, c'est maintenant une amphore!
Avec un sens imaginatif médiocrement développé, on peut la
voir aux mains d'Hébé, qui verse le nectar...

– Prenons garde qu'il y ait beaucoup d'eau dans ce nectar,
s'écrie Pinchinat, et que ta charmante déesse de la jeunesse
nous arrose à pleines douches!

Ce serait là une complication, et il est vrai que le temps
tourne à la pluie. Donc, la prudence commande de hâter la
marche afin de chercher abri à Freschal.

On relève le violoncelliste, tout colère, on le remet sur ses
pieds, tout grognon. Le complaisant Frascolin offre de se
charger de sa boîte. Sébastien Zorn refuse d'abord d'y
consentir... Se séparer de son instrument... un violoncelle de
Gand et Bernardel, autant dire une moitié de lui-même...
Mais il doit se rendre, et cette précieuse moitié passe sur le
dos du serviable Frascolin, lequel confie son léger étui au
susdit Zorn.

La route est reprise. On va d'un bon pas pendant deux
miles. Aucun incident à noter. Nuit qui se fait de plus en plus
noire avec menace de pluie. Quelques gouttes tombent, très
grosses, preuve qu'elles proviennent de nuages élevés et orageux. Mais l'amphore de la jolie Hébé d'Yvernès ne s'épanche
pas davantage, et nos quatre noctambules ont l'espoir d'arriver à Freschal dans un état de siccité parfaite.

Restent toujours de minutieuses précautions à prendre afin

d'éviter des chutes sur cette route obscure, profondément ravinée. se brisant parfois à des coudes brusques, bordée de larges anfractuosités, longeant de sombres précipices, où l'on entend mugir la trompette des torrents. Avec sa disposition d'esprit, si Yvernès trouve la situation poétique, Frascolin la trouve inquiétante.

Il y a lieu de craindre également de certaines rencontres fâcheuses qui rendent assez problématique la sécurité des voyageurs sur ces chemins de la Basse-Californie. Le quatuor n'a pour toute arme que les archets de trois violons et d'un violoncelle, et cela peut paraître insuffisant en un pays où furent inventés les revolvers Colt, extraordinairement perfectionnés à cette époque. Si Sébastien Zorn et ses camarades eussent été Américains, ils se fussent munis d'un de ces engins de poche engainé dans un gousset spécial du pantalon. Rien que pour aller en railroad de San Francisco à San Diego, un véritable Yankee ne se serait pas mis en voyage sans emporter ce viatique à six coups. Mais des Français ne l'avaient point jugé nécessaire. Ajoutons même qu'ils n'y ont pas songé, et peut-être auront-ils à s'en repentir.

Pinchinat marche en tête, fouillant du regard les talus de la route. Lorsqu'elle est très encaissée à droite et à gauche, il y a moins à redouter d'être surpris par une agression soudaine. Avec ses instincts de loustic, Son Altesse se sent des velléités de monter quelque mauvaise fumisterie à ses camarades, des envies bêtes de «leur faire peur», par exemple de s'arrêter court, de murmurer d'une voix trémolante d'effroi:

— Hein!... là-bas... qu'est-ce que je vois?... Tenons-nous prêts à tirer...

Mais, quand le chemin s'enfonce à travers une épaisse forêt, au milieu de ces mammoth-trees, ces séquoias hauts de cent cinquante pieds, ces géants végétaux des régions californiennes, la démangeaison de plaisanter lui passe. Dix hommes peuvent s'embusquer derrière chacun de ces énormes troncs... Une vive lueur suivie d'une détonation sèche... le rapide sifflement d'une balle... ne va-t-on pas la voir... ne va-t-on pas l'entendre?... En de tels endroits, évidemment disposés pour une attaque nocturne, un guet-apens est tout indiqué. Si, par bonheur, on ne doit pas prendre contact avec les bandits, c'est que cet estimable type a totalement disparu de l'Ouest-Amérique, ou qu'il s'occupe alors d'opérations financières sur les marchés de l'Ancien et du Nouveau-Continent!... Quelle fin pour les arrière-petits-fils des Karl Moor et des Jean Sbogar! A qui ces réflexions doivent-elles venir si ce n'est à Yvernès? «Décidément, pense-t-il, la pièce n'est pas digne du décor!»

Tout à coup, Pinchinat reste immobile.

Frascolin, qui le suit, en fait autant.

Sébastien Zorn et Yvernès les rejoignent aussitôt.

— Qu'y a-t-il? demande le deuxième violon.

— J'ai cru voir... répond l'alto.

Et ce n'est point une plaisanterie de sa part. Très réellement, une forme vient de se mouvoir entre les arbres.

— Humaine ou animale?... interroge Frascolin.

— Je ne sais.

Lequel eût le mieux valu, personne ne se fût hasardé à le dire. On regarde, en groupe serré, sans bouger, sans prononcer une parole.

Par une éclaircie des nuages, les rayons lunaires baignent alors le dôme de cette obscure forêt et, à travers la ramure des séquoias, filtrent jusqu'au sol. Les dessous sont visibles sur un rayon d'une centaine de pas.

Pinchinat n'a point été dupe d'une illusion. Trop grosse pour un homme, cette masse ne peut être que celle d'un quadrupède de forte taille. Quel quadrupède?... Un fauve?... Un fauve à coup sûr... Mais quel fauve?...

— Un plantigrade! dit Yvernès.

— Au diable l'animal, murmure Sébastien Zorn d'une voix basse mais impatientée, et par animal c'est toi que j'entends, Yvernès!... Ne peux-tu donc parler comme tout le monde?... Qu'est-ce que c'est que ça, un plantigrade?

— Une bête qui marche sur ses plantes! explique Pinchinat.

— Un ours! répond Frascolin.

C'est un ours, en effet, un ours grand module. On ne rencontre ni lions, ni tigres, ni panthères dans ces forêts de la Basse-Californie. Les ours en sont les hôtes habituels, avec lesquels les rapports sont généralement désagréables.

On ne s'étonnera pas que nos Parisiens aient, d'un commun accord, l'idée de céder la place à ce plantigrade. N'était-il pas chez lui, d'ailleurs... Aussi le groupe se resserre-t-il, marchant à reculons, de manière à faire face à la bête, lentement, posément, sans avoir l'air de fuir.

La bête suit à petits pas, agitant ses pattes antérieures comme des bras de télégraphe, se balançant sur les hanches comme une manola à la promenade. Graduellement, elle gagne du terrain, et ses démonstrations deviennent hostiles — des cris rauques, un battement de mâchoires qui n'a rien de rassurant.

— Si nous décampions chacun de son côté?... propose Son Altesse.

— N'en faisons rien! répond Frascolin. Il y en aurait un de nous qui serait rattrapé et qui paierait pour les autres!

Cette imprudence ne fut pas commise, et il est évident qu'elle aurait pu avoir des conséquences fâcheuses.

Le quatuor arrive ainsi, en faisceau, à la limite d'une clairière moins obscure. L'ours s'est rapproché — une dizaine de pas seulement. L'endroit lui paraît-il propice à une agression?... C'est probable, car ses hurlements redoublent, et il hâte sa marche.

Recul précipité du groupe et recommandations plus instantes du deuxième violon:

— Du sang-froid... du sang-froid, mes amis!

La clairière est traversée, et l'on retrouve l'abri des arbres. Mais, là, le danger n'est pas moins grand. En se défilant d'un tronc à un autre, l'animal peut bondir sans qu'il soit possible de prévenir son attaque, et c'est bien ce qu'il allait faire, lorsque ses terribles grognements cessent, son pas se ralentit...

L'épaisse ombre vient de s'emplir d'une musique pénétrante, un *largo* expressif dans lequel l'âme d'un artiste se révèle tout entière.

C'est Yvernès qui, son violon tiré de l'étui, le fait vibrer sous la puissante caresse de l'archet. Une idée de génie! Et pourquoi des musiciens n'auraient-ils pas demandé leur salut à la musique? Est-ce que les pierres, mues par les accords d'Amphion, ne venaient pas d'elles-mêmes se ranger autour de Thèbes? Est-ce que les bêtes féroces, apprivoisées par ses inspirations lyriques, n'accouraient pas aux genoux d'Orphée? Eh bien! il faut croire que cet ours californien, sous l'influence de prédispositions ataviques, est aussi artistement doué que ses congénères de la fable, car sa férocité s'éteint, ses instincts de mélomane le dominent, et à mesure que le quatuor recule en bon ordre il le suit, laissant échapper de petits cris de dilettante. Pour un peu, il eût crié bravo!...

Un quart d'heure plus tard, Sébastien Zorn et ses compagnons sont à la lisière du bois. Ils la franchissent, Yvernès toujours violonnant...

L'animal s'est arrêté. Il ne semble pas qu'il ait l'intention d'aller au-delà. Il frappe ses grosses pattes l'une contre l'autre.

Et alors Pinchinat, lui aussi, saisit son instrument et s'écrie :

— La *Danse des Ours,* et de l'entrain !

Puis, tandis que le premier violon racle à tous crins ce motif si connu en ton majeur, l'alto le soutient d'une basse aigre et fausse sur la médiante mineure...

L'animal entre alors en danse, levant le pied droit, levant le pied gauche, se démenant, se contorsionnant, et il laisse le groupe s'éloigner sur la route.

— Peuh ! observe Pinchinat, ce n'était qu'un ours de cirque.

— N'importe ! répond Frascolin. Ce diable d'Yvernès a eu là une fameuse idée !

— Filons... *allegretto,* réplique le violoncelliste, et sans regarder derrière soi !

Il est environ neuf heures lorsque les quatre disciples d'Apollon arrivent sains et saufs à Freschal. Ils ont marché d'un fameux pas pendant cette dernière étape, bien que le plantigrade ne soit plus à leurs trousses.

Une quarantaine de maisons, ou, mieux, de maisonnettes en bois, autour d'une place plantée de hêtres, voilà Freschal, village isolé que deux miles séparent de la côte.

Nos artistes se glissent entre quelques habitations ombragées de grands arbres, débouchent sur une place, entrevoient au fond le modeste clocher d'une modeste église, se forment en rond, comme s'ils allaient exécuter un morceau de circonstance, et s'immobilisent en cet endroit, avec l'intention d'y conférer.

— Ça ! un village ?... dit Pinchinat.

— Tu ne t'attendais pas à trouver une cité dans le genre de Philadelphie ou de New York ? réplique Frascolin.

— Mais il est couché, votre village ! riposte Sébastien Zorn en haussant les épaules.

— Ne réveillons pas un village qui dort ! soupire mélodieusement Yvernès.

— Réveillons-le, au contraire ! s'écrie Pinchinat.

En effet, à moins de vouloir passer la nuit en plein air, il faut bien en venir à ce procédé.

Du reste, place absolument déserte, silence complet. Pas un contrevent entrouvert, pas une lumière aux fenêtres. Le palais de la Belle au bois dormant aurait pu s'élever là dans des conditions de tout repos et de toute tranquillité.

— Eh bien! et l'auberge? demande Frascolin.

Oui... l'auberge dont le conducteur avait parlé, où ses voyageurs en détresse doivent rencontrer bon accueil et bon gîte?... Et l'aubergiste qui s'empresserait d'envoyer du secours à l'infortuné coachman?... Est-ce que ce pauvre homme a rêvé ces choses? Ou, autre hypothèse, Sébastien Zorn et sa troupe se sont-ils égarés?... N'est-ce point ici le village de Freschal?...

Ces questions diverses exigent une réponse péremptoire. Donc nécessité d'interroger un des habitants du pays, et pour ce faire de frapper à la porte d'une des maisonnettes, à celle de l'auberge, autant que possible, si une heureuse chance permet de la découvrir.

Voici donc les quatre musiciens opérant une reconnaissance autour de la ténébreuse place, frôlant les façades, essayant d'apercevoir une enseigne pendue à quelque devanture... D'auberge, il n'y a pas apparence.

Eh bien! à défaut d'auberge, il n'est pas admissible qu'il n'y ait point là quelque case hospitalière, et comme on n'est pas en Ecosse on agira à l'américaine. Quel est le natif de Freschal qui refuserait un et même deux dollars par personne pour un souper et un lit?

— Frappons, dit Frascolin.

— En mesure, ajoute Pinchinat, et à six-huit!

On eût frappé à trois ou à quatre temps que le résultat aurait été identique. Aucune porte, aucune fenêtre ne s'ouvre, et cependant le Quatuor concertant a mis une douzaine de maisons en demeure de lui répondre.

— Nous nous sommes trompés, déclare Yvernès... Ce n'est pas un village, c'est un cimetière, où, si l'on y dort, c'est de l'éternel sommeil... *Vox clamantis in deserto.*

— *Amen!*... répond Son Altesse avec la grosse voix d'un chantre de cathédrale.

Que faire, puisqu'on s'obstine à ce silence complet? Continuer sa route vers San Diego?... On crève de faim et de fatigue, c'est le mot... Et puis quel chemin suivre, sans guide, au milieu de cette obscure nuit?... Essayer d'atteindre un autre village!... Lequel?... A s'en rapporter au coachman, il

n'en existe aucun sur cette partie du littoral... On ne ferait que
s'égarer davantage... Le mieux est d'attendre le jour!... Pourtant, de passer une demi-douzaine d'heures sans abri, sous un
ciel qui se chargeait de gros nuages bas, menaçant de se
résoudre en averses, cela n'est pas à proposer — même à des
artistes.

Pinchinat eut alors une idée. Ses idées ne sont pas toujours
excellentes, mais elles abondent en son cerveau. Celle-ci,
d'ailleurs, obtient l'approbation du sage Frascolin.

— Mes amis, dit-il, pourquoi ce qui nous a réussi vis-à-vis
d'un ours ne nous réussirait-il pas vis-à-vis d'un village
californien?... Nous avons apprivoisé ce plantigrade avec un
peu de musique... Réveillons ces ruraux par un vigoureux
concert où nous n'épargnerons ni les *forte* ni les *allegro*...

— C'est à tenter, répond Frascolin.

Sébastien Zorn n'a même pas laissé finir la phrase de
Pinchinat. Son violoncelle retiré de l'étui et dressé sur sa
pointe d'acier, debout, puisqu'il n'a pas de siège à sa disposition, l'archet à la main, il est prêt à extraire toutes les voix
emmagasinées dans cette carcasse sonore.

Presque aussitôt, ses camarades sont prêts à le suivre
jusqu'aux dernières limites de l'art.

— Le *Quatuor en si bémol,* d'Onslow, dit-il. Allons... Une
mesure pour rien!

Ce quatuor d'Onslow, ils le savaient par cœur, et de bons
instrumentistes n'ont certes pas besoin d'y voir clair pour
promener leurs doigts habiles sur la touche d'un violoncelle,
de deux violons et d'un alto.

Les voici donc qui s'abandonnent à leur inspiration.
Jamais peut-être ils n'ont joué avec plus de talent et plus
d'âme dans les casinos et sur les théâtres de la Confédération
américaine. L'espace s'emplit d'une sublime harmonie, et, à
moins d'être sourds, comment des êtres humains pourraient-ils résister? Eût-on été dans un cimetière, ainsi que l'a
prétendu Yvernès, que sous le charme de cette musique les
tombes se fussent entrouvertes, les morts se seraient redres-
sés, les squelettes auraient battu des mains...

Et cependant les maisons restent closes, les dormeurs ne
s'éveillent pas. Le morceau s'achève dans les éclats de son
puissant final sans que Freschal ait donné signe d'existence.

— Ah! c'est comme cela! s'écrie Sébastien Zorn, au comble

de la fureur. Il faut un charivari, comme à leurs ours, pour leurs oreilles de sauvages?... Soit! recommençons, mais toi, Yvernès, joue en ré, toi, Frascolin, en mi, toi, Pinchinat, en sol. Moi je reste en si bémol, et, maintenant, à tour de bras!

Quelle cacophonie! Quel déchirement des tympans! Voilà qui rappelle bien cet orchestre improvisé, dirigé par le prince de Joinville, dans un village inconnu d'une région brésilienne! C'est à croire que l'on exécute sur des «vinaigrius» quelque horrible symphonie, du Wagner joué à rebours!...

En somme, l'idée de Pinchinat est excellente. Ce qu'une admirable exécution n'a pu obtenir, c'est ce charivari qui l'obtient. Freschal commence à s'éveiller. Des vitres s'allument çà et là. Deux ou trois fenêtres s'éclairent. Les habitants du village ne sont pas morts, puisqu'ils donnent signe d'existence. Ils ne sont pas sourds, puisqu'ils entendent et écoutent...

— On va nous jeter des pommes! dit Pinchinat, pendant une pause, car, à défaut de la tonalité du morceau, la mesure a été respectée scrupuleusement.

— Eh! tant mieux... nous les mangerons! répond le pratique Frascolin.

Et, au commandement de Sébastien Zorn, le concert reprend de plus belle. Puis, lorsqu'il s'est terminé par un vigoureux accord parfait en quatre tons différents, les artistes s'arrêtent.

Non! ce ne sont pas des pommes qu'on leur jette à travers vingt ou trente fenêtres béantes, ce sont des applaudissements, des hourrahs, des hips! hips! hips! Jamais les oreilles freschaliennes ne se sont emplies de telles jouissances musicales! Et nul doute que toutes les maisons ne soient prêtes à recevoir hospitalièrement de si incomparables virtuoses.

Mais, tandis qu'ils se livraient à cette fougue instrumentale, un nouveau spectateur s'est avancé de quelques pas, sans qu'ils l'aient vu venir. Ce personnage, descendu d'une sorte de char à bancs électrique, se tient à un angle de la place. C'est un homme de haute taille et d'assez forte corpulence, autant qu'on en pouvait juger par cette nuit sombre.

Or, tandis que nos Parisiens se demandent si, après les fenêtres, les portes des maisons vont s'ouvrir pour les recevoir — ce qui paraît au moins fort incertain — le nouvel arrivé s'approche et, en parfaite langue française, dit d'un ton aimable:

— Je suis un dilettante, messieurs, et je viens d'avoir la bonne fortune de vous applaudir...

— Pendant notre dernier morceau?... réplique d'un ton ironique Pinchinat.

— Non, messieurs... pendant le premier, et j'ai rarement entendu exécuter avec plus de talent ce quatuor d'Onslow!

Ledit personnage est un connaisseur, à n'en pas douter.

— Monsieur, répond Sébastien Zorn au nom de ses camarades, nous sommes très sensibles à vos compliments... Si notre second morceau a déchiré vos oreilles, c'est que...

— Monsieur, répond l'inconnu en interrompant une phrase qui eût été longue, je n'ai jamais entendu jouer si faux avec tant de perfection. Mais j'ai compris pourquoi vous agissiez de la sorte. C'était pour réveiller ces braves habitants de Freschal, qui se sont déjà rendormis... Eh bien! messieurs, ce que vous tentiez d'obtenir d'eux par ce moyen désespéré, permettez-moi de vous l'offrir...

— L'hospitalité?... demande Frascolin.

— Oui, l'hospitalité, une hospitalité ultraécossaise. Si je ne me trompe, j'ai devant moi ce Quatuor concertant renommé dans toute notre superbe Amérique, qui ne lui a pas marchandé son enthousiasme...

— Monsieur, croit devoir dire Frascolin, nous sommes vraiment flattés... Et... cette hospitalité, où pourrions-nous la trouver, grâce à vous?...

— A deux miles d'ici.

— Dans un autre village?...

— Non... dans une ville.

— Une ville importante?...

— Assurément.

— Permettez, observe Pinchinat, on nous a dit qu'il n'y avait aucune ville avant San Diego...

— C'est une erreur... que je ne saurais m'expliquer.

— Une erreur?... répète Frascolin.

— Oui, messieurs, et, si vous voulez m'accompagner, je vous promets l'accueil auquel ont droit des artistes de votre valeur.

— Je suis d'avis d'accepter... dit Yvernès.

— Et je partage ton avis, affirme Pinchinat.

— Un instant... un instant, s'écrie Sébastien Zorn, et n'allons pas plus vite que le chef d'orchestre!

— Ce qui signifie?... demande l'Américain.

— Que nous sommes attendus à San Diego, répond Frascolin.

— A San Diego, ajoute le violoncelliste, où la ville nous a engagés pour une série de matinées musicales, dont la première doit avoir lieu après-demain dimanche...

— Ah! réplique le personnage, d'un ton qui dénote une assez vive contrariété.

Puis, reprenant:

— Qu'à cela ne tienne, messieurs, ajoute-t-il. En une journée, vous aurez le temps de visiter une cité qui en vaut la peine, et je m'engage à vous faire reconduire à la prochaine station, de manière que vous puissiez être à San Diego à l'heure voulue!

Ma foi, l'offre est séduisante, et aussi la bienvenue. Voilà le quatuor assuré de trouver une bonne chambre dans un bon hôtel — sans parler des égards que leur garantit cet obligeant personnage.

— Acceptez-vous, messieurs?...

— Nous acceptons, répond Sébastien Zorn, que la faim et la fatigue disposent à favorablement accueillir une invitation de ce genre.

— C'est entendu, réplique l'Américain. Nous allons partir à l'instant... En vingt minutes nous serons arrivés, et vous me remercierez, j'en suis sûr!

Il va sans dire qu'à la suite des derniers hourrahs provoqués par le concert charivarique les fenêtres des maisons se sont refermées. Ses lumières éteintes, le village de Freschal est replongé dans un profond sommeil.

L'Américain et les quatre artistes rejoignent le char à bancs, y déposent leurs instruments, se placent à l'arrière, tandis que l'Américain s'installe sur le devant, près du conducteur-mécanicien. Un levier est manœuvré, les accumulateurs électriques fonctionnent, le véhicule s'ébranle, et il ne tarde pas à prendre une rapide allure en se dirigeant vers l'ouest.

Un quart d'heure après, une vaste lueur blanchâtre apparaît, une éblouissante diffusion de rayons lunaires. Là est une ville, dont nos Parisiens n'auraient pu soupçonner l'existence.

Le char à bancs s'arrête alors, et Frascolin de dire:

— Enfin, nous voici sur le littoral.

— Le littoral... non, répondit l'Américain. C'est un cours d'eau que nous avons à traverser...

— Et comment?... demande Pinchinat.

— Au moyen de ce bac dans lequel le char à bancs va prendre place.

En effet, il y a là un de ces ferry-boats si nombreux aux Etats-Unis, et sur lequel s'embarque le char à bancs avec ses passagers. Sans doute ce ferry-boat est mû électriquement, car il ne projette aucune vapeur, et en deux minutes, au-delà du cours d'eau, il vient accoster le quai d'une darse au fond d'un port.

Le char à bancs reprend sa route à travers les allées d'une campagne, il pénètre dans un parc, au-dessus duquel des appareils aériens versent une lumière intense.

A la grille de ce parc s'ouvre une porte qui donne accès sur une large et longue rue pavée de dalles sonores. Cinq minutes plus tard, les artistes descendent au bas du perron d'un confortable hôtel, où ils sont reçus avec un empressement de bon augure, grâce à un mot dit par l'Américain. On les conduit aussitôt devant une table servie avec luxe, et ils soupent de bon appétit, qu'on veuille bien le croire.

Le repas achevé, le majordome les mène à une chambre spacieuse, éclairée de lampes à incandescence que des interrupteurs permettront de transformer en douces veilleuses. Là, enfin, remettant au lendemain l'explication de ces merveilles, ils s'endorment dans les quatre lits disposés aux quatre angles de la chambre, et ronflent avec cet ensemble extraordinaire qui a fait la renommée du Quatuor concertant.

# III

### UN LOQUACE CICÉRONE

Le lendemain, dès sept heures, ces mots, ou plutôt ces cris retentissent dans la chambre commune, après une éclatante imitation du son de la trompette — quelque chose comme la diane au réveil d'un régiment:

— Allons!... houp!... sur pattes... et en deux temps! vient de vociférer Pinchinat.

Yvernès, le plus nonchalant du quatuor, eût préféré mettre trois temps — et même quatre — à se dégager des couvertures de son lit. Mais il lui faut suivre l'exemple de ses camarades et quitter la position horizontale pour la position verticale.

— Nous n'avons pas une minute à perdre... pas une seule! observe Son Altesse.

— Oui, répondit Sébastien Zorn, car c'est demain que nous devons être rendus à San Diego.

— Bon! réplique Yvernès, une demi-journée suffira à visiter la ville de cet aimable Américain.

— Ce qui m'étonne, ajoute Frascolin, c'est qu'il existe une cité importante dans le voisinage de Freschal!... Comment notre coachman a-t-il oublié de nous l'indiquer?

— L'essentiel est que nous y soyons, ma vieille clé de sol, dit Pinchinat, et nous y sommes!

A travers deux larges fenêtres, la lumière pénètre à flots dans la chambre, et la vue se prolonge pendant un mile sur une rue superbe, plantée d'arbres.

Les quatre amis procèdent à leur toilette dans un cabinet confortable — rapide et facile besogne, car il est «machiné» suivant les derniers perfectionnements modernes: robinets thermométriquement gradués pour l'eau chaude et pour l'eau froide, cuvettes se vidant par un basculage automatique, chauffe-bain, chauffe-fers, pulvérisateurs d'essences parfumées fonctionnant à la demande, ventilateurs-moulinets actionnés par un courant voltaïque, brosses mues mécaniquement, les unes auxquelles il suffit de présenter sa tête, les autres ses vêtements ou ses bottes pour obtenir un nettoyage ou un cirement complets.

Puis, en maint endroit, sans compter l'horloge et les ampoules électriques qui s'épanouissent à portée de la main, des boutons de sonnette ou de téléphone mettent en communication instantanée les divers services de l'établissement.

Et non seulement Sébastien Zorn et ses compagnons peuvent correspondre avec l'hôtel, mais aussi avec les divers quartiers de la ville, et peut-être — c'est l'avis de Pinchinat — avec n'importe quelle cité des Etats-Unis d'Amérique.

— Ou même des deux mondes, ajoute Yvernès.

En attendant qu'ils eussent l'occasion de faire cette expérience, voici, à sept heures quarante-sept, que cette phrase leur est téléphonée en langue anglaise:

— Calistus Munbar présente ses civilités matinales à chacun des honorables membres du Quatuor concertant et les prie de descendre, dès qu'ils seront prêts, au dining-room d'Excelsior Hotel, où leur est servi un premier déjeuner.

— Excelsior Hotel! dit Yvernès. Le nom de ce caravansérail est superbe!

— Calistus Munbar, c'est notre obligeant Américain, remarque Pinchinat, et le nom est spendide!

— Mes amis, s'écrie le violoncelliste, dont l'estomac est aussi impérieux que son propriétaire, puisque le déjeuner est sur la table, allons déjeuner, et puis...

— Et puis... parcourons la ville, ajoute Frascolin. Mais quelle peut être cette ville?

Nos Parisiens étant habillés ou à peu près, Pinchinat répond téléphoniquement qu'avant cinq minutes ils feront honneur à l'invitation de M. Calistus Munbar.

En effet, leur toilette achevée, ils se dirigent vers un ascenseur qui se met en mouvement et les dépose dans le hall monumental de l'hôtel. Au fond se développe la porte du dining-room, une vaste salle étincelante de dorures.

— Je suis le vôtre, messieurs, tout le vôtre!

C'est l'homme de la veille, qui vient de prononcer cette phrase de huit mots. Il appartient à ce type de personnages dont on peut dire qu'ils se présentent d'eux-mêmes. Ne semble-t-il pas qu'on les connaisse depuis longtemps ou, pour employer une expression plus juste, «depuis toujours»?

Calistus Munbar doit avoir de cinquante à soixante ans, mais il n'en paraît que quarante-cinq. Sa taille est au-dessus de la moyenne; son gaster bedonne légèrement; ses membres sont gros et forts; il est vigoureux et sain avec des mouvements fermes; il crève la santé, si l'on veut bien permettre cette locution.

Sébastien Zorn et ses amis ont maintes fois rencontré des gens de ce type, qui n'est pas rare aux Etats-Unis. La tête de Calistus Munbar est énorme, en boule, avec une chevelure encore blonde et bouclée, qui s'agite comme une frondaison tortillée par la brise; le teint est très coloré; la barbe jaunâtre, assez longue, se divise en pointes; la moustache est rasée; la bouche, relevée aux commissures des lèvres, est souriante, railleuse surtout; les dents sont d'un ivoire éclatant; le nez, un peu gros du bout, à narines palpitantes, solidement implanté à la base du front avec deux plis verticaux au-dessus, supporte un binocle que retient un fil d'argent fin et souple comme un fil de soie. Derrière les lentilles de ce binocle rayonne un œil mobile, à l'iris verdâtre, à la prunelle allumée d'une braise. Cette tête est rattachée aux épaules par un cou de taureau. Le tronc est carrément établi sur des cuisses charnues, des jambes d'aplomb, des pieds un peu en dehors.

Calistus Munbar est vêtu d'un veston très ample, en étoffe diagonale, couleur cachou. Hors de la poche latérale se glisse l'angle d'un mouchoir à vignettes. Le gilet est blanc, très évidé, à trois boutons d'or. D'une poche à l'autre festonne une chaîne massive, ayant à un bout un chronomètre, à l'autre un podomètre, sans parler des breloques qui tintinnabulent au centre. Cette orfèvrerie se complète par un chapelet de bagues dont sont ornées les mains grasses et rosées. La chemise est d'une blancheur immaculée, raide et brillante d'empois, constellée de trois diamants, surmontée d'un col largement rabattu, sous le pli duquel s'enroule une imperceptible cravate, simple galon mordoré. Le pantalon, d'étoffe rayée, à vastes plis, retombe en se rétrécissant sur des bottines lacées avec agrafes d'aluminium.

Quant à la physionomie de ce Yankee, elle est au plus haut point expressive, toute en dehors — la physionomie des gens qui ne doutent de rien et «qui en ont vu bien d'autres», comme on dit. Cet homme est un débrouillard, à coup sûr, et c'est aussi un énergique, ce qui se reconnaît à la tonacité de ses muscles, à la contraction apparente de son sourcilier et de son masséter. Enfin, il rit volontiers avec éclat, mais son rire est plutôt nasal qu'oral, une sorte de ricanement, le *hennitus* indiqué par les physiologistes.

Tel est ce Calistus Munbar. A l'entrée du quatuor, il a soulevé son large chapeau que ne déparerait pas une plume Louis XIII. Il serre la main des quatre artistes. Il les conduit devant une table où bouillonne la théière, où fument les rôties traditionnelles. Il parle tout le temps, ne laissant pas place à une seule question — peut-être pour esquiver une réponse — vantant les splendeurs de sa ville, l'extraordinaire création de cette cité, monologuant sans interruption et, lorsque le déjeuner est achevé, terminant son monologue par ces mots:

— Venez, messieurs, et veuillez me suivre. Mais une recommandation...

— Laquelle? demande Frascolin.

— Il est expressément défendu de cracher dans nos rues...

— Nous n'avons pas l'habitude... proteste Yvernès.

— Bon!... cela vous épargnera des amendes!

— Ne pas cracher... en Amérique! murmure Pinchinat d'un ton où la surprise se mêle à l'incrédulité.

Il eût été difficile de se procurer un guide doublé d'un cicérone plus complet que Calistus Munbar. Cette ville, il la connaît à fond. Pas un hôtel dont il ne puisse nommer le propriétaire, pas une maison dont il ne sache qui l'habite, pas un passant dont il ne soit salué avec une familiarité sympathique.

Cette cité est régulièrement construite. Les avenues et les rues, pourvues de vérandas au-dessus des trottoirs, se coupent à angle droit, une sorte d'échiquier. L'unité se retrouve en son plan géométral. Quant à la variété, elle ne manque point, et dans leur style comme dans leur appropriation intérieure, les habitations n'ont suivi d'autre règle que la fantaisie de leurs architectes. Excepté le long de quelques rues commerçantes, ces demeures affectent un air de palais, avec leurs cours d'honneur flanquées de pavillons élégants, l'ordonnance architecturale de leurs façades, le luxe que l'on pressent à l'intérieur des appartements, les jardins, pour ne pas dire les parcs, disposés en arrière. Il est à remarquer, toutefois, que les arbres, de plantation récente sans doute, n'ont pas encore atteint leur complet développement. De même pour les squares, ménagés à l'intersection des principales artères de la ville, tapissés de pelouses d'une fraîcheur tout anglaise, dont les massifs, où se mélangent les essences des zones tempérée et torride, n'ont pas aspiré des entrailles du sol assez de puissance végétative. Aussi cette particularité naturelle présente-t-elle un contraste frappant avec la portion de l'Ouest-Amérique où abondent les forêts géantes dans le voisinage des grandes cités californiennes.

Le quatuor allait devant lui, observant ce quartier de la ville chacun à sa manière, Yvernès attiré par ce qui n'attire pas Frascolin, Sébastien Zorn s'intéressant à ce qui n'intéresse point Pinchinat — tous, en somme, très curieux du mystère qui enveloppe la cité inconnue. De cette diversité de vues devra sortir un ensemble de remarques assez justes. D'ailleurs, Calistus Munbar est là, et il a réponse à tout. Que disons-nous, réponse?... Il n'attend pas qu'on l'interroge, il parle, il parle, et il n'y a qu'à le laisser parler. Son moulin à paroles tourne et tourne au moindre vent.

Un quart d'heure après avoir quitté Excelsior Hotel, Calistus Munbar dit:

— Nous voici dans la Troisième Avenue, et on en compte une trentaine dans la ville. Celle-ci, la plus commerçante, c'est notre Broadway, notre Regent Street, notre boulevard des Italiens. Dans ces magasins, ces bazars, on trouve le superflu et le nécessaire, tout ce que peuvent exiger les existences les plus soucieuses du bien-être et du confort moderne!

— Je vois les magasins, observe Pinchinat, mais je ne vois pas les acheteurs...

— Peut-être l'heure est-elle trop matinale?... ajoute Yvernès.

— Cela tient, répondit Calistus Munbar, à ce que la plupart des commandes se font téléphoniquement ou même télautographiquement...

— Ce qui signifie?... demande Frascolin.

— Ce qui signifie que nous employons communément le télautographe, un appareil perfectionné qui transporte l'écriture comme le téléphone transporte la parole, sans oublier le kinétographe, qui enregistre les mouvements, étant pour l'œil ce que le phonographe est pour l'oreille, et le téléphote, qui reproduit les images. Ce télautographe donne une garantie plus sérieuse que la simple dépêche dont le premier venu est libre d'abuser. Nous pouvons signer électriquement des mandats ou des traites...

— Même des actes de mariage?... réplique Pinchinat d'un ton ironique.

— Sans doute, monsieur l'alto. Pourquoi ne se marierait-on pas par fil télégraphique...

— Et divorcer?...

— Et divorcer!... C'est même ce qui use le plus nos appareils!

Là-dessus, bruyant éclat de rire du cicérone, qui fait trembloter toute la bibeloterie de son gilet.

— Vous êtes gai, monsieur Munbar, dit Pinchinat en partageant l'hilarité de l'Américain.

— Oui... comme une envolée de pinsons un jour de soleil!

En cet endroit, une artère transversale se présente. C'est la Dix-neuvième Avenue, d'où tout commerce est banni. Des lignes de trams la sillonnent ainsi que l'autre. De rapides cars passent sans soulever un grain de poussière, car la chaussée, recouverte d'un parquet imputrescible de karri et de jarrah d'Australie — pourquoi pas de l'acajou du Brésil? — est aussi nette que si on l'eût frottée à la limaille. D'ailleurs, Frascolin, très observateur des phénomènes physiques, constate qu'elle résonne sous le pied comme une plaque de métal.

«Voilà bien ces grands travailleurs du fer! se dit-il. Ils font maintenant des chaussées en tôle!»

Et il allait s'informer près de Calistus Munbar, lorsque celui-ci de s'écrier:

— Messieurs, regardez cet hôtel!

Et il montre une vaste construction, d'aspect grandiose, dont les avant-corps, latéraux à une cour d'honneur, sont réunis par une grille en aluminium.

— Cet hôtel — on pourrait dire ce palais — est habité par la famille de l'un des principaux notables de la ville. J'ai nommé Jem Tankerdon, propriétaire d'inépuisables mines de pétrole dans l'Illinois, le plus riche peut-être, et par conséquent le plus honorable et le plus honoré de nos concitoyens...

— Des millions?... demande Sébastien Zorn.

— Peuh! fait Calistus Munbar. Le million, c'est pour nous le dollar courant, et ici on les compte par centaines! Il n'y a en cette cité que des nababs richissimes. Ce qui explique comment, en quelques années, les marchands des quartiers du commerce font fortune — j'entends les marchands au détail, car de négociants ou de commerçants en gros il ne s'en trouve pas un seul sur ce microcosme unique au monde...

— Et des industriels?... demande Pinchinat.

— Absents, les industriels!

— Et les armateurs?... demande Frascolin.

— Pas davantage.

— Des rentiers, alors?... réplique Sébastien Zorn.

— Rien que des rentiers et des marchands en train de se faire des rentes.

— Eh bien! et les ouvriers?... observe Yvernès.

— Lorsqu'on a besoin d'ouvriers, on les amène du dehors, messieurs, et lorsque le travail est terminé ils s'en retournent... avec la forte somme!...

— Voyons, monsieur Munbar, dit Frascolin, vous avez bien quelques pauvres dans votre ville, ne fût-ce que pour ne pas en laisser éteindre la race?...

— Des pauvres, monsieur le deuxième violon?... Vous n'en rencontrerez pas un seul!

— Alors la mendicité est interdite?...

— Il n'y a jamais eu lieu de l'interdire, puisque la ville n'est pas accessible aux mendiants. C'est bon cela pour les cités de l'Union, avec leurs dépôts, leurs asiles, leurs workhouses... et les maisons de correction qui les complètent...

— Allez-vous affirmer que vous n'avez pas de prisons?...

— Pas plus que nous n'avons de prisonniers.

— Mais les criminels?...

— Ils sont priés de rester dans l'Ancien et le Nouveau-Continent, où leur vocation trouve à s'exercer dans des conditions plus avantageuses.

— Eh! vraiment, monsieur Munbar, dit Sébastien Zorn, on croirait, à vous entendre, que nous ne sommes plus en Amérique?

— Vous y étiez hier, monsieur le violoncelliste, répond cet étonnant cicérone.

— Hier?... réplique Frascolin, qui se demande ce que peut exprimer cette phrase étrange.

— Sans doute!... Aujourd'hui, vous êtes dans une ville indépendante, une cité libre, sur laquelle l'Union n'a aucun droit, qui ne relève que d'elle-même...

— Et qui se nomme?... demande Sébastien Zorn, dont l'irritabilité naturelle commence à percer.

— Son nom?... répond Calistus Munbar. Permettez-moi de vous le taire encore...

— Et quand le saurons-nous?...

— Lorsque vous aurez achevé de la visiter, ce dont elle sera très honorée, d'ailleurs.

Cette réserve de l'Américain est au moins singulière. Peu importe, en somme. Avant midi, le quatuor aura terminé sa curieuse promenade, et, dût-il n'apprendre le nom de cette ville qu'au moment de la quitter, cela lui suffira, n'est-il pas vrai? La seule réflexion à faire est celle-ci: «Comment une cité si considérable occupe-t-elle un des points de la côte californienne sans appartenir à la République fédérale des Etats-Unis, et, d'autre part, comment expliquer que le conducteur du coach ne se fût pas avisé d'en parler? L'essentiel, après tout, est que, dans vingt-quatre heures, les exécutants aient atteint San Diego, où on leur donnera le mot de cette énigme, si Calistus Munbar ne se décide pas à le révéler.

Ce bizarre personnage s'est de nouveau livré à sa faconde descriptive, non sans laisser voir qu'il désire ne point s'expliquer plus catégoriquement.

— Messieurs, dit-il, nous voici à l'entrée de la Trente-septième Avenue. Contemplez cette admirable perspective! Dans ce quartier, non plus, pas de magasins, pas de bazars, ni ce mouvement des rues qui dénote l'existence commerciale. Rien que des hôtels et des habitations particulières, mais les fortunes y sont inférieures à celles de la Dix-neuvième Avenue. Des rentiers à dix ou douze millions...

— Des gueux, quoi! répond Pinchinat, dont les lèvres dessinent une moue significative.

— Hé! monsieur l'alto, réplique Calistus Munbar, il est toujours possible d'être le gueux de quelqu'un! Un millionnaire est riche par rapport à celui qui ne possède que cent mille francs! Il ne l'est pas par rapport à celui qui possède cent millions!

Maintes fois, déjà, nos artistes ont pu noter que, de tous les mots employés par leur cicérone, celui de million revient le plus fréquemment, un mot prestigieux s'il en fut! Il le prononce en gonflant ses joues avec une sonorité métallique. On dirait qu'il bat monnaie rien qu'en parlant. Si ce ne sont pas des diamants qui s'échappent de ses lèvres comme de la bouche de ce filleul des fées qui laissait tomber des perles et des émeraudes, ce sont des pièces d'or.

Et Sébastien Zorn, Pinchinat, Frascolin, Yvernès vont toujours à travers l'extraordinaire ville dont la dénomination géographique leur est encore inconnue. Ici, des rues animées par le va-et-vient des passants, tous confortablement vêtus, sans que la vue soit jamais offusquée par les haillons d'un indigent. Partout des trams, des haquets, des camions mus par l'électricité. Certaines grandes artères sont pourvues de ces trottoirs mouvants, actionnés par la traction d'une chaîne sans fin, et sur lesquels les gens se promènent comme ils le feraient dans un train en marche, en participant à son mouvement propre.

Circulent aussi des voitures électriques, roulant sur les chaussées, avec la douceur d'une bille sur un tapis de billard. Quant à des équipages, au véritable sens de ce mot, c'est-à-dire des véhicules traînés par des chevaux, on n'en rencontre que dans les quartiers opulents.

— Ah! voici une église, dit Frascolin.

Et il montre un édifice d'assez lourde contexture, sans style architectural, une sorte de pâté de Savoie planté au milieu d'une place aux verdoyantes pelouses.

— C'est le temple protestant, répond Calistus Munbar en s'arrêtant devant cette bâtisse.

— Y a-t-il des églises catholiques dans votre ville?... demande Yvernès.

— Oui, monsieur. D'ailleurs, je dois vous faire observer que, bien que l'on professe environ mille religions différentes sur notre globe, nous nous en tenons ici au catholicisme et au protestantisme. Ce n'est pas comme en ces Etats-Unis, désunis par la religion s'ils ne le sont pas en politique, où il y a autant de sectes que de familles, méthodistes, anglicans, presbytériens, anabaptistes, wesleyens, etc. Ici, rien que des protestants fidèles à la doctrine calviniste, ou des catholiques romains.

— Et quelle langue parle-t-on?...

— L'anglais et le français sont employés couramment...

— Ce dont nous vous félicitons, dit Pinchinat.

— La ville, reprend Calistus Munbar, est donc divisée en deux sections à peu près égales. Ici nous sommes dans la section...

— Ouest, je pense?... fait observer Frascolin en s'orientant sur la position du soleil.

— Ouest... si vous voulez...

— Comment... si je veux?... réplique le deuxième violon, assez surpris de cette réponse. Est-ce que les points cardinaux de cette cité varient au gré de chacun?...

— Oui... et non... dit Calistus Munbar. Je vous expliquerai cela plus tard... J'en reviens donc à cette section... ouest, si cela vous plaît, qui est uniquement habitée par les protestants, restés, même ici, des gens pratiques, tandis que les catholiques, plus intellectuels, plus raffinés, occupent la section... est. C'est vous dire que ce temple est le temple protestant.

— Il en a bien l'air, observe Yvernès. Avec sa pesante architecture, la prière n'y doit point être une élévation vers le ciel, mais un écrasement vers la terre...

— Belle phrase! s'écrie Pinchinat. Monsieur Munbar, dans une ville si modernement machinée, on peut sans doute entendre le prêche ou la messe par le téléphone?...

— Juste.

— Et aussi se confesser?...

— Tout comme on peut se marier par le télautographe, et vous conviendrez que cela est pratique...

— A ne pas le croire, monsieur Munbar, répond Pinchinat, à ne pas le croire!


## IV

### LE QUATUOR CONCERTANT DÉCONCERTÉ

A onze heures, après une si longue promenade, il est permis d'avoir faim. Aussi nos artistes abusent-ils de cette permission. Leurs estomacs crient avec ensemble, et ils s'accordent sur ce point qu'il faut à tout prix déjeuner.

C'est aussi l'avis de Calistus Munbar, non moins soumis que ses hôtes aux nécessités de la réfection quotidienne. Reviendra-t-on à Excelsior Hotel?

Oui, car il ne paraît pas que les restaurants soient nombreux en cette ville où chacun préfère sans doute se confiner en son home et qui ne semble guère être visitée des touristes des deux mondes.

En quelques minutes, un tram transporte ces affamés à leur hôtel, et ils s'asseoient devant une table copieusement servie. C'est là un contraste frappant avec ces repas à l'américaine, où la multiplicité des mets ne rachète pas leur insuffisance. Excellente, la viande de bœuf ou de mouton; tendre et parfumée, la volaille; d'une alléchante fraîcheur, le poisson. Puis, au lieu de cette eau glacée des restaurations de l'Union, des bières variées et des vins que le soleil de France avait distillés dix ans avant sur les coteaux du Médoc et de la Bourgogne.

Pinchinat et Frascolin font honneur à ce déjeuner, à tout le moins autant que Sébastien Zorn et Yvernès... Il va de soi que

Calistus Munbar a tenu à le leur offrir, et ils auraient mauvaise grâce à ne point l'accepter.

D'ailleurs, ce Yankee, dont la faconde ne tarit pas, déploie une humeur charmante. Il parle de tout ce qui concerne la ville, à l'exception de ce que ses convives auraient voulu savoir — c'est-à-dire quelle est cette cité indépendante dont il hésite à révéler le nom. Un peu de patience, il le dira lorsque l'exploration sera terminée. Son intention serait-elle donc de griser le quatuor dans le but de lui faire manquer l'heure du train de San Diego?... Non, mais on boit sec, après avoir mangé ferme, et le dessert allait s'achever dans l'absorption du thé, du café et des liqueurs, lorsqu'une détonation ébranle les vitres de l'hôtel.

— Qu'est-ce?... demanda Yvernès en sursautant.

— Ne vous inquiétez pas, messieurs, répond Calistus Munbar. C'est le canon de l'observatoire.

— S'il ne sonne que midi, réplique Frascolin en consultant sa montre, j'affirme qu'il retarde...

— Non, monsieur l'alto, non! Le soleil ne retarde pas plus ici qu'ailleurs!

Et un singulier sourire relève les lèvres de l'Américain, ses yeux pétillent sous le binocle et il se frotte les mains. On serait tenté de croire qu'il se félicite d'avoir «fait une bonne farce».

Frascolin, moins émerillonné que ses camarades par la bonne chère, le regarde d'un œil soupçonneux, sans trop savoir qu'imaginer.

— Allons, mes amis — vous me permettrez de vous donner cette sympathique qualification, ajoute-t-il de son air le plus aimable — il s'agit de visiter la seconde section de la ville, et je mourrais de désespoir si un seul détail vous échappait! Nous n'avons pas de temps à perdre...

— A quelle heure part le train pour San Diego?... interroge Sébastien Zorn, toujours préoccupé de ne point manquer à ses engagements par suite d'arrivée tardive.

— Oui... à quelle heure?... répète Frascolin en insistant.

— Oh!... dans la soirée, répond Calistus Munbar en clignant de l'œil gauche. Venez, mes hôtes, venez... Vous ne vous repentirez pas de m'avoir pris pour guide!

Comment désobéir à un personnage si obligeant? Les quatre artistes quittent la salle d'Excelsior Hotel et déambulent le long de la chaussée. En vérité, il faut que le vin les ait trop généreusement abreuvés, car une sorte de frémissement leur court dans les jambes. Il semble que le sol ait une légère tendance à se dérober sous leurs pas. Et pourtant ils n'ont point pris place sur un de ces trottoirs mobiles qui se déplacent latéralement.

— Hé! hé!... soutenons-nous, Châtillon! s'écrie Son Altesse titubante.

— Je crois que nous avons un peu bu! réplique Yvernès, qui s'essuie le front.

— Bon, messieurs les Parisiens, observe l'Américain, une fois n'est pas coutume!... Il fallait arroser votre bienvenue...

— Et nous avons épuisé l'arrosoir! réplique Pinchinat, qui en a pris sa bonne part et ne s'est jamais senti de si belle humeur.

Sous la direction de Calistus Munbar, une rue les conduit à l'un des quartiers de la deuxième section. En cet endroit, l'animation est tout autre, l'allure moins puritaine. On se croirait soudainement transporté des Etats du nord de l'Union dans les Etats du sud, de Chicago à La Nouvelle-Orléans, de l'Illinois à la Louisiane. Les magasins sont mieux achalandés, des habitations d'une fantaisie plus élégante, des homesteads, ou maisons de familles, plus confortables, des hôtels aussi magnifiques que ceux de la section protestante, mais de plus réjouissant aspect. La population diffère également d'air, de démarche, de tournure. C'est à croire que cette cité est double, comme certaines étoiles, à cela près que ces sections ne tournent pas l'une autour de l'autre — deux villes juxtaposées.

Arrivé à peu près au centre de la section, le groupe s'arrête vers le milieu de la Quinzième Avenue, et Yvernès de s'écrier:

— Sur ma foi, voici un palais...

— Le palais de la famille Coverley, répond Calistus Munbar. Nat Coverley, l'égal de Jem Tankerdon...

— Plus riche que lui?... demande Pinchinat.

— Tout autant, dit l'Américain. Un ex-banquier de La Nouvelle-Orléans qui a plus de centaines de millions que de doigts aux deux mains!

— Une jolie paire de gants, cher monsieur Munbar!

— Comme vous le pensez.

— Et ces deux notables, Jem Tankerdon et Nat Coverley, sont ennemis... naturellement!...

— Des rivaux, tout au moins, qui tâchent d'établir leur prépondérance dans les affaires de la cité et se jalousent...

— Finiront-ils par se manger?... demande Sébastien Zorn.

— Peut-être... et si l'un dévore l'autre...

— Quelle indigestion, ce jour-là! répond Son Altesse.

Et Calistus Munbar de s'esclaffer en bedonnant, tant la réponse lui a paru plaisante.

L'église catholique s'élève sur une vaste place, qui permet d'en admirer les heureuses proportions. Elle est de style gothique, de ce style qui n'exige que peu de recul pour être apprécié, car les lignes verticales qui en constituent la beauté perdent de leur caractère à être vues de loin. Saint Mary Church mérite l'admiration pour la sveltesse de ses pinacles, la légèreté de ses rosaces, l'élégance de ses ogives flamboyantes, la grâce de ses fenêtres en mains jointes.

— Un bel échantillon du gothique anglo-saxon! dit Yvernès, qui est très amateur de l'architectonique. Vous aviez raison, monsieur Munbar, les deux sections de votre ville n'ont pas plus de ressemblance entre elles que le temple de l'une et la cathédrale de l'autre!

— Et cependant, monsieur Yvernès, ces deux sections sont nées de la même mère...

— Mais... pas du même père?... fait observer Pinchinat.

— Si... du même père, mes excellents amis! Seulement, elles ont été élevées d'une façon différente. On les a appropriées aux convenances de ceux qui devaient y venir chercher une existence tranquille, heureuse, exempte de tout souci... une existence que ne peut offrir aucune cité ni de l'Ancien ni du Nouveau-Continent.

— Par Apollon, monsieur Munbar, répond Yvernès, prenez garde de trop surexciter notre curiosité!... C'est comme si vous chantiez une de ces phrases musicales qui laissent longuement désirer la tonique...

— Et cela finit par fatiguer l'oreille! ajoute Sébastien Zorn. Voyons, le moment est-il venu où vous consentirez à nous apprendre le nom de cette ville extraordinaire?...

— Pas encore, mes chers hôtes, répond l'Américain en rajustant son binocle d'or sur son appendice nasal. Attendez la fin de notre promenade et continuons...

— Avant de continuer, dit Frascolin, qui sent une sorte de vague inquiétude se mêler au sentiment de curiosité, j'ai une proposition à faire.

— Et laquelle?...

— Pourquoi ne monterions-nous pas à la flèche de Saint Mary Church? De là, nous pourrions voir...

— Non pas! s'écrie Calistus Munbar en secouant sa grosse tête ébouriffée... pas maintenant... plus tard...

— Et quand?... demande le violoncelliste, qui commence à s'agacer de tant de mystérieuses échappatoires.

— Au terme de notre excursion, monsieur Zorn.

— Nous reviendrons alors à cette église?...

— Non, mes amis, et notre promenade se terminera par une visite à l'observatoire, dont la tour est d'un tiers plus élevée que la flèche de Saint Mary Church.

— Mais enfin, reprend Frascolin en insistant, pourquoi ne pas profiter en ce moment?...

— Parce que... vous me feriez manquer mon effet!

Et il n'y eut pas moyen de tirer une autre réponse de cet énigmatique personnage.

Le mieux étant de se soumettre, les diverses avenues de la deuxième section sont parcourues consciencieusement. Puis on visite les quartiers commerçants, ceux des tailleurs, des bottiers, des chapeliers, des bouchers, des épiciers, des boulangers, des fruitiers, etc. Calistus Munbar, salué de la plupart des personnes qu'il rencontre, rend ces saluts avec une vaniteuse satisfaction. Il ne tarit pas en boniments, tel un montreur de phénomènes, et sa langue ne cesse de carillonner comme le battant d'une cloche un jour de fête.

Environ vers deux heures, le quatuor est arrivé de ce côté aux limites de la ville, ceinte d'une superbe grille agrémentée de fleurs et de plantes grimpantes. Au-delà s'étend la campagne, dont la ligne circulaire se confond avec l'horizon du ciel.

En cet endroit, Frascolin se fait à lui-même une remarque qu'il ne croit pas devoir communiquer à ses camarades. Tout cela s'expliquera sans doute au sommet de la tour de l'observatoire. Cette remarque porte sur ceci que le soleil, au lieu de se trouver dans le sud-ouest, comme il aurait dû l'être à deux heures, se trouve dans le sud-est.

Il y a là de quoi étonner un esprit aussi réfléchi que celui de Frascolin, et il commençait à «se matagraboliser la cervelle», comme dit Rabelais, lorsque Calistus Munbar change le cours de ses idées en s'écriant:

— Messieurs, le tram va partir dans quelques minutes. En route pour le port...

— Le port?... réplique Sébastien Zorn...

— Oh! un trajet d'un mile tout au plus — ce qui vous permettra d'admirer notre parc!

S'il y a un port, il faut qu'il soit situé un peu au-dessus ou un peu au-dessous de la ville, sur la côte de la Basse-Californie... En vérité, où pourrait-il être, si ce n'est en un point quelconque de ce littoral?

Les artistes, légèrement ahuris, prennent place sur les banquettes d'un car élégant où sont assis déjà plusieurs voyageurs. Ceux-si serrent la main à Calistus Munbar — ce diable d'homme est connu de tout le monde — et les dynamos du tram se livrent à leur fougue locomotrice.

Parc, Calistus Munbar a raison de qualifier ainsi la campagne qui s'étend autour de la cité. Des allées à perte de vue, des pelouses verdoyantes, des barrières peintes, droites ou en zigzag, nommées fences; autour des réserves, des bouquets d'arbres, chênes, érables, hêtres, marronniers, micocouliers, ormes, cèdres, jeunes encore, animés d'un monde d'oiseaux de mille espèces. C'est un véritable jardin anglais, possédant des fontaines jaillissantes, des corbeilles de fleurs alors dans tout l'épanouissement d'une fraîcheur printanière, des massifs d'arbustes où se mélangent les sortes les plus diversifiées, des géraniums géants comme ceux de Monte-Carlo, des orangers, des citronniers, des oliviers, des lauriers-roses, des lentisques, des aloès, des camélias, des dahlias, des rosiers d'Alexandrie à fleurs blanches, des hortensias, des lotus blancs et roses, des passiflores du Sud-Amérique, de riches collections de fuchsias, de salvias, de bégonias, de jacinthes, de tulipes, de crocus, de narcisses, d'anémones, de renoncules de Perse, d'iris barbatas, de cyclamens, d'orchidées, des calcéolaires, des fougères arborescentes, et aussi de ces essences spéciales aux zones tropicales, balisiers, palmiers, dattiers, figuiers, eucalyptus, mimosas, bananiers, goyaviers, calebassiers, cocotiers, en un mot, tout ce qu'un amateur peut demander au plus riche des jardins botaniques.

Avec sa propension à évoquer les souvenirs de l'ancienne poésie, Yvernès doit se croire transporté dans les bucoliques paysages du roman d'Astrée. Il est vrai, si les moutons ne manquent pas à ces fraîches prairies, si des vaches roussâtres paissent entre les barrières, si des daims, des biches et autres gracieux quadrupèdes de la faune forestière bondissent entre les massifs, ce sont les bergers de d'Urfé et ses bergères charmantes dont il y aurait lieu de regretter l'absence. Quant au Lignon, il est représenté par une Serpentine River qui promène ses eaux vivifiantes à travers les vallonnements de cette campagne.

Seulement, tout y semble artificiel.

Ce qui provoque l'ironique Pinchinat à s'écrier:

— Ah çà! voilà tout ce que vous avez en fait de rivière?

Et Calistus Munbar de répondre:

— Des rivières?... A quoi bon?...

— Pour avoir de l'eau, parbleu!

— De l'eau... c'est-à-dire une substance généralement malsaine, microbienne et typhoïque?...

— Soit, mais on peut l'épurer...

— Et pourquoi se donner cette peine, lorsqu'il est si facile de fabriquer une eau hygiénique, exempte de toute impureté, et même gazeuse ou ferrugineuse, au choix...

— Vous fabriquez votre eau?... demande Frascolin.

— Sans doute, et nous la distribuons chaude ou froide à domicile, comme nous distribuons la lumière, le son, l'heure, la chaleur, le froid, la force motrice, les agents antiseptiques, l'électrisation par autoconduction...

— Laissez-moi croire alors, réplique Yvernès, que vous fabriquez aussi la pluie pour arroser vos pelouses et vos fleurs?...

— Comme vous dites... monsieur, réplique l'Américain en faisant scintiller les joyaux de ses doigts à travers les fluescentes touffes de sa barbe.

— De la pluie sur commande! s'écrie Sébastien Zorn.

— Oui, mes chers amis, de la pluie que des conduites, ménagées dans notre sous-sol, permettent de répandre d'une façon régulière, réglementaire, opportune et pratique. Est-ce que cela ne vaut pas mieux que d'attendre le bon plaisir de la nature et de se soumettre aux caprices des climats, que de pester contre les intempéries sans pouvoir y remédier, tantôt une humidité trop persistante, tantôt une sécheresse trop prolongée?...

— Je vous arrête là, monsieur Munbar, déclare Frascolin. Que vous puissiez produire de la pluie à volonté, soit! Mais quant à l'empêcher de tomber du ciel...

— Le ciel?... Qu'a-t-il à faire en tout ceci?...

— Le ciel, ou, si vous préférez, les nuages qui crèvent, les courants atmosphériques avec leur cortège de cyclones, de tornades, de bourrasques, de rafales, d'ouragans... Ainsi, pendant la mauvaise saison, par exemple...

— La mauvaise saison?... répète Calistus Munbar.

— Oui... l'hiver...

— L'hiver?... Qu'est-ce que c'est que cela?...

— On vous dit l'hiver, les gelées, les neiges, les glaces! s'exclame Sébastien Zorn, que les ironiques réponses du Yankee mettent en rage.

— Connaissons pas! répond tranquillement Calistus Munbar.

Les quatre Parisiens se regardent. Sont-ils en présence d'un fou ou d'un mystificateur? Dans le premier cas, il faut l'enfermer; dans le second, il faut le rosser d'importance.

Cependant, les cars du tram filent à petite vitesse au milieu de ces jardins enchantés. A Sébastien Zorn et à ses camarades, il semble bien qu'au-delà des limites de cet immense parc des pièces de terre, méthodiquement cultivées, étalent leurs colorations diverses, pareilles à ces échantillons d'étoffes exposés autrefois à la porte des tailleurs. Ce sont sans doute des champs de légumes, pommes de terre, choux, carottes, navets, poireaux, enfin tout ce qu'exige la composition d'un parfait pot-au-feu.

Toutefois, il leur tarde d'être en pleine campagne, où ils pourront reconnaître ce que cette singulière région produit en blé, avoine, maïs, orge, seigle, sarrazin, pamelle et autres céréales.

Mais voici qu'une usine apparaît, ses cheminées de tôle dominant des toits bas, à verrières dépolies. Ces cheminées, maintenues par des étais de fer, ressemblent à celles d'un steamer en marche, d'un *Great-Eastern* dont cent mille chevaux feraient mouvoir les puissantes hélices, avec cette différence qu'au lieu d'une fumée noire il ne s'en échappe que de légers filets dont les scories n'encrassent point l'atmosphère.

Cette usine couvre une surface de dix mille yards carrés, soit près d'un hectare. C'est le premier établissement industriel que le quatuor ait vu depuis qu'il «excursionne», qu'on nous pardonne ce mot, sous la direction de l'Américain.

— Eh! quel est cet établissement?... demande Pinchinat.

— C'est une fabrique, avec appareils évaporatoires au pétrole, répond Calistus Munbar, dont le regard aiguisé menace de perforer les verres de son binocle.

— Et que fabrique-t-elle, votre fabrique?...

— De l'énergie électrique, laquelle est distribuée à travers toute la ville, le parc, la campagne, en produisant force motrice et lumière. En même temps, cette usine alimente nos

télégraphes, nos télautographes, nos téléphones, nos télé-
photes, nos sonneries, nos fourneaux de cuisine, nos machines ouvrières, nos appareils à arc et à incandescence, nos
lunes d'aluminium, nos câbles sous-marins...

— Vos câbles sous-marins?... observe vivement Frascolin.

— Oui!... ceux qui relient la ville à divers points du littoral
américain...

— Et il a été nécessaire de créer une usine de cette importance?...

— Je le crois bien... avec ce que nous dépensons d'énergie
électrique... et aussi d'énergie morale! réplique Calistus
Munbar. Croyez, messieurs, qu'il en a fallu une dose incalcu-
lable pour fonder cette incomparable cité, sans rivale au
monde!

On entend les ronflements sourds de la gigantesque usine,
les puissantes éructations de sa vapeur, les à-coups de ses
machines, les répercussions à la surface du sol, qui témoignent d'un effort mécanique supérieur à tout ce qu'a donné
jusqu'ici l'industrie moderne. Qui aurait pu imaginer que tant
de puissance fût nécessaire pour mouvoir des dynamos ou
charger des accumulateurs?

Le tram passe et, un quart de mile au-delà, vient s'arrêter
à la gare du port.

Les voyageurs descendent, et leur guide, toujours débor-
dant de phrases laudatives, les promène sur les quais qui
longent les entrepôts et les docks. Ce port forme un ovale
suffisant pour abriter une dizaine de navires, pas davantage.
C'est plutôt une darse qu'un port, terminée par des jetées,
deux piers, supportés sur des armatures de fer et éclairés par
deux feux qui en facilitent l'entrée aux bâtiments venant du
large.

Ce jour-là, la darse ne contient qu'une demi-douzaine de
steamers, les uns destinés au transport du pétrole, les autres
au transport des marchandises nécessaires à la consommation quotidienne — et quelques barques, munies d'appareils
électriques, qui sont employées à la pêche en pleine mer.

Frascolin remarque que l'entrée de ce port est orientée vers
le nord, et il en conclut qu'il doit occuper la partie septentrionale d'une de ces pointes que le littoral de la Basse-Californie
détache sur le Pacifique. Il constate aussi que le courant
marin se propage vers l'est avec une certaine intensité, puisqu'il file contre le musoir des piers comme les nappes d'eau le

long des flancs d'un navire en marche — effet dû sans doute à l'action de la marée montante, bien que les marées soient très médiocres sur les côtes de l'Ouest-Amérique.

— Où est donc le fleuve que nous avons traversé hier soir en ferry-boat? demande Frascolin.

— Nous lui tournons le dos, se contente de répondre le Yankee.

Mais il convient de ne pas s'attarder, si l'on veut revenir à la ville afin d'y prendre le train du soir pour San Diego.

Sébastien Zorn rappelle cette condition à Calistus Munbar, lequel répond:

— Ne craignez rien, chers bons amis... Nous avons le temps... Un tram va nous ramener à la ville après avoir suivi le littoral... Vous avez désiré avoir une vue d'ensemble de cette région, et avant une heure vous l'aurez du haut de la tour de l'observatoire.

— Vous nous assurez?... dit le violoncelliste en insistant.

— Je vous assure que demain, au lever du soleil, vous ne serez plus où vous êtes en ce moment!

Force est d'accepter cette réponse assez peu explicite. D'ailleurs, la curiosité de Frascolin, plus encore que celle de ses camarades, est excitée au dernier point. Il lui tarde de se trouver au sommet de cette tour, d'où l'Américain affirme que la vue s'étend sur un horizon d'au moins cent miles de circonférence. Après cela, si l'on n'est pas fixé au sujet de la position géographique de cette invraisemblable cité, il faudra renoncer à jamais l'être.

Au fond de la darse s'amorce une seconde ligne de trams qui longe le bord de la mer. Le tram se compose de six cars, où nombre de voyageurs ont déjà pris place. Ces cars sont traînés par une locomotive électrique, avec accumulateurs d'une capacité de deux cents ampères-ohms, et leur vitesse atteint de quinze à dix-huit kilomètres.

Calistus Munbar fait monter le quatuor dans le tram, et nos Parisiens purent croire qu'il n'attendait qu'eux pour partir.

Ce qu'ils voient de la campagne est peu différent du parc qui s'étend entre la ville et le port. Même sol plat et soigneusement entretenu. De vertes prairies et des champs au lieu de pelouses, voilà tout, champs de légumes, non de céréales. En ce moment, une pluie artificielle, projetée hors des conduites souterraines, retombe en averse bienfaisante sur ces longs rectangles tracés au cordeau et à l'équerre.

Le ciel ne l'eût pas dosée et distribuée d'une manière plus mathématique et plus opportune.

La voie ferrée suit le littoral, ayant la mer d'un côté, la campagne de l'autre. Les cars courent ainsi pendant quatre miles — cinq kilomètres environ. Puis ils s'arrêtent devant une batterie de douze pièces de gros calibre et dont l'entrée est indiquée par ces mots: *Batterie de l'Eperon.*

— Des canons qui se chargent, mais qui ne se déchargent jamais par la culasse... comme tant d'engins de la vieille Europe! fait observer Calistus Munbar.

En cet endroit, la côte est nettement découpée. Il s'en détache une sorte de cap, très aigu, semblable à la proue d'une carène de navire, ou même à l'éperon d'un cuirassé, sur lequel les eaux se divisent en l'arrosant de leur écume blanche. Effet de courant, sans doute, car la houle du large se réduit à de longues ondulations qui tendent à diminuer avec le déclin du soleil.

De ce point repart une autre ligne de tramway, qui descend vers le centre, la première ligne continuant à suivre les courbures du littoral.

Calistus Munbar fait changer de ligne à ses hôtes, en leur annonçant qu'ils vont revenir directement vers la cité.

La promenade a été suffisante. Calistus Munbar tire sa montre, chef-d'œuvre de Sivan, de Genève — une montre parlante, une montre phonographique, dont il presse le bouton et qui fait distinctement entendre ces mots:

— Quatre heures treize.

— Vous n'oubliez pas l'ascension que nous devons faire à l'observatoire?... rappelle Frascolin.

— L'oublier, mes chers et déjà vieux amis!... J'oublierais plutôt mon propre nom, qui jouit de quelque célébrité cependant! Encore quatre miles et nous serons devant le magnifique édifice bâti à l'extrémité de la Unième Avenue, celle qui sépare les deux sections de notre ville.

Le tram est parti. Au-delà des champs sur lesquels tombe toujours une pluie «après-midienne» — ainsi la nommait l'Américain — on retrouve le parc clos de barrières, ses pelouses, ses corbeilles et ses massifs.

Quatre heures et demie sonnent alors. Deux aiguilles indiquent l'heure sur un cadran gigantesque, à peu près semblable à celui du Parliament House de Londres, plaqué sur la face d'une tour quadrangulaire.

Au pied de cette tour sont érigés les bâtiments de l'observatoire, affectés aux divers services, dont quelques-uns, coiffés
de rotondes métalliques à fentes vitrées, permettent aux
astronomes de suivre la marche des étoiles. Ils entourent une
cour centrale, au milieu de laquelle se dresse la tour haute de
cent cinquante pieds. De sa galerie supérieure, le regard peut
s'étendre sur un rayon de vingt-cinq kilomètres, puisque
l'horizon n'est limité par aucune tumescence, colline ou montagne.

Calistus Munbar, précédant ses hôtes, s'engage sous une
porte que lui ouvre un concierge vêtu d'une livrée superbe.
Au fond du hall attend la cage de l'ascenseur, qui se meut
électriquement. Le quatuor y prend place avec son guide. Là
cage s'élève d'un mouvement doux et régulier. Quarante-cinq
secondes après, elle reste stationnaire au niveau de la plate-
forme supérieure de la tour.

Sur cette plate-forme se dresse la hampe d'un gigantesque
pavillon, dont l'étamine flotte au souffle d'une brise du nord.

Quelle nationalité indique ce pavillon? Aucun de nos Parisiens ne peut le reconnaître. C'est bien le pavillon américain
avec ses raies transversales rouges et blanches; mais le yacht,
au lieu des soixante-sept étoiles qui brillaient au firmament de
la Confédération à cette époque, n'en porte qu'une seule: une
étoile, ou plutôt un soleil d'or, écartelé sur l'azur du yacht, et
qui semble rivaliser d'irradiation avec l'astre du jour.

— Notre pavillon, messieurs, dit Calistus Munbar en se
découvrant par respect.

Sébastien Zorn et ses camarades ne peuvent faire autrement que de l'imiter. Puis ils s'avancent sur la plate-forme
jusqu'au parapet, et, se penchant...

Quel cri — de surprise d'abord, de colère ensuite — s'é-
chappe de leur poitrine!

La campagne entière se développe sous le regard. Cette
campagne ne présente qu'un ovale régulier, circonscrit par un
horizon de mer, et, si loin que le regard puisse se porter au
large, il n'y a aucune terre en vue.

Et pourtant, la veille, pendant la nuit, après avoir quitté le
village de Freschal dans la voiture de l'Américain, Sébastien
Zorn, Frascolin, Yvernès, Pinchinat n'ont pas cessé de suivre
la route de terre sur un parcours de deux miles... Ils ont pris
place ensuite avec le char à bancs dans le ferry-boat pour
traverser le cours d'eau... Puis ils ont retrouvé la terre ferme...

En vérité, s'ils eussent abandonné le littoral californien pour une navigation quelconque, ils s'en seraient certainement aperçus...

Frascolin se retourne vers Calistus Munbar:

— Nous sommes dans une île?... demande-t-il.

— Comme vous le voyez! répond le Yankee, dont la bouche dessine le plus aimable des sourires.

— Et quelle est cette île?...

— Standard Island.

— Et cette ville?...

— Milliard City.

V

## STANDARD ISLAND ET MILLIARD CITY

A cette époque, on attendait encore qu'un audacieux statisticien, doublé d'un géographe, eût donné le chiffre exact des îles répandues à la surface du globe. Ce chiffre, il n'est pas téméraire d'admettre qu'il s'élève à plusieurs milliers. Parmi ces îles, ne s'en trouvait-il donc pas une seule qui répondît aux desiderata des fondateurs de Standard Island et aux exigences de ses futurs habitants? Non! pas une seule. De là cette idée «américanismécaniquement» pratique de créer de toutes pièces une île artificielle·qui serait le dernier mot de l'industrie métallurgique moderne.

Standard Island — qu'on peut traduire par «l'île type» — est une île à hélice. Milliard City est sa capitale. Pourquoi ce nom? Evidemment parce que cette capitale est la ville des milliardaires, une cité gouldienne, vanderbiltienne et rothschildienne. Mais, objectera-t-on, le mot milliard n'existe pas dans la langue anglaise... Les Anglo-Saxons de l'Ancien et du Nouveau-Continent ont toujours dit: «*A thousand millions*», mille millions... Milliard est un mot français... D'accord, et, cependant, depuis quelques années, il est passé dans le langage courant de la Grande-Bretagne et des Etats-Unis — et c'est à juste titre qu'il fut appliqué à la capitale de Standard Island.

Une île artificielle, c'est une idée qui n'a rien d'extraordinaire en soi. Avec des masses suffisantes de matériaux immergés dans un fleuve, un lac, une mer, il n'est pas hors du pouvoir des hommes de la fabriquer. Or, cela n'eût pas suffi. Eu égard à sa destination, aux exigences qu'elle devait satisfaire, il fallait que cette île pût se déplacer et, conséquemment, qu'elle fût flottante. Là était la difficulté, mais non supérieure à la production des usines où le fer est travaillé, et grâce à des machines d'une puissance pour ainsi dire infinie.

Déjà, à la fin du XIX<sup>e</sup> siècle, avec leur instinct du big, leur admiration pour ce qui est «énorme», les Américains avaient formé le projet d'installer à quelques centaines de lieues au large un radeau gigantesque, mouillé sur ses ancres. C'eût été, sinon une cité, du moins une station de l'Atlantique, avec restaurants, hôtels, cercles, théâtres, etc., où les touristes auraient trouvé tous les agréments des villes d'eaux les plus en vogue. Eh bien! c'est ce projet qui fut réalisé et complété. Toutefois, au lieu du radeau fixe, on créa l'île mouvante.

Six ans avant l'époque où se place le début de cette histoire, une compagnie américaine, sous la raison sociale Standard Island Company limited, s'était fondée au capital de cinq cents millions de dollars[1], divisé en cinq cents parts, pour la fabrication d'une île artificielle qui offrirait aux nababs des Etats-Unis les divers avantages dont sont privées les régions sédentaires du globe terrestre. Les parts furent rapidement enlevées, tant les immenses fortunes étaient nombreuses alors en Amérique, qu'elles provinssent soit de l'exploitation des chemins de fer, soit des opérations de banque, soit du rendement des sources de pétrole, soit du commerce des porcs salés.

Quatre années furent employées à la construction de cette île, dont il convient d'indiquer les principales dimensions, les aménagements intérieurs, les procédés de locomotion qui lui permettent d'utiliser la plus belle partie de l'immense surface de l'océan Pacifique. Nous donnerons ces dimensions en kilomètres, non en miles — le système décimal ayant alors triomphé de l'inexplicable répulsion qu'il inspirait jadis à la routine anglo-saxonne.

De ces villages flottants, il en existe en Chine sur le fleuve Yang-tsé-kiang, au Brésil sur le fleuve des Amazones, en Europe sur le Danube. Mais ce ne sont que des constructions éphémères, quelques maisonnettes établies à la surface

---

[1] Deux milliards cinq cents millions de francs.

de longs trains de bois. Arrivé à destination, le train se disloque, les maisonnettes se démontent, le village a vécu.

Or l'île dont il s'agit c'est tout autre chose: elle devait être lancée sur la mer, elle devait durer... ce que peuvent durer les œuvres sorties de la main de l'homme.

Et, d'ailleurs, qui sait si la terre ne sera pas trop petite un jour pour ses habitants, dont le nombre doit atteindre près de six milliards en 2072 — à ce que, d'après Ravenstein, les savants affirment avec une étonnante précision? Et ne faudra-t-il pas bâtir sur la mer, alors que les continents seront encombrés?...

Standard Island est une île en acier, et la résistance de sa coque a été calculée pour l'énormité du poids qu'elle est appelée à supporter. Elle est composée de deux cent soixante-dix mille caissons, ayant chacun seize mètres soixante-six de haut sur dix de long et dix de large. Leur surface horizontale représente donc un carré de dix mètres de côté, soit cent mètres de superficie. Tous ces caissons, boulonnés et rivés ensemble, assignent à l'île environ vingt-sept millions de mètres carrés, ou vingt-sept kilomètres superficiels. Dans la forme ovale que les constructeurs lui ont donnée, elle mesure sept kilomètres de longueur sur cinq kilomètres de largeur, et son pourtour est de dix-huit kilomètres en chiffres ronds[1].

La partie immergée de cette coque est de trente pieds, la partie émergeante de vingt pieds. Cela revient à dire que Standard Island tire dix mètres d'eau à pleine charge. Il en résulte que son volume se chiffre par quatre cent trente-deux millions de mètres cubes, et son déplacement, soit les trois cinquièmes du volume, par deux cent cinquante-neuf millions de mètres cubes.

Toute la partie des caissons immergée a été recouverte d'une préparation si longtemps introuvable — elle a fait un milliardaire de son inventeur — qui empêche les gravans et autres coquillages de s'attacher aux parois en contact avec l'eau de mer.

Le sous-sol de la nouvelle île ne craint ni les déformations ni les ruptures, tant les tôles d'acier de sa coque sont puissamment maintenues par des entretoises, tant le rivetage et le boulonnage ont été faits sur place avec solidité.

---

[1] L'enceinte fortifiée de Paris mesure trente-neuf kilomètres et compte vingt-trois kilomètres à son ancien mur d'octroi.

Il fallait créer des chantiers spéciaux pour la fabrication de ce gigantesque appareil maritime. C'est ce que fit la Standard Island Company, après avoir acquis la baie Madeleine et son littoral, à l'extrémité de cette longue presqu'île de la Vieille-Californie, presque à la limite du tropique du Cancer. C'est dans cette baie que s'exécuta ce travail, sous la direction des ingénieurs de la Standard Island Company, ayant pour chef le célèbre William Tersen, mort quelques mois après l'achèvement de l'œuvre, comme Brunnel lors de l'infructueux lancement de son Great-Eastern. Et cette Standard Island, est-ce donc autre chose qu'un Great-Eastern modernisé, et sur un gabarit des milliers de fois plus considérable ?

On le comprend, il ne pouvait être question de lancer l'île à la surface de l'océan. Aussi l'a-t-on fabriquée par morceaux, par compartiments juxtaposés sur les eaux de la baie Madeleine. Cette portion du rivage américain est devenue le port de relâche de l'île mouvante, qui vient s'y encastrer lorsque des réparations sont nécessaires.

La carcasse de l'île, sa coque, si l'on veut, formée de ces deux cent soixante-dix mille compartiments, a été, sauf dans la partie réservée à la ville centrale, où ladite coque est extraordinairement renforcée, recouverte d'une épaisseur de terre végétale. Cet humus suffit aux besoins d'une végétation restreinte à des pelouses, à des corbeilles de fleurs et d'arbustes, à des bouquets d'arbres, à des prairies, à des champs de légumes. Il eût paru peu pratique de demander à ce sol factice de produire des céréales et de pourvoir à l'entretien des bestiaux de boucherie, qui sont d'ailleurs l'objet d'une importation régulière. Mais il y eut lieu de créer les installations nécessaires afin que le lait et le produit des basses-cours ne dépendissent pas de ces importations.

Les trois quarts du sol de Standard Island sont affectés à la végétation, soit vingt et un kilomètres carrés environ, où les gazons du parc offrent une verdure permanente, où les champs, livrés à la culture intensive, abondent en légumes et en fruits, où les prairies artificielles servent de pâtures à quelques troupeaux. Là, d'ailleurs, l'électroculture est largement employée, c'est-à-dire l'influence de courants continus, qui se manifeste par une accélération extraordinaire et la production de légumes de dimensions invraisemblables, tels des radis de quarante-cinq centimètres et des carottes de trois kilos. Jardins, potagers, vergers peuvent rivaliser avec les plus beaux de la Virginie ou de la Louisiane. Il convient de ne point s'en étonner: on ne regarde pas à la dépense dans cette île si justement nommée «le Joyau du Pacifique».

Sa capitale, Milliard City, occupe environ le cinquième qui lui a été réservé sur les vingt-sept kilomètres carrés, soit à peu près cinq kilomètres superficiels, ou cinq cents hectares, avec une circonférence de neuf kilomètres. Ceux de nos lecteurs qui ont bien voulu accompagner Sébastien Zorn et ses camarades pendant leur excursion la connaissent assez pour ne point s'y perdre. D'ailleurs, on ne s'égare pas dans les villes américaines, lorsqu'elles ont à la fois le bonheur et le malheur d'être modernes — bonheur pour la simplicité des communications urbaines, malheur pour le côté artiste et fantaisiste, qui leur fait absolument défaut. On sait que Milliard City, de forme ovale, est divisée en deux sections, séparées par une artère centrale, la Unième Avenue, longue d'un peu plus de trois kilomètres. L'observatoire, qui s'élève à l'une de ses extrémités, a comme pendant l'Hôtel de Ville, dont l'importante masse se détache à l'opposé. Là sont centralisés tous les services publics de l'état civil, des eaux et de la voirie, des plantations et promenades, de la police municipale, de la douane, des halles et marchés, des inhumations, des hospices, des diverses écoles, des cultes et des arts.

Et maintenant quelle est la population contenue dans cette circonférence de dix-huit kilomètres?

La terre, paraît-il, compte actuellement douze villes — dont quatre en Chine — qui possèdent plus d'un million d'habitants. Eh bien! l'île à hélice n'en a que dix mille environ — rien que des natifs des Etats-Unis. On n'a pas voulu que des discussions internationales pussent jamais surgir entre ces citoyens qui venaient chercher sur cet appareil de fabrication si moderne le repos et la tranquillité. C'est assez, c'est trop même qu'ils ne soient pas, au point de vue de la religion, rangés sous la même bannière. Mais il eût été difficile de réserver aux Yankees du Nord, qui sont les Bâbordais de Standard Island, ou inversement, aux Américains du Sud, qui en sont les Tribordais, le droit exclusif de fixer leur résidence en cette île. D'ailleurs, les intérêts de la Standard Island Company en eussent trop souffert.

Lorsque ce sol métallique est établi, lorsque la partie réservée à la ville est disposée pour être bâtie, lorsque le plan des rues et des avenues est adopté, les constructions commencent à s'élever, hôtels superbes, habitations plus simples, maisons destinées au commerce de détail, édifices publics, églises et temples, mais point de ces demeures à vingt-sept étages, ces sky-scrapers, c'est-à-dire «grattoirs de nuages», que l'on voit à Chicago. Les matériaux en sont à la fois légers et résistants. Le métal inoxydable qui domine dans ces constructions, c'est l'aluminium, sept fois moins lourd que le fer à volume égal — le métal de l'avenir, comme l'avait nommé Sainte-Claire Deville, et qui se prête à toutes les nécessités d'une édification solide. Puis on y joint la pierre artificielle, ces cubes de ciment qui s'agencent avec tant de facilité. On fait même usage de ces briques en verre, creusées, soufflées, moulées comme des bouteilles, et réunies par un fin coulis de mortier, briques transparentes, qui, si on le désire, peuvent réaliser l'idéal de la maison de verre. Mais, en réalité, c'est l'armature métallique qui est surtout employée, comme elle l'est actuellement dans les divers échantillons de l'architecture navale. Et Standard Island, qu'est-ce autre chose qu'un immense navire?

Ces diverses propriétés appartiennent à la Standard Island Company. Ceux qui les habitent n'en sont que les locataires, quelle que soit l'importance de leur fortune. En outre, on a pris soin d'y prévoir toutes les exigences en fait de confort et d'appropriation, réclamées par ces Américains invraisemblablement riches, auprès desquels les souverains de l'Europe ou les nababs de l'Inde ne peuvent faire que médiocre figure.

En effet, si la statistique établit que la valeur du stock de l'or accumulé dans le monde entier est de dix-huit milliards, et celui de l'argent de vingt milliards, qu'on veuille se dire que les habitants de ce Joyau du Pacifique en possèdent leur bonne part.

Au surplus, dès le début, l'affaire s'est bien présentée du côté financier. Hôtels et habitations se sont loués à des prix fabuleux. Certains de ces loyers dépassent plusieurs millions, et nombre de familles ont pu, sans se gêner, dépenser pareilles sommes à leur location annuelle. D'où un revenu pour la compagnie, rien que de ce chef. Avouez que la capitale de Standard Island justifie le nom qu'elle porte dans la nomenclature géographique.

Ces opulentes familles mises à part, on en cite quelques centaines dont le loyer va de cent à deux cent mille francs, et qui se contentent de cette situation modeste. Le surplus de la population comprend les professeurs, les fournisseurs, les

employés, les domestiques, les étrangers, dont le flottement
n'est pas considérable et qui ne seraient point autorisés à se
fixer à Milliard City ni dans l'île. D'avocats, il y en a très peu,
ce qui rend les procès assez rares; de médecins encore moins,
ce qui a fait tomber la mortalité à un chiffre dérisoire.
D'ailleurs, chaque habitant connaît exactement sa constitution, sa force musculaire mesurée au dynamomètre, sa capacité pulmonaire mesurée au spiromètre, sa puissance de
contraction du cœur mesurée au sphygmomètre, enfin, son
degré de force vitale mesuré au magnétomètre. Et puis, dans
cette ville, ni bars, ni cafés, ni cabarets, rien qui provoque à
l'alcoolisme. Jamais aucun cas de dypsomanie, disons d'ivro-
gnerie, pour être compris des gens qui ne savent pas le grec.
Qu'on n'oublie pas, en outre, que les services urbains lui
distribuent l'énergie électrique, lumière, force mécanique et
chauffage, l'air comprimé, l'air raréfié, l'air froid, l'eau sous
pression, tout comme les télégrammes pneumatiques et les
auditions téléphoniques. Si l'on meurt, en cette île à hélice
méthodiquement soustraite aux intempéries climatériques, à
l'abri de toutes les influences microbiennes, c'est qu'il faut
bien mourir, mais après que les ressorts de la vie se sont usés
jusque dans une vieillesse de centenaires.

Y a-t-il des soldats à Standard Island? Oui! un corps de
cinq cents hommes sous les ordres du colonel Stewart, car il a
fallu prévoir que les parages du Pacifique ne sont pas toujours sûrs. Aux approches de certains groupes d'îles, il est
prudent de se prémunir contre l'agression des pirates de toute
espèce. Que cette milice ait une haute paie, que chaque
homme y touche un traitement supérieur à celui des généraux
en chef de la vieille Europe, cela n'est point pour surprendre.
Le recrutement de ces soldats, logés, nourris, habillés aux
frais de l'administration, s'opère dans des conditions excellentes, sous le contrôle de chefs rentés comme des Crésus. On
n'a que l'embarras du choix.

Y a-t-il de la police à Standard Island? Oui, quelques
escouades, et elles suffisent à garantir la sécurité d'une ville
qui n'a aucun motif d'être troublée. Une autorisation de
l'administration municipale est nécessaire pour y résider. Les
côtes sont gardées par un corps d'agents de la douane veillant
jour et nuit. On ne peut y débarquer que par les ports.
Comment des malfaiteurs s'y introduiraient-ils? Quant à
ceux qui, par exception, deviendraient des coquins sur place,

ils seraient saisis en un tour de main, condamnés, et comme tels déportés à l'ouest ou à l'est du Pacifique, sur quelque coin du Nouveau ou de l'Ancien-Continent, sans possibilité de jamais revenir à Standard Island.

Nous avons dit: les ports de Standard Island. Est-ce donc qu'il en existe plusieurs? Oui, deux, situés chacun à l'extrémité du petit diamètre de l'ovale que l'île affecte dans sa forme générale. L'un est nommé Tribord Harbour, l'autre Bâbord Harbour, conformément aux dénominations en usage dans la marine française.

En effet, en aucun cas il ne faut avoir à craindre que les importations régulières risquent d'être interrompues, et elles ne peuvent l'être, grâce à la création de ces deux ports, d'orientation opposée. Si, par suite du mauvais temps, l'un est inabordable, l'autre est ouvert aux bâtiments, dont le service est ainsi garanti par tous les vents. C'est par Bâbord Harbour et Tribord Harbour que s'opère le ravitaillement en diverses marchandises, pétrole apporté par des steamers spéciaux, farines et céréales, vins, bières et autres boissons de l'alimentation moderne, thé, café, chocolat, épicerie, conserves, etc. Là, arrivent aussi les bœufs, les moutons, les porcs des meilleurs marchés de l'Amérique, et qui assurent la consommation de la viande fraîche, enfin, tout ce qu'il faut au plus difficile des gourmets en fait d'articles comestibles. Là aussi s'importent les étoffes, la lingerie, les modes, telles que peut l'exiger le dandy le plus raffiné ou la femme la plus élégante. Ces objets, on les achète chez les fournisseurs de Milliard City, à quel prix, nous n'osons le dire, de crainte d'exciter l'incrédulité du lecteur.

Cela admis, on se demandera comment le service des steamers s'établit régulièrement entre le littoral américain et une île à hélice qui de sa nature est mouvante — un jour dans tels parages, un autre à quelque vingt milles de là?

La réponse est très simple. Standard Island ne va point à l'aventure. Son déplacement se conforme au programme arrêté par l'administration supérieure, sur avis des météorologistes de l'observatoire. C'est une promenade, susceptible cependant de quelques modifications, à travers cette partie du Pacifique qui contient les plus beaux archipels, et en évitant, autant que possible, ces à-coups de froid et de chaud cause de tant d'affections pulmonaires. C'est ce qui a permis à Calistus Munbar de répondre au sujet de l'hiver:

— Connaissons pas!

Standard Island n'évolue qu'entre le trente-cinquième parallèle au nord et le trente-cinquième parallèle au sud de l'équateur. Soixante-dix degrés à parcourir, soit environ quatorze cents lieues marines, quel magnifique champ de navigation! Les navires savent donc toujours où trouver le Joyau du Pacifique, puisque son déplacement est réglementé d'avance entre les divers groupes de ces îles délicieuses qui forment comme autant d'oasis sur le désert de l'immense océan.

Eh bien! même en pareil cas les navires ne sont pas réduits à chercher au hasard le gisement de Standard Island. Et pourtant, la compagnie n'a point voulu recourir aux vingt-cinq câbles, longs de seize mille milles, que possède l'Eastern Extension Australasia and China Co. Non! L'île à hélice ne veut dépendre de personne. Aussi a-t-il suffi de disposer à la surface de ces mers quelques centaines de bouées qui supportent l'extrémité de câbles électriques reliés avec Madeleine Bay. On accoste ces bouées, on rattache le fil aux appareils de l'observatoire, on lance des dépêches, et les agents de la baie sont toujours informés de la position en longitude et en latitude de Standard Island. Il en résulte que le service des navires d'approvisionnement se fait avec une régularité railwayenne.

Il est pourtant une importante question qui vaut la peine d'être élucidée.

Et l'eau douce, comment se la procure-t-on pour les multiples besoins de l'île?

L'eau?... On la fabrique par distillation dans deux usines spéciales voisines des ports. Des conduites l'amènent aux habitations ou la promènent sous les couches de la campagne. Elle sert ainsi à tous les services domestiques et de voirie, et retombe en pluie bienfaisante sur les champs et les pelouses, qui ne sont plus soumis aux caprices du ciel. Et non seulement cette eau est douce, mais elle est distillée, électrolysée, plus hygiénique que les plus pures sources des deux continents, dont une goutte de la grosseur d'une tête d'épingle peut renfermer quinze milliards de microbes.

Il reste à dire dans quelles conditions s'effectue le déplacement de ce merveilleux appareil. Une grande vitesse ne lui est pas nécessaire, puisque, en six mois, il ne doit pas quitter les parages compris entre les tropiques, d'une part, et entre les cent trentième et cent quatre-vingtième méridiens, de l'autre. Quinze à vingt milles par vingt-quatre heures, Standard Island n'en demande pas davantage. Or, ce déplacement, il eût été aisé de l'obtenir au moyen d'un touage, en établissant un câble fait de cette plante indienne qu'on nomme bastin, à la fois résistant et léger, qui eût flotté entre deux eaux de manière à ne point se couper aux fonds sous-marins. Ce câble se serait enroulé, aux deux extrémités de l'île, sur des cylindres mus par la vapeur, et Standard Island se fût touée à l'aller et au retour, comme ces bateaux qui remontent ou descendent certains fleuves. Mais ce câble aurait dû être d'une grosseur énorme pour une pareille masse, et il eût été sujet à nombre d'avaries. C'était la liberté enchaînée, c'était l'obligation de suivre l'imperturbable ligne du touage, et, quand il s'agit de liberté, les citoyens de la libre Amérique sont d'une superbe intransigeance.

A cette époque, très heureusement, les électriciens ont poussé si loin leurs progrès que l'on a pu tout demander à l'électricité, cette âme de l'univers. C'est donc à elle qu'est confiée la locomotion de l'île. Deux usines suffisent à faire mouvoir des dynamos d'une puissance pour ainsi dire infinie, fournissant l'énergie électrique à courant continu sous un voltage modéré de deux mille volts. Ces dynamos actionnent un puissant système d'hélices placées à proximité des deux ports. Elles développent chacune cinq millions de chevaux-vapeur, grâce à leurs centaines de chaudières chauffées avec ces briquettes de pétrole, moins encombrantes, moins encrassantes que la houille et plus riches en calorique. Ces usines sont dirigées par les deux ingénieurs en chef, MM. Watson et Somwah, aidés d'un nombreux personnel de mécaniciens et de chauffeurs, sous le commandement supérieur du commodore Ethel Simcoë. De sa résidence à l'observatoire, le commodore est en communication téléphonique avec les usines, établies, l'une près de Tribord Harbour, l'autre près de Bâbord Harbour. C'est par lui que sont envoyées les instructions de marche et de contremarche, suivant l'itinéraire déterminé. C'est de là qu'est parti, dans la nuit du 25 au 26, l'ordre d'appareillage de Standard Island, qui se trouvait dans le voisinage de la côte californienne au début de sa campagne annuelle.

Ceux de nos lecteurs qui voudront bien, par la pensée, s'y embarquer de confiance, assisteront aux diverses péripéties de

ce voyage à la surface du Pacifique, et peut-être n'auront-ils
pas lieu de le regretter.

Disons maintenant que la vitesse maximale de Standard
Island, lorsque ses machines développent leurs dix millions de
chevaux, peut atteindre huit nœuds à l'heure. Les plus puissantes lames, quand quelque coup de vent les soulève, n'ont
pas de prise sur elle. Par sa grandeur, elle échappe aux
ondulations de la houle. Le mal de mer n'y est point à
craindre. Les premiers jours «à bord», c'est à peine si l'on
ressent le léger frémissement que la rotation des hélices
imprime à son sous-sol. Terminée en éperons d'une soixantaine de mètres à l'avant et à l'arrière, divisant les eaux sans
effort, elle parcourt sans secousses le vaste champ liquide
offert à ses excursions.

Il va de soi que l'énergie électrique fabriquée par les deux
usines reçoit d'autres applications que la locomotion de Standard Island. C'est elle qui éclaire la campagne, le parc, la cité.
C'est elle qui engendre derrière la lentille des phares cette
intense source lumineuse dont les faisceaux, projetés au large,
signalent de loin la présence de l'île à hélice et préviennent
tout risque de collision. C'est elle qui fournit les divers courants utilisés par les services télégraphiques, téléphotiques,
télautographiques, téléphoniques, pour les besoins des maisons particulières et des quartiers du commerce. C'est elle
enfin qui alimente ces lunes factices, d'un pouvoir égal chacune à cinq mille bougies, qui peuvent éclairer une surface de
cinq cents mètres superficiels.

A cette époque, cet extraordinaire appareil marin en est à
sa deuxième campagne à travers le Pacifique. Un mois avant,
il avait abandonné Madeleine Bay en remontant vers le
trente-cinquième parallèle, afin de reprendre son itinéraire à
la hauteur des îles Sandwich. Or il se trouvait le long de la
côte de la Basse-Californie lorsque Calistus Munbar, ayant
appris par les communications téléphoniques que le Quatuor
concertant, après avoir quitté San Francisco, se dirigeait vers
San Diego, proposa de s'assurer le concours de ces éminents
artistes. On sait de quelle façon il procéda à leur égard,
comment il les embarqua sur l'île à hélice, laquelle stationnait
alors à quelques encablures du littoral, et comment, grâce à
ce tour pendable, la musique de chambre allait charmer les
dilettantes de Milliard City.

Telle est cette neuvième merveille du monde, ce chef-d'œuvre du génie humain, digne du XX<sup>e</sup> siècle, dont deux violons, un alto et un violoncelle sont actuellement les hôtes, et que Standard Island emporte vers les parages occidentaux de l'océan Pacifique.

## VI

### INVITÉS... «INVITI»

A supposer que Sébastien Zorn, Frascolin, Yvernès, Pinchinat eussent été gens à ne s'étonner de rien, il leur eût été difficile de ne point s'abandonner à un légitime accès de colère en sautant à la gorge de Calistus Munbar. Avoir toutes les raisons de penser que l'on foule du pied le sol de l'Amérique septentrionale et être transporté en plein océan! Se croire à quelque vingt miles de San Diego, où l'on est attendu le lendemain pour un concert, et apprendre brutalement qu'on s'en éloigne à bord d'une île artificielle, flottante et mouvante! Au vrai, cet accès eût été bien excusable.

Par bonheur pour l'Américain, il s'est mis à l'abri de ce premier coup de boutoir. Profitant de la surprise, disons de l'hébétement dans lequel est tombé le quatuor, il quitte la plate-forme de la tour, prend l'ascenseur et il est, pour le moment, hors de portée des récriminations et des vivacités des quatre Parisiens.

— Quel gueux! s'écrie le violoncelle.

— Quel animal! s'écrie l'alto.

— Hé! hé!... si, grâce à lui, nous sommes témoins de merveilles... dit simplement le violon solo.

— Vas-tu donc l'excuser? répond le second violon.

— Pas d'excuse, réplique Pinchinat, et s'il y a une justice à Standard Island nous le ferons condamner, ce mystificateur de Yankee!

— Et s'il y a un bourreau, hurle Sébastien Zorn, nous le ferons pendre!

Or, pour obtenir ces divers résultats, il faut d'abord redescendre au niveau des habitants de Milliard City, la police ne fonctionnant pas à cent cinquante pieds dans les airs. Et cela sera fait en peu d'instants, si la descente est possible. Mais la cage de l'ascenseur n'a point remonté, et il n'y a rien qui ressemble à un escalier. Au sommet de cette tour, le quatuor se trouve donc sans communication avec le reste de l'humanité.

Après leur premier épanchement de dépit et de colère, Sébastien Zorn, Pinchinat, Frascolin, abandonnant Yvernès à ses admirations, sont demeurés silencieux et finissent par rester immobiles. Au-dessus d'eux, l'étamine du pavillon se déploie le long de la hampe. Sébastien Zorn éprouve une envie féroce d'en couper la drisse, de l'abaisser comme le pavillon d'un bâtiment qui amène ses couleurs. Mais mieux vaut ne point s'attirer quelque mauvaise affaire, et ses camarades le retiennent au moment où sa main brandit un bowie-knife bien affilé.

— Ne nous mettons pas dans notre tort, fait observer le sage Frascolin.

— Alors... tu acceptes la situation ? demande Pinchinat.

— Non... mais ne la compliquons pas.

— Et nos bagages qui filent sur San Diego ! remarque Son Altesse en se croisant les bras.

— Et notre concert de demain !... s'écrie Sébastien Zorn.

— Nous le donnerons par téléphone ! répond le premier violon, dont la plaisanterie n'est pas pour calmer l'irascibilité du bouillant violoncelliste.

L'observatoire, on ne l'a pas oublié, occupe le milieu d'un vaste square auquel aboutit la Unième Avenue. A l'autre extrémité de cette principale artère, longue de trois kilomètres, qui sépare les deux sections de Milliard City, les artistes peuvent apercevoir une sorte de palais monumental, surmonté d'un beffroi de construction très légère et très élégante. Ils se disent que là doit être le siège du gouvernement, la résidence de la Municipalité, en admettant que Milliard City ait un maire et des adjoints. Ils ne se trompent pas. Et, précisément, l'horloge de ce beffroi commence à lancer un joyeux carillon, dont les notes arrivent jusqu'à la tour avec les dernières ondulations de la brise.

— Tiens !... C'est en ré majeur, dit Yvernès.

— Et à deux-quatre, dit Pinchinat.

Le beffroi sonne cinq heures.

— Et dîner, s'écrie Sébastien Zorn, et coucher ?... Est-ce que, par la faute de ce misérable Munbar, nous allons passer la nuit sur cette plate-forme, à cent cinquante pieds en l'air ?

C'est à craindre, si l'ascenseur ne vient pas offrir aux prisonniers le moyen de quitter leur prison.

En effet, le crépuscule est court sous ces basses latitudes, et l'astre radieux tombe comme un projectile à l'horizon. Les regards que le quatuor jette jusqu'aux extrêmes limites du ciel n'embrassent qu'une mer déserte, sans une voile, sans une fumée. A travers la campagne circulent des trams courant à la périphérie de l'île ou desservant les deux ports. A cette heure, le parc est encore dans toute son animation. Du haut de la tour, on dirait une immense corbeille de fleurs, où s'épanouissent les azalées, les clématites, les jasmins, les glycines, les passiflores, les bégonias, les salvias, les jacinthes, les dahlias, les camélias, des roses de cent espèces. Les promeneurs affluent, des hommes faits, des jeunes gens, non point de ces «petits vernis» qui sont la honte des grandes cités européennes, mais des adultes vigoureux et bien constitués. Des femmes et des jeunes filles, la plupart en toilettes jaune paille, ce ton préféré sous les zones torrides, promènent de jolies levrettes à paletots de soie et à jarretières galonnées d'or. Çà et là, cette gentry suit les allées de sable fin, capricieusement dessinées entre les pelouses. Ceux-ci sont étendus sur les coussins des cars électriques, ceux-là sont assis sur les bancs abrités de verdure. Plus loin, de jeunes gentlemen se livrent aux exercices du tennis, du cricket, du golf, du football et aussi du polo, montés sur d'ardents poneys. Des bandes d'enfants — de ces enfants américains d'une exubérance étonnante, chez lesquels l'individualisme est si précoce, les petites filles surtout — jouent sur les gazons. Quelques cavaliers chevauchent des pistes soigneusement entretenues, et d'autres luttent dans d'émouvantes garden-parties.

Les quartiers commerçants de la ville sont encore fréquentés à cette heure.

Les trottoirs mobiles se déroulent avec leur charge le long des principales artères. Au pied de la tour, dans le square de l'observatoire, se produit une allée et venue de passants dont les prisonniers ne seraient pas gênés d'attirer l'attention. Aussi, à plusieurs reprises, Pinchinat et Frascolin poussent-ils de retentissantes clameurs. Pour être entendus, ils le sont, car des bras se tendent vers eux, des paroles même s'élèvent jusqu'à leur oreille. Mais aucun geste de surprise. On ne paraît point s'étonner du groupe sympathique qui s'agite sur la plate-forme. Quant aux paroles, elles consistent en *good bye,* en *how do you do?* en bonjours et autres formules empreintes d'amabilité et de politesse. On dirait que la population milliardaise est informée de l'arrivée des quatre Parisiens à Standard Island, dont Calistus Munbar leur a fait les honneurs.

— Ah çà!... ils se fichent de nous! dit Pinchinat.

— Ça m'en a tout l'air! réplique Yvernès.

Une heure s'écoule — une heure pendant laquelle les appels ont été inutiles. Les invitations pressantes de Frascolin n'ont pas plus de succès que les invectives multipliées de Sébastien Zorn. Et, le moment du dîner approchant, le parc commence à se vider de ses promeneurs, les rues des oisifs qui les parcourent. Cela devient enrageant, à la fin!

— Sans doute, dit Yvernès, en évoquant de romanesques souvenirs, nous ressemblons à ces profanes qu'un mauvais génie a attirés dans une enceinte sacrée, et qui sont condamnés à périr pour avoir vu ce que leurs yeux ne devaient pas voir...

— Et on nous laisserait succomber aux tortures de la faim! répond Pinchinat.

— Ce ne sera pas du moins avant d'avoir épuisé tous les moyens de prolonger notre existence! s'écrie Sébastien Zorn.

— Et s'il faut en venir à nous manger les uns les autres... on donnera le No. 1 à Yvernès! dit Pinchinat.

— Quand il vous plaira! soupire le premier violon d'une voix attendrie, en courbant la tête pour recevoir le coup mortel.

En ce moment, un bruit se fait entendre dans les profondeurs de la tour. La cage de l'ascenseur remonte, s'arrête au niveau de la plate-forme. Les prisonniers, à l'idée de voir apparaître Calistus Munbar, s'apprêtent à l'accueillir comme il le mérite...

La cage est vide.

Soit! Ce ne sera que partie remise. Les mystifiés sauront retrouver le mystificateur. Le plus pressé est de redescendre à son niveau, et le moyen tout indiqué c'est de prendre place dans l'appareil.

C'est ce qui est fait. Dès que le violoncelliste et ses camarades sont dans la cage, elle se met en mouvement, et en moins d'une minute elle atteint le rez-de-chaussée de la tour.

— Et dire, s'écrie Pinchinat en frappant du pied, que nous ne sommes pas sur un sol naturel!

Que l'instant est bien choisi pour émettre de pareilles calembredaines! Aussi ne lui répond-on pas. La porte est ouverte. Ils sortent tous les quatre. La cour intérieure est déserte. Tous les quatre ils la traversent et suivent les allées du square.

Là, va-et-vient de quelques personnes, qui ne paraissent prêter aucune attention à ces étrangers. Sur une observation de Frascolin, qui recommande la prudence, Sébastien Zorn doit renoncer à des récriminations intempestives. C'est aux autorités qu'il convient de demander justice. Il n'y a pas péril en la demeure. Regagner Excelsior Hotel, attendre au lendemain pour faire valoir les droits d'hommes libres, c'est ce qui fut décidé, et le quatuor s'engage pédestrement le long de la Unième Avenue.

Ces Parisiens ont-ils au moins le privilège d'attirer l'attention publique?... Oui et non. On les regarde, mais sans y mettre trop d'insistance — peut-être comme s'ils étaient de ces rares touristes qui visitent parfois Milliard City. Eux, sous l'empire de circonstances assez extraordinaires, ne se sentent pas très à l'aise et se figurent qu'on les dévisage plus qu'on ne le fait réellement. D'autre part, qu'on ne s'étonne pas s'ils leur paraissent être d'une nature bizarre, ces mouvants insulaires, ces gens volontairement séparés de leurs semblables, errant à la surface du plus grand des océans de notre sphéroïde. Avec un peu d'imagination, on pourrait croire qu'ils appartiennent à une autre planète du système solaire. C'est l'avis d'Yvernès, que son esprit surexcité entraîne vers les mondes imaginaires. Quant à Pinchinat, il se contente de dire:

— Tous ces passants ont l'air très millionnaire, ma foi, et me font l'effet d'avoir une petite hélice au bas des reins comme leur île.

Cependant, la faim s'accentue. Le déjeuner est loin déjà, et l'estomac réclame son dû quotidien. Il s'agit donc de regagner au plus vite Excelsior Hotel. Dès le lendemain, on commencera les démarches convenues, tendant à se faire reconduire à San Diego par un des steamers de Standard Island, après paiement d'une indemnité dont Calistus Munbar devra supporter la charge, comme de juste.

Mais voici qu'en suivant la Unième Avenue Frascolin s'arrête devant un somptueux édifice, au fronton duquel s'étale en lettres d'or cette inscription: *Casino*. A droite de la superbe arcade qui surmonte la porte principale, une restauration laisse apercevoir, à travers ses glaces enjolivées d'arabesques, une série de tables dont quelques-unes sont occupées par des dîneurs et autour desquels circule un nombreux personnel.

— Ici l'on mange!... dit le deuxième violon, en consultant du regard ses camarades affamés.

Ce qui lui vaut cette laconique réponse de Pinchinat:

— Entrons!

Et ils entrent dans le restaurant à la file l'un de l'autre. On ne semble pas trop remarquer leur présence, dans cet établissement épulatoire, d'habitude fréquenté par les étrangers. Cinq minutes après, nos affamés attaquent à belles dents les premiers plats d'un excellent dîner dont Pinchinat a réglé le menu, et il s'y entend. Très heureusement, le porte-monnaie du quatuor est bien garni, et, s'il se vide à Standard Island, quelques recettes à San Diego ne tarderont pas à le remplir.

Excellente cuisine, très supérieure à celle des hôtels de New York ou de San Francisco, faite sur des fourneaux électriques également propres aux feux doux et aux feux ardents. Avec la soupe aux huîtres conservées, les fricassées de grains de maïs, le céleri cru, les gâteaux de rhubarbe, qui sont traditionnels, se succèdent des poissons d'une extrême fraîcheur, des rum-stecks d'un tendre incomparable, du gibier provenant sans doute des prairies et forêts californiennes, des légumes dus aux cultures intensives de l'île. Pour boisson, non point de l'eau glacée à la mode américaine, mais des bières variées et des vins que les vignobles de la Bourgogne, du Bordelais et du Rhin ont versés dans les caves de Milliard City, à de hauts prix, on peut le croire.

Ce menu ragaillardit nos Parisiens. Le cours de leurs idées s'en ressent. Peut-être voient-ils sous un jour moins sombre l'aventure où ils sont engagés. On ne l'ignore pas, les musiciens d'orchestre boivent sec. Ce qui est naturel chez ceux qui dépensent leur souffle à chasser les ondes sonores à travers les instruments à vent est moins excusable chez ceux qui jouent des instruments à cordes. N'importe! Yvernès, Pinchinat, Frascolin lui-même commencent à voir la vie en rose et même couleur d'or dans cette cité de milliardaires. Seul Sébastien Zorn, tout en tenant tête à ses camarades, ne laisse pas sa colère se noyer dans les crus originaires de France.

Bref, le quatuor est assez remarquablement «parti», comme on dit dans l'ancienne Gaule, lorsque l'heure est venue de demander l'addition. C'est au caissier Frascolin qu'elle est remise par un maître d'hôtel en habit noir.

Le deuxième violon jette les yeux sur le total, se lève, se rassied, se relève, se frotte les paupières, regarde le plafond.

— Qu'est-ce qui te prend?... demande Yvernès.

— Un frisson des pieds à la tête! répond Frascolin.

— C'est cher?...

— Plus que cher... Nous en avons pour deux cents francs...

— A quatre?...

— Non... chacun.

En effet, cent soixante dollars, ni plus ni moins — et, comme détail, la note compte les grooses à quinze dollars, le poisson à vingt dollars, les rumstecks à vingt-cinq dollars, le Médoc et le bourgogne à trente dollars la bouteille — le reste à l'avenant.

— Fichtre!... s'écrie Son Altesse.

— Les voleurs! s'écrie Sébastien Zorn.

Ces propos, échangés en français, ne sont pas compris du superbe maître d'hôtel. Néanmoins, ce personnage se doute quelque peu de ce qui se passe. Mais, si un léger sourire se dessine sur ses lèvres, c'est le sourire de la surprise, non celui du dédain. Il lui semble tout naturel qu'un dîner à quatre coûte cent soixante dollars. Ce sont les prix de Standard Island.

— Pas de scandale! dit Pinchinat. La France nous regarde! Payons...

— Et n'importe comment, réplique Frascolin, en route pour San Diego. Après-demain, nous n'aurions plus de quoi acheter un sandwich!

Cela dit, il prend son portefeuille, il en tire un nombre respectable de dollars-papiers, qui, par bonheur, ont cours à Milliard City, et il allait les remettre au maître d'hôtel lorsqu'une voix se fait entendre:

— Ces messieurs ne doivent rien.

C'est la voix de Calistus Munbar.

Le Yankee vient d'entrer dans la salle, épanoui, souriant, suant la bonne humeur, comme d'habitude.

— Lui! s'écrie Sébastien Zorn, qui se sent l'envie de le prendre à la gorge et de le serrer comme il serre le manche de son violoncelle dans les *forte*.

— Calmez-vous, mon cher Zorn, dit l'Américain. Veuillez passer, vos camarades et vous, dans le salon, où le café nous attend. Là, nous pourrons causer à notre aise, et à la fin de notre conversation...

— Je vous étranglerai! réplique Sébastien Zorn.

— Non... vous me baiserez les mains...

— Je ne vous baiserai rien du tout! s'écrie le violoncelliste, à la fois rouge et pâle de colère.

Un instant après, Calistus Munbar et ses invités sont étendus sur des divans moelleux, tandis que le Yankee se balance sur un rocking-chair.

Et voici comment il s'exprime en présentant à ses hôtes sa propre personne:

— Calistus Munbar, de New York, cinquante ans, arrière-petit-neveu du célèbre Barnum, actuellement surintendant des Beaux Arts à Standard Island, chargé de ce qui concerne la peinture, la sculpture, la musique et, généralement, de tous les plaisirs de Milliard City. Et maintenant que vous me connaissez, messieurs...

— Est-ce que, par hasard, demande Sébastien Zorn, vous ne seriez pas aussi un agent de la police, chargé d'attirer les gens dans des traquenards et de les y retenir malgré eux?...

— Ne vous hâtez pas de me juger, irritable violoncelle, répond le surintendant, et attendez la fin.

— Nous attendrons, réplique Frascolin d'un ton grave, et nous vous écoutons.

— Messieurs, reprend Calistus Munbar en se donnant une attitude gracieuse, je ne désire traiter avec vous, au cours de cet entretien, que la question musique, telle qu'elle est actuellement comprise dans notre île à hélice. Des théâtres, Milliard City n'en possède point encore; mais, lorsqu'elle le voudra, ils sortiront de son sol comme par enchantement. Jusqu'ici, nos concitoyens ont satisfait leur penchant musical en demandant à des appareils perfectionnés de les tenir au courant des chefs-d'œuvre lyriques. Les compositeurs anciens et modernes, les grands artistes du jour, les instrumentistes les plus en vogue, nous les entendons quand il nous plaît, au moyen du phonographe...

— Une serinette, votre phonographe! s'écrie dédaigneusement Yvernès.

— Pas tant que vous pouvez le croire, monsieur le violon solo, répond le surintendant. Nous possédons des appareils qui ont eu plus d'une fois l'indiscrétion de vous écouter, lorsque vous vous faisiez entendre à Boston ou à Philadelphie. Et, si cela vous agrée, vous pourrez vous applaudir de vos propres mains...

A cette époque, les inventions de l'illustre Edison ont atteint le dernier degré de la perfection. Le phonographe n'est plus cette boîte à musique à laquelle il ressemblait trop fidèlement à son origine. Grâce à son admirable inventeur, le talent éphémère des exécutants, instrumentistes ou chanteurs, se conserve à l'admiration des races futures avec autant de précision que l'œuvre des statuaires et des peintres. Un écho, si l'on veut, mais un écho fidèle comme une photographie, reproduisant les nuances, les délicatesses du chant ou du jeu dans toute leur inaltérable pureté.

En disant cela, Calistus Munbar est si chaleureux que ses auditeurs en sont impressionnés. Il parle de Saint-Saëns, de Reyer, d'Ambroise Thomas, de Gounod, de Massenet, de Verdi et des chefs-d'œuvre impérissables des Berlioz, des Meyerbeer, des Halévy, des Rossini, des Beethoven, des Haydn, des Mozart, en homme qui les connaît à fond, qui les apprécie, qui a consacré à les répandre son existence d'imprésario déjà longue, et il y a plaisir à l'écouter. Toutefois, il ne semble pas qu'il ait été atteint par l'épidémie wagnérienne, en décroissance d'ailleurs à cette époque.

Lorsqu'il s'arrête pour reprendre haleine, Pinchinat, profitant de l'accalmie:

— Tout cela est fort bien, dit-il, mais votre Milliard City, je le vois, n'a jamais entendu que de la musique en boîte, des conserves mélodiques, qu'on lui expédie comme les conserves de sardines ou de salt-beef...

— Pardonnez-moi, monsieur l'alto.

— Mon Altesse vous pardonne, tout en insistant sur ce point: c'est que vos phonographes ne renferment que le passé, et jamais un artiste ne peut être entendu à Milliard City au moment même où il exécute son morceau...

— Vous me pardonnerez une fois de plus.

— Notre ami Pinchinat vous pardonnera tant que vous le voudrez, monsieur Munbar, dit Frascolin. Il a des pardons plein ses poches. Mais son observation est juste. Encore, si vous pouviez vous mettre en communication avec les théâtres de l'Amérique ou de l'Europe...

— Et croyez-vous que cela soit impossible, mon cher Frascolin? s'écrie le surintendant en arrêtant le balancement de son escarpolette.

— Vous dites?...

— Je dis que ce n'était qu'une question de prix, et notre cité

est assez riche pour satisfaire toutes ses fantaisies, toutes ses
aspirations en fait d'art lyrique! Aussi l'a-t-elle fait...

— Et comment?...

— Au moyen des théâtrophones qui sont installés dans la
salle de concert de ce casino. Est-ce que la compagnie ne
possède pas nombre de câbles sous-marins, immergés sous les
eaux du Pacifique, dont une extrémité est rattachée à la baie
Madeleine et dont l'autre est tenue en suspension par de
puissantes bouées? Eh bien! quand nos concitoyens veulent
entendre un des chanteurs de l'Ancien ou du Nouveau-
Monde, on repêche un des câbles, on envoie un ordre téléphonique aux agents de Madeleine Bay. Ces agents établissent la communication soit avec l'Amérique, soit avec
l'Europe. On raccorde les fils ou les câbles avec tel ou tel
théâtre, telle ou telle salle de concert, et nos dilettantes,
installés dans ce casino, assistent réellement à ces lointaines
exécutions, et applaudissent...

— Mais là-bas on n'entend pas leurs applaudissements...
s'écrie Yvernès.

— Je vous demande pardon, cher monsieur Yvernès, on les
entend par le fil de retour.

Et alors Calistus Munbar de se lancer à perte de vue dans
des considérations transcendantes sur la musique considérée
non seulement comme une des manifestations de l'art, mais
comme agent thérapeutique. D'après le système de J. Har-
ford, de Westminster Abbey, les Milliardais ont pu constater
les résultats extraordinaires de cette utilisation de l'art lyrique. Ce système les entretient en un parfait état de santé. La
musique exerçant une action réflexe sur les centres nerveux,
les vibrations harmoniques ont pour effet de dilater les vais-
seaux artériels, d'influer sur la circulation, de l'accroître ou
de la diminuer, suivant les besoins. Elle détermine une accélération des battements du cœur et des mouvements respira-
toires en vertu de la tonalité et de l'intensité des sons, tout en
étant un adjuvant de la nutrition des tissus. Aussi des postes
d'énergie musicale fonctionnent-ils à Milliard City, trans-
mettant les ondes sonores à domicile par voie téléphonique,
etc.

Le quatuor écoute bouche bée. Jamais il n'a entendu
discuter son art au point de vue médical, et probablement il en
éprouve quelque déplaisir. Néanmoins, voilà le fantaisiste
Yvernès prêt à s'emballer sur ces théories, qui, d'ailleurs,

remontent au temps du roi Saül, conformément à l'ordonnance et selon la formule du célèbre harpiste David.

— Oui!... oui!... s'écrie-t-il, après la dernière tirade du surintendant, c'est tout indiqué. Il suffit de choisir suivant le diagnostic! Du Wagner ou du Berlioz pour les tempéraments anémiés...

— Et du Mendelssohn ou du Mozart pour les tempéraments sanguins, ce qui remplace avantageusement le bromure de strontium! répond Calistus Munbar.

Sébastien Zorn intervient alors et jette sa note brutale au milieu de cette causerie de haute volée.

— Il ne s'agit pas de tout cela, dit-il. Pourquoi nous avez-vous amenés ici?...

— Parce que les instruments à cordes sont ceux qui exercent l'action la plus puissante...

— Vraiment, monsieur! Et c'est pour calmer vos névroses et vos névrosés que vous avez interrompu notre voyage, que vous nous empêchez d'arriver à San Diego, où nous devions donner un concert demain...

— C'est pour cela, mes excellents amis!

— Et vous n'avez vu en nous que des espèces de carabins musicaux, d'apothicaires lyriques?... s'écrie Pinchinat.

— Non, messieurs, répondit Calistus Munbar en se relevant. Je n'ai vu en vous que des artistes de grand talent et de grande renommée. Les hourrahs qui ont accueilli le Quatuor concertant dans ses tournées en Amérique sont arrivés jusqu'à notre île. Or la Standard Island Company a pensé que le moment était venu de substituer aux phonographes et aux théâtrophones des virtuoses palpables, tangibles, en chair et en os, et de donner aux Milliardais cette inexprimable jouissance d'une exécution directe des chefs-d'œuvre de l'art. Elle a voulu commencer par la musique de chambre, avant d'organiser des orchestres d'opéra. Elle a songé à vous, les représentants attitrés de cette musique. Elle m'a donné mission de vous avoir à tout prix, de vous enlever, s'il le fallait. Vous êtes donc les premiers artistes qui auront eu accès à Standard Island, et je vous laisse à imaginer quel accueil vous y attend!

Yvernès et Pinchinat se sentent très ébranlés par ces enthousiastes périodes du surintendant. Que ce puisse être une mystification, cela ne leur vient même pas à l'esprit. Frascolin, lui, l'homme réfléchi, se demande s'il y a lieu de prendre au sérieux cette aventure. Après tout, dans une île si extraordinaire, comment les choses n'auraient-elles pas apparu sous un extraordinaire aspect? Quant à Sébastien Zorn, il est résolu à ne pas se rendre.

— Non, monsieur, s'écrie-t-il, on ne s'empare pas ainsi des gens sans qu'ils y consentent!... Nous déposerons une plainte contre vous!...

— Une plainte... quand vous devriez me combler de remerciements, ingrats que vous êtes! réplique le surintendant.

— Et nous obtiendrons une indemnité, monsieur...

— Une indemnité... lorsque j'ai à vous offrir cent fois plus que vous ne pourriez espérer...

— De quoi s'agit-il? demande le pratique Frascolin.

Calistus Munbar prend son portefeuille et en tire une feuille de papier aux armes de Standard Island. Puis, après l'avoir présentée aux artistes:

— Vos quatre signatures au bas de cet acte et l'affaire sera réglée, dit-il.

— Signer sans avoir lu?... répond le second violon. Cela ne se fait nulle part!

— Vous n'auriez pourtant pas lieu de vous en repentir! reprend Calistus Munbar en s'abandonnant à un accès d'hilarité qui fait bedonner toute sa personne. Mais procédons d'une façon régulière.

»C'est un engagement que la compagnie vous propose, un engagement d'une année à partir de ce jour, qui a pour objet l'exécution de la musique de chambre telle que le comportaient vos programmes en Amérique. Dans douze mois, Standard Island sera de retour à la baie Madeleine, où vous arriverez à temps...

— Pour notre concert de San Diego, n'est-ce pas? s'écrie Sébastien Zorn, San Diego, où l'on nous accueillera par des sifflets...

— Non, messieurs, par des hourrahs et des hips! Des artistes tels que vous, les dilettantes sont toujours trop honorés et trop heureux qu'ils veuillent bien se faire entendre... même avec une année de retard!

Allez donc garder rancune à un pareil homme!

Frascolin prend le papier et le lit attentivement.

— Quelle garantie aurons-nous?... demande-t-il.

— La garantie de la Standard Island Company revêtue de la signature de M. Cyrus Bikerstaff, notre gouverneur.

— Et les appointements seront ceux que je vois indiqués dans l'acte?...

— Exactement, soit un million de francs...

— Pour quatre?... s'écrie Pinchinat.

— Pour chacun, répond en souriant Calistus Munbar, et encore ce chiffre n'est-il pas en rapport avec votre mérite, que rien ne saurait payer à sa juste valeur!

Il serait malaisé d'être plus aimable, on en conviendra. Et, cependant, Sébastien Zorn proteste. Il n'entend accepter à aucun prix. Il veut partir pour San Diego, et ce n'est pas sans peine que Frascolin parvient à calmer son indignation.

D'ailleurs, en présence de la proposition du surintendant, une certaine défiance n'est pas interdite. Un engagement d'un an, au prix d'un million de francs pour chacun des artistes, est-ce que cela est sérieux?... Très sérieux, ainsi que Frascolin peut le constater, lorsqu'il demande:

— Ces appointements sont payables...?

— Par quart, répond le surintendant, et voici le premier trimestre.

Des liasses de billets de banque qui bourrent son portefeuille, Calistus Munbar fait quatre paquets de cinquante mille dollars, soit deux cent cinquante mille francs, qu'il remet à Frascolin et à ses camarades.

Voilà une façon de traiter les affaires — à l'américaine.

Sébastien Zorn ne laisse pas d'être ébranlé dans une certaine mesure. Mais, chez lui, comme la mauvaise humeur ne perd jamais ses droits, il ne peut retenir cette réflexion:

— Après tout, au prix où sont les choses dans votre île, si l'on paie vingt-cinq francs un perdreau, on paie sans doute cent francs une paire de gants, et cinq cents francs une paire de bottes?...

— Oh! monsieur Zorn, la compagnie ne s'arrête pas à ces bagatelles, s'écrie Calistus Munbar, et elle désire que les artistes du Quatuor concertant soient défrayés de tout pendant leur séjour sur son domaine!

A ces offres généreuses, que répondre, si ce n'est en apposant les signatures sur l'engagement?

C'est ce que font Frascolin, Pinchinat et Yvernès. Sébastien Zorn murmure bien que tout cela est absurde... S'embarquer sur une île à hélice, cela n'a pas de bon sens... On verra comment cela finira... Enfin, il se décide à signer.

Et, cette formalité remplie, si Frascolin, Pinchinat et Yver-

nès ne baisent pas la main de Calistus Munbar, du moins la
lui serrent-ils affectueusement. Quatre poignées de main à un
million chacune!

Et voilà comme quoi le Quatuor concertant est lancé dans
une aventure invraisemblable, et en quelles circonstances ses
membres sont devenus les invités *inviti* de Standard Island.

## VII

### CAP A L'OUEST

Standard Island file doucement sur les eaux de cet océan
Pacifique qui justifie son nom à pareille époque de l'année.
Habitués à cette translation tranquille depuis vingt-quatre
heures, Sébastien Zorn et ses camarades ne s'aperçoivent
même plus qu'ils sont en cours de navigation. Si puissantes
que soient ses centaines d'hélices, attelées de dix millions de
chevaux, à peine un léger frémissement se propage-t-il à
travers la coque métallique de l'île. Milliard City ne tremble
pas sur sa base. Rien, d'ailleurs, des oscillations de la houle à
laquelle obéissent pourtant les plus forts cuirassés des marines de guerre. Il n'y a dans les habitations ni tables ni
lampes de roulis. A quoi bon? Les maisons de Paris, de
Londres, de New York ne sont pas plus inébranlablement
fixées sur leurs fondations.

Après quelques semaines de relâche à Madeleine Bay, le
Conseil des notables de Standard Island, réuni par le soin du
président de la compagnie, avait arrêté le programme du
déplacement annuel. L'île à hélice allait rallier les principaux
archipels de l'Est-Pacifique, au milieu de cette atmosphère
hygiénique, si riche en ozone, en oxygène condensé, électrisé,
doué de particularités actives que ne possède pas l'oxygène à
l'état ordinaire. Puisque cet appareil a la liberté de ses mouvements, il en profite; et il lui est loisible d'aller à sa fantaisie,
vers l'ouest comme vers l'est, de se rapprocher du littoral
américain, s'il lui plaît, de rallier les côtes orientales de l'Asie,
si c'est son bon plaisir. Standard Island va où elle veut, de
manière à goûter les distractions d'une navigation variée. Et
même, s'il lui convenait d'abandonner l'océan Pacifique pour
l'océan Indien ou l'océan Atlantique, de doubler le cap Horn

ou le cap de Bonne-Espérance, il lui suffirait de prendre cette direction, et soyez convaincus que ni les courants ni les tempêtes ne l'empêcheraient d'atteindre son but.

Mais il n'est point question de se lancer à travers ces mers lointaines, où le Joyau du Pacifique ne trouverait pas ce que cet océan lui offre au milieu de l'interminable chapelet de ses groupes insulaires. C'est un théâtre assez vaste pour suffire à des itinéraires multiples. L'île à hélice peut le parcourir d'un archipel à l'autre. Si elle n'est pas douée de cet instinct spécial aux animaux, ce sixième sens de l'orientation qui les dirige là où leurs besoins les appellent, elle est conduite par une main sûre, suivant un programme longuement discuté et unanimement approuvé. Jusqu'ici, il n'y a jamais eu désaccord sur ce point entre les Tribordais et les Bâbordais. Et, en ce moment, c'est en vertu d'une décision prise que l'on marche à l'ouest, vers le groupe des Sandwich. Cette distance de douze cents lieues environ qui sépare ce groupe de l'endroit où s'est embarqué le quatuor, elle emploiera un mois à la franchir avec une vitesse modérée, et elle fera relâche dans cet archipel jusqu'au jour où il lui conviendra d'en rallier un autre de l'hémisphère méridional.

Le lendemain de ce jour mémorable, le quatuor quitte Excelsior Hotel et vient s'installer dans un appartement du casino qui est mis à sa disposition — appartement confortable, richement aménagé s'il en fut. La Unième Avenue se développe devant ses fenêtres. Sébastien Zorn, Frascolin, Pinchinat, Yvernès ont chacun sa chambre autour d'un salon commun. La cour centrale de l'établissement leur réserve l'ombrage de ses arbres en pleine frondaison, la fraîcheur de ses fontaines jaillissantes. D'un côté de cette cour se trouve le musée de Milliard City, de l'autre la salle de concert, où les artistes parisiens vont si heureusement remplacer les échos des phonographes et les transmissions des théâtrophones. Deux fois, trois fois, autant de fois par jour qu'ils le désireront, leur couvert sera mis dans la restauration, où le maître d'hôtel ne leur présentera plus ses additions invraisemblables.

Ce matin-là, lorsqu'ils sont réunis dans le salon, quelques instants avant de descendre pour le déjeuner:

— Eh bien! les violoneux, demande Pinchinat, que dites-vous de ce qui nous arrive?

— Un rêve, répond Yvernès, un rêve dans lequel nous sommes engagés à un million par an...

— C'est bel et bien une réalité, répond Frascolin. Cherche dans ta poche, et tu pourras en tirer le premier quart dudit million...

— Reste à savoir comment cela finira?... Très mal, j'imagine! s'écrie Sébastien Zorn, qui veut absolument trouver un pli de rose à la couche sur laquelle on l'a étendu malgré lui.

— D'ailleurs, et nos bagages?...

En effet, les bagages devaient être rendus à San Diego, d'où ils ne peuvent revenir et où leurs propriétaires ne peuvent aller les chercher. Oh! bagages très rudimentaires: quelques valises, du linge, des ustensiles de toilette, des vêtements de rechange et aussi la tenue officielle des exécutants, lorsqu'ils comparaissent devant le public.

Il n'y eut pas lieu de s'inquiéter à ce sujet. En quarante-huit heures, cette garde-robe un peu défraîchie serait remplacée par une autre mise à la disposition des quatre artistes, et sans qu'ils eussent eu à payer quinze cents francs leur habit et cinq cents francs leurs bottines.

Du reste, Calistus Munbar, enchanté d'avoir si habilement conduit cette délicate affaire, entend que le quatuor n'ait pas même un désir à former. Impossible d'imaginer un surintendant d'une plus inépuisable obligeance. Il occupe un des appartements de ce casino, dont les divers services sont sous sa haute direction, et la compagnie lui sert des appointements dignes de sa magnificence et de sa munificence... Nous préférons ne point en indiquer le chiffre.

Le casino renferme des salles de lecture et des salles de jeux; mais le baccara, le trente-et-quarante, la roulette, le poker et autres jeux de hasard sont rigoureusement interdits. On y voit aussi un fumoir où fonctionne le transport direct à domicile de la fumée de tabac préparée par une société fondée récemment. La fumée du tabac brûlé dans les brûleurs d'un établissement central, purifiée et dégagée de nicotine, est distribuée par des tuyaux à bouts d'ambre spéciaux à chaque amateur. On n'a plus qu'à y appliquer ses lèvres, et un compteur enregistre la dépense quotidienne.

Dans ce casino, où les dilettantes peuvent venir s'enivrer de cette musique lointaine, à laquelle vont maintenant se joindre les concerts du quatuor, se trouvent aussi les collections de Milliard City. Aux amateurs de peinture, le musée, riche de tableaux anciens et modernes, offre de nombreux chefs-d'œuvre, acquis à prix d'or, des toiles des écoles italienne, hollandaise, allemande, française, que pourraient envier les collections de Paris, de Londres, de Munich, de Rome et de Florence, des Raphaëls, des Vincis, des Giorgiones, des Corrèges, des Dominiquins, des Ribeiras, des Murillos, des Ruysdaels, des Rembrandts, des Rubens, des Cuyps, des Frans Hals, des Hobbemas, des Van Dycks, des Holbeins, etc., et aussi, parmi les modernes, des Fragonards, des Ingres, des Delacroix, des Scheffers, des Cabats, des Delaroches, des Regnauts, des Coutures, des Meissoniers, des Millets, des Rousseaux, des Jules Dupré, des Brascassats, des Mackarts, des Turners, des Troyons, des Corots, des Daubignys, des Baudrys, des Bonnats, des Carolus Duran, des Jules Lefebvre, des Vollons, des Bretons, des Binets, des Yons, des Cabanels, etc. Afin de leur assurer une éternelle durée, ces tableaux sont placés à l'intérieur de vitrines où le vide a été préalablement fait. Ce qu'il convient d'observer, c'est que les impressionnistes, les angoissés, les futuristes n'ont pas encore encombré ce musée; mais, sans doute, cela ne tardera guère, et Standard Island n'échappera pas à cette invasion de la peste décadente. Le musée possède également des statues de réelle valeur, des marbres des grands sculpteurs anciens et modernes, placés dans les cours du casino. Grâce à ce climat sans pluies ni brouillards, groupes, statues, bustes peuvent impunément résister aux outrages du temps.

Que ces merveilles soient souvent visitées, que les nababs de Milliard City aient un goût très prononcé pour ces productions de l'art, que le sens artiste soit éminemment développé chez eux, ce serait risqué que de le prétendre. Ce qu'il faut remarquer, toutefois, c'est que la section tribordaise compte plus d'amateurs que la section bâbordaise. Tous, d'ailleurs, sont d'accord quand il s'agit d'acquérir quelque chef-d'œuvre, et alors leurs invraisemblables enchères savent l'enlever à tous les duc d'Aumale, à tous les Chauchard de l'Ancien et du Nouveau-Continent.

Les salles les plus fréquentées du casino sont les salles de lecture, consacrées aux revues, aux journaux européens ou américains, apportés par les steamers de Standard Island, en service régulier avec Madeleine Bay. Après avoir été feuilletées, lues et relues, les revues prennent place sur les rayons de la bibliothèque, où s'alignent plusieurs milliers d'ouvrages dont le classement nécessite la présence d'un bibliothécaire aux appointements de vingt-cinq mille dollars, et il est peut-

ètre le moins occupé des fonctionnaires de l'île. Cette bibliothèque contient aussi un certain nombre de livres phonographes: on n'a pas la peine de lire, on presse un bouton et on
entend la voix d'un excellent diseur qui fait la lecture — ce que
serait *Phèdre* de Racine lue par M. Legouvé.

Quant aux journaux de «la localité», ils sont rédigés,
composés, imprimés dans les ateliers du casino sous la direction de deux rédacteurs en chef. L'un est le *Starboard Chronicle* pour la section des Tribordais; l'autre, le *New Herald*
pour la section des Bâbordais. La chronique est alimentée par
les faits divers, les arrivages des paquebots, les nouvelles de
mer, les rencontres maritimes, les mercuriales qui intéressent
le quartier commerçant, le relèvement quotidien en longitude
et en latitude, les décisions du Conseil des notables, les
arrêtés du gouverneur, les actes de l'état civil: naissances,
mariages, décès — ceux-ci très rares. D'ailleurs, jamais ni vols
ni assassinats, les tribunaux ne fonctionnant que pour les
affaires civiles, les contestations entre particuliers. Jamais
d'articles sur les centenaires, puisque la longévité de la vie
humaine n'est plus ici le privilège de quelques-uns.

Pour ce qui est de la partie politique étrangère, elle se tient
à jour par les communications téléphoniques avec Madeleine
Bay, où se raccordent les câbles immergés dans les profondeurs du Pacifique. Les Milliardais sont ainsi informés de tout
ce qui se passe dans le monde entier, lorsque les faits présentent un intérêt quelconque. Ajoutons que le *Starboard
Chronicle* et le *New Herald* ne se traitent pas d'une main trop
rude. Jusqu'ici, ils ont vécu en assez bonne intelligence, mais
on ne saurait jurer que cet échange de discussions courtoises
puisse durer toujours. Très tolérants, très conciliants sur le
terrain de la religion, le protestantisme et le catholicisme font
bon ménage à Standard Island. Il est vrai, dans l'avenir, si
l'odieuse politique s'en mêle, si la nostalgie des affaires
reprend les uns, si les questions d'intérêt personnel et
d'amour-propre sont en jeu...

En outre de ces deux journaux il y a les journaux hebdoma-
daires ou mensuels, reproduisant les articles des feuilles étrangères, ceux des successeurs des Sarcey, des Lemaitre, des
Charmes, des Fournel, des Deschamps, des Fouquier, des
France et autres critiques de grande marque; puis les magasins illustrés, sans compter une douzaine de feuilles cer-
cleuses, soiristes et boulevardières, consacrées aux mondani-

tés courantes. Elles n'ont d'autre but que de distraire un instant, en s'adressant à l'esprit... et même à l'estomac. Oui! quelques-unes sont imprimées sur pâte comestible à l'encre de chocolat. Lorsqu'on les a lues, on les mange au premier déjeuner. Les unes sont astringentes, les autres légèrement purgatives, et le corps s'en accommode fort bien. Le quatuor trouve cette invention aussi agréable que pratique.

— Voilà des lectures d'une digestion facile! observe judicieusement Yvernès.

— Et d'une littérature nourrissante! répond Pinchinat. Pâtisserie et littérature mêlées, cela s'accorde parfaitement avec la musique hygiénique!

Maintenant, il est naturel de se demander de quelles ressources dispose l'île à hélice pour entretenir sa population dans de telles conditions de bien-être dont n'approche aucune autre cité des deux mondes. Il faut que ses revenus s'élèvent à une somme invraisemblable, étant donné les crédits affectés aux divers services et les traitements attribués aux plus modestes employés.

Et, lorsqu'ils interrogent le surintendant à ce sujet:

— Ici, répond-il, on ne traite pas d'affaires. Nous n'avons ni *Board of Trade,* ni Bourse, ni industrie. En fait de commerce, il n'y a que ce qu'il faut pour les besoins de l'île, et nous n'offrirons jamais aux étrangers l'équivalent du World's Fair de Chicago en 1893 et de l'Exposition de Paris de 1900. Non! La puissante religion du business n'existe pas, et nous ne poussons point le cri de *go ahead!* si ce n'est pour que le Joyau du Pacifique aille de l'avant. Ce n'est donc pas aux affaires que nous demandons les ressources nécessaires à l'entretien de Standard Island, c'est à la douane. Oui! les droits de douane nous permettent de suffire à toutes les exigences du budget...

— Et ce budget?... interroge Frascolin.

— Il se chiffre par vingt millions de dollars, mes excellents bons!

— Cent millions de francs, s'écria le second violon, et pour une ville de dix mille âmes!...

— Comme vous dites, mon cher Frascolin, somme qui provient uniquement des taxes de douane. Nous n'avons pas d'octroi, les productions locales étant à peu près insignifiantes. Non! rien que les droits perçus à Tribord Harbour et à Bâbord Harbour. Cela vous explique la cherté des objets de consommation — cherté relative, s'entend, car ces prix, si élevés qu'ils vous paraissent, sont en rapport avec les moyens dont chacun dispose.

Et voici Calistus Munbar qui s'emballe à nouveau, vantant sa ville, vantant son île — un morceau de planète supérieure tombé en plein Pacifique, un éden flottant, où se sont réfugiés les sages, et si le vrai bonheur n'est pas là, c'est qu'il n'est nulle part! C'est comme un boniment! Il semble qu'il dise: «Entrez, messieurs, entrez, mesdames!... Passez au contrôle!... Il n'y a que très peu de places!... On va commencer... Qui prend son billet... etc.»

Il est vrai, les places sont rares, et les billets sont chers! Bah! le surintendant jongle avec ces millions qui ne sont plus que des unités dans cette cité milliardaise!

C'est au cours de cette tirade, où les phrases se déversent en cascade, où les gestes se multiplient avec une frénésie sémaphorique, que le quatuor se met au courant des diverses branches de l'administration. Et d'abord les écoles, où se donne l'instruction gratuite et obligatoire, qui sont dirigées par des professeurs payés comme des ministres. On y apprend les langues mortes et les langues vivantes, l'histoire et la géographie, les sciences physiques et mathématiques, les arts d'agrément mieux qu'en n'importe quelle université ou académie du Vieux-Monde — à en croire Calistus Munbar. La vérité est que les élèves ne s'écrasent point aux cours publics, et, si la génération actuelle possède encore quelque teinture des études faites dans les collèges des Etats-Unis, la génération qui lui succédera aura moins d'instruction que de rentes. C'est là le point défectueux, et peut-être des humains ne peuvent-ils que perdre à s'isoler ainsi de l'humanité.

Ah çà! ils ne voyagent donc pas à l'étranger, les habitants de cette île factice? Ils ne vont donc jamais visiter les pays d'outre-mer, les grandes capitales de l'Europe? Ils ne parcourent donc pas les contrées auxquelles le passé a légué tant de chefs-d'œuvre de toute sorte? Si! Il en est quelques-uns qu'un certain sentiment de curiosité pousse en des régions lointaines. Mais ils s'y fatiguent; ils s'y ennuient pour la plupart; ils n'y retrouvent rien de l'existence uniforme de Standard Island; ils y souffrent du chaud; ils y souffrent du froid; enfin, ils s'y enrhument, et on ne s'enrhume pas à Milliard City. Aussi n'ont-ils que hâte et impatience de réintégrer leur île, ces imprudents qui ont eu la malencontreuse idée de la quitter.

Quel profit ont-ils retiré de ces voyages? Aucun. «Valises ils sont partis, valises ils sont revenus», ainsi que le dit une ancienne formule des Grecs, et nous ajoutons: Ils resteront valises.

Quant aux étrangers que devra attirer la célébrité de Standard Island, cette neuvième merveille du monde, depuis que la Tour Eiffel — on le dit, du moins — occupe le huitième rang, Calistus Munbar pense qu'ils ne seront jamais très nombreux. On n'y tient pas autrement, d'ailleurs, bien que ses tourniquets des deux ports eussent été une nouvelle source de revenus. De ceux qui sont venus l'année dernière, la plupart étaient d'origine américaine. Des autres nations, peu ou point. Cependant, il y a eu quelques Anglais, reconnaissables à leur pantalon invariablement relevé, sous prétexte qu'il pleut à Londres. Au surplus, la Grand-Bretagne a très mal envisagé la création de cette Standard Island qui, à son avis, gêne la circulation maritime, et elle se réjouirait de sa disparition. Quant aux Allemands, ils n'obtiennent qu'un médiocre accueil, comme des gens qui auraient vite fait de Milliard City une nouvelle Chicago, si on les y laissait prendre pied. Les Français sont de tous les étrangers ceux que la compagnie accepte avec le plus de sympathie et de prévenance, étant donné qu'ils n'appartiennent pas aux races envahissantes de l'Europe. Mais, jusqu'alors, un Français avait-il jamais paru à Standard Island?...

— Ce n'est pas probable, fait observer Pinchinat.

— Nous ne sommes pas assez riches... ajoute Frascolin.

— Pour être rentier, c'est possible, répond le surintendant, non pour être fonctionnaire...

— Y a-t-il donc un de nos compatriotes à Milliard City?... demande Yvernès.

— Il y en a un.

— Et quel est ce privilégié?...

— M. Athanase Dorémus.

— Et qu'est-ce qu'il fait ici, cet Athanase Dorémus? s'écrie Pinchinat.

— Il est professeur de danse, de grâces et de maintien, magnifiquement appointé par l'administration, sans parler des leçons particulières au cachet...

— Et qu'un Français est seul capable de donner!... réplique Son Altesse.

A présent, le quatuor sait à quoi s'en tenir sur l'organisation de la vie administrative de Standard Island. Il n'a plus

qu'à s'abandonner au charme de cette navigation qui l'entraîne vers l'ouest du Pacifique. Si ce n'est que le soleil se lève
tantôt sur un point de l'île, tantôt sur un autre, selon l'orientation donnée par le commodore Simcoë, Sébastien Zorn et ses
camarades pourraient croire qu'ils sont en terre ferme. A
deux reprises, pendant la quinzaine qui suivit, des orages
éclatèrent avec violentes bourrasques et terribles rafales, car
il s'en forme bien quelques-unes sur le Pacifique, malgré son
nom. La houle du large vint se briser contre la coque métallique, elle la couvrit de ses embruns comme l'accore d'un
littoral. Mais Standard Island ne frémit même pas sous les
assauts de cette mer démontée. Les fureurs de l'océan sont
impuissantes contre elle. Le génie de l'homme a vaincu la
nature.

Quinze jours après, le 11 juin, premier concert de musique
de chambre, dont l'affiche, à lettres électriques, est promenée
le long des grandes avenues. Il va sans dire que les instrumentistes ont été préalablement présentés au gouverneur et à la
Municipalité. Cyrus Bikerstaff leur a fait le plus chaleureux
accueil. Les journaux ont rappelé les succès des tournées du
Quatuor concertant dans les Etats-Unis d'Amérique et félicité
chaudement le surintendant de s'être assuré son concours —
de manière un peu arbitraire, on le sait. Quelle jouissance de
voir en même temps que d'entendre ces artistes exécutant les
œuvres des maîtres! Quel régal pour les connaisseurs!

De ce que les quatre Parisiens sont engagés au casino de
Milliard City à des appointements fabuleux, il ne faut pas
s'imaginer que leurs concerts doivent être offerts gratuitement au public. Loin de là. L'administration entend en retirer
un large bénéfice, ainsi que font ces imprésarios américains
auxquels leurs chanteuses coûtent un dollar la mesure et
même la note. D'habitude, on paie pour les concerts théâtro-
phoniques et phonographiques du casino, on paiera donc, ce
jour-là, infiniment plus cher. Les places sont toutes à prix
égal, deux cents dollars le fauteuil, soit mille francs en monnaie française, et Calistus Munbar se flatte de faire salle
comble.

Il ne s'est pas trompé. La location a enlevé toutes les places
disponibles. La confortable et élégante salle du casino n'en
contient qu'une centaine, il est vrai, et si on les eût mises aux
enchères, on ne sait trop à quel taux fût montée la recette.
Mais cela eût été contraire aux usages de Standard Island.

Tout ce qui a une valeur marchande est coté d'avance par les mercuriales, le superflu comme le nécessaire. Sans cette précaution, étant donné les fortunes invraisemblables de certains, des accaparements pourraient se produire, et c'est ce qu'il convenait d'éviter. Il est vrai, si les riches Tribordais vont au concert par amour de l'art, il est possible que les riches Bâbordais n'y aillent que par convenance.

Lorsque Sébastien Zorn, Pinchinat, Yvernès et Frascolin paraissaient devant les spectateurs de New York, de Chicago, de Philadelphie, de Baltimore, ce n'était pas exagération de leur part que de dire: «Voilà un public qui vaut des millions.» Eh bien! ce soir-là, ils seraient restés au-dessous de la vérité s'ils n'avaient pas compté par milliards. Qu'on y songe! Jem Tankerdon, Nat Coverley et leurs familles brillent au premier rang des fauteils. Aux autres places, *passim,* nombre d'amateurs qui, pour n'être que des sous-milliardaires, n'en ont pas moins un «fort sac», comme le fait justement remarquer Pinchinat.

— Allons-y! dit le chef du quatuor, lorsque l'heure est arrivée de se présenter sur l'estrade.

Et ils y vont, pas plus émus, d'ailleurs, ni même autant qu'ils l'eussent été devant un public parisien, lequel a peut-être moins d'argent dans la poche mais plus de sens artiste dans l'âme.

Il faut dire que, bien qu'ils n'aient point encore pris des leçons de leur compatriote Dorémus, Sébastien Zorn, Yvernès, Frascolin, Pinchinat ont une tenue très correcte, cravate blanche de vingt-cinq francs, gants gris perle de cinquante francs, chemise de soixante-dix francs, bottines de cent quatre-vingts francs, gilet de deux cents francs, pantalon noir de cinq cents francs, habit noir de quinze cents francs — au compte de l'administration, bien entendu. Ils sont acclamés, ils sont applaudis très chaudement par les mains tribordaises, plus discrètement par les mains bâbordaises — question de tempérament.

Le programme du concert comprend quatre numéros que leur a fournis la bibliothèque du casino, richement approvisionnée par les soins du surintendant:

*Premier Quatuor en mi bémol,* op. 12, de Mendelssohn;
*Deuxième Quatuor en la majeur,* op. 16, de Haydn;
*Dixième Quatuor en mi bémol,* op. 74, de Beethoven;
*Cinquième Quatuor en la majeur,* op. 10, de Mozart.

Les exécutants font merveille dans cette salle emmilliardée, à bord de cette île flottante, à la surface d'un abime dont la profondeur dépasse cinq mille mètres en cette portion du Pacifique. Ils obtiennent un succès considérable et justifié, surtout devant les dilettantes de la section tribordaise. Il faut voir le surintendant pendant cette soirée mémorable: il exulte. On dirait que c'est lui qui vient de jouer à la fois sur deux violons, un alto et un violoncelle. Quel heureux début pour des champions de la musique concertante — et pour leur imprésario!

Il y a lieu d'observer que si la salle est pleine, les abords du casino regorgent de monde. Et, en effet, combien n'ont pu se procurer ni un strapontin ni un fauteuil, sans parler de ceux que le haut prix des places a écartés. Ces auditeurs du dehors en sont réduits à la portion congrue. Ils n'entendent que de loin, comme si cette musique fût sortie de la boîte d'un phonographe ou du pavillon d'un téléphone. Mais leurs applaudissements n'en sont pas moins vifs.

Et ils éclatent à tout rompre lorsque, le concert achevé, Sébastien Zorn, Yvernès, Frascolin et Pinchinat se présentent sur la terrasse du pavillon de gauche. La Unième Avenue est inondée de rayons lumineux. Des hauteurs de l'espace, les lunes électriques versent des rayons dont la pâle Séléné doit être jalouse.

En face du casino, sur le trottoir, un peu à l'écart, un couple attire l'attention d'Yvernès. Un homme se tient là, une femme à son bras. L'homme, d'une taille au-dessus de la moyenne, de physionomie distinguée, sévère, triste même, peut avoir une cinquantaine d'années. La femme, quelques ans de moins, grande, l'air fier, laisse voir sous son chapeau des cheveux blanchis par l'âge.

Yvernès, frappé de leur attitude réservée, les montre à Calistus Munbar:

— Quelles sont ces personnes? lui demande-t-il.

— Ces personnes?... répond le surintendant, dont les lèvres ébauchent une moue assez dédaigneuse. Oh!... ce sont des mélomanes enragés.

— Et pourquoi n'ont-ils pas loué une place dans la salle du casino?

— Sans doute parce que c'était trop cher pour eux.

— Alors leur fortune?...

— A peine deux centaines de mille francs de rente.

— Peuh! fait Pinchinat. Et quels sont ces pauvres diables?...
— Le roi et la reine de Malécarlie.


# VIII

## NAVIGATION

Après avoir créé cet extraordinaire appareil de navigation, la Standard Island Company dut pourvoir aux exigences d'une double organisation, maritime d'une part, administrative de l'autre.

La première, on le sait, a pour directeur, ou plutôt pour capitaine, le commodore Ethel Simcoë, de la marine des Etats-Unis. C'est un homme de cinquante ans, navigateur expérimenté, connaissant à fond les parages du Pacifique, ses courants, ses tempêtes, ses écueils, ses substructions coralligènes. De là parfaite aptitude pour conduire d'une main sûre l'île à hélice confiée à ses soins et les riches existences dont il est responsable devant Dieu et les actionnaires de la société.

La seconde organisation, celle qui comprend les divers services administratifs, est entre les mains du gouverneur de l'île. M. Cyrus Bikerstaff est un Yankee du Maine, l'un des Etats fédéraux qui prirent la moindre part aux luttes fratricides de la Confédération américaine pendant la guerre de Sécession. Cyrus Bikerstaff a donc été heureusement choisi pour garder un juste milieu entre les deux sections de l'île.

Le gouverneur, qui touche aux limites de la soixantaine, est célibataire. C'est un homme froid, possédant le self-control, très énergique sous sa flegmatique apparence, très anglais par son attitude réservée, ses manières gentlemanesques, la discrétion diplomatique qui préside à ses paroles comme à ses actes. En tout autre pays qu'en Standard Island, ce serait un homme très considérable et, par suite, très considéré. Mais ici il n'est en somme que l'agent supérieur de la compagnie. En outre, bien que son traitement vaille la liste civile d'un petit souverain de l'Europe, il n'est pas riche, et quelle figure peut-il faire en présence des nababs de Milliard City?

Cyrus Bikerstaff, en même temps que gouverneur de l'île, est le maire de la capitale. Comme tel, il occupe l'Hôtel de Ville élevé à l'extrémité de la Unième Avenue, à l'opposé de

l'observatoire, où réside le commodore Ethel Simcoë. Là sont
établis ses bureaux, là sont reçus tous les actes de l'état civil,
naissances, avec une moyenne de natalité suffisante pour
assurer l'avenir, décès — les morts sont transportés au cimetière de la baie Madeleine — mariages, qui doivent être
célébrés civilement avant de l'être religieusement, suivant le
code de Standard Island. Là fonctionnent les divers services
de l'administration, et ils ne donnent jamais lieu à aucune
plainte des administrés. Cela fait honneur au maire et à ses
agents. Lorsque Sébastien Zorn, Pinchinat, Yvernès, Frascolin lui furent présentés par le surintendant, ils éprouvèrent en
sa présence une très favorable impression, celle que produit
l'individualité d'un homme bon et juste, d'un esprit pratique
qui ne s'abandonne ni aux préjugés ni aux chimères.

— Messieurs, leur a-t-il dit, c'est une heureuse chance pour
nous que de vous avoir. Peut-être le procédé employé par
notre surintendant n'a-t-il pas été d'une correction absolue.
Mais vous l'excuserez, je n'en doute pas? D'ailleurs, vous
n'aurez point à vous plaindre de notre Municipalité. Elle ne
vous demandera que deux concerts mensuels, vous laissant
libres d'accepter les invitations particulières qui pourraient
vous être adressées. Elle salue en vous des musiciens de
grande valeur et n'oubliera jamais que vous aurez été les
premiers artistes qu'elle aura eu l'honneur de recevoir!

Le quatuor fut enchanté de cet accueil et ne cacha point sa
satisfaction à Calistus Munbar.

— Oui! c'est un homme aimable, M. Cyrus Bikerstaff, répond le surintendant avec un léger mouvement d'épaules. Il
est regrettable qu'il ne possède point un ou deux milliards...

— On n'est pas parfait! réplique Pinchinat.

Le gouverneur-maire de Milliard City est doublé de deux
adjoints qui l'aident dans l'administration très simple de l'île à
hélice. Sous leurs ordres, un petit nombre d'employés, rétri-
bués comme il convient, sont affectés aux divers services. De
Conseil municipal, point. A quoi bon? Il est remplacé par le
Conseil des notables — une trentaine de personnages des plus
qualifiés par leur intelligence et leur fortune. Il se réunit
lorsqu'il s'agit de quelque importante mesure à prendre —
entre autres le tracé de l'itinéraire qui doit être suivi dans
l'intérêt de l'hygiène générale. Ainsi que nos Parisiens pouvaient le voir, il y a là, quelquefois, matière à discussion, et
difficultés pour se mettre d'accord. Mais jusqu'ici, grâce à son

intervention habile et sage, Cyrus Bikerstaff a toujours pu concilier les intérêts opposés, ménager les amours-propres de ses administrés.

Il est entendu que l'un des adjoints est protestant, Barthélemy Ruge, l'autre catholique, Hubley Harcourt, tous deux choisis parmi les hauts fonctionnaires de la Standard Island Company, et ils secondent avec zèle Cyrus Bikerstaff.

Ainsi se comporte, depuis dix-huit mois déjà, dans la plénitude de son indépendance, en dehors même de toutes relations diplomatiques, libre sur cette vaste mer du Pacifique, à l'abri des intempéries désobligeantes, sous le ciel de son choix, l'île sur laquelle le quatuor va résider une année entière. Qu'il y soit exposé à certaines aventures, que l'avenir lui réserve quelque imprévu, il ne saurait ni l'imaginer ni le craindre, quoi qu'en dise le violoncelliste, tout étant réglé, tout se faisant avec ordre et régularité. Et pourtant, en créant ce domaine artificiel lancé à la surface d'un vaste océan, le génie humain n'a-t-il pas dépassé les limites assignées à l'homme par le Créateur?...

La navigation continue vers l'ouest. Chaque jour, au moment où le soleil franchit le méridien, le point est établi par les officiers de l'observatoire placés sous les ordres du commodore Ethel Simcoë. Un quadruple cadran, disposé aux faces latérales du beffroi de l'Hôtel de Ville, donne la position exacte en longitude et en latitude, et ces indications sont reproduites télégraphiquement au coin des divers carrefours, dans les hôtels, dans les édifices publics, à l'intérieur des habitations particulières, en même temps que l'heure, qui varie suivant le déplacement vers l'ouest ou vers l'est. Les Milliardais peuvent donc à chaque instant savoir quel endroit Standard Island occupe sur l'itinéraire.

A part ce déplacement insensible à la surface de cet océan, Milliard City n'offre aucune différence avec les grandes capitales de l'Ancien et du Nouveau-Continent. L'existence y est identique. Même fonctionnement de la vie publique et privée. Peu occupés, en somme, nos instrumentistes emploient leurs premiers loisirs à visiter tout ce que renferme de curieux le Joyau du Pacifique. Les trams les transportent vers tous les points de l'île. Les deux fabriques d'énergie électrique excitent chez eux une réelle admiration par l'ordonnance si simple de leur outillage, la puissance de leurs engins actionnant un double chapelet d'hélices, l'admirable discipline de leur per-

sonnel, l'une dirigée par l'ingénieur Watson, l'autre par l'ingénieur Somwah. A des intervalles réguliers, Bâbord Harbour
et Tribord Harbour reçoivent dans leurs bassins les steamers
affectés au service de Standard Island, suivant que sa position
présente plus de facilité pour l'atterrissage.

Si l'obstiné Sébastien Zorn se refuse à admirer ces merveilles, si Frascolin est plus modéré dans ses sentiments,
en quel état de ravissement vit sans cesse l'enthousiaste Yvernès! A son opinion, le XXe siècle ne s'écoulera pas sans que
les mers soient sillonnées de villes flottantes. Ce doit être le
dernier mot du progrès et du confort dans l'avenir. Quel
spectacle superbe que celui de cette île mouvante allant visiter
ses sœurs de l'Océanie! Quant à Pinchinat, en ce milieu
opulent, il se sent particulièrement grisé à n'entendre parler
que de millions, comme on parle ailleurs de vingt-cinq louis.
Les bank-notes sont de circulation courante. On a d'habitude
deux ou trois mille dollars dans sa poche. Et, plus d'une fois,
Son Altesse de dire à Frascolin:

— Mon vieux, tu n'aurais pas la monnaie de cinquante
mille francs sur toi?...

Entre-temps, le Quatuor concertant a fait quelques connaissances, étant assuré de recevoir partout un excellent accueil.
D'ailleurs, sur la recommandation de l'étourdissant Munbar,
qui ne se fût empressé de les bien traiter?

En premier lieu, ils sont allés rendre visite à leur compatriote, Athanase Dorémus, professeur de danse, de grâces et
de maintien.

Ce brave homme occupe, dans la section tribordaise, une
modeste maison de la Vingt-cinquième Avenue, à trois
mille dollars de loyer. Il est servi par une vieille négresse à
cent dollars mensuels. Enchanté est-il d'entrer en relation
avec des Français... des Français qui font honneur à la
France.

C'est un vieillard de soixante-dix ans, maigriot, efflanqué,
de petite taille, le regard encore vif, toutes ses dents bien à lui
ainsi que son abondante chevelure frisottante, blanche
comme sa barbe. Il marche posément, avec une certaine
cadence rythmique, le buste en avant, les reins cambrés, les
bras arrondis, les pieds un peu en dehors et irréprochable-
ment chaussés. Nos artistes ont grand plaisir à le faire causer,
et volontiers il s'y prête, car sa grâce n'a d'égale que sa
loquacité.

— Que je suis heureux, mes chers compatriotes, que je suis heureux, répète-t-il vingt fois à la première visite, que je suis heureux de vous voir! Quelle excellente idée vous avez eue de venir vous fixer dans cette ville! Vous ne le regretterez pas, car je ne saurais comprendre, maintenant que j'y suis habitué, qu'il soit possible de vivre d'une autre façon!

— Et depuis combien de temps êtes-vous ici, monsieur Dorémus? demande Yvernès.

— Depuis dix-huit mois, répond le professeur, en ramenant ses pieds à la seconde position. Je suis de la fondation de Standard Island. Grâce aux excellentes références dont je disposais à La Nouvelle-Orléans où j'étais établi, j'ai pu faire accepter mes services à M. Cyrus Bikerstaff, notre adoré gouverneur. A partir de ce jour béni, les appointements qui me furent attribués pour diriger un Conservatoire de danse, de grâces et de maintien m'ont permis d'y vivre...

— En millionnaire! s'écrie Pinchinat.

— Oh! les millionnaires, ici...

— Je sais... je sais... mon cher compatriote. Mais, d'après ce que nous a laissé entendre le surintendant, les cours de votre conservatoire ne seraient pas très suivis...

— Je n'ai d'élèves qu'en ville, c'est la vérité, et uniquement des jeunes gens. Les jeunes Américaines se croient pourvues en naissant de toutes les grâces nécessaires. Aussi les jeunes gens préfèrent-ils prendre des leçons en secret, et c'est en secret que je leur inculque les belles manières françaises!

Et il sourit en parlant, il minaude comme une vieille coquette, il se dépense en gracieuses attitudes.

Athanase Dorémus, un Picard du Santerre, a quitté la France dès sa prime jeunesse pour venir s'installer aux Etats-Unis, à La Nouvelle-Orléans. Là, parmi la population d'origine française de notre regrettée Louisiane, les occasions ne lui ont pas manqué d'exercer ses talents. Admis dans les principales familles, il obtint des succès et put faire quelques économies, qu'un crack des plus américains lui enleva un beau jour. C'était au moment où la Standard Island Company lançait son affaire, multipliant ses prospectus, prodiguant ses annonces, jetant ses appels à tous ces ultrariches auxquels les chemins de fer, les mines de pétrole, le commerce des porcs, salés ou non, avaient constitué des fortunes incalculables. Athanase Dorémus eut alors l'idée de demander un emploi au gouverneur de la nouvelle cité, où les professeurs de son

espèce ne se feraient guère concurrence. Avantageusement
connu de la famille Coverley, qui était originaire de La
Nouvelle-Orléans, et grâce à la recommandation de son chef,
lequel allait devenir l'un des notables les plus en vue des
Tribordais de Milliard City, il fut agréé, et voilà comment un
Français, et même un Picard, comptait parmi les fonctionnaires de Standard Island. Il est vrai, ses leçons ne se donnent
que chez lui, et la salle de cours au casino ne voit jamais que
la propre personne du professeur se réfléchir dans ses glaces.
Mais qu'importe, puisque ses appointements n'en subissent
aucune diminution.

En somme, un brave homme, quelque peu ridicule et ma-
niaque, assez infatué de lui-même, persuadé qu'il possède,
avec l'héritage des Vestris et des Saint-Léon, les traditions des
Brummel et des lord Seymour. De plus, aux yeux du quatuor,
c'est un compatriote — qualité qui vaut toujours d'être appré-
ciée, à quelques milliers de lieues de la France.

Il faut lui narrer les dernières aventures des quatre Parisiens, lui raconter dans quelles conditions ils sont arrivés sur
l'île à hélice, comme quoi Calistus Munbar les a attirés à son
bord — c'est le mot — et comme quoi le navire a levé l'ancre
quelques heures après l'embarquement.

— Voilà qui ne m'étonne pas de notre surintendant, répond
le vieux professeur. C'est encore un tour de sa façon... Il en a
fait et en fera bien d'autres!... Un vrai fils de Barnum, qui
finira par compromettre la compagnie... un monsieur sans-
gêne, qui aurait bien besoin de quelques leçons de maintien...
un de ces Yankees qui se carrent dans un fauteuil, les pieds
sur l'appui de la fenêtre!... Pas méchant, au fond, mais se
croyant tout permis!... D'ailleurs, mes chers compatriotes, ne
songez point à lui en vouloir, et, sauf le désagrément d'avoir
manqué le concert de San Diego, vous n'aurez qu'à vous
féliciter de votre séjour à Milliard City. On aura pour vous des
égards... auxquels vous serez sensibles.

— Surtout à la fin de chaque trimestre! réplique Frascolin,
dont les fonctions de caissier de la troupe commencent à
prendre une importance exceptionnelle.

Sur la question qui lui est posée au sujet de la rivalité entre
les deux sections de l'île, Athanase Dorémus confirme le dire
de Calistus Munbar. A son avis, il y aurait là un point noir à
l'horizon, et même menace de prochaine bourrasque. Entre
les Tribordais et les Bâbordais, on doit craindre quelque

conflit d'intérêts et d'amour-propre. Les familles Tankerdon et Coverley, les plus riches de l'endroit, témoignent d'une jalousie croissante l'une envers l'autre, et peut-être se produira-t-il un éclat, si quelque combinaison ne parvient pas à les rapprocher. Oui... un éclat!...

— Pourvu que cela ne fasse pas éclater l'île, nous n'avons point à nous en inquiéter... observe Pinchinat.

— Du moins tant que nous y serons embarqués! ajoute le violoncelliste.

— Oh!... elle est solide, mes chers compatriotes! répondit Athanase Dorémus. Depuis dix-huit mois elle se promène sur mer, et il ne lui est jamais arrivé un accident de quelque importance. Rien que des réparations insignifiantes, et qui ne l'obligeaient même pas d'aller relâcher à la baie Madeleine! Songez donc, c'est en tôle d'acier!

Voilà qui répond à tout, et si la tôle d'acier ne donne pas une absolue garantie en ce monde, à quel métal se fier? L'acier, c'est du fer, et notre globe lui-même est-il autre chose en presque totalité qu'un énorme carbure? Eh bien! Standard Island, c'est la terre en petit.

Pinchinat est alors conduit à demander ce que le professeur pense du gouverneur Cyrus Bikerstaff.

— Est-il en acier, lui aussi?

— Oui, monsieur Pinchinat, répond Athanase Dorémus. Doué d'une grande énergie, c'est un administrateur fort habile. Malheureusement, à Milliard City, il ne suffit pas d'être en acier...

— Il faut être en or, riposte Yvernès.

— Comme vous dites, ou bien l'on ne compte pas!

C'est le mot juste. Cyrus Bikerstaff, en dépit de sa haute situation, n'est qu'un agent de la compagnie. Il préside aux divers actes de l'état civil, il est chargé de percevoir le produit des douanes, de veiller à l'hygiène publique, au balayage des rues, à l'entretien des plantations, de recevoir les réclamations des contribuables — en un mot, de se faire des ennemis de la plupart de ses administrés — mais rien de plus. A Standard Island, il faut compter, et le professeur l'a dit: «Cyrus Bikerstaff ne compte pas.»

Du reste, sa fonction l'oblige à se maintenir entre les deux partis, à garder une attitude conciliante, à ne rien risquer qui puisse être agréable à l'un si cela n'est agréable à l'autre. Politique peu facile.

En effet, on commence déjà à voir poindre des idées qui pourraient bien amener un conflit entre les deux sections. Si les Tribordais ne se sont établis sur Standard Island que dans la pensée de jouir paisiblement de leurs richesses, voilà que les Bâbordais commencent à regretter les affaires. Ils se demandent pourquoi on n'utiliserait pas l'île à hélice comme un immense bâtiment de commerce, pourquoi elle ne transporterait pas des cargaisons sur les divers comptoirs de l'Océanie, pourquoi toute industrie est bannie de Standard Island... Bref, bien qu'ils n'y soient que depuis moins de deux ans, ces Yankees, Tankerdon en tête, se sentent repris de la nostalgie du négoce. Seulement, si jusqu'alors ils s'en sont tenus aux paroles, cela ne laisse pas d'inquiéter le gouverneur Cyrus Bikerstaff. Il espère, toutefois, que l'avenir ne s'envenimera pas et que les dissensions intestines ne viendront point troubler un appareil fabriqué tout exprès pour la tranquillité de ses habitants.

En prenant congé d'Athanase Dorémus, le quatuor promet de revenir le voir. D'ordinaire, le professeur se rend dans l'après-midi au casino, où il ne se présente personne. Et là, ne voulant pas qu'on puisse l'accuser d'inexactitude, il attend, en préparant sa leçon devant les glaces inutilisées de la salle.

Cependant l'île à hélice gagne quotidiennement vers l'ouest et un peu vers le sud-ouest, de manière à rallier l'archipel des Sandwich. Sous ces parallèles, qui confinent à la zone torride, la température est déjà élevée. Les Milliardais la supporteraient mal sans les adoucissements de la brise de mer. Heureusement, les nuits sont fraîches, et, même en pleine canicule, les arbres et les pelouses, arrosés d'une pluie artificielle, conservent leur verdeur attrayante. Chaque jour, à midi, le point indiqué sur le cadran de l'Hôtel de Ville est télégraphié aux divers quartiers. Le 17 juin, Standard Island s'est trouvée par 155° de longitude ouest et 27° de latitude nord et s'approche du tropique.

— On dirait que c'est l'astre du jour qui la remorque, déclame Yvernès, ou, si vous voulez, plus élégamment, qu'elle a pour attelage les chevaux du divin Apollon!

Observation aussi juste que poétique, mais que Sébastien Zorn accueille par un haussement d'épaules. Ça ne lui convenait pas de jouer ce rôle de remorqué... malgré lui.

— Et puis, ne cesse-t-il de répéter, nous verrons comment finira cette aventure!

Il est rare que le quatuor n'aille pas chaque jour faire son tour de parc, à l'heure où les promeneurs abondent. A cheval, à pied, en voiture, tout ce que Milliard City compte de notables se rencontre autour des pelouses. Les mondaines y montrent leur troisième toilette quotidienne, celle-là d'une teinte unie, depuis le chapeau jusqu'aux bottines, et le plus généralement en soie des Indes, très à la mode cette année. Souvent, aussi, elles font usage de cette soie artificielle en cellulose, qui est si chatoyante, ou même du coton factice en bois de sapin ou de larix, défibré et désagrégé.

Ce qui amène Pinchinat à dire:

— Vous verrez qu'un jour on fabriquera des tissus en bois de lierre pour les amis fidèles et en saule pleureur pour les veuves inconsolables!

Dans tous les cas, les riches Milliardaises n'accepteraient pas ces étoffes si elles ne venaient de Paris, ni ces toilettes si elles n'étaient signées du roi des couturiers de la capitale — de celui qui a proclamé hautement cet axiome: «La femme n'est qu'une question de formes.»

Quelquefois, le roi et la reine de Malécarlie passent au milieu de cette gentry fringante. Le couple royal, déchu de sa souveraineté, inspire une réelle sympathie à nos artistes. Quelles réflexions leur viennent à voir ces augustes personnages au bras l'un de l'autre!... Ils sont relativement pauvres parmi ces opulents, mais on les sent fiers et dignes, comme des philosophes dégagés des préoccupations de ce monde. Il est vrai que, au fond, les Américains de Standard Island sont très flattés d'avoir un roi pour concitoyen, et lui continuent les égards dus à son ancienne situation. Quant au quatuor, il salue respectueusement Leurs Majestés, lorsqu'il les rencontre dans les avenues de la ville ou sur les allées du parc. Le roi et la reine se montrent sensibles à ces marques de déférence si françaises. Mais, en somme, Leurs Majestés ne comptent pas plus que Cyrus Bikerstaff, moins peut-être.

En vérité, les voyageurs que la navigation effraie devraient adopter ce genre de traversée à bord d'une île mouvante. En ces conditions, il n'y a point à se préoccuper des éventualités de mer. Rien à redouter de ses bourrasques. Avec dix millions de chevaux-vapeur dans ses flancs, une Standard Island ne peut jamais être retenue par les calmes, et elle est assez puissante pour lutter contre les vents contraires. Si les collisions constituent un danger, ce n'est pas pour elle. Tant pis

pour les bâtiments qui se jetteraient à pleine vapeur ou à
toutes voiles sur ses côtes de fer. Et encore ces rencontres
sont-elles peu à craindre, grâce aux feux qui éclairent ses
ports, sa proue et sa poupe, grâce aux lueurs électriques de
ses lunes d'aluminium dont l'atmosphère est saturée pendant
la nuit. Quant aux tempêtes, autant vaut n'en point parler.
Elle est de taille à mettre un frein à la fureur des flots.

Mais, lorsque leur promenade amène Pinchinat et Frascolin jusqu'à l'avant ou à l'arrière de l'île, soit à la batterie de
l'Eperon, soit à la batterie de Poupe, ils sont tous deux de cet
avis que cela manque de caps, de promontoires, de pointes,
d'anses, de grèves. Ce littoral n'est qu'un épaulement d'acier
maintenu par des millions de boulons et de rivets. Et combien
un peintre aurait lieu de regretter ces vieux rochers, rugueux
comme une peau d'éléphant, dont le ressac caresse les goé-
mons et les varechs à la marée montante! Décidément, on ne
remplace pas les beautés de la nature par les merveilles de
l'industrie. Malgré son admiration permanente, Yvernès est
forcé d'en convenir. L'empreinte du Créateur, c'est bien ce qui
manque à cette île artificielle.

Dans la soirée du 25 juin, Standard Island franchit le
tropique du Cancer sur la limite de la zone torride du Pacifique. A cette heure-là, le quatuor se fait entendre pour la
seconde fois dans la salle du casino. Observons que, le premier succès aidant, le prix des fauteuils a été augmenté d'un
tiers.

Peu importe, la salle est encore trop petite. Les dilettantes
s'en disputent les places. Evidemment, cette musique de
chambre doit être excellente pour la santé, et personne ne se
permettrait de mettre en doute ses qualités thérapeutiques.
Toujours des solutions de Mozart, de Beethoven, de Haydn,
suivant la formule.

Immense succès pour les exécutants, auxquels des bravos
parisiens eussent certainement fait plus de plaisir. Mais, à leur
défaut, Yvernès, Frascolin et Pinchinat savent se contenter
des hourrahs milliardais, pour lesquels Sébastien Zorn continue à professer un dédain absolu.

— Que pourrions-nous exiger de plus, lui dit Yvernès,
quand on passe le tropique...

— Le tropique du «concert»! réplique Pinchinat, qui s'enfuit
sur cet abominable jeu de mots.

Et, lorsqu'ils sortent du casino, qu'aperçoivent-ils au milieu

des pauvres diables qui n'ont pu mettre trois cent soixante
dollars à un fauteuil?... Le roi et la reine de Malécarlie se
tenant modestement à la porte.


# IX

### L'ARCHIPEL DES SANDWICH

Il existe, en cette portion du Pacifique, une chaîne sous-
marine dont on verrait le développement de l'ouest-nord-ouest
à l'est-sud-est sur neuf cents lieues, si les abîmes de quatre
mille mètres qui la séparent des autres terres océaniennes
venaient à se vider. De cette chaîne, il n'apparaît que huit
sommets: Nühau, Kaouaï, Oahu, Molokaï, Lanaï, Mauï,
Kaluhani, Hawaii. Ces huit îles, d'inégales grandeurs, constituent l'archipel hawaiien, autrement dit le groupe des Sandwich. Ce groupe ne dépasse la zone tropicale que par le semis
de roches et de récifs qui se prolonge vers l'ouest:
Laissant Sébastien Zorn bougonner dans son coin, s'enfermer dans une complète indifférence pour toutes les curiosités
naturelles, comme un violoncelle dans sa boîte, Pinchinat,
Yvernès, Frascolin raisonnent ainsi et n'ont pas tort:
— Ma foi, dit l'un, je ne suis pas fâché de visiter ces îles
hawaïiennes! Puisque nous faisons tant que de courir l'océan
Pacifique, le mieux est d'en rapporter au moins des souvenirs!
— J'ajoute, répond l'autre, que les naturels des Sandwich
nous reposeront un'peu des Pawnies, des Sioux ou autres
Indiens trop civilisés du Far West, et il ne me déplaît pas de
rencontrer de véritables sauvages... des cannibales...
— Ces Hawaïiens le sont-ils encore?... demande le troisième.
— Espérons-le, répond sérieusement Pinchinat. Ce sont
leurs grands-pères qui ont mangé le capitaine Cook, et, quand
les grands-pères ont goûté à cet illustre navigateur, il n'est pas
admissible que les petits-fils aient perdu le goût de la chair
humaine!
Il faut l'avouer, Son Altesse parlait trop irrévérencieuse-
ment du célèbre marin anglais qui a découvert cet archipel en
1778.
Ce qui ressort de cette conversation, c'est que nos artistes

espèrent que les hasards de leur navigation vont les mettre en présence d'indigènes plus authentiques que les spécimens exhibés dans les jardins d'acclimatation, et en tout cas dans leur pays d'origine, au lieu même de production. Ils éprouvent donc une certaine impatience d'y arriver, attendant chaque jour que les vigies de l'observatoire signalent les premières hauteurs du groupe hawaiien.

Cela s'est produit dans la matinée du 6 juillet. La nouvelle s'en répand aussitôt, et la pancarte du casino porte cette mention télautographiquement inscrite:

— Standard Island en vue des îles Sandwich.

Il est vrai, on en est encore à cinquante lieues; mais les plus hautes cimes du groupe, celles de l'île Hawaii, dépassant quatre mille deux cents mètres, sont, par beau temps, visibles à cette distance.

Venant du nord-est, le commodore Ethel Simcoë s'est dirigé vers Oahu, ayant pour capitale Honolulu, qui est en même temps la capitale de l'archipel. Cette île est la troisième du groupe en latitude. Nühau, qui est un vaste parc à bétail, et Kaouaï lui restent dans le nord-ouest. Oahu n'est pas la plus grande des Sandwich, puisqu'elle ne mesure que seize cent quatre-vingts kilomètres carrés, tandis que Hawaii s'étend sur près de dix-sept mille. Quant aux autres îles, elles n'en comptent que trois mille huit cent douze dans leur ensemble.

Il va de soi que les artistes parisiens, depuis le départ, ont noué des relations agréables avec les principaux fonctionnaires de Standard Island. Tous, aussi bien le gouverneur, le commodore et le colonel Stewart que les ingénieurs en chef Watson et Somwah, se sont empressés de leur faire le plus sympathique accueil. Rendant souvent visite à l'observatoire, ils se plaisent à rester des heures sur la plate-forme de la tour. On ne s'étonnera donc pas que ce jour-là Yvernès et Pinchinat, les ardents de la troupe, soient venus de ce côté, et, vers dix heures du matin, l'ascenseur les a hissés «en tête de mât», comme dit Son Altesse.

Le commodore Ethel Simcoë s'y trouvait déjà, et, prêtant sa longue-vue aux deux amis, il leur conseille d'observer un point à l'horizon du sud-ouest entre les basses brumes du ciel.

— C'est le Mauna Loa d'Hawaii, dit-il, ou c'est le Mauna Kea, deux superbes volcans qui, en 1852 et en 1855, précipitèrent sur l'île un fleuve de lave couvrant sept cents mètres carrés, et dont les cratères, en 1880, projetèrent sept cents millions de mètres cubes de matières éruptives!

— Fameux! répond Yvernès. Pensez-vous, commodore, que nous aurons la bonne chance de voir un pareil spectacle?...

— Je l'ignore, monsieur Yvernès, répond Ethel Simcoë. Les volcans ne fonctionnent pas par ordre...

— Oh! pour cette fois seulement, et avec des protections?... ajoute Pinchinat. Si j'étais riche comme MM. Tankerdon et Coverley, je me paierais des éruptions à ma fantaisie...

— Eh bien! nous leur en parlerons, réplique le commodore en souriant, et je ne doute pas qu'ils fassent même l'impossible pour vous être agréables.

Là-dessus, Pinchinat demande quelle est la population de l'archipel des Sandwich. Le commodore lui apprend que, si elle a pu être de deux cent mille habitants au commencement du siècle, elle se trouve actuellement réduite de moitié.

— Bon! monsieur Simcoë, cent mille sauvages, c'est encore assez et, pour peu qu'ils soient restés de braves cannibales et qu'ils n'aient rien perdu de leur appétit, ils ne feraient qu'une bouchée de tous les Milliardais de Standard Island!

Ce n'est pas la première fois que l'île rallie cet archipel hawaiien. L'année précédente, elle a traversé ces parages, attirée par la salubrité du climat. Et, en effet, des malades y viennent d'Amérique, en attendant que les médecins d'Europe y envoient leur clientèle humer l'air du Pacifique. Pourquoi pas? Honolulu n'est plus maintenant qu'à vingt-cinq jours de Paris, et quand il s'agit de s'imprégner les poumons d'un oxygène comme on n'en respire nulle part...

Standard Island arrive en vue du groupe dans la matinée du 9 juillet. L'île d'Oahu se dessine à cinq milles dans le sud-ouest. Au-dessus pointent, à l'est, le Diamond Head, ancien volcan qui domine la rade sur l'arrière, et un autre cône nommé le Bol-de-Punch par les Anglais. Ainsi que l'observe le commodore, cette énorme cuvette fût-elle remplie de brandy ou de gin, John Bull ne serait pas gêné de la vider tout entière.

On passe entre Oahu et Molokaï. Standard Island, ainsi qu'un bâtiment sous l'action de son gouvernail, évolue en combinant le jeu de ses hélices de tribord et de bâbord. Après avoir doublé le cap sud-est d'Oahu, l'appareil flottant s'arrête, vu son tirant d'eau très considérable, à dix encablures du littoral. Comme il fallait, pour conserver à l'île son évitage, la tenir à suffisante distance de terre, elle ne «mouillait» pas, dans le sens rigoureux du mot, c'est-à-dire qu'on n'employait pas les ancres, ce qui eût été impossible par des fonds de cent mètres et au-delà. Aussi, au moyen des machines, qui manœuvrent en avant ou en arrière pendant toute la durée de son séjour, la maintient-on en place, aussi immobile que les huit principales îles de l'archipel hawaïen.

Le quatuor contemple les hauteurs qui se développent devant ses yeux. Du large, on n'aperçoit que des massifs d'arbres, des bosquets d'orangers et autres magnifiques spécimens de la flore tempérée. A l'ouest, par une étroite brèche du récif, apparaît un petit lac intérieur, le lac des Perles, sorte de plaine lacustre trouée d'anciens cratères.

L'aspect d'Oahu est assez riant, et, en vérité, ces anthropophages, si désirés de Pinchinat, n'ont point à se plaindre du théâtre de leurs exploits. Pourvu qu'ils se livrent encore à leurs instincts de cannibales, Son Altesse n'aura plus rien à désirer...

Mais voici qu'elle s'écrie tout à coup:

— Grand Dieu, qu'est-ce que je vois?...

— Que vois-tu?... demande Frascolin.

— Là-bas... des clochers...

— Oui... et des tours... et des façades de palais!... répond Yvernès.

— Pas possible qu'on ait mangé là le capitaine Cook!...

— Nous ne sommes pas aux Sandwich! dit Sébastien Zorn, en haussant les épaules. Le commodore s'est trompé de route...

— Assurément! réplique Pinchinat.

Non! le commodore Simcoë ne s'est point égaré. C'est bien là Oahu, et la ville, qui s'étend sur plusieurs kilomètres carrés, c'est bien Honolulu.

Allons! il faut en rabattre. Que de changements depuis l'époque où le grand navigateur anglais a découvert ce groupe! Les missionnaires ont rivalisé de dévouement et de zèle. Méthodistes, anglicans, catholiques, luttant d'influence, ont fait œuvre civilisatrice et triomphé du paganisme des anciens Canaques. Non seulement la langue originelle tend à disparaître devant la langue anglo-saxonne, mais l'archipel renferme des Américains, des Chinois — pour la plupart engagés au compte des propriétaires du sol, d'où est sortie une race de demi-Chinois, les Hapa-Paké — et enfin des Portugais, grâce aux services maritimes établis entre les Sandwich et l'Europe. Des indigènes, il s'en trouve encore, cependant, et assez pour satisfaire nos quatre artistes, bien que ces naturels aient été fort décimés par la lèpre, maladie d'importation chinoise. Par exemple, ils ne présentent guère le type des mangeurs de chair humaine.

— O couleur locale, s'écrie le premier violon, quelle main t'a grattée sur la palette moderne!

Oui! Le temps, la civilisation, le progrès, qui est une loi de nature, l'ont à peu près effacée, cette couleur. Et il faut bien le reconnaître, non sans quelque regret, lorsqu'une des chaloupes électriques de Standard Island, dépassant la longue ligne de récifs, débarque Sébastien Zorn et ses camarades.

Entre deux estacades, se rejoignant en angle aigu, s'ouvre un port abrité des mauvais vents par un amphithéâtre de montagnes. Depuis 1974, les écueils qui le défendent contre la houle du large se sont exhaussés d'un mètre. Néanmoins, il reste encore assez d'eau pour que les bâtiments tirant de dix-huit à vingt pieds puissent venir s'amarrer aux quais.

— Déception!... déception!... murmure Pinchinat. Il est vraiment déplorable qu'on soit exposé à perdre tant d'illusions en voyage...

— Et l'on ferait mieux de demeurer chez soi! riposte le violoncelliste en haussant les épaules.

— Non! s'écrie Yvernès toujours enthousiaste, et quel spectacle serait comparable à celui de cette île factice venant rendre visite aux archipels océaniens?...

Néanmoins, si l'état moral des Sandwich s'est regrettablement modifié, au vif déplaisir de nos artistes, il n'en est pas de même du climat. C'est l'un des plus salubres de ces parages de l'océan Pacifique, malgré que le groupe occupe une région désignée sous le nom de mer des Chaleurs. Si le thermomètre s'y tient à un degré élevé, lorsque les alizés du nord-est ne dominent pas, si les contre-alizés du sud engendrent de violents orages nommés *kouas* dans le pays, la température moyenne d'Honolulu ne dépasse pas vingt et un degrés centigrades. On aurait donc mauvaise grâce à s'en plaindre, sur la limite de la zone torride. Aussi les habitants ne se plaignent-ils pas, et, ainsi que nous l'avons indiqué, les malades américains affluent-ils dans l'archipel.

Quoi qu'il en soit, à mesure que le quatuor pénètre plus avant les secrets de cet archipel, ses illusions tombent... tombent comme les feuilles millevoyennes à la fin de l'automne. Il prétend avoir été mystifié, quand il ne devrait accuser que lui-même de s'être attiré cette mystification.

— C'est ce Calistus Munbar qui nous a une fois de plus mis dedans! affirme Pinchinat, en rappelant que le surintendant leur a dit des Sandwich qu'elles étaient le dernier rempart de la sauvagerie indigène dans le Pacifique.

Et, lorsqu'ils lui en font des reproches amers:

— Que voulez-vous, mes chers amis? répond-il en clignant de l'œil droit. C'est tellement changé depuis mon dernier voyage que je ne m'y reconnais plus!

— Farceur! riposte Pinchinat, en gratifiant d'une bonne tape le gaster du surintendant.

Ce qu'on peut tenir pour certain, c'est que si des changements se sont produits, cela s'est fait dans des conditions de rapidité extraordinaires. Naguère, les Sandwich jouissaient d'une monarchie constitutionnelle, fondée en 1837, avec deux Chambres, celle des nobles et celle des députés. La première était nommée par les seuls propriétaires du sol, la seconde par tous les citoyens sachant lire et écrire, les nobles pour six ans, les députés pour deux ans. Chaque Chambre se composait de vingt-quatre membres, qui délibéraient en commun devant le ministère royal, formé de quatre conseillers du roi.

— Ainsi, dit Yvernès, il y avait un roi, un roi constitutionnel, au lieu d'un singe à plumes, et auquel les étrangers venaient présenter leurs humbles hommages!...

— Je suis sûr, affirme Pinchinat, que cette Majesté-là n'avait même pas d'anneaux dans le nez... et qu'elle se fournissait de fausses dents chez les meilleurs dentistes du Nouveau-Monde!

— Ah! civilisation... civilisation! répète le premier violon. Ils n'avaient pas besoin de râtelier, ces Canaques, lorsqu'ils mordaient à même leurs prisonniers de guerre!

Que l'on pardonne à ces fantaisistes cette façon d'envisager les choses! Oui! il y a eu un roi à Honolulu, ou, du moins, il y avait une reine, Liliuokalani, aujourd'hui détrônée, qui a lutté pour les droits de son fils, le prince Adey, contre les prétentions d'une certaine princesse Kaiulani au trône d'Hawaii. Bref, pendant longtemps, l'archipel a été dans une période révolutionnaire, tout comme ces bons Etats de l'Amérique ou de l'Europe, auxquels il ressemble même sous ce rapport. Cela pouvait-il amener l'intervention efficace de l'armée hawaiienne et ouvrir l'ère funeste des pronunciamentos? Non, sans doute, puisque ladite armée ne se compose que de deux cent cinquante conscrits et de deux cent cinquante volontaires. On ne renverse pas un régime avec cinq cents hommes — du moins au milieu des parages du Pacifique.

Mais les Anglais étaient là, qui veillaient. La princesse Kaiulani possédait les sympathies de l'Angleterre, paraît-il. D'autre part, le Gouvernement japonais était prêt à prendre le protectorat des îles, et comptait des partisans parmi les coolies qui sont employés en grand nombre sur les plantations...

Eh bien! et les Américains, dira-t-on? C'est même la question que Frascolin pose à Calistus Munbar au sujet d'une intervention tout indiquée.

— Les Américains? répond le surintendant, ils ne tiennent guère à ce protectorat. Pourvu qu'ils aient aux Sandwich une station maritime réservée à leurs paquebots des lignes du Pacifique, ils se déclareront satisfaits.

Et pourtant, en 1875, le roi Kaméhaméha, qui était allé rendre visite au président Grant à Washington, avait placé l'archipel sous l'égide des Etats-Unis. Mais, dix-sept ans plus tard, lorsque M. Cleveland prit la résolution de restaurer la reine Liliuokalani, alors que le régime républicain était établi aux Sandwich, sous la présidence de M. Sanford Dole, il y eut des protestations violentes dans les deux pays.

Rien, d'ailleurs, ne pouvait empêcher ce qui est écrit sans doute au livre de la destinée des peuples, qu'ils soient d'origine ancienne ou moderne, et l'archipel hawaiien est en république depuis le 4 juillet 1894, sous la présidence de M. Dole.

Standard Island s'est mise en relâche pour une dizaine de jours. Aussi nombre d'habitants en profitent-ils pour explorer Honolulu et les environs. Les familles Coverley et Tankerdon, les principaux notables de Milliard City, se font quotidiennement transporter au port. D'autre part, bien que ce soit la seconde apparition de l'île à hélice sur ces parages des Hawaii, l'admiration des Hawaiiens est sans bornes, et c'est en foule qu'ils viennent visiter cette merveille. Il est vrai, la police de Cyrus Bikerstaff, difficile pour l'admission des étrangers, s'assure, le soir venu, que les visiteurs s'en retournent à l'heure réglementaire. Grâce à ces mesures de sécurité, il serait malaisé à un intrus de demeurer sur le Joyau du Pacifique sans une autorisation, qui ne s'obtient pas aisément. Enfin, il n'y a que de bons rapports de part et d'autre, mais on ne se livre point à des réceptions officielles entre les deux îles.

Le quatuor s'offre quelques promenades très intéressantes. Les indigènes plaisent à nos Parisiens. Leur type est accentué, leur teint brun, leur physionomie à la fois douce et empreinte de fierté. Et, quoique les Hawaïiens soient en république, peut-être regrettent-ils leur sauvage indépendance de jadis.

*L'air de notre pays est libre,* dit un de leurs proverbes, et eux ne le sont plus.

Et, en effet, après la conquête de l'archipel par Kaméha-méha, après la monarchie représentative établie en 1837, chaque île fut administrée par un gouverneur particulier. A l'heure actuelle, sous le régime républicain, elles sont encore divisées en arrondissements et sous-arrondissements.

— Allons, dit Pinchinat, il n'y manque plus que des préfets, des sous-préfets et des conseillers de préfecture, avec la Constitution de l'an VIII!

— Je demande à m'en aller! réplique Sébastien Zorn.

Il aurait eu tort de le faire sans avoir admiré les principaux sites d'Oahu. Ils sont superbes, si la flore n'y est pas riche. Sur la zone littorale abondent les cocotiers et autres palmiers, les arbres à pain, les aleurites trilobas, qui donnent de l'huile, les ricins, les daturas, les indigotiers. Dans les vallées, arrosées par les eaux des montagnes, tapissées de cette herbe envahissante nommée menervia, nombre d'arbustes deviennent arborescents, des chenopodium, des halapepe, sortes d'asparigi-nées gigantesques. La zone forestière, prolongée jusqu'à l'altitude de deux mille mètres, est couverte d'essences ligneuses, myrtacées de haute venue, rumex colossaux, tiges-lianes qui s'entremêlent comme un fouillis de serpents aux multiples ramures. Quant aux récoltes du sol, qui fournissent un élément de commerce et d'exportation, ce sont le riz, la noix de coco, la canne à sucre. Il se fait donc un cabotage important d'une île à l'autre, de manière à concentrer vers Honolulu les produits qui sont ensuite expédiés en Amérique.

En ce qui concerne la faune, peu de variété. Si les Canaques tendent à s'absorber dans les races plus intelligentes, les espèces animales ne tendent point à se modifier. Uniquement des cochons, des poules, des chèvres pour bêtes domestiques; point de fauves, si ce n'est quelques couples de sangliers sauvages; des moustiques dont on ne se débarrasse pas aisément; des scorpions nombreux, et divers échantillons de lézards inoffensifs; des oiseaux qui ne chantent jamais, entre autres l'oo, le drepanis pacifica au plumage noir, agrémenté de ces plumes jaunes dont était formé le fameux manteau de Kaméhaméha et auquel avaient travaillé neuf générations d'indigènes.

En cet archipel, la part de l'homme — et elle est considérable — est de l'avoir civilisé, à l'imitation des Etats-Unis, avec ses sociétés savantes, ses écoles d'instruction obligatoire qui furent primées à l'Exposition de 1878, ses riches bibliothèques, ses journaux publiés en langue anglaise et canaque. Nos Parisiens ne pouvaient en être surpris, puisque les notables de l'archipel sont Américains en majorité, et que leur langue est courante comme leur monnaie. Seulement, ces notables attirent volontiers à leur service des Chinois du Céleste-Empire, contrairement à ce qui se fait dans l'Ouest-Amérique pour combattre ce fléau auquel on donne le nom significatif de «peste jaune».

Il va de soi que, depuis l'arrivée de Standard Island en vue de la capitale d'Oahu, les embarcations du port, chargées des amateurs, en font souvent le tour. Avec ce temps magnifique, cette mer si calme, rien d'agréable comme une excursion d'une vingtaine de kilomètres à une encablure de ce littoral d'acier, sur lequel les agents de la douane exercent une si sévère surveillance.

Parmi ces excursionnistes, on aurait pu remarquer un léger bâtiment qui, chaque jour, s'obstine à naviguer dans les eaux de l'île à hélice. C'est une sorte de ketch malais, à deux mâts, à poupe carrée, monté par une dizaine d'hommes, sous les ordres d'un capitaine de figure énergique. Le gouverneur, cependant, n'en prend point ombrage, bien que cette persistance eût pu paraître suspecte. Ces gens, en effet, ne cessent d'observer l'île sur tout son périmètre, rôdant d'un port à l'autre, examinant la disposition de son littoral. Après tout, en admettant qu'ils eussent des intentions malveillantes, que pourrait entreprendre cet équipage contre une population de dix mille habitants? Aussi ne s'inquiète-t-on point des allures de ce ketch, soit qu'il évolue pendant le jour, soit qu'il passe les nuits à la mer. L'administration maritime d'Honolulu n'est donc pas interpellée à son sujet.

Le quatuor fait ses adieux à l'île d'Oahu dans la matinée du 10 juillet. Standard Island appareille dès l'aube, obéissant à l'impulsion de ses puissants propulseurs. Après avoir viré sur place, elle prend direction vers le sud-ouest, de manière à venir en vue des autres îles hawaiiennes. Il lui faut alors prendre de biais le courant équatorial qui porte de l'est à l'ouest, inversement à celui dont l'archipel est longé vers le nord.

Pour l'agrément de ceux de ses habitants qui se sont rendus sur le littoral de bâbord, Standard Island s'engage hardiment entre les îles Molokaï et Kaouaï. Au-dessus de cette dernière, l'une des plus petites du groupe, se dresse un volcan de dix-huit cents mètres, le Nirhau, qui projette quelques vapeurs fuligineuses. Au pied s'arrondissent des berges de formation coralligène, dominées par une rangée de dunes dont les échos se répercutent avec une sonorité métallique quand elles sont violemment battues du ressac. La nuit est venue, l'appareil se trouve encore en cet étroit canal, mais il n'a rien à craindre sous la main du commodore Simcoë. A l'heure où le soleil disparaît derrière les hauteurs de Lanaï, les vigies n'auraient pu apercevoir le ketch, qui, après avoir quitté le port à la suite de Standard Island, cherchait à se maintenir dans ses eaux. D'ailleurs, on le répète, pourquoi se serait-on préoccupé de la présence de cette embarcation malaise?

Le lendemain, quand le jour reparut, le ketch n'était plus qu'un point blanc à l'horizon du nord.

Pendant cette journée, la navigation se poursuit entre Kaluhani et Maui. Grâce à son étendue, cette dernière, avec Lahaina pour capitale, port réservé aux baleiniers, occupe le second rang dans l'archipel des Sandwich. Le Haleahala, la Maison-du-Soleil, y pointe à 3000 mètres vers l'astre radieux.

Les deux journées suivantes sont employées à longer les côtes de la grande Hawaii, dont les montagnes, ainsi que nous l'avons dit, sont les plus hautes du groupe. C'est dans la baie Kealakeacua que le capitaine Cook, d'abord reçu comme un dieu par les indigènes, fut massacré en 1779, un an après avoir découvert cet archipel auquel il avait donné le nom de Sandwich en l'honneur du célèbre ministre de la Grande-Bretagne. Hilo, le chef-lieu de l'île, qui est sur la côte orientale, ne se montre pas; mais on entrevoit Kailu, située sur la côte occidentale. Cette grande Hawaii possède cinquante-sept kilomètres de chemin de fer, qui servent principalement au transport des denrées, et le quatuor peut apercevoir le panache blanc de ses locomotives...

— Il ne manquait plus que cela! s'écrie Yvernès.

Le lendemain, le Joyau du Pacifique a quitté ces parages, alors que le ketch double l'extrême pointe d'Hawaii, dominée

par le Mauna-Loa, la Grande-Montagne, dont la cime se perd
à quatre mille mètres entre les nuages.

— Volés, dit alors Pinchinat, nous sommes volés!

— Tu as raison, répond Yvernès, il aurait fallu venir cent
ans plus tôt. Mais alors nous n'aurions pas navigué sur cette
admirable île à hélice!

— N'importe! Avoir trouvé des indigènes à vestons et à cols
rabattus au lieu des sauvages à plumes que nous avait annon-
cés ce roublard de Calistus, que Dieu confonde! Je regrette le
temps du capitaine Cook!

— Et si ces cannibales avaient mangé Ton Altesse?... fait
observer Frascolin.

— Eh bien! j'aurais eu cette consolation d'avoir été... une
fois dans ma vie... aimé pour moi-même!


# X

## PASSAGE DE LA LIGNE

Depuis le 23 juin, le soleil rétrograde vers l'hémisphère
méridional. Il est donc indispensable d'abandonner les zones
où la mauvaise saison viendra bientôt exercer ses ravages.
Puisque l'astre du jour, dans sa course apparente, se dirige
vers la ligne équinoxiale, il convient de la franchir à sa suite.
Au-delà s'offrent des climats agréables, où, malgré leurs
dénominations d'octobre, novembre, décembre, janvier, février, ces mois n'en sont pas moins ceux de la saison chaude.
La distance qui sépare l'archipel hawaiien des îles Marquises
est de trois mille kilomètres environ. Aussi Standard Island,
ayant hâte de la couvrir, se met-elle à son maximum de
vitesse.

La Polynésie proprement dite est comprise dans cette spacieuse portion de mer limitée au nord par l'équateur, au sud
par le tropique du Capricorne. Il y a là, sur cinq millions de
kilomètres carrés, onze groupes se composant de deux cent
vingt îles, soit une surface émergée de dix mille kilomètres, sur
laquelle les îlots se comptent par milliers. Ce sont les sommets
de ces montagnes sous-marines, dont la chaîne se prolonge du
nord-ouest au sud-est jusqu'aux Marquises et à l'île Pitcairn,
en projetant des ramifications presque parallèles.

Si, par l'imagination, on se figure ce vaste bassin vidé tout à
coup, si le Diable boiteux, délivré par Cléophas, enlevait
toutes ces masses liquides comme il faisait des toitures de
Madrid, quelle extraordinaire contrée se développerait aux
regards! Quelle Suisse, quelle Norvège, quel Tibet pourraient
l'égaler en grandeur? De ces monts sous-marins, volcaniques
pour la plupart, quelques-uns, d'origine madréporique, sont
formés d'une matière calcaire ou cornée, sécrétée en couches
concentriques par les polypes, ces animalcules rayonnés, d'organisation si simple, doués d'une force de production immense. De ces îles, les unes, les plus jeunes, n'ont de manteau
végétal qu'à leur cime; les autres, drapées dans leur végétation
de la tête aux pieds, sont les plus anciennes, même lorsque
leur origine est coralloïde. Il existe donc toute une région
montagneuse enfouie sous les eaux du Pacifique. Standard
Island se promène au-dessus de ses sommets comme ferait un
aérostat entre les pointes des Alpes ou de l'Himalaya. Seulement, ce n'est pas l'air, c'est l'eau qui la porte.

Mais, de même qu'il existe de larges déplacements d'ondes
atmosphériques à travers l'espace, il se produit des déplacements liquides à la surface de cet océan. Le grand courant va
de l'est à l'ouest, et dans les couches inférieures se propagent
deux contre-courants de juin à octobre, lorsque le soleil se
dirige vers le tropique du Cancer. En outre, aux abords de
Tahiti, on observe quatre espèces de flux, dont le plein n'a pas
lieu à la même heure, et qui neutralisent la marée au point de
la rendre presque insensible. Quant au climat dont jouissent
ces différents archipels, il est essentiellement variable. Les îles
montagneuses arrêtent les nuages, qui déversent leurs pluies
sur elles; les îles basses sont plus sèches, parce que les vapeurs
fuient devant les brises régnantes.

Que la bibliothèque du casino n'eût pas possédé les cartes
relatives au Pacifique, cela aurait été au moins singulier. Elle
en a une collection complète, et Frascolin, le plus sérieux de la
troupe, les consulte souvent. Yvernès, lui, préfère s'abandonner aux surprises de la traversée, à l'admiration que lui
cause cette île artificielle, et il ne tient point à surcharger son
cerveau de notions géographiques. Pinchinat ne songe qu'à
prendre les choses par leur côté plaisant ou fantaisiste. Quant
à Sébastien Zorn, l'itinéraire lui importe peu, puisqu'il va là où
il n'avait jamais eu l'intention d'aller.

Frascolin est donc seul à piocher sa Polynésie, étudiant les groupes principaux qui la composent, les îles Basses, les Marquises, les Pomotou, les îles de la Société, les îles de Cook, les îles Tonga, les îles Samoa, les îles Australes, les Wallis, les Fanning, sans parler des îles isolées, Niue, Toko-lau, Phœnix, Manahiki, Pâques, Sala y Gomez, etc. Il n'ignore pas que, dans la plupart de ces archipels, même ceux qui sont soumis à des protectorats, le gouvernement est toujours entre les mains de chefs puissants, dont l'influence n'est jamais discutée, et que les classes pauvres y sont entière-ment soumises aux classes riches. Il sait en outre que ces indigènes professent les religions brahmanique, mahométane, protestante, catholique, mais que le catholicisme est prépon-dérant dans les îles dépendant de la France — ce qui est dû à la pompe de son culte. Il sait même que la langue indigène, dont l'alphabet est peu compliqué, puisqu'il ne se compose que de treize à dix-sept caractères, est très mélangée d'anglais et sera finalement absorbée par l'anglo-saxon. Il sait enfin que, d'une façon générale, au point de vue ethnique, la population polynésienne tend à décroître, ce qui est regrettable, car le type canaque — ce mot signifie homme — plus blanc sous l'équateur que dans les groupes éloignés de la ligne équinoxia-le, est magnifique, et combien la Polynésie ne perdra-t-elle pas à son absorption par les races étrangères! Oui! il sait cela, et bien d'autres choses qu'il apprend au cours de ses conversa-tions avec le commodore Ethel Simcoë, et, lorsque ses ca-marades l'interrogent, il n'est pas embarrassé de leur ré-pondre.

Aussi Pinchinat ne l'appelle-t-il plus que le «Larousse des zones tropicales».

Tels sont les principaux groupes entre lesquels Standard Island doit promener son opulente population. Elle mérite justement le nom d'île heureuse, car tout ce qui peut assurer le bonheur matériel et, d'une certaine façon, le bonheur moral, y est réglementé. Pourquoi faut-il que cet état de choses risque d'être troublé par des rivalités, des jalousies, des désaccords, par ces questions d'influence ou de préséance qui divisent Milliard City en deux camps comme elle l'est en deux sections — le camp Tankerdon et le camp Coverley? Dans tous les cas, pour des artistes, très désintéressés en cette matière, la lutte promet d'être intéressante.

Jem Tankerdon est Yankee des pieds à la tête, personnel et encombrant, large figure, avec la demi-barbe rougeâtre, les

cheveux ras, les yeux vifs malgré la soixantaine, l'iris presque
jaune comme celui des yeux de chien, la prunelle ardente. Sa
taille est haute, son torse est puissant, ses membres sont
vigoureux. Il y a en lui du trappeur des prairies, bien que, en fait
de trappes, il n'ait jamais tendu d'autres que celles par
lesquelles il précipitait des millions de porcs dans ses égor-
geoirs de Chicago. C'est un homme violent, que sa situation
aurait dû rendre plus policé, mais auquel l'éducation première
a manqué. Il aime à faire montre de sa fortune, et il a, comme
on dit, «les poches sonores». Et, paraît-il, il ne les trouve pas
assez pleines, puisque lui et quelques autres de son bord ont
idée de reprendre les affaires...

Mrs Tankerdon est une Américaine quelconque, assez
bonne femme, très soumise à son mari, excellente mère, douce
à ses enfants, prédestinée à élever une nombreuse progéniture
et n'ayant point failli à remplir ses fonctions. Quand on doit
partager deux milliards entre des héritiers directs, pourquoi
n'en aurait-on pas une douzaine, et elle les a tous bien
constitués.

De toute cette smala, l'attention du quatuor ne devait être
attirée que sur le fils aîné, destiné à jouer un certain rôle dans
cette histoire. Walter Tankerdon, fort élégant de sa personne,
d'une intelligence moyenne, de manières et de figure sympathiques, tient plus de Mrs Tankerdon que du chef de la
famille. Suffisamment instruit, ayant parcouru l'Amérique et
l'Europe, voyageant quelquefois, mais toujours rappelé par
ses habitudes et ses goûts à l'existence attrayante de Standard
Island, il est familier avec les exercices de sport, à la tête de
toute la jeunesse milliardaise dans les concours de tennis, de
polo, de golf et de cricket. Il n'est pas autrement fier de la
fortune qu'il aura un jour, et son cœur est bon. Il est vrai,
faute de misérables dans l'île, il n'a point l'occasion d'exercer
la charité. En somme, il est à désirer que ses frères et sœurs lui
ressemblent. Si ceux-là et celles-là ne sont point encore en âge
de se marier, lui, qui touche à la trentaine, doit songer au
mariage. Y pense-t-il?... On le verra bien.

Il existe un contraste frappant entre la famille Tankerdon,
la plus importante de la section bâbordaise, et la famille
Coverley, la plus considérable de la section tribordaise. Nat
Coverley est d'une nature plus fine que son rival. Il se ressent
de l'origine française de ses ancêtres. Sa fortune n'est point
sortie des entrailles du sol sous forme de nappes pétroliques,

ni des entrailles fumantes de la race porcine. Non! Ce sont les affaires industrielles, ce sont les chemins de fer, c'est la banque qui l'ont fait ce qu'il est. Pour lui, il ne songe qu'à jouir en paix de ses richesses et — il ne s'en cache pas — il s'opposerait à toute tentative de transformer le Joyau du Pacifique en une énorme usine ou une immense maison de commerce. Grand, correct, la tête belle sous ses cheveux grisonnants, il porte toute sa barbe, dont le châtain se mêle de quelques fils argentés. D'un caractère assez froid, de manières distinguées, il occupe le premier rang parmi les notables qui conservent, à Milliard City, les traditions de la haute société des Etats-Unis du Sud. Il aime les arts, se connaît en peinture et en musique, parle volontiers la langue française très en usage parmi les Tribordais, se tient au courant de la littérature américaine et européenne, et, quand il y a lieu, mélange ses applaudissements de bravos et de bravas, alors que les rudes types du Far West et de la Nouvelle-Angleterre se dépensent en hourrahs et en hips.

Mrs Coverley, ayant dix ans de moins que son mari, vient de doubler, sans trop s'en plaindre, le cap de la quarantaine. C'est une femme élégante, distinguée, appartenant à ces familles demi-créoles de la Louisiane d'autrefois, bonne musicienne, bonne pianiste, et il ne faut pas croire qu'un Reyer du XX$^e$ siècle ait proscrit le piano de Milliard City. Dans son hôtel de la Quinzième Avenue, le quatuor a mainte occasion de faire de la musique avec elle, et ne peut que la féliciter de ses talents d'artiste.

Le ciel n'a point béni l'union Coverley autant qu'il a béni l'union Tankerdon. Trois filles sont les seules héritières d'une immense fortune, dont M. Coverley ne se targue pas, à l'exemple de son rival. Elles sont fort jolies, et il se trouvera assez de prétendants, dans la noblesse ou dans la finance des deux mondes, pour demander leur main, lorsque le moment sera venu de les marier. En Amérique, d'ailleurs, ces dots invraisemblables ne sont pas rares. Il y a quelques années, ne citait-on pas cette petite miss Terry, qui, dès l'âge de deux ans, était recherchée pour ses sept cent cinquante millions? Espérons que cette enfant est mariée à son goût, et qu'à cet avantage d'être l'une des plus riches femmes des Etats-Unis elle joint celui d'en être l'une des plus heureuses.

La fille aînée de M. et Mrs Coverley, Diane, ou plutôt Dy, comme on l'appelle familièrement, a vingt ans à peine. C'est

une très jolie personne, en qui se mélangent les qualités
physiques et morales de son père et de sa mère. De beaux yeux
bleus, une chevelure magnifique entre le châtain et le blond,
une carnation fraîche comme les pétales de la rose qui vient de
s'épanouir, une taille élégante et gracieuse, cela explique que
miss Coverley soit remarquée des jeunes gens de Milliard
City, lesquels ne laisseront point à des étrangers, sans doute,
le soin de conquérir cet «inestimable trésor», pour employer
des termes d'une justesse mathématique. On a même lieu de
penser que M. Coverley ne verrait pas, dans la différence de
religion, un obstacle à une union qui lui paraîtrait devoir
assurer le bonheur de sa fille.

En vérité, il est regrettable que des questions de rivalité
sociale séparent les deux familles les plus qualifiées de Standard Island. Walter Tankerdon eût paru tout spécialement
créé pour devenir l'époux de Dy Coverley.

Mais c'est là une combinaison à laquelle il ne faut point
songer... Plutôt couper en deux Standard Island et s'en aller,
les Bâbordais sur une moitié, les Tribordais sur l'autre, que de
jamais signer un pareil contrat de mariage!

— A moins que l'amour ne se mêle de l'affaire! dit parfois
le surintendant en clignant de l'œil sous son binocle d'or.

Mais il ne semble pas que Walter Tankerdon ait quelque
penchant pour Dy Coverley, et inversement — ou, du moins, si
cela est, tous deux observent une réserve qui déjoue les
curiosités du monde sélect de Milliard City.

L'île à hélice continue à descendre vers l'équateur en suivant à peu près le cent soixantième méridien. Devant elle se
développe cette partie du Pacifique qui offre les plus larges
espaces dépourvus d'îles et d'îlots et dont les profondeurs
atteignent jusqu'à deux lieues. Pendant la journée du 25 juillet, on passe au-dessus du fond Belknap, un abîme de six mille
mètres, d'où la sonde a pu ramener ces curieux coquillages, ou
zoophytes, constitués de manière à supporter impunément la
pression de telles masses d'eau, évaluée à six cents atmo-
sphères.

Cinq jours après, Standard Island s'engage à travers un
groupe appartenant à l'Angleterre, bien qu'il soit parfois
désigné sous le nom d'îles Américaines. Après avoir laissé
Palmyra et Suncarung sur tribord, elle se rapproche à cinq
milles de Fanning, un des nombreux gîtes à guano de ces
parages, le plus important de l'archipel. Du reste, ce sont des

cimes émergées, plutôt arides que verdoyantes, dont le Royaume-Uni n'a pas tiré grand profit jusqu'alors. Mais il a un pied posé en cet endroit, et l'on sait que le large pied de l'Angleterre laisse généralement des empreintes ineffaçables.

Chaque jour, tandis que ses camarades parcourent le parc ou la campagne environnante, Frascolin, très intéressé par les détails de cette curieuse navigation, se rend à la batterie de l'Eperon. Il s'y rencontre souvent avec le commodore. Ethel Simcoë le renseigne volontiers sur les phénomènes spéciaux à ces mers, et, lorsqu'ils offrent quelque intérêt, le second violon ne néglige pas de les communiquer à ses compagnons.

Par exemple, ils n'ont pu cacher leur admiration en présence d'un spectacle que la nature leur a gratuitement offert dans la nuit du 30 au 31 juillet.

Un immense banc d'acalèphes, couvrant plusieurs milles carrés, venait d'être signalé dans l'après-midi. Il n'a point encore été donné à la population de rencontrer de telles masses de ces méduses auxquelles certains naturalistes ont octroyé le nom d'océanies. Ces animaux, d'une vie très rudimentaire, confinent dans leur forme hémisphérique aux produits du règne végétal. Les poissons, si gloutons qu'ils soient, les considèrent plutôt comme des fleurs, car aucun, paraît-il, n'en veut faire sa nourriture. Celles de ces océanies qui sont particulières à la zone torride du Pacifique ne se montrent que sous la forme d'ombrelles multicolores, transparentes et bordées de tentacules. Elles ne mesurent pas plus de deux à trois centimètres. Que l'on songe à ce qu'il en faut de milliards pour former des bancs d'une telle étendue!

Et, lorsque de pareils nombres sont énoncés en présence de Pinchinat:

— Ils ne peuvent, répond Son Altesse, surprendre ces invraisemblables notables de Standard Island, pour qui le milliard est de monnaie courante!

A la nuit close, une partie de la population s'est portée vers «le gaillard d'avant», c'est-à-dire cette terrasse qui domine la batterie de l'Eperon. Les trams ont été envahis. Les cars électriques se sont chargés de curieux. D'élégantes voitures ont véhiculé les nababs de la ville. Les Coverley et les Tankerdon s'y coudoient à distance... M. Jem ne salue pas M. Nat, qui ne salue pas M. Jem. Les familles sont au complet, d'ailleurs. Yvernès et Pinchinat ont le plaisir de causer avec Mrs Coverley et sa fille, qui leur font toujours le meilleur accueil. Peut-être Walter Tankerdon éprouve-t-il quelque dépit de ne pouvoir se mêler à leur entretien, et peut-être aussi miss Dy eût-elle accepté de bonne grâce la conversation du jeune homme. Dieu! quel scandale, et quelles allusions plus ou moins indiscrètes du *Starboard Chronicle* ou du *New Herald* dans leur article des mondanités!

Lorsque l'obscurité est complète, autant qu'elle peut l'être par ces nuits tropicales semées d'étoiles, il semble que le Pacifique s'éclaire jusque dans ses dernières profondeurs. L'immense nappe est imprégnée de lueurs phosphorescentes, illuminée de reflets roses ou bleus, non point dessinés comme un trait lumineux à la crête des lames, mais semblables aux effluences qu'émettraient d'innombrables légions de vers luisants. Cette phosphorescence devient si intense qu'il est possible de lire comme au rayonnement d'une lointaine aurore boréale. On dirait que le Pacifique, après avoir dissous les feux que le soleil lui a versés pendant le jour, les restitue la nuit en lumineux effluves.

Bientôt, la proue de Standard Island coupe la masse des acalèphes, qui se divise en deux branches le long du littoral métallique. En quelques heures, l'île à hélice est entourée d'une ceinture de ces noctiluques, dont la source photogénique ne s'est pas altérée. On eût dit une auréole, une de ces gloires au milieu desquelles se détachent les saints et les saintes, un de ces nimbes aux tons lunaires qui rayonnent autour de la tête des christs. Le phénomène dure jusqu'à la naissance de l'aube, dont les premières colorations finissent par l'éteindre.

Six jours après, le Joyau du Pacifique touche au grand cercle imaginaire de notre sphéroïde qui, dessiné matériellement, eût coupé l'horizon en deux parties égales. De cet endroit, on peut en même temps voir les pôles de la sphère céleste, l'un, au nord, allumé par les scintillations de l'étoile Polaire, l'autre, au sud, décoré, comme une poitrine de soldat, de la Croix du Sud. Il est bon d'ajouter que, des divers points de cette ligne équatoriale, les astres paraissent décrire chaque jour des cercles perpendiculaires au plan de l'horizon. Si vous voulez jouir de nuits et de jours parfaitement égaux, c'est sur ces parages, dans les régions des îles ou des continents traversés par l'équateur, qu'il convient d'aller fixer vos pénates.

Depuis son départ de l'archipel hawaiien, Standard Island a relevé une distance d'environ six cents kilomètres. C'est la

seconde fois, depuis sa création, qu'elle passe d'un hémisphère
à l'autre, franchissant la ligne équinoxiale d'abord en descendant vers le sud, puis en remontant vers le nord. A l'occasion
de ce passage, c'est fête pour la population milliardaise. Il y
aura des jeux publics dans le parc, des cérémonies religieuses
au temple et à la cathédrale, des courses de voitures électriques
autour de l'île. Sur la plate-forme de l'observatoire, on doit
tirer un magnifique feu d'artifice, dont les fusées, les serpen-
teaux, les bombes à couleurs changeantes rivaliseront avec les
splendeurs étoilées du firmament.

C'est là, vous le devinez, comme une imitation des scènes
fantaisistes habituelles aux navires, lorsqu'ils atteignent
l'équateur, un pendant au baptême de la ligne. Et, de fait, ce
jour-là est toujours choisi pour baptiser les enfants nés depuis
le départ de Madeleine Bay. Même cérémonie baptismale à
l'égard des étrangers qui n'ont pas encore pénétré dans l'hémisphère austral.

— Cela va être notre tour, dit Frascolin à ses camarades, et
nous allons recevoir le baptême!

— Par exemple! réplique Sébastien Zorn, en protestant par
des gestes d'indignation.

— Oui, mon vieux racleur de basse! répond Pinchinat. On
va nous verser des seaux d'eau non bénite sur la tête, nous
asseoir sur des planchettes qui basculeront, nous précipiter
dans des cuves à surprises, et le bonhomme Tropique ne
tardera pas à se présenter, suivi de son cortège de bouffons,
pour nous barbouiller la figure avec le pot-au-noir!

— S'ils croient, répond Sébastien Zorn, que je me soumet-
trai aux farces de cette mascarade!...

— Il le faudra bien, dit Yvernès. Chaque pays a ses usages,
et des hôtes doivent obéir...

— Pas quand ils sont retenus malgré eux! s'écrie l'intraitable chef du Quatuor concertant.

Qu'il se rassure au sujet de ce carnaval dont s'amusent
quelques navires en passant la ligne! Qu'il ne craigne pas
l'arrivée du bonhomme Tropique! Ses camarades et lui, on ne
les aspergera pas d'eau de mer, mais de champagne des
meilleures marques. On ne les mystifiera pas non plus en leur
montrant l'équateur préalablement tracé sur l'objectif d'une
lunette. Cela peut convenir à des matelots en bordée, non aux
gens graves de Standard Island.

La fête a lieu dans l'après-midi du 5 août. Sauf les douaniers, qui ne doivent jamais abandonner leur poste, les employés ont reçu congé. Tout travail est suspendu dans la ville et dans les ports. Les hélices ne fonctionnent plus. Quant aux accumulateurs, ils possèdent un voltage qui doit suffire au service de l'éclairage et des communications électriques. D'ailleurs, Standard Island n'est pas stationnaire. Un courant la conduit vers la ligne de partage des deux hémisphères du globe. Les chants, les prières s'élèvent dans les églises, au temple comme à Saint Mary Church, et les orgues y donnent à pleins jeux. Joie générale dans le parc, où les exercices de sport s'exécutent avec un entrain remarquable. Les diverses classes s'y associent. Les plus riches gentlemen, Walter Tankerdon en tête, font merveille dans les parties de golf et de tennis. Lorsque le soleil sera tombé perpendiculairement sous l'horizon, ne laissant après lui qu'un crépuscule de quarante-cinq minutes, les fusées du feu d'artifice prendront leur vol à travers l'espace, et une nuit sans lune se prêtera au déploiement de ces magnificences.

Dans la grande salle du casino, le quatuor est baptisé, comme il a été dit, et de la main même de Cyrus Bikerstaff. Le gouverneur lui offre la coupe écumante, et le champagne coule à torrents. Les artistes ont leur large part du Cliquot et du Rœderer. Sébastien Zorn aurait mauvaise grâce à se plaindre d'un baptême qui ne lui rappelle en rien l'eau salée dont ses lèvres furent imbibées aux premiers jours de sa naissance.

Aussi les Parisiens répondent-ils à ces témoignages de sympathie par l'exécution des plus belles œuvres de leur répertoire: le *Septième Quatuor en fa majeur,* op. 59, de Beethoven, le *Quatrième Quatuor en mi bémol,* op. 10, de Mozart, le *Quatrième Quatuor en ré mineur,* op. 17, de Haydn, le *Septième Quatuor, andante, scherzo, capriccioso et fugue,* op. 81, de Mendelssohn. Oui! toutes ces merveilles de la musique concertante, et l'audition est gratuite. On s'écrase aux portes, on s'étouffe dans la salle. Il faut bisser, il faut trisser les morceaux, et le gouverneur remet aux exécutants une médaille d'or cerclée de diamants respectables par le nombre de leurs carats, ayant sur une face les armes de Milliard City et sur l'autre ces mots en français:

*Offerte au Quatuor concertant*
*par la compagnie, la Municipalité et la population*
*de Standard Island.*

Et, si tous ces honneurs ne pénètrent pas jusqu'au fond de
l'âme de l'irréconciliable violoncelliste, c'est que décidément il a
un déplorable caractère, ainsi que le lui répètent ses camarades.

— Attendons la fin! se contente-t-il de répondre, en contorsionnant sa barbe d'une main fébrile.

C'est à dix heures trente-cinq du soir — le calcul a été fait
par les astronomes de Standard Island — que l'île à hélice doit
couper la ligne équinoxiale. A ce moment précis, un coup de
canon sera tiré par l'une des pièces de la batterie de l'Eperon.
Un fil relie cette batterie à l'appareil électrique disposé au
centre du square de l'observatoire. Extraordinaire satisfaction
d'amour-propre pour celui des notables auquel est dévolu
l'honneur d'envoyer le courant qui provoque la formidable
détonation.

Or, ce jour-là, deux importants personnages y prétendent.
Ce sont, on le devine, Jem Tankerdon et Nat Coverley. De là
extrême embarras de Cyrus Bikerstaff. Des pourparlers difficiles ont été préalablement établis entre l'Hôtel de Ville et les
deux sections de la cité. On n'est pas parvenu à s'entendre.
Sur l'invitation du gouverneur, Calistus Munbar s'est même
entremis. En dépit de son adresse si connue, des ressources de
son esprit diplomatique, le surintendant a complètement
échoué. Jem Tankerdon ne veut point céder le pas à Nat
Coverley, qui refuse de s'effacer devant Jem Tankerdon. On
s'attend à un éclat.

Il n'a pas tardé à se produire dans toute sa violence, lorsque
les deux chefs se sont rencontrés dans le square, l'un en face
de l'autre. L'appareil est à cinq pas d'eux... Il n'y a qu'à le
toucher du bout du doigt...

Au courant de la difficulté, la foule, très soulevée par ces
questions de préséance, a envahi le jardin.

Après le concert, Sébastien Zorn, Yvernès, Frascolin, Pinchinat se sont rendus au square, curieux d'observer les phases
de cette rivalité. Etant donné les dispositions des Bâbordais et
des Tribordais, elle ne laisse pas de présenter une gravité
exceptionnelle pour l'avenir.

Les deux notables s'avancent, sans même se saluer d'une
légère inclinaison de tête.

— Je pense, monsieur, dit Jem Tankerdon, que vous ne me
disputerez pas l'honneur...

— C'est précisément ce que j'attends de vous, monsieur,
répond Nat Coverley.

— Je ne souffrirai pas qu'il soit manqué publiquement dans ma personne...

— Ni moi dans la mienne...

— Nous verrons bien! s'écrie Jem Tankerdon en faisant un pas vers l'appareil.

Nat Coverley vient d'en faire un, lui aussi. Les partisans des deux notables commencent à s'en mêler. Des provocations malsonnantes éclatent de part et d'autre dans leurs rangs. Sans doute, Walter Tankerdon est prêt à soutenir les droits de son père, et cependant, lorsqu'il aperçoit miss Coverley qui se tient un peu à l'écart, il est visiblement embarrassé.

Quant au gouverneur, bien que le surintendant soit à ses côtés, prêt à jouer le rôle de tampon, il est désolé de ne pouvoir réunir en un seul bouquet la rose blanche d'York et la rose rouge de Lancastre. Et qui sait si cette déplorable compétition n'aura pas des conséquences aussi regrettables qu'elles le furent au XVe siècle pour l'aristocratie anglaise?

Cependant, la minute approche où la pointe de Standard Island coupera la ligne équinoxiale. Etabli à la précision d'un quart de seconde de temps, le calcul ne comporterait qu'une erreur de huit mètres. Le signal ne peut tarder à être envoyé par l'observatoire.

— J'ai une idée! murmure Pinchinat.

— Laquelle?... répond Yvernès.

— Je vais flanquer un coup de poing au bouton de l'appareil, et cela va les mettre d'accord...

— Ne fais pas cela! dit Frascolin en arrêtant Son Altesse d'un bras vigoureux.

Bref, on ne sait comment l'incident aurait pris fin, si une détonation ne se fût produite...

Cette détonation ne vient pas de la batterie de l'Eperon. C'est un coup de canon du large qui a été distinctement entendu.

La foule reste en suspens.

Que peut indiquer cette décharge d'une bouche à feu qui n'appartient pas à l'artillerie de Standard Island?

Un télégramme, envoyé de Tribord Harbour, en donne presque aussitôt l'explication.

A deux ou trois milles, un navire en détresse vient de signaler sa présence et demande du secours.

Heureuse et inattendue diversion! On ne songe plus à se disputer devant le bouton électrique, ni à saluer le passage de l'équateur. Il n'est plus temps d'ailleurs. La ligne a été franchie, et le coup réglementaire est resté dans l'âme de la pièce. Cela vaut mieux, en somme, pour l'honneur des familles Tankerdon et Coverley.

Le public évacue le square, et, comme les trams ne fonctionnent plus, il s'est pédestrement et rapidement dirigé vers les jetées de Tribord Harbour.

Au reste, après le signal envoyé du large, l'officier de port a pris les mesures relatives au sauvetage. Une des electric-launchs, amarrée dans la darse, s'est élancée hors des piers. Et, au moment où la foule arrive, l'embarcation ramène les naufragés recueillis sur leur navire, qui s'est aussitôt englouti dans les abîmes du Pacifique.

Ce navire, c'est le ketch malais qui a suivi Standard Island depuis son départ de l'archipel des Sandwich.

# XI

## ÎLES MARQUISES

Dans la matinée du 29 août, le Joyau du Pacifique donne à travers l'archipel des Marquises, entre 7° 55′ et 10° 30 de latitude sud et 141° et 143° 6′ de longitude à l'ouest du méridien de Paris. Il a franchi une distance de trois mille cinq cents kilomètres à partir du groupe des Sandwich.

Si ce groupe se nomme Mendaña, c'est que l'Espagnol de ce nom découvrit en 1595 sa partie méridionale. S'il se nomme îles de la Révolution, c'est qu'il a été visité par le capitaine Marchand en 1791 dans sa partie du nord-ouest. S'il se nomme archipel de Nouka-Hiva, c'est qu'il doit cette appellation à la plus importante des îles qui le composent. Et pourtant, ne fût-ce que par justice, il aurait dû prendre aussi le nom de Cook, puisque le célèbre navigateur en a opéré la reconnaissance en 1774.

C'est ce que le commodore Simcoë fait observer à Frascolin, lequel trouve l'observation des plus logiques, ajoutant :

— On pourrait également l'appeler l'archipel Français, car nous sommes un peu en France aux Marquises.

En effet, un Français a le droit de regarder ce groupe de onze îles ou îlots comme une escadre de son pays mouillée

dans les eaux du Pacifique. Les plus grandes sont les vais-
seaux de première classe *Nouka-Hiva* et *Hiva-Oa;* les
moyennes sont les croiseurs de divers rangs, *Hiaou, Uapou,
Uauka;* les plus petites sont les avisos *Motane, Fatou-Hiva,
Taou-Ata,* tandis que les îlots ou les attolons seraient de
simples mouches d'escadre. Il est vrai, ces îles ne peuvent se
déplacer comme le fait Standard Island.

Ce fut le 1$^{er}$ mai 1842 que le commandant de la station
navale du Pacifique, le contre-amiral Dupetit-Thouars, prit,
au nom de la France, possession de cet archipel. Mille à deux
mille lieues le séparent soit de la côte américaine, soit de la
Nouvelle-Zélande, soit de l'Australie, soit de la Chine, des
Moluques ou des Philippines. En ces conditions, l'acte du
contre-amiral était-il à louer ou à blâmer? On le blâma dans
l'opposition, on le loua dans le monde gouvernemental. Il n'en
reste pas moins que la France dispose là d'un domaine
insulaire où nos bâtiments de grande pêche trouvent à s'abriter, à se ravitailler, et auquel le passage de Panama, s'il est
jamais ouvert, attribuera une importance commerciale des
plus réelles. Ce domaine devait être complété par la prise de
possession ou déclaration de protectorat des îles Pomotou,
des îles de la Société, qui en forment le prolongement naturel.
Puisque l'influence britannique s'étend sur les parages du
nord-ouest de cet immense océan, il est bon que l'influence
française vienne la contrebalancer dans les parages du sud-
est.

— Mais, demande Frascolin à son complaisant cicérone,
est-ce que nous avons là des forces militaires de quelque
valeur?

— Jusqu'en 1859, répond le commodore Simcoë, il y avait à
Nouka-Hiva un détachement de soldats de marine. Depuis
que ce détachement a été retiré, la garde du pavillon est
confiée aux missionnaires, et ils ne le laisseraient pas amener
sans le défendre.

— Et actuellement?...

— Vous ne trouverez plus à Taio-Haé qu'un résident, quelques gendarmes et soldats indigènes, sous les ordres d'un
officier qui remplit aussi les fonctions de juge de paix...

— Pour les procès des naturels?...

— Des naturels et des colons.

— Il y a donc des colons à Nouka-Hiva?...

— Oui... deux douzaines.

— Pas même de quoi former une symphonie, ni même une harmonie, et à peine une fanfare!

Il est vrai, si l'archipel des Marquises, qui s'étend sur cent quatre-vingt-quinze milles de longueur et sur quarante-huit milles de largeur, couvre une aire de treize mille kilomètres superficiels, sa population ne comprend pas vingt-quatre mille indigènes. Cela fait donc un colon pour mille habitants.

Cette population marquisane est-elle destinée à s'accroître, alors qu'une nouvelle voie de communication aura été percée entre les deux Amériques? L'avenir le dira. Mais, en ce qui concerne la population de Standard Island, le nombre de ses habitants s'est augmenté depuis quelques jours par le sauvetage des Malais du ketch, opéré dans la soirée du 5 août.

Ils sont dix, plus leur capitaine — un homme à figure énergique, comme il a été dit. Agé d'une quarantaine d'années, ce capitaine se nomme Sarol. Ses matelots sont de solides gaillards, de cette race originaire des îles extrêmes de la Malaisie occidentale. Trois mois avant, ce Sarol les avait conduits à Honolulu avec une cargaison de coprah. Lorsque Standard Island y vint faire une relâche de dix jours, l'apparition de cette île artificielle ne laissa pas d'exciter leur surprise, ainsi qu'il arrivait dans tous les archipels. S'ils ne la visitèrent point, car cette autorisation ne s'obtenait que très difficilement, on n'a pas oublié que leur ketch prit souvent la mer, afin de l'observer de plus près, la contournant à une demi-encablure de son périmètre. La présence obstinée de ce navire n'avait pu exciter aucun soupçon, et son départ d'Honolulu, quelques heures après le commodore Simcoë, n'en excita pas davantage. D'ailleurs, eût-il fallu s'inquiéter de ce bâtiment d'une centaine de tonneaux, monté par une dizaine d'hommes? Non, sans doute, et peut-être fut-ce un tort...

Lorsque le coup de canon attira l'attention de l'officier de Tribord Harbour, le ketch ne se trouvait qu'à deux ou trois milles. La chaloupe de sauvetage, s'étant portée à son secours, arriva à temps pour recueillir le capitaine et son équipage.

Ces Malais parlent couramment la langue anglaise — ce qui ne saurait étonner de la part d'indigènes de l'Ouest-Pacifique, où, ainsi que nous l'avons mentionné, la prépondérance britannique est acquise sans conteste. On apprend donc à quel accident de mer ils ont dû de s'être trouvés en détresse. Et même, si la chaloupe avait tardé de quelques minutes, ces onze Malais eussent disparu dans les profondeurs de l'océan.

Au dire de ces hommes, vingt-quatre heures avant, pendant la nuit du 4 au 5 août, le ketch avait été abordé par un steamer en grande marche. Bien qu'il eût ses feux de position, le capitaine Sarol n'avait pas été aperçu. La collision dut être si légère pour le steamer que celui-ci n'en ressentit rien, paraît-il, puisqu'il continua sa route, à moins, toutefois, fait qui malheureusement n'est pas rare, qu'il eût préféré, en filant à toute vapeur, «se débarrasser de réclamations coûteuses et désagréables».

Mais ce choc, insignifiant pour un bâtiment de fort tonnage, dont la coque de fer est lancée avec une vitesse considérable, fut terrible pour le navire malais. Coupé à l'avant du mât de misaine, on ne s'expliquait guère qu'il n'eût pas coulé immédiatement. Il se maintint cependant à fleur d'eau, et les hommes restèrent accrochés aux pavois. Si la mer eût été mauvaise, pas un n'aurait pu résister aux lames balayant cette épave. Par bonne chance, le courant la dirigea vers l'est et la rapprocha de Standard Island.

Toutefois, lorsque le commodore interroge le capitaine Sarol, il manifeste son étonnement que le ketch, à demi submergé, ait dérivé jusqu'en vue de Tribord Harbour.

— Je ne le comprends pas non plus, répond le Malais. Il faut que votre île ait fait peu de route depuis vingt-quatre heures?...

— C'est la seule explication possible, réplique le commodore Simcoë. Il n'importe, après tout. On vous a sauvés, c'est l'essentiel.

Il était temps, d'ailleurs. Avant que la chaloupe se fût éloignée d'un quart de mille, le ketch avait coulé à pic.

Tel est le récit que le capitaine Sarol a fait d'abord à l'officier qui exécutait le sauvetage, puis au commodore Simcoë, puis au gouverneur Cyrus Bikerstaff, après qu'on eut donné tous les secours dont son équipage et lui paraissaient avoir le plus pressant besoin.

Se pose alors la question du rapatriement des naufragés. Ils faisaient voile vers les Nouvelles-Hébrides lorsque la collision s'est produite. Standard Island, qui descend au sud-est, ne peut modifier son itinéraire et obliquer vers l'ouest. Cyrus Bikerstaff offre donc aux naufragés de les débarquer à Nouka-Hiva, où ils attendront le passage d'un bâtiment de commerce en charge pour les Nouvelles-Hébrides.

Le capitaine et ses hommes se regardent. Ils semblent fort

désolés. Cette proposition afflige ces pauvres gens, sans ressources, dépouillés de tout ce qu'ils possédaient avec le ketch
et sa cargaison. Attendre aux Marquises, c'est s'exposer
à y demeurer un temps interminable, et comment y vivront-
ils?

— Monsieur le gouverneur, dit le capitaine d'un ton sup-
pliant, vous nous avez sauvés, et nous ne savons comment
vous prouver notre reconnaissance... Et pourtant nous vous
demandons encore d'assurer notre retour dans des conditions
meilleures...

— Et de quelle manière?... répond Cyrus Bikerstaff.

— A Honolulu, on disait que Standard Island, après s'être
dirigée vers les parages du Sud, devait visiter les Marquises,
les Pomotou, les îles de la Société, puis gagner l'ouest du
Pacifique...

— Cela est vrai, dit le gouverneur, et très probablement elle
s'avancera jusqu'aux îles Fidji avant de revenir à la baie
Madeleine.

— Les Fidji, reprend le capitaine, c'est un archipel anglais,
où nous trouverions aisément à nous faire rapatrier pour les
Nouvelles-Hébrides, qui en sont peu éloignées... et si vous
vouliez nous garder jusque-là...

— Je ne puis rien vous promettre à cet égard, répondit le
gouverneur. Il nous est interdit d'accorder passage à des
étrangers. Attendons notre arrivée à Nouka-Hiva. Je consul-
terai l'administration de Madeleine Bay par le câble, et, si elle
consent, nous vous conduirons aux Fidji, d'où votre rapatriement sera en effet plus facile.

Telle est la raison pour laquelle les Malais sont installés à
bord de Standard Island lorsqu'elle se montre en vue des
Marquises à la date du 29 août.

Cet archipel est situé sur le parcours des alizés. Même
gisement pour les archipels des Pomotou et de la Société,
auxquels ces vents assurent une température modérée sous un
climat salubre.

C'est devant le groupe du nord-ouest que le commodore
Simcoë se présente dès les premières heures de la matinée. Il a
d'abord connaissance d'un attolon sablonneux que les cartes
désignent sous le nom d'îlot de Corail, et contre lequel la
mer, poussée par les courants, déferle avec une extrême
violence.

Cet attolon laissé sur bâbord, les vigies ne tardent pas à

signaler une première île, Fetouou, très accore, ceinte de
falaises verticales de quatre cents mètres. Au-delà, c'est
Hiaou, haute de six cents mètres, d'un aspect aride de ce côté,
tandis que de l'autre, fraîche et verdoyante, elle offre deux
anses praticables aux petits bâtiments.

Frascolin, Yvernès, Pinchinat, abandonnant Sébastien
Zorn à sa mauvaise humeur permanente, ont pris place sur la
tour, en compagnie d'Ethel Simcoë et de plusieurs de ses
officiers. On ne s'étonnera pas que ce nom d'Hiaou ait excité
Son Altesse à émettre quelques onomatopées bizarres.

— Bien sûr, dit-il, c'est une colonie de chats qui habite cette
île, avec un matou pour chef...

Hiaou reste sur bâbord. On ne doit pas y relâcher et l'on
prend direction vers la principale île du groupe, dont le nom
lui a été donné, et auquel va s'ajouter temporairement cette
extraordinaire Standard Island.

Le lendemain 30 août, dès l'aube, nos Parisiens sont revenus à leur poste. Les hauteurs de Nouka-Hiva avaient été
visibles dans la soirée précédente. Par beau temps, les chaînes
de montagnes de cet archipel se montrent à une distance de
dix-huit à vingt lieues, car l'altitude de certaines cimes dépasse douze cents mètres, se dessinant comme un dos gigantesque suivant la longueur de l'île.

— Vous remarquerez, dit le commodore Simcoë à ses
hôtes, une disposition générale à tout cet archipel. Ses sommets sont d'une nudité au moins singulière sous cette zone,
tandis que la végétation, qui prend naissance aux deux tiers
des montagnes, pénètre au fond des ravins et des gorges et se
déploie magnifiquement jusqu'aux grèves blanches du littoral.

— Et pourtant, fait observer Frascolin, il semble que
Nouka-Hiva se dérobe à cette règle générale, du moins en ce
qui concerne la verdure des zones moyennes. Elle paraît
stérile...

— Parce que nous l'accostons par le nord-ouest, répond le
commodore Simcoë. Mais lorsque nous la contournerons au
sud vous serez surpris du contraste. Partout des plaines
verdoyantes, des forêts, des cascades de trois cents mètres...

— Eh! s'écrie Pinchinat, une masse d'eau qui tomberait du
sommet de la Tour Eiffel, cela mérite considération!... Le
Niagara en serait jaloux...

— Point! riposte Frascolin. Il se rattrape sur la largeur, et
sa chute se développe sur neuf cents mètres depuis la rive

américaine jusqu'à la rive canadienne... Tu le sais bien, Pinchinat, puisque nous l'avons visitée...

— C'est juste, et je fais mes excuses au Niagara! répond Son Altesse.

Ce jour-là, Standard Island longe les côtes de l'île à un mille de distance. Toujours des talus arides montant jusqu'au plateau central de Tovii, des falaises rocheuses qui semblent ne présenter aucune coupure. Néanmoins, au dire du navigateur Brown, il y existait de bons mouillages, qui, en effet, ont été ultérieurement découverts.

En somme, l'aspect de Nouka-Hiva, dont le nom évoque de si gracieux paysages, est assez morne. Mais, ainsi que l'ont justement relaté MM. V. Dumoulin et Desgraz, compagnons de Dumont d'Urville pendant son voyage au pôle Sud et dans l'Océanie, «toutes les beautés naturelles sont confinées dans l'intérieur des baies, dans les sillons formés par les ramifications de la chaîne des monts qui s'élèvent au centre de l'île».

Après avoir suivi ce littoral désert, au-delà de l'angle aigu qu'il projette vers l'ouest, Standard Island modifie légèrement sa direction en diminuant la vitesse des hélices de tribord, et vient doubler le cap Tchitchagoff, ainsi nommé par le navigateur russe Krusenstern. La côte se creuse alors en décrivant un arc allongé, au milieu duquel un étroit goulet donne accès au port de Taioa ou d'Akani, dont l'une des anses offre un abri sûr contre les plus redoutables tempêtes du Pacifique.

Le commodore Simcoë ne s'y arrête pas. Il y a au sud deux autres baies, celle d'Anna-Maria, ou Taio-Haé, au centre, et celle de Comptroller, ou des Taïpis, au revers du cap Martin, pointe extrême du sud-est de l'île. C'est devant Taio-Haé que l'on doit faire une relâche d'une douzaine de jours.

A peu de distance du rivage de Nouka-Hiva, la sonde accuse de grandes profondeurs. Aux abords des baies, on peut encore mouiller par quarante ou cinquante brasses. Donc facilité de rallier de très près la baie de Taio-Haé, et c'est ce qui est fait dans l'après-midi du 31 août.

Dès qu'on est en vue du port, des détonations retentissent sur la droite, et une fumée tourbillonnante s'élève au-dessus des falaises de l'est.

— Hé! dit Pinchinat, voici que l'on tire le canon pour fêter notre arrivée...

— Non, répond le commodore Simcoë. Ni les Taïs ni les Happas, les deux principales tribus de l'île, ne possèdent une artillerie capable de rendre même de simples saluts. Ce que vous entendez, c'est le bruit de la mer qui s'engouffre dans les profondeurs d'une caverne à mi-rivage du cap Martin, et cette fumée n'est que l'embrun des lames rejetées au-dehors.

— Je le regrette, répond Son Altesse, car un coup de canon, c'est un coup de chapeau.

L'île de Nouka-Hiva possède plusieurs noms — on pourrait dire plusieurs noms de baptême — dus aux divers parrains qui l'ont successivement baptisée: île Fédérale par Ingraham, île Beaux par Marchand, île Sir Henry Martin par Hergert, île Adam par Roberts, île Madison par Porter. Elle mesure dix-sept milles de l'est à l'ouest, et dix milles du nord au sud, soit une circonférence de cinquante-quatre milles environ. Son climat est salubre. Sa température égale celle des zones intertropicales, avec le tempérament qu'apportent les vents alizés.

Sur ce mouillage, Standard Island n'aura jamais à redouter les formidables coups de vent et les cataractes pluviales, car elle n'y doit relâcher que d'avril à octobre, alors que dominent les vents secs d'est à sud-est, ceux que les indigènes nomment *tuatuka*. C'est en octobre qu'on subit la plus forte chaleur, en novembre et décembre la plus forte sécheresse. Après quoi, d'avril à octobre, les courants aériens règnent depuis l'est jusqu'au nord-est.

Quant à la population de l'archipel des Marquises, il a fallu revenir des exagérations des premiers découvreurs, qui l'ont estimée à cent mille habitants.

Elisée Reclus, s'appuyant sur des documents sérieux, ne l'évalue pas à six mille âmes pour tout le groupe, et c'est Nouka-Hiva qui en compte la plus grande part. Si, du temps de Dumont d'Urville, le nombre des Nouka-Hiviens a pu s'élever à huit mille habitants, divisés en Taïs, Happas, Taionas et Taïpis, ce nombre n'a cessé de décroître. D'où résulte ce dépeuplement? des exterminations d'indigènes par les guerres, de l'enlèvement des individus mâles pour les plantations péruviennes, de l'abus des liqueurs fortes et, enfin, pourquoi ne pas l'avouer? de tous les maux qu'apporte la conquête, même lorsque les conquérants appartiennent aux races civilisées.

Au cours de cette semaine de relâche, les Milliardais font de nombreuses visites à Nouka-Hiva. Les principaux Européens les leur rendent, grâce à l'autorisation du gouverneur, qui leur a donné libre accès à Standard Island.

De leur côté, Sébastien Zorn et ses camarades entreprennent de longues excursions, dont l'agrément les paie amplement de leurs fatigues.

La baie de Taio-Haé décrit un cercle, coupé par son étroit goulet, dans lequel Standard Island n'eût pas trouvé place, d'autant moins que cette baie est sectionnée par deux plages de sable. Ces plages sont séparées par une sorte de morne aux rudes escarpements, où se dressent encore les restes d'un fort construit par Porter en 1812. C'était à l'époque où ce marin faisait la conquête de l'île, alors que le camp américain occupait la plage de l'est — prise de possession qui ne fut pas ratifiée par le Gouvernement fédéral.

En fait de ville, sur la plage opposée, nos Parisiens ne trouvent qu'un modeste village, les habitations marquisanes étant, pour la plupart, dispersées sous les arbres. Mais quelles admirables vallées y aboutissent — entre autres celle de Taio-Haé, dont les Nouka-Hiviens ont surtout fait choix pour y établir leurs demeures! C'est un plaisir de s'engager à travers ces massifs de cocotiers, de bananiers, de casuarinas, de goyaviers, d'arbres à pain, d'hibiscus et de tant d'autres essences emplies d'une sève débordante. Les touristes sont hospitalièrement accueillis dans ces cases. Là où ils auraient peut-être été dévorés un siècle plus tôt, ils purent apprécier ces galettes faites de bananes et de la pâte du mei, l'arbre à pain, cette fécule jaunâtre du taro, douce lorsqu'elle est fraîche, aigrelette lorsqu'elle est rassise, les racines comestibles du tacca. Quant au haua, espèce de grande raie qui se mange crue, et aux filets de requin, d'autant plus estimés que la pourriture les gagne, ils refusèrent positivement d'y mettre la dent.

Athanase Dorémus les accompagne quelquefois dans leurs promenades. L'année précédente, ce bonhomme a visité cet archipel et leur sert de guide. Peut-être n'est-il très fort ni en histoire naturelle ni en botanique, peut-être confond-il le superbe spondias cythera, dont les fruits ressemblent à la pomme, avec le pandanus odoratissimus, qui justifie cette épithète superlative, avec le casuarina, dont le bois a la dureté du fer, avec l'hibiscus, dont l'écorce fournit des vêtements aux indigènes, avec le papayer, avec le gardenia florida? Il est vrai, le quatuor n'a pas besoin de recourir à sa science un peu suspecte, quand la flore marquisane leur présente de magnifiques fougères, de superbes polypodes, ses rosiers de Chine aux fleurs rouges et blanches, ses graminées, ses solanées, entre autres le tabac, ses labiées à grappes violettes, qui forment la parure recherchée des jeunes Nouka-Hiviennes, ses ricins hauts d'une dizaine de pieds, ses dracénas, ses cannes à sucre, ses orangers, ses citronniers, dont l'importation assez récente réussit à merveille dans ces terres imprégnées des chaleurs estivales et arrosées des multiples rios descendus des montagnes.

Et, un matin, lorsque le quatuor s'est élevé au-delà du village des Taïs, en côtoyant un torrent, jusqu'au sommet de la chaîne, lorsque, sous ses pieds, devant ses yeux, se développent les vallées des Taïs, des Taïpis et des Happas, un cri d'admiration lui échappe! S'il avait eu ses instruments, il n'aurait pas résisté au désir de répondre par l'exécution d'un chef-d'œuvre lyrique au spectacle de ces chefs-d'œuvre de la nature! Sans doute les exécutants n'eussent été entendus que de quelques couples d'oiseaux! Mais elle est si jolie la colombe kurukuru qui vole à ces hauteurs, si charmante la petite salangane, et il balaie l'espace d'une aile si capricieuse le phaéton, hôte habituel de ces gorges nouka-hiviennes!

D'ailleurs, nul reptile venimeux à redouter au plus profond de ces forêts. On ne fait attention ni aux boas, longs de deux pieds à peine, aussi inoffensifs qu'une couleuvre, ni aux scinques, dont la queue d'azur se confond avec les fleurs.

Les indigènes offrent un type remarquable. On retrouve en eux le caractère asiatique, ce qui leur assigne une origine très différente des autres peuplades océaniennes. Ils sont de taille moyenne, académiquement proportionnés, très musculeux, larges de poitrine. Ils ont les extrémités fines, la figure ovale, le front élevé, les yeux noirs à longs cils, le nez aquilin, les dents blanches et régulières, le teint ni rouge ni noir, bistré comme celui des Arabes, une physionomie empreinte à la fois de gaieté et de douceur.

Le tatouage a presque entièrement disparu, ce tatouage qui s'obtenait non par entailles à la peau, mais par piqûres saupoudrées du charbon de l'aleurite triloba. Il est maintenant remplacé par la cotonnade des missionnaires.

— Très beaux, ces hommes, dit Yvernès, moins peut-être qu'à l'époque où ils étaient simplement vêtus de leurs pagnes, coiffés de leurs cheveux, brandissant l'arc et les flèches!

Cette observation est présentée pendant une excursion à la baie Comptroller, en compagnie du gouverneur. Cyrus Bikerstaff a désiré conduire ses hôtes à cette baie, divisée en plusieurs ports, comme l'est La Valette, et, sans doute, entre les mains des Anglais, Nouka-Hiva serait devenue une Malte de l'océan Pacifique. En cette région s'est concentrée la peuplade des Happas, entre les gorges d'une campagne fertile, avec une petite rivière alimentée par une cascade retentissante. Là fut le principal théâtre de la lutte de l'Américain Porter contre les indigènes.

L'observation d'Yvernès demandait une réponse, et le gouverneur la fait en disant:

— Peut-être avez-vous raison, monsieur Yvernès. Les Marquisans avaient plus grand air avec le pagne, le maro et le paréo aux couleurs éclatantes, le ahu bun, sorte d'écharpe volante, et le tiputa, sorte de poncho mexicain. Il est certain que le costume moderne ne leur sied guère! Que voulez-vous? Décence est conséquence de civilisation! En même temps que nos missionnaires s'appliquent à instruire les indigènes, ils les encouragent à se vêtir d'une façon moins rudimentaire.

— N'ont-ils pas raison, commodore?

— Au point de vue des convenances, oui! Au point de vue hygiénique, non! Depuis qu'ils sont habillés plus décemment, les Nouka-Hiviens et autres insulaires ont, n'en doutez pas, perdu de leur vigueur native, et aussi de leur gaieté naturelle. Ils s'ennuient, et leur santé en a souffert. Ils ignoraient autrefois les bronchites, les pneumonies, la phtisie...

— Et depuis qu'ils ne vont plus tout nus, ils s'enrhument... s'écrie Pinchinat.

— Comme vous dites! Il y a là une sérieuse cause de dépérissement pour la race.

— D'où je conclus, reprend Son Altesse, qu'Adam et Eve n'ont éternué que le jour où ils ont porté robes et pantalons, après avoir été chassés du Paradis terrestre — ce qui nous a valu, à nous, leurs enfants dégénérés et responsables, des fluxions de poitrine!

— Monsieur le gouverneur, interroge Yvernès, il nous a semblé que les femmes étaient moins belles que les hommes dans cet archipel...

— Ainsi que dans les autres, répond Cyrus Bikerstaff, et ici, cependant, vous voyez le type le plus accompli des Océaniennes. N'est-ce pas, d'ailleurs, une loi de nature commune aux races qui se rapprochent de l'état sauvage? N'en est-il pas ainsi du règne animal, où la faune, au point de vue de la beauté physique, nous montre presque invariablement les mâles supérieurs aux femelles?

— Eh! s'écrie Pinchinat, il faut venir aux antipodes pour faire de pareilles observations, et voilà ce que nos jolies Parisiennes ne voudront jamais admettre!

Il n'existe que deux classes dans la population de Nouka-Hiva, et elles sont soumises à la loi du tabou. Cette loi fut inventée par les forts contre les faibles, par les riches contre les pauvres, afin de sauvegarder leurs privilèges et leurs biens. Le tabou a le blanc pour couleur, et aux objets taboués, lieu sacré, monument funéraire, maisons de chefs, les petites gens n'ont pas le droit de toucher. De là une classe tabouée, à laquelle appartiennent les prêtres, les sorciers, ou touas, les akarkis, ou chefs civils, et une classe non tabouée, où sont relégués la plupart des femmes ainsi que le bas peuple. En outre, non seulement il n'est pas permis de porter la main sur un objet protégé par le tabou, mais il est même interdit d'y porter ses regards.

— Et cette règle, ajoute Cyrus Bikerstaff, est si sévère aux Marquises, comme aux Pomotou, comme aux îles de la Société, que je ne vous conseillerais pas, messieurs, de jamais l'enfreindre.

— Tu entends, mon brave Zorn! dit Frascolin. Veille à tes mains, veille à tes yeux!

Le violoncelliste se contente de hausser les épaules, en homme que ces choses n'intéressent aucunement.

Le 5 septembre, Standard Island a quitté le mouillage de Taïo-Haé. Elle laisse dans l'est l'île de Houa-Houna (Kahuga), la plus orientale du premier groupe, dont on n'aperçoit que les lointaines hauteurs verdoyantes, et à laquelle les plages font défaut, son périmètre n'étant formé que de falaises coupées à pic. Il va sans dire qu'en passant le long de ces îles Standard Island a soin de modérer son allure, car une telle masse, lancée à toute vitesse, produirait une sorte de raz de marée qui jetterait les embarcations à la côte et inonderait le littoral. On se tient à quelques encablures seulement de Uapou, d'un aspect remarquable, car elle est hérissée d'aiguilles basaltiques. Deux anses, nommées l'une baie Possession et l'autre baie de Bon-Accueil, indiquent qu'elles ont eu un Français pour parrain. C'est là, en effet, que le capitaine Marchand arbora le drapeau de la France.

Au-delà, Ethel Simcoë, s'engageant à travers les parages

du second groupe, se dirige vers Hiva-Oa, l'île Dominica, suivant l'appellation espagnole. La plus vaste de l'archipel, d'origine volcanique, elle mesure une périphérie de cinquante-six milles. On peut observer très distinctement ses falaises, taillées dans une roche noirâtre, et les cascades qui se précipitent des collines centrales, revêtues d'une végétation puissante.

Un détroit de trois milles sépare cette île de Taou-Ata. Comme Standard Island n'aurait pu trouver assez de large pour y passer, elle doit contourner Taou-Ata par l'ouest, où la baie Madre de Dios — baie Résolution, de Cook — reçut les premiers navires européens. Cette île gagnerait à être moins rapprochée de sa rivale Hiva-Oa. Peut-être alors, la guerre étant plus difficile de l'une à l'autre, les peuplades ne pourraient prendre contact et se décimer avec l'entrain qu'elles y apportent encore.

Après avoir relevé à l'est le gisement de Motane, stérile, sans abri, sans habitants, le commodore Simcoë prend direction vers Fatou-Hiva, ancienne île de Cook. Ce n'est, à vrai dire, qu'un énorme rocher où pullulent les oiseaux de la zone tropicale, une sorte de pain de sucre mesurant trois milles de circonférence!

Tel est le dernier îlot du sud-est que les Milliardais perdent de vue dans l'après-midi du 9 septembre. Afin de se conformer à son itinéraire, Standard Island met le cap au sud-ouest, pour rallier l'archipel des Pomotou, dont elle doit traverser la partie médiane.

Le temps est toujours favorable, ce mois de septembre correspondant au mois de mars de l'hémisphère boréal.

Dans la matinée du 11 septembre, la chaloupe de Bâbord Harbour a recueilli une des bouées flottantes à laquelle se rattache un des câbles de la baie Madeleine. Le bout de ce fil de cuivre, dont une couche de gutta assure le complet isolement, est raccordé aux appareils de l'observatoire, et la communication téléphonique s'établit avec la côte américaine.

L'administration de Standard Island Company est consultée sur la question des naufragés du ketch malais. Autorisait-elle le gouverneur à leur accorder passage jusqu'aux parages des Fidji, où leur rapatriement pourrait s'opérer dans des conditions plus rapides et moins coûteuses?

La réponse est favorable. Standard Island a même la permission de se porter vers l'ouest jusqu'aux Nouvelles-

Hébrides, afin d'y débarquer les naufragés, si les notables de
Milliard City n'y voient pas d'inconvénient.

Cyrus Bikerstaff informe de cette décision le capitaine
Sarol, et celui-ci prie le gouverneur de transmettre ses remerciements aux administrateurs de la baie Madeleine.


## XII

### TROIS SEMAINES AUX POMOTOU

En vérité, le quatuor ferait preuve d'une révoltante ingratitude envers Calistus Munbar s'il ne lui était pas reconnaissant
de l'avoir, même un peu traîtreusement, attiré sur Standard
Island. Qu'importe le moyen dont le surintendant s'est servi
pour faire des artistes parisiens les hôtes fêtés, adulés et
grassement rémunérés de Milliard City! Sébastien Zorn ne
cesse de bouder, car on ne changera jamais un hérisson aux
piquants acérés en une chatte à la moelleuse fourrure. Mais
Yvernès, Pinchinat, Frascolin lui-même n'auraient pu rêver
plus délicieuse existence. Une excursion, sans dangers ni
fatigues, à travers ces admirables mers du Pacifique! Un
climat qui se conserve toujours sain, presque toujours égal,
grâce aux changements de parages! Et puis, n'ayant point à
prendre parti dans la rivalité des deux camps, acceptés
comme l'âme chantante de l'île à hélice, reçus chez la famille
Tankerdon et les plus distinguées de la section bâbordaise
comme chez la famille Coverley et les plus notables de la
section tribordaise, traités avec honneur par le gouverneur et
ses adjoints à l'Hôtel de Ville, par le commodore Simcoë et
ses officiers à l'observatoire, par le colonel Stewart et sa
milice, prêtant leur concours aux fêtes du temple comme aux
cérémonies de Saint Mary Church, trouvant des gens sympathiques dans les deux ports, dans les usines, parmi les fonctionnaires et les employés, nous le demandons à toute personne raisonnable, nos compatriotes peuvent-ils regretter le
temps où ils couraient les cités de la République fédérale, et
quel est l'homme qui serait assez ennemi de lui-même pour ne
pas leur porter envie?

— Vous me baiserez les mains! avait dit le surintendant dès
leur première entrevue.

Et s'ils ne l'avaient pas fait, s'ils ne le firent pas, c'est qu'il ne faut jamais baiser une main masculine.

Un jour, Athanase Dorémus, le plus fortuné des mortels s'il en fut, leur dit:

— Voilà près de deux ans que je suis à Standard Island, et je regretterais qu'il n'y en eût pas soixante, si l'on m'assurait que dans soixante ans j'y serai encore...

— Vous n'êtes pas dégoûté, répond Pinchinat, avec vos prétentions à devenir centenaire!

— Eh! monsieur Pinchinat, soyez sûr que j'atteindrai la centaine! Pourquoi voulez-vous que l'on meure à Standard Island?...

— Parce que l'on meurt partout...

— Pas ici, monsieur, pas plus qu'on ne meurt dans le Paradis céleste!

Que répondre à cela? Cependant, il y avait bien, de temps à autre, quelques gens malavisés qui passaient de vie à trépas, même sur cette île enchantée. Et alors les steamers emportaient leurs dépouilles jusqu'aux cimetières lointains de Madeleine Bay. Décidément, il est écrit qu'on ne saurait être complètement heureux en ce bas monde.

Pourtant il existe toujours quelques points noirs à l'horizon. Il faut même le reconnaître, ces points noirs prennent peu à peu la forme de nuages fortement électrisés, qui pourront avant longtemps provoquer orages, rafales et bourrasques. Inquiétante, cette regrettable rivalité des Tankerdon et des Coverley — rivalité qui approche de l'état aigu. Leurs partisans font cause commune avec eux. Est-ce que les deux sections seront un jour aux prises? Est-ce que Milliard City est menacée de troubles, d'émeutes, de révolutions? Est-ce que l'administration aura le bras assez énergique, et le gouverneur Cyrus Bikerstaff la main assez ferme pour maintenir la paix entre ces Capulets et ces Montaigus d'une île à hélice?... On ne sait trop. Tout est possible de la part de rivaux dont l'amour-propre paraît être sans limites.

Or, depuis la scène qui s'est produite au passage de la ligne, les deux milliardaires sont ennemis déclarés. Leurs amis les soutiennent de part et d'autre. Tout rapport a cessé entre les deux sections. Du plus loin qu'on s'aperçoit, on s'évite, et si l'on se rencontre, quel échange de gestes menaçants, de regards farouches! Le bruit s'est même répandu que l'ancien commerçant de Chicago et quelques Bâbordais allaient fonder une maison de commerce, qu'ils demandaient à la compagnie l'autorisation de créer une vaste usine, qu'ils y importeraient cent mille porcs et qu'ils les abattraient, les saleraient et iraient les vendre dans les divers archipels du Pacifique...

Après cela, on croira volontiers que l'hôtel Tankerdon et l'hôtel Coverley sont deux poudrières. Il suffirait d'une étincelle pour les faire sauter, Standard Island avec. Or, ne point oublier qu'il s'agit d'un appareil flottant au-dessus des plus profonds abîmes. Il est vrai, cette explosion ne pourrait être que «toute morale», s'il est permis de s'exprimer ainsi; mais elle risquerait d'avoir pour conséquence que les notables prendraient sans doute le parti de s'expatrier. Voilà une détermination qui compromettrait l'avenir et, très probablement, la situation financière de la Standard Island Company!

Tout cela est gros de complications menaçantes, sinon de catastrophes matérielles. Et qui sait même si ces dernières ne sont pas à redouter?...

En effet, peut-être les autorités, moins endormies dans une sécurité trompeuse, auraient-elles dû surveiller de près le capitaine Sarol et ses Malais, si hospitalièrement accueillis à la suite de leur naufrage! Non pas que ces gens s'abandonnent à des propos suspects, étant peu loquaces, vivant à l'écart, se tenant en dehors de toutes relations, jouissant d'un bien-être qu'ils regretteront dans leurs sauvages Nouvelles-Hébrides! Y a-t-il donc lieu de les soupçonner? Oui et non. Toutefois, un observateur plus éveillé constaterait qu'ils ne cessent de parcourir Standard Island, qu'ils étudient sans cesse Milliard City, la disposition de ses avenues, l'emplacement de ses palais et de ses hôtels, comme s'ils cherchaient à en lever un plan exact. On les rencontre à travers le parc et la campagne. Ils se rendent fréquemment soit à Bâbord Harbour, soit à Tribord Harbour, observant les arrivées et les départs des navires. On les voit, en de longues promenades, explorer le littoral, où les douaniers sont, jour et nuit, de faction, et visiter les batteries disposées à l'avant et à l'arrière de l'île. Après tout, quoi de plus naturel? Ces Malais désœuvrés peuvent-ils mieux employer le temps qu'en excursions, et y a-t-il lieu de voir là quelque démarche suspecte?

Cependant, le commodore Simcoë gagne peu à peu vers le sud-ouest sous petite allure. Yvernès, comme si son être se fût transformé depuis qu'il est devenu un mouvant insulaire, s'abandonne au charme de cette navigation. Pinchinat et Frascolin le subissent aussi. Que de délicieuses heures passées au casino, en attendant les concerts de quinzaine et les soirées où on se les dispute à prix d'or! Chaque matin, grâce aux journaux de Milliard City, approvisionnés de nouvelles fraîches par les câbles et de faits divers datant de quelques jours par les steamers en service régulier, ils sont au courant de tout ce qui intéresse dans les deux continents, au quadruple point de vue mondain, scientifique, artiste, politique. Et, à ce dernier point de vue, il faut reconnaître que la presse anglaise de toute nuance ne cesse de récriminer contre l'existence de cette île ambulante qui a pris le Pacifique pour théâtre de ses excursions. Mais, de telles récriminations, on les dédaigne à Standard Island comme à la baie Madeleine.

N'oublions pas de mentionner que, depuis quelques semaines déjà, Sébastien Zorn et ses camarades ont pu lire, sous la rubrique des informations de l'étranger, que leur disparition a été signalée par les feuilles américaines. Le célèbre Quatuor concertant, si fêté dans les Etats de l'Union, si attendu de ceux qui n'ont pas encore eu le bonheur de le posséder, ne pouvait avoir disparu sans que cette disparition ne fît une grosse affaire. San Diego ne les a pas vus au jour indiqué, et San Diego a jeté le cri d'alarme. On s'est informé, et de l'enquête a résulté cette constatation, c'est que les artistes français étaient en cours de navigation à bord de l'île à hélice, après un enlèvement opéré sur le littoral de la Basse-Californie. Somme toute, comme ils n'ont pas réclamé contre cet enlèvement, il n'y a point eu échange de notes diplomatiques entre la compagnie et la République fédérale. Quand il plaira au quatuor de reparaître sur le théâtre de ses succès, il sera le bienvenu.

On comprend que les deux violons et l'alto ont imposé silence au violoncelle, lequel n'eût pas été fâché d'être cause d'une déclaration de guerre qui eût mis aux prises le Nouveau-Continent et le Joyau du Pacifique!

D'ailleurs, nos instrumentistes ont plusieurs fois écrit en France depuis leur embarquement forcé. Leurs familles, rassurées, leur adressent de fréquentes lettres, et la correspondance s'opère aussi régulièrement que par les services postaux entre Paris et New York.

Un matin — le 17 septembre — Frascolin, installé dans la bibliothèque du casino, éprouve le très naturel désir de consul-

ter la carte de cet archipel des Pomotou vers lequel il se dirige.
Dès qu'il a ouvert l'atlas, dès que son œil s'est porté sur ces
parages de l'océan Pacifique:

— Mille chanterelles! s'écrie-t-il en monologuant, comment
Ethel Simcoë fera-t-il pour se débrouiller dans ce chaos?...
Jamais il ne trouvera passage à travers cet amas d'îlots et
d'îles!... Il y en a des centaines!... Un véritable tas de cailloux
au milieu d'une mare!... Il touchera, il s'échouera, il accro-
chera sa machine à cette pointe, il la crèvera sur cette autre!...
Nous finirons par demeurer à l'état sédentaire dans ce groupe
plus fourmillant que notre Morbihan de la Bretagne!

Il a raison, le raisonnable Frascolin. Le Morbihan ne
compte que trois cent soixante-cinq îles — autant que de jours
dans l'année — et sur cet archipel des Pomotou on ne serait
pas gêné d'en relever le double. Il est vrai, la mer qui les
baigne est circonscrite par une ceinture de récifs coralligènes
dont la circonférence n'est pas inférieure à six cent cinquante
lieues, suivant Elisée Reclus.

Néanmoins, en observant la carte de ce groupe, il est permis
de s'étonner qu'un navire, et à fortiori un appareil marin tel
que Standard Island, ose s'aventurer à travers cet archipel.
Compris entre les dix-septième et vingt-huitième parallèles
sud, entre les cent trente-quatrième et cent quarante-septième
méridiens ouest, il se compose d'un millier d'îles et d'îlots —
on a dit sept cents au juger — depuis Mata-Hiva jusqu'à
Pitcairn.

Il n'est donc pas surprenant que ce groupe ait reçu diverses
qualifications: entre autres celles d'archipel Dangereux ou de
mer Mauvaise. Grâce à la prodigalité géographique dont
l'océan Pacifique a le privilège, il s'appelle aussi îles Basses,
îles Tuamotou, ce qui signifie «îles éloignées», îles Méridionales, îles de la Nuit, Terres mystérieuses. Quant au nom de
Pomotou, ou Pamautou, qui signifie îles Soumises, une députation de l'archipel réunie en 1850 à Papeete, la capitale de
Tahiti, a protesté contre cette dénomination. Mais, quoique le
Gouvernement français, déférant en 1852 à cette protestation,
ait choisi, entre tous ces noms, celui de Tuamotou, mieux vaut
garder en ce récit l'appellation plus connue de Pomotou.

Cependant, si dangereuse que puisse être cette navigation,
le commodore Simcoë n'hésite pas. Il a une telle habitude de
ces mers que l'on peut s'en fier à lui. Il manœuvre son île
comme un canot. Il la fait virer sur place. On dirait qu'il la

conduit à la godille. Frascolin peut être rassuré pour Standard Island: les pointes de Pomotou n'effleureront même pas sa carène d'acier.

Dans l'après-midi du 19, les vigies de l'observatoire ont signalé les premiers émergements du groupe à une douzaine de milles. En effet, ces îles sont extrêmement basses. Si quelques-unes dépassent le niveau de la mer d'une quarantaine de mètres, soixante-quatorze ne sortent que d'une demi-toise et seraient noyées deux fois par vingt-quatre heures si les marées n'étaient pas à peu près nulles. Les autres ne sont que des attolls entourés de brisants, des bancs coralligènes d'une aridité absolue, de simples récifs régulièrement orientés dans le même sens que l'archipel.

C'est par l'est que Standard Island attaque le groupe, afin de rallier l'île Anaa, que Fakarava a remplacée comme capitale depuis qu'Anaa a été en partie détruite par le terrible cyclone de 1878 — lequel fit périr un grand nombre de ses habitants et porta ses ravages jusqu'à l'île de Kaukura.

C'est d'abord Vahitahi, qui est relevée à trois milles au large. Les précautions les plus minutieuses sont prises dans ces parages, les plus dangereux de l'archipel, à cause des courants et de l'extension des récifs vers l'est. Vahitahi n'est qu'un amoncellement de corail flanqué de trois îlots boisés, dont celui du nord est occupé par le principal village.

Le lendemain, on aperçoit l'île d'Akiti, avec ses récifs tapissés de prionia, de pourpier, d'une herbe rampante à teinte jaunâtre, de bourrache velue. Elle diffère des autres en ce qu'elle ne possède pas de lagon intérieur. Si elle est visible d'une assez grande distance, c'est que sa hauteur au-dessus du niveau océanique est supérieure à la moyenne.

Le jour suivant, autre île un peu plus importante, Amanu, dont le lagon est en communication avec la mer par deux passes de la côte nord-ouest.

Tandis que la population milliardaise ne demande qu'à se promener indolemment au milieu de cet archipel qu'elle a visité l'année précédente, se contentant d'admirer ses merveilles au passage, Pinchinat, Frascolin, Yvernès se seraient fort accommodés de quelques relâches, pendant lesquelles ils auraient pu explorer ces îles dues au travail des polypiers, c'est-à-dire artificielles... comme Standard Island...

— Seulement, fait observer le commodore Simcoë, la nôtre a la faculté de se déplacer...

— Elle l'a trop, réplique Pinchinat, puisqu'elle ne s'arrête nulle part!

— Elle s'arrêtera aux îles Hao, Anaa, Fakarava, et vous aurez, messieurs, tout le loisir de les parcourir.

Interrogé sur le mode de formation de ces îles, Ethel Simcoë se range à la théorie la plus généralement admise; c'est que, dans cette partie du Pacifique, le fond sous-marin a dû graduellement s'abaisser d'une trentaine de mètres. Les zoophytes, les polypes ont trouvé, sur les sommets immergés, une base assez solide pour établir leurs constructions de corail. Peu à peu, ces constructions se sont étagées grâce au travail de ces infusoires qui ne sauraient fonctionner à une profondeur plus considérable. Elles ont monté à la surface, elles ont formé cet archipel, dont les îles peuvent se classer en barrières, franges et attolons ou plutôt attols — nom indien de celles qui sont pourvues de lagons intérieurs. Puis des débris, rejetés par les lames, ont formé un humus. Des graines ont été apportées par les vents; la végétation est apparue sur ces anneaux coralligènes. La marge calcaire s'est revêtue d'herbes et de plantes, hérissée d'arbustes et d'arbres, sous l'influence d'un climat intertropical.

— Et qui sait? dit Yvernès, dans un élan de prophétique enthousiasme, qui sait si le continent qui fut englouti sous les eaux du Pacifique ne reparaîtra pas un jour à sa surface, reconstruit par ces myriades d'animalcules microscopiques? Et alors, sur ces parages actuellement sillonnés par les voiliers et les steamers, fileront à toute vapeur des trains express qui relieront l'Ancien et le Nouveau-Monde...

— Démanche... démanche, mon vieil Isaïe! réplique cet irrespectueux de Pinchinat.

Ainsi que l'avait dit le commodore Simcoë, Standard Island vient s'arrêter le 23 septembre devant l'île Hao, qu'elle a pu approcher d'assez près par ces grands fonds. Ses embarcations y conduisent quelques visiteurs à travers la passe qui, à droite, s'abrite sous un rideau de cocotiers. Il faut faire cinq miles pour atteindre le principal village, situé sur une colline. Ce village ne compte guère que deux à trois cents habitants, pour la plupart pêcheurs de nacre, employés comme tels par des maisons tahitiennes. Là abondent ces pandanus et ces myrtes mikimikis qui furent les premiers arbres d'un sol où poussent maintenant la canne à sucre, l'ananas, le taro, le prionia, le tabac et surtout le cocotier, dont les immenses palmeraies de l'archipel en contiennent plus de quarante mille.

On peut dire que cet arbre «providentiel» réussit presque sans culture. Sa noix sert à l'alimentation habituelle des indigènes, étant bien supérieure en substances nutritives aux fruits du pandanus. Avec elle, ils engraissent leurs porcs, leurs volailles et aussi leurs chiens, dont les côtelettes et les filets sont particulièrement goûtés. Et puis la noix de coco donne encore une huile précieuse, quand, râpée, réduite en pulpe, séchée au soleil, elle est soumise à la pression d'une mécanique assez rudimentaire. Les navires emportent des cargaisons de ces coprahs sur le continent, où les usines les traitent d'une façon plus fructueuse.

Ce n'est pas à Hao qu'il faut juger de la population pomotouane. Les indigènes y sont trop peu nombreux. Mais, où le quatuor a pu l'observer avec quelque avantage, c'est à l'île d'Anaa, devant laquelle Standard Island arrive le matin du 27 septembre.

Anaa n'a montré que d'une courte distance ses massifs boisés d'un superbe aspect. L'une des plus grandes de l'archipel, elle compte dix-huit milles de longueur sur neuf de largeur mesurés à sa base madréporique.

On a dit qu'en 1878 un cyclone avait ravagé cette île, ce qui a nécessité le transport de la capitale de l'archipel à Fakarava. Cela est vrai, bien que, sous ce climat si puissant de la zone tropicale, il était présumable que la dévastation se réparerait en quelques années. En effet, redevenue aussi vivante qu'autrefois, Anaa possède actuellement quinze cents habitants. Cependant, elle est inférieure à Fakarava, sa rivale, pour une raison qui a son importance, c'est que la communication entre la mer et le lagon ne peut se faire que par un étroit chenal, sillonné de remous de l'intérieur à l'extérieur, dus à la surélévation des eaux. A Fakarava, au contraire, le lagon est desservi par deux larges passes au nord et au sud. Toutefois, nonobstant que le principal marché d'huile de coco ait été transporté dans cette dernière île, Anaa, plus pittoresque, attire toujours la préférence des visiteurs.

Dès que Standard Island a pris son poste de relâche dans d'excellentes conditions, nombre de Milliardais se font transporter à terre. Sébastien Zorn et ses camarades sont des premiers, le violoncelliste ayant accepté de prendre part à l'excursion.

Tout d'abord, ils se rendent au village de Tuahora, après avoir étudié dans quelles conditions s'était formée cette île — formation commune à toutes celles de l'archipel. Ici, la marge calcaire, la largeur de l'anneau, si l'on veut, est de quatre à cinq mètres, très accore du côté de la mer, en pente douce du côté du lagon, dont la circonférence comprend environ cent milles, comme à Rairoa et à Fakarava. Sur cet anneau sont massés des milliers de cocotiers, principale pour ne pas dire unique richesse de l'île, et dont les frondaisons abritent les huttes indigènes.

Le village de Tuahora est traversé par une route sablonneuse, éclatante de blancheur. Le résident français de l'archipel n'y demeure plus depuis qu'Anaa a été déchue de son rôle de capitale. Mais l'habitation est toujours là, protégée par une modeste enceinte. Sur la caserne de la petite garnison, confiée à la garde d'un sergent de marine, flotte le drapeau tricolore.

Il y a lieu d'accorder quelque éloge aux maisons de Tuahora. Ce ne sont plus des huttes, ce sont des cases confortables et salubres, suffisamment meublées, posées pour la plupart sur des assises de corail. Les feuilles du pandanus leur ont fourni la toiture, le bois de ce précieux arbre a été employé pour les portes et les fenêtres. Çà et là les entourent des jardins potagers, que la main de l'indigène a remplis de terre végétale et dont l'aspect est véritablement enchanteur.

Ces naturels, d'ailleurs, s'ils sont d'un type moins remarquable avec leur teint plus noir, s'ils ont la physionomie moins expressive, le caractère moins aimable que ceux des îles Marquises, offrent encore de beaux spécimens de cette population de l'Océanie équatoriale. En outre, travailleurs intelligents et laborieux, peut-être opposeront-ils plus de résistance à la dégénérescence physique qui menace l'indigénat du Pacifique.

Leur principale industrie, ainsi que Frascolin put le constater, c'est la fabrication de l'huile de coco. De là cette quantité considérable de cocotiers plantés dans les palmeraies de l'archipel. Ces arbres se reproduisent aussi facilement que les excroissances coralligènes à la surface des attols. Mais ils ont un ennemi, et les excursionnistes parisiens l'ont bien reconnu, un jour qu'ils s'étaient étendus sur la grève du lac intérieur, dont les vertes eaux contrastent avec l'azur de la mer environnante.

A un certain moment, voici que leur attention d'abord, leur

horreur ensuite, est provoquée par un bruit de reptation entre les herbes.

Qu'aperçoivent-ils?... Un crustacé de grosseur monstrueuse.

Leur premier mouvement est de se lever, leur second de regarder l'animal.

— La vilaine bête! s'écrie Yvernès.

— C'est un crabe! répond Frascolin.

Un crabe, en effet, ce crabe qui est appelé birgo par les indigènes, et dont il y a grand nombre sur ces îles. Ses pattes de devant forment deux solides tenailles ou cisailles, avec lesquelles il parvient à ouvrir les noix, dont il fait sa nourriture préférée. Ces birgos vivent au fond de sortes de terriers, profondément creusés entre les racines, où ils entassent des fibres de cocos en guise de litière. Pendant la nuit plus particulièrement, ils vont à la recherche des noix tombées, et même ils grimpent au tronc et aux branches du cocotier, afin d'en abattre les fruits. Il faut que le crabe en question ait été pris d'une faim de loup, comme le dit Pinchinat, pour avoir quitté en plein midi sa sombre retraite.

On laisse faire l'animal, car l'opération promet d'être extrêmement curieuse. Il avise une grosse noix au milieu des broussailles; il en déchire peu à peu les fibres avec ses pinces; puis, lorsque la noix est à nu, il attaque la dure écorce, la frappant, la martelant au même endroit. Ouverture faite, le birgo retire la substance intérieure en employant ses pinces de derrière, dont l'extrémité est fort amincie.

— Il est certain, observe Yvernès, que la nature a créé ce birgo pour ouvrir des noix de coco...

— Et qu'elle a créé la noix de coco pour nourrir le birgo, ajoute Frascolin.

— Eh bien! si nous contrariions les intentions de la nature, en empêchant ce crabe de manger cette noix, et cette noix d'être mangée par ce crabe?... propose Pinchinat.

— Je demande qu'on ne le dérange pas, dit Yvernès. Ne donnons pas, même à un birgo, une mauvaise idée des Parisiens en voyage!

On y consent, et le crabe, qui a sans doute jeté un regard courroucé sur Son Altesse, adresse un regard de reconnaissance au premier violon du Quatuor concertant.

Après soixante heures de relâche devant Anaa, Standard Island suit la direction du nord. Elle pénètre à travers le fouillis des îlots et des îles, dont le commodore Simcoë descend le chenal avec une parfaite sûreté de main. Il va de soi que, dans ces conditions, Milliard City est un peu abandonnée de ses habitants au profit du littoral, et plus particulièrement de la partie qui avoisine la batterie de l'Eperon. Toujours des îles en vue, ou plutôt de ces corbeilles verdoyantes qui semblent flotter à la surface des eaux. On dirait d'un marché aux fleurs sur un des canaux de la Hollande. De nombreuses pirogues louvoient aux approches des deux ports; mais il ne leur est pas permis d'y entrer, les agents ayant reçu des ordres formels à cet égard. Nombre de femmes indigènes viennent à la nage, lorsque l'île mouvante range à courte distance les falaises madréporiques. Si elles n'accompagnent pas les hommes dans leurs canots, c'est que ces embarcations sont tabouées pour le beau sexe pomotouan, et qu'il lui est interdit d'y prendre place.

Le 4 octobre, Standard Island s'arrête devant Fakarava, à l'ouvert de la passe du sud. Avant que les embarcations débordent pour transporter les visiteurs, le résident français s'est présenté à Tribord Harbour, d'où le gouverneur a donné l'ordre de le conduire à l'Hôtel municipal.

L'entrevue est très cordiale. Cyrus Bikerstaff a sa figure officielle — celle qui lui sert dans les cérémonies de ce genre. Le résident, un vieil officier de l'infanterie de marine, n'est pas en reste avec lui. Impossible d'imaginer rien de plus grave, de plus digne, de plus convenable, de plus «en bois» de part et d'autre.

La réception terminée, le résident est autorisé à parcourir Milliard City, dont Calistus Munbar est chargé de lui faire les honneurs. En leur qualité de Français, les Parisiens et Athanase Dorémus ont voulu se joindre au surintendant. Et c'est une joie pour ce brave homme de se retrouver avec des compatriotes.

Le lendemain, le gouverneur va à Fakarava rendre au vieil officier sa visite, et tous les deux reprennent leur figure de la veille. Le quatuor, descendu à terre, se dirige vers la résidence. C'est une très simple habitation, occupée par une garnison de douze anciens marins, au mât de laquelle se déploie le pavillon de la France.

Bien que Fakarava soit devenue la capitale de l'archipel, on l'a dit, elle ne vaut point sa rivale Anaa. Le principal village n'est pas aussi pittoresque sous la verdure des arbres, et d'ailleurs les habitants y sont moins sédentaires. En outre de la fabrication de l'huile de coco, dont le centre est à Fakarava, ils se livrent à la pêche des huîtres perlières. Le commerce de la nacre qu'ils retirent de cette exploitation les oblige à fréquenter l'île voisine de Toau, spécialement outillée pour cette industrie. Hardis plongeurs, ces indigènes n'hésitent pas à descendre jusqu'à des profondeurs de vingt et trente mètres, habitués qu'ils sont à supporter de telles pressions sans en être incommodés et à garder leur respiration plus d'une minute.

Quelques-uns de ces pêcheurs ont été autorisés à offrir les produits de leur pêche, nacre ou perles, aux notables de Milliard City. Certes, ce ne sont point les bijoux qui manquent aux opulentes dames de la ville. Mais, ces productions naturelles à l'état brut, on ne trouve pas à se les procurer facilement, et, l'occasion se présentant, les pêcheurs sont dévalisés à des prix invraisemblables. Du moment que Mrs Tankerdon achète une perle de grande valeur, il est tout indiqué que Mrs Coverley suive son exemple. Par bonheur, il n'y eut pas lieu de surenchérir sur un objet unique, car on ne sait où les surenchères se fussent arrêtées. D'autres familles prennent à cœur d'imiter leurs amis, et, ce jour-là, comme on dit en langage maritime, les Fakaraviens firent «une bonne marée».

Après une dizaine de jours, le 13 octobre, le Joyau du Pacifique appareille dès les premières heures. En quittant la capitale des Pomotou, elle atteint la limite occidentale de l'archipel. De l'invraisemblable encombrement d'îles et d'îlots, de récifs et d'attols, le commodore Simcoë n'a plus à se préoccuper. Il est sorti sans un accroc de ces parages de la mer Mauvaise. Au large s'étend cette portion du Pacifique qui, sur un espace de quatre degrés, sépare le groupe des Pomotou du groupe de la Société. C'est en mettant le cap au sud-ouest que Standard Island, mue par les dix millions de chevaux de ses machines, se dirige vers l'île si poétiquement célébrée par Bougainville, l'enchanteresse Tahiti.

# XIII

## RELÂCHE À TAHITI

L'archipel de la Société, ou de Tahiti, est compris entre le quinzième (15° 52′) degré et le dix-septième (17° 49′) degré de latitude méridionale, et entre le cent cinquantième (150° 8′) degré et le cent cinquante-sixième (156° 30′) degré de longitude à l'ouest du méridien de Paris. Il couvre deux mille deux cents kilomètres superficiels.

Deux groupes le constituent: 1° les îles du Vent, Tahiti ou Tahiti-Tahaa, Tapamanoa, Eimeo ou Morea, Tetiaroa, Meetia, qui sont sous le protectorat de la France; les îles Sous-le-Vent, Tubuai, Manu, Huahine, Raiatea-Thao, Bora-Bora, Moffy-Iti, Maupiti, Mapetia, Bellingshausen, Scilly, gouvernées par les souverains indigènes. Les Anglais les nomment îles Géorgiennes, bien que Cook, leur découvreur, les ait baptisées du nom d'archipel de la Société, en l'honneur de la Société royale de Londres. Situé à deux cent cinquante lieues marines des Marquises, ce groupe, d'après les divers recensements faits dans ces derniers temps, ne compte que quarante mille habitants étrangers ou indigènes.

En venant du nord-est, Tahiti est la première des îles du Vent qui apparaisse aux regards des navigateurs. Et c'est elle que les vigies de l'observatoire signalent d'une grande distance, grâce au Mont-Maiao, ou Diadème, qui pointe à mille deux cent trente-neuf mètres au-dessus du niveau de la mer.

La traversée s'est accomplie sans incidents. Aidée par les vents alizés, Standard Island a parcouru ces eaux admirables au-dessus desquelles le soleil se déplace en descendant vers le tropique du Capricorne. Encore deux mois et quelques jours, l'astre radieux l'aura atteint, il remontera vers la ligne équatoriale, l'île à hélice l'aura à son zénith pendant plusieurs semaines d'ardente chaleur; puis elle le suivra, comme un chien suit son maître, en s'en tenant à la distance réglementaire.

C'est la première fois que les Milliardais vont relâcher à Tahiti. L'année précédente, leur campagne avait commencé trop tard. Ils n'étaient pas allés plus loin dans l'ouest et, après avoir quitté les Pomotou, avaient remonté vers l'équateur. Or, cet archipel de la Société, c'est le plus beau du Pacifique. En le parcourant, nos Parisiens ne pourraient qu'apprécier davantage tout ce qu'il y avait d'enchanteur dans ce déplacement d'un appareil libre de choisir ses relâches et son climat.

— Oui!... Mais nous verrons ce que sera la fin de cette absurde aventure! conclut invariablement Sébastien Zorn.

— Eh! que cela ne finisse jamais, c'est tout ce que je demande! s'écrie Yvernès.

Standard Island arrive en vue de Tahiti dès l'aube du 17 octobre. L'île se présente par son littoral du nord. Pendant la nuit, on a relevé le phare de la pointe Vénus. La journée eût suffi à rallier la capitale Papeete, située au nord-ouest, au-delà de la pointe. Mais le Conseil des trente notables s'est réuni sous la présidence du gouverneur. Comme tout Conseil bien équilibré, il s'est scindé en deux camps. Les uns, avec Jem Tankerdon, se sont prononcés pour l'ouest; les autres, avec Nat Coverley, se sont prononcés pour l'est. Cyrus Bikerstaff, ayant voix prépondérante en cas de partage, a décidé que l'on gagnera Papeete en contournant l'île par le sud. Cette décision ne peut que satisfaire le quatuor, car elle lui permettra d'admirer dans toute sa beauté cette perle du Pacifique, la Nouvelle-Cythère de Bougainville.

Tahiti présente une superficie de cent quatre mille deux cent quinze hectares — neuf fois environ la surface de Paris. Sa population, qui en 1875 comprenait sept mille six cents indigènes, trois cents Français, onze cents étrangers, n'est plus que de sept mille habitants. En plan géométral, elle offre très exactement la forme d'une gourde renversée, le corps de la gourde étant l'île principale, réunie au goulot que dessine la presqu'île de Tatarapu par l'étranglement de l'isthme de Taravao.

C'est Frascolin qui a fait cette comparaison en étudiant la carte à grands points de l'archipel, et ses camarades la trouvent si juste qu'ils baptisent Tahiti de ce nouveau nom: la Gourde des Tropiques.

Administrativement, Tahiti se partage en six divisions, morcelées en vingt et un districts, depuis l'établissement du protectorat du 9 septembre 1842. On n'a point oublié les difficultés qui survinrent entre l'amiral Dupetit-Thouars, la reine Pomaré et l'Angleterre, à l'instigation de cet abominable trafiquant de bibles et de cotonnades qui s'appelait Pritchard, si spirituellement caricaturé dans *Les Guêpes* d'Alphonse Karr.

Mais ceci est de l'histoire ancienne, non moins tombée dans

l'oubli que les faits et gestes du fameux apothicaire anglo-saxon.

Standard Island peut se risquer sans danger à un mille des contours de la Gourde des Tropiques. Cette gourde repose, en effet, sur une base coralligène dont les assises descendent à pic dans les profondeurs de l'océan. Mais, avant de l'approcher d'aussi près, la population milliardaise a pu contempler sa masse imposante, ses montagnes plus généreusement favorisées de la nature que celles des Sandwich, ses cimes verdoyantes, ses gorges boisées, ses pics qui se dressent comme les pinacles aigus d'une cathédrale gigantesque, la ceinture de ses cocotiers arrosée par l'écume blanche du ressac sur l'accore des brisants.

Durant cette journée, en prolongeant la côte occidentale, les curieux, placés aux environs de Tribord Harbour, la lorgnette aux yeux — et les Parisiens ont chacun la leur — peuvent s'intéresser aux mille détails du littoral: le district de Papenoo, dont on aperçoit la rivière à travers sa large vallée depuis la base des montagnes et qui se jette dans l'océan à l'endroit où le récif manque sur un espace de plusieurs milles; Hitiaa, un port très sûr et d'où l'on exporte pour San Francisco des millions et des millions d'oranges; Mahaena, où la conquête de l'île ne se termina, en 1845, qu'au prix d'un terrible combat contre les indigènes.

Dans l'après-midi, on est arrivé par le travers de l'étroit isthme de Taravao. En contournant la presqu'île, le commodore Simcoë s'en approche assez pour que les fertiles campagnes du district de Tautira, les nombreux cours d'eau qui en font l'un des plus riches de l'archipel se laissent admirer dans toute leur splendeur. Tatarapu, reposant sur son assiette de corail, dresse majestueusement les âpres talus de ses cratères éteints.

Puis, le soleil déclinant sur l'horizon, les sommets s'empourprent une dernière fois, les tons s'adoucissent, les couleurs se fondent en une brume chaude et transparente. Ce n'est bientôt plus qu'une masse confuse dont les effluves, chargés de la senteur des orangers et des citronniers, se propagent avec la brise du soir. Après un très court crépuscule, la nuit est profonde.

Standard Island double alors l'extrême pointe du sud-est de la presqu'île, et le lendemain elle évolue devant la côte occidentale de l'isthme à l'heure où se lève le jour.

Le district de Taravao, très cultivé, très peuplé, montre ses belles routes, entre les bois d'orangers, qui le rattachent au district de Papeari. Au point culminant se dessine un fort, commandant les deux côtés de l'isthme, défendu par quelques canons dont la volée se penche hors des embrasures comme des gargouilles de bronze. Au fond se cache le port Phaéton.

«Pourquoi le nom de ce présomptueux cocher du char solaire rayonne-t-il sur cet isthme?» se demande Yvernès.

La journée, sous lente allure, s'emploie à suivre les contours plus accentués de la substruction coralligène, qui marque l'ouest de Tahiti. De nouveaux districts développent leurs sites variés — Papéiri aux plaines marécageuses par endroits, Mataiea, excellent port de Papeuriri, puis une large vallée parcourue par la rivière Vaihiria, et, au fond, cette montagne de cinq cents mètres, sorte de pied de lavabo supportant une cuvette d'un demi-kilomètre de circonférence. Cet ancien cratère, sans doute plein d'eau douce, ne paraît avoir aucune communication avec la mer.

Après le district d'Ahauraono, adonné aux vastes cultures du coton sur une grande échelle, après le district de Papara, qui est surtout livré aux exploitations agricoles, Standard Island, au-delà de la pointe Mara, prolonge la grande vallée de Paruvia, détachée du Diadème et arrosée par le Punarun. Plus loin que Taapuna, la pointe Tatao et l'embouchure de la Faà, le commodore Simcoë incline légèrement vers le nord-est, évite adroitement l'îlot de Motu-Uta, et, à six heures du soir, vient s'arrêter devant la coupure qui donne accès dans la baie de Papeete.

A l'entrée se dessine, en sinuosités capricieuses à travers le récif de corail, le chenal que balisent jusqu'à la pointe de Farente des canons hors d'usage. Il va de soi que Ethel Simcoë, grâce à ses cartes, n'a pas besoin de recourir aux pilotes dont les baleinières croisent à l'ouvert du chenal. Une embarcation sort cependant, ayant un pavillon jaune à sa poupe. C'est «la santé» qui vient prendre langue au pied de Tribord Harbour. On est sévère à Tahiti, et personne ne peut débarquer avant que le médecin sanitaire, accompagné de l'officier de port, n'ait donné libre pratique.

Aussitôt rendu à Tribord Harbour, ce médecin se met en rapport avec les autorités. Il n'y a là qu'une simple formalité. De malades, on n'en compte guère à Milliard City ni aux environs. Dans tous les cas, les maladies épidémiques, choléra, influenza, fièvre jaune, y sont absolument inconnues. La patente nette est donc délivrée selon l'usage. Mais, comme la nuit, précédée de quelques ébauches crépusculaires, tombe rapidement, le débarquement est remis au lendemain, et Standard Island s'endort en attendant le lever du jour.

Dès l'aube, des détonations retentissent. C'est la batterie de l'Eperon qui salue de vingt et un coups de canon le groupe des îles Sous-le-Vent et Tahiti, la capitale du protectorat français. En même temps, sur la tour de l'observatoire, le pavillon rouge à soleil d'or monte et descend trois fois.

Une salve identique est rendue coup pour coup par la batterie de l'Embuscade, à la pointe de la grande passe de Tahiti.

Tribord Harbour est encombré dès les premières heures. Les trams y amènent une affluence considérable de touristes pour la capitale de l'archipel. Ne doutez pas que Sébastien Zorn et ses amis soient des plus impatients. Comme les embarcations ne pourraient suffire à transporter ce monde de curieux, les indigènes s'empressent d'offrir leurs services pour franchir la distance de six encablures qui sépare Tribord Harbour du port.

Toutefois, il est convenable de laisser le gouverneur débarquer le premier. Il s'agit de l'entrevue d'usage avec les autorités civiles et militaires de Tahiti, et de la visite non moins officielle qu'il doit rendre à la reine.

Donc, vers neuf heures, Cyrus Bikerstaff, ses adjoints Barthélemy Ruge et Hubert Harcourt, tous trois en grande tenue, les principaux notables des deux sections, entre autres Nat Coverley et Jem Tankerdon, le commodore Simcoë et ses officiers en uniformes brillants, le colonel Stewart et son escorte, prennent place dans les chaloupes de gala et se dirigent vers le port de Papeete.

Sébastien Zorn, Frascolin, Yvernès, Pinchinat, Athanase Dorémus, Calistus Munbar occupent une autre embarcation avec un certain nombre de fonctionnaires.

Des canots, des pirogues indigènes font cortège au monde officiel de Milliard City, dignement représentée par son gouverneur, ses autorités, ses notables, dont les deux principaux seraient assez riches pour acheter Tahiti tout entière — et même l'archipel de la Société, y compris sa souveraine.

C'est un port excellent, ce port de Papeete, et d'une telle

profondeur que les bâtiments de fort tonnage peuvent y prendre leur mouillage. Trois passes le desservent : la grande passe au nord, large de soixante-dix mètres, longue de quatre-vingts, que rétrécit un petit banc balisé, la passe de Tanoa à l'est, la passe de Tapuna à l'ouest.

Les chaloupes électriques longent majestueusement la plage, toute meublée de villas et de maisons de plaisance, les quais près desquels sont amarrés les navires. Le débarquement s'opère au pied d'une fontaine élégante qui sert d'aiguade et qu'approvisionnent les divers rios d'eaux vives des montagnes voisines, dont l'une porte l'appareil sémaphorique.

Cyrus Bikerstaff et sa suite descendent au milieu d'un grand concours de population française, indigène, étrangère, acclamant ce Joyau du Pacifique comme la plus extraordinaire des merveilles créées par le génie de l'homme.

Après les premiers enthousiasmes du débarquement, le cortège se dirige vers le palais du gouverneur de Tahiti.

Calistus Munbar, superbe sous le costume d'apparat qu'il ne revêt qu'aux jours de cérémonie, invite le quatuor à le suivre, et le quatuor s'empresse d'obtempérer à l'invitation du surintendant.

Le protectorat français embrasse non seulement l'île de Tahiti et l'île Moorea, mais aussi les groupes environnants. Le chef est un commandant-commissaire ayant sous ses ordres un ordonnateur, qui dirige les diverses parties du service des troupes, de la marine, des finances coloniales et locales, et l'administration judiciaire. Le secrétaire général du commissaire a dans ses attributions les affaires civiles du pays. Divers résidents sont établis dans les îles, à Moorea, à Fakarava des Pomotou, à Taio-Haë de Nouka-Hiva, et un juge de paix qui appartient au ressort des Marquises. Depuis 1861 fonctionne un Comité consultatif pour l'agriculture et le commerce, lequel siège une fois par an à Papeete. Là aussi résident la direction de l'artillerie et la chefferie du génie. Quant à la garnison, elle comprend des détachements de gendarmerie coloniale, d'artillerie et d'infanterie de marine. Un curé et un vicaire, appointés du gouvernement, et neuf missionnaires, répartis sur les quelques groupes, assurent l'exercice du culte catholique. En vérité, des Parisiens peuvent se croire en France, dans un port français, et cela n'est pas pour leur déplaire.

Quant aux villages des diverses îles, ils sont administrés par une sorte de Conseil municipal indigène présidé par un tavana, assisté d'un juge, d'un chef mutoï et de deux conseillers élus par les habitants.

Sous l'ombrage de beaux arbres, le cortège marche vers le palais du gouvernement. Partout des cocotiers d'une venue superbe, des miros au feuillage rose, des bancouliers, des massifs d'orangers, de goyaviers, de caoutchoucs, etc. Le palais s'élève au milieu de cette verdure que dépasse à peine son large toit, égayé de charmantes lucarnes en mansarde. Il offre un aspect assez élégant avec sa façade que se partagent un rez-de-chaussée et un premier étage. Les principaux fonctionnaires français y sont réunis, et la gendarmerie coloniale fait les honneurs.

Le commandant-commissaire reçoit Cyrus Bikerstaff avec une infinie bonne grâce, que celui-ci n'eût certes pas rencontrée dans les archipels anglais de ces parages. Il le remercie d'avoir amené Standard Island dans les eaux de l'archipel. Il espère que cette visite se renouvellera chaque année, tout en regrettant que Tahiti ne puisse pas la lui rendre. L'entrevue dure une demi-heure, et il est convenu que Cyrus Bikerstaff attendra les autorités le lendemain à l'Hôtel de Ville.

— Comptez-vous rester quelque temps à la relâche de Papeete? demande le commandant-commissaire.

— Une quinzaine de jours, répond le gouverneur.

— Alors vous aurez le plaisir de voir la division navale française, qui doit arriver vers la fin de la semaine.

— Nous serons heureux, monsieur le commissaire, de lui faire les honneurs de notre île.

Cyrus Bikerstaff présente les personnes de sa suite, ses adjoints, le commodore Ethel Simcoë, le commandant de la milice, les divers fonctionnaires, le surintendant des Beaux Arts, et les artistes du Quatuor concertant, qui furent accueillis comme ils devaient l'être par un compatriote.

Puis il y eut un léger embarras à propos des délégués des sections de Milliard City. Comment ménager l'amour-propre de Jem Tankerdon et de Nat Coverley, ces deux irritants personnages, qui avaient le droit...

— De marcher l'un et l'autre à la fois, fait observer Pinchinat, en parodiant le fameux vers de Scribe.

La difficulté est tranchée par le commandant-commissaire lui-même. Connaissant la rivalité des deux célèbres milliardaires, il est si parfait de tact, si pétri de correction officielle, il agit avec tant d'adresse diplomatique que les choses se passent comme si elles eussent été réglées par le décret de messidor. Nul doute qu'en pareille occasion le chef d'un protectorat anglais n'eût mis le feu aux poudres dans le but de servir la politique du Royaume-Uni. Il n'arrive rien de semblable au palais du commandant-commissaire, et Cyrus Bikerstaff, enchanté de l'accueil fait à lui-même, se retire, suivi de son cortège.

Inutile de dire que Sébastien Zorn, Yvernès, Pinchinat et Frascolin avaient l'intention de laisser Athanase Dorémus, époumoné déjà, regagner sa maison de la Vingt-cinquième Avenue. Eux comptent, en effet, passer à Papeëte le plus de temps possible, visiter les environs, faire des excursions dans les principaux districts, parcourir les régions de la presqu'île de Tatarapu, enfin, épuiser jusqu'à la dernière goutte cette Gourde du Pacifique.

Ce projet est donc bien arrêté, et, lorsqu'ils le communiquent à Calistus Munbar, le surintendant ne peut que donner son entière approbation.

— Mais, leur dit-il, vous ferez bien d'attendre quarante-huit heures avant de vous mettre en voyage.

— Pourquoi pas dès aujourd'hui?... demande Yvernès, impatient de prendre le bâton du touriste.

— Parce que les autorités de Standard Island vont offrir leurs hommages à la reine, et il convient que vous soyez présentés à Sa Majesté ainsi qu'à sa cour.

— Et demain?... dit Frascolin.

— Demain, le commandant-commissaire de l'archipel viendra rendre aux autorités de Standard Island la visite qu'il a reçue, et il convient...

— Que nous soyons là, répond Pinchinat. Eh bien! nous y serons, monsieur le surintendant, nous y serons.

En quittant le palais du gouvernement, Cyrus Bikerstaff et son cortège se dirigent vers le palais de Sa Majesté. Une simple promenade sous les arbres, qui n'a pas exigé plus d'un quart d'heure de marche.

La royale demeure est très agréablement située au milieu des massifs verdoyants. C'est un quadrilatère à deux étages, dont la toiture, à l'imitation des chalets, surplombe deux rangées de vérandas superposées. Des fenêtres supérieures, la vue peut embrasser les larges plantations qui s'étendent jusqu'à la ville, et au-delà se développe un large secteur de mer. En somme, charmante habitation, pas luxueuse mais confortable.

La reine n'a donc rien perdu de son prestige à passer sous le régime du protectorat français. Si le drapeau de la France se déploie à la mâture des bâtiments amarrés dans le port de Papeete ou mouillés en rade, sur les édifices civils et militaires de la cité, du moins le pavillon de la souveraine balance-t-il au-dessus de son palais les anciennes couleurs de l'archipel, une étamine à bandes rouges et blanches tranversales, frappées, à l'angle, du yacht tricolore.

Ce fut en 1706 que Quiros prit connaissance de l'île de Tahiti, à laquelle il donna le nom de Sagittaria. Après lui, Wallis en 1767, Bougainville en 1768, complétèrent l'exploration du groupe. Au début de la découverte régnait la reine Obéréa, et c'est après le décès de cette souveraine qu'apparut dans l'histoire de l'Océanie la célèbre dynastie des Pomarés.

Pomaré I (1762-1780), ayant régné sous le nom d'Otoo, le Héron noir, le quitta pour prendre celui de Pomaré.

Son fils Pomaré II (1780-1819) accueillit favorablement en 1797 les premiers missionnaires anglais et se convertit à la religion chrétienne dix ans plus tard. Ce fut une époque de dissensions, de luttes à main armée, et la population de l'archipel tomba graduellement de cent mille à seize mille.

Pomaré III, fils du précédent, régna de 1819 à 1827, et sa sœur Aimata, la célèbre Pomaré, la protégée de l'horrible Pritchard, née en 1812, devint reine de Tahiti et des îles voisines. N'ayant pas eu d'enfant de Tapoa, son premier mari, elle le répudia pour épouser Ariifaaite. De cette union naquit, en 1840, Arione, héritier présomptif, mort à l'âge de trente-cinq ans. A partir de l'année suivante, la reine donna quatre enfants à son mari, qui était le plus bel homme du groupe, une fille, Teriimaevarna, princesse de l'île Bora-Bora depuis 1860, le prince Tamatoa, né en 1842, roi de l'île Raiatea, que renversèrent ses sujets révoltés contre sa brutalité, le prince Teriitapunui, né en 1846, affligé d'une disgracieuse claudication, et enfin le prince Tuavira, né en 1848, qui vint faire son éducation en France.

Le règne de la reine Pomaré ne fut pas absolument tranquille. En 1835, les missionnaires catholiques entrèrent en lutte avec les missionnaires protestants. Renvoyés d'abord, ils

furent ramenés par une expédition française en 1838. Quatre
ans après, le protectorat de la France était accepté par cinq
chefs de l'île. Pomaré protesta, les Anglais protestèrent.
L'amiral Dupetit-Thouars proclama la déchéance de la reine
en 1843 et expulsa le Pritchard, événements qui provoquèrent
les engagement meurtriers de Mahaéna et de Rapepa. Mais
l'amiral ayant été à peu près désavoué, comme on sait,
Pritchard reçut une indemnité de vingt-cinq mille francs, et
l'amiral Bruat eut mission de mener ces affaires à bonne fin.

Tahiti se soumit en 1846, et Pomaré accepta le traité de
protectorat du 19 juin 1847 en conservant la souveraineté sur
les îles Raiatea, Huahine et Bora-Bora. Il y eut bien encore
quelques troubles. En 1852, une émeute renversa la reine, et la
République fut même proclamée. Enfin, le Gouvernement
français rétablit la souveraine, laquelle abandonna trois de ses
couronnes: en faveur de son fils aîné celle de Raiatea et de
Tahaa, en faveur de son second fils celle de Huahine, en
faveur de sa fille celle de Bora-Bora.

Actuellement, c'est une de ses descendantes, Pomaré VI,
qui occupe le trône de l'archipel.

Le complaisant Frascolin ne cesse de justifier la qualification de Larousse du Pacifique dont l'a gratifié Pinchinat.
Ces détails historiques et biographiques, il les donne à ses
camarades, affirmant qu'il vaut toujours mieux connaître les
gens chez qui l'on va et à qui l'on parle. Yvernès et Pinchinat
lui répondent qu'il a eu raison de les édifier sur la généalogie
des Pomarés, laissant Sébastien Zorn répliquer que «cela lui
était parfaitement égal».

Quant au vibrant Yvernès, il s'imprègne tout entier du
charme de cette poétique nature tahitienne. En ses souvenirs
reviennent les récits enchanteurs des voyages de Bougainville
et de Dumont d'Urville. Il ne cache pas son émotion à la
pensée qu'il va se trouver en présence de cette souveraine de la
Nouvelle-Cythère, d'une reine Pomaré authentique, dont le
nom seul...

— Signifie «nuit de la toux», lui répond Frascolin.

— Bon! s'écrie Pinchinat, comme qui dirait la déesse du
rhume, l'impératrice du coryza! Attrape, Yvernès, et n'oublie
pas ton mouchoir!

Yvernès est furieux de l'intempestive repartie de ce mauvais
plaisant; mais les autres rient de si bon cœur que le premier
violon finit par partager l'hilarité commune.

La réception du gouverneur de Standard Island, des autorités et de la délégation des notables s'est faite avec apparat. Les honneurs sont rendus par le mutoï, chef de la gendarmerie, auquel se sont joints les auxiliaires indigènes.

La reine Pomaré VI est âgée d'une quarantaine d'années. Elle porte, comme sa famille qui l'entoure, un costume de cérémonie rose pâle, couleur préférée de la population tahitienne. Elle reçoit les compliments de Cyrus Bikerstaff avec une affable dignité, si l'on peut s'exprimer de la sorte, que n'eût point désavouée une Majesté européenne. Elle répond gracieusement, en un français très correct, car notre langue est courante dans l'archipel de la Société. Elle avait, d'ailleurs, le plus vif désir de connaître cette Standard Island dont on parle tant dans les régions du Pacifique, et espère que cette relâche ne sera pas la dernière. Jem Tankerdon est de sa part l'objet d'un accueil particulier — ce qui ne laisse pas de froisser l'amour-propre de Nat Coverley. Cela s'explique, cependant, parce que la famille royale appartient au protestantisme et que Jem Tankerdon est le plus notoire personnage de la section protestante de Milliard City.

Le Quatuor concertant n'est point oublié dans les présentations. La reine daigne affirmer à ses membres qu'elle serait charmée de les entendre et de les applaudir. Ils s'inclinent respectueusement, affirmant qu'ils sont aux ordres de Sa Majesté, et le surintendant prendra des mesures pour que la souveraine soit satisfaite.

Après l'audience, qui s'est prolongée pendant une demi-heure, les honneurs, décernés au cortège à son entrée au palais royal, lui sont de nouveau rendus à sa sortie.

On redescend vers Papeete. Une halte est faite au cercle militaire, où les officiers ont préparé un lunch en l'honneur du gouverneur et de l'élite de la population milliardaise. Le champagne coule à pleins bords, les toasts se succèdent, et il est six heures lorsque les embarcations débordent des quais de Papeete pour rentrer à Tribord Harbour.

Et, le soir, lorsque les artistes parisiens se retrouvent dans la salle du casino:

— Nous avons un concert en perspective, dit Frascolin. Que jouerons-nous à cette Majesté?... Comprendra-t-elle le Mozart ou le Beethoven?...

— On lui jouera de l'Offenbach, du Varney, du Lecocq ou de l'Audran! répond Sébastien Zorn.

— Non pas!... La bamboula est tout indiquée! réplique
Pinchinat, qui s'abandonne aux déhanchements caractéristiques de cette danse nègre.


## XIV

### DE FÊTES EN FÊTES

L'île de Tahiti est destinée à devenir un lieu de relâche pour
Standard Island. Chaque année, avant de poursuivre sa route
vers le tropique du Capricorne, ses habitants séjourneront
dans les parages de Papeete. Reçus avec sympathie par les
autorités françaises comme par les indigènes, ils s'en montrent reconnaissants en ouvrant largement leurs portes ou
plutôt leurs ports. Militaires et civils de Papeete affluent donc,
parcourant la campagne, le parc, les avenues, et jamais aucun
incident ne viendra sans doute altérer ces excellentes relations. Au départ, il est vrai, la police du gouverneur doit
s'assurer que la population ne s'est point frauduleusement
accrue par l'intrusion de quelques Tahitiens non autorisés à
élire domicile sur son domaine flottant.

Il suit de là que, par réciprocité, toute latitude est donnée
aux Milliardais de visiter les îles du groupe lorsque le commodore Simcoë fera escale à l'une ou à l'autre.

En vue de cette relâche, quelques riches familles ont eu la
pensée de louer des villas aux environs de Papeete et les ont
retenues d'avance par dépêche. Elles comptent s'y installer
comme des Parisiens s'installent dans le voisinage de Paris,
avec leurs domestiques et leurs attelages, afin d'y vivre de la
vie des grands propriétaires, en touristes, en excursionnistes,
en chasseurs même, pour peu qu'elles aient le goût de la
chasse. Bref, on fera de la villégiature, sans avoir rien à
craindre de ce climat salubre dont la température varie de
quatorze à trente degrés entre avril et décembre, les autres
mois de l'année constituant l'hiver de l'hémisphère méridional.

Au nombre des notables qui abandonnent leurs hôtels pour
les confortables habitations de la campagne tahitienne, il faut
citer les Tankerdon et les Coverley. M. et Mrs Tankerdon,
leurs fils et leurs filles se transportent dès le lendemain dans
un chalet pittoresque, situé sur les hauteurs de la pointe de
Tatao. M. et Mrs Coverley, miss Diana et ses sœurs rempla-

cent également leur palais de la Quinzième Avenue par une délicieuse villa perdue sous les grands arbres de la pointe Vénus. Il existe entre ces habitations une distance de plusieurs miles, que Walter Tankerdon estime peut-être un peu longue. Mais il n'est pas en son pouvoir de rapprocher ces deux pointes du littoral tahitien. Du reste, des routes carrossables convenablement entretenues les mettent en communication directe avec Papeete.

Frascolin fait remarquer à Calistus Munbar que, puisqu'elles sont parties, les deux familles ne pourront assister à la visite du commandant-commissaire au gouverneur.

— Eh! tout est pour le mieux! répond le surintendant, dont l'œil s'allume de finesse diplomatique. Cela évitera les conflits d'amour-propre. Si le représentant de la France venait d'abord chez les Coverley, que diraient les Tankerdon, et si c'était chez les Tankerdon, que diraient les Coverley? Cyrus Bikerstaff ne peut que s'applaudir de ce double départ.

— N'y a-t-il donc pas lieu d'espérer que la rivalité de ces familles prendra fin?... demande Frascolin.

— Qui sait? répond Calistus Munbar. Cela ne tient peut-être qu'à l'aimable Walter et à la charmante Diana...

— Il ne semble pas, cependant, que jusqu'ici cet héritier et cette héritière... observe Yvernès.

— Bon!... bon!... réplique le surintendant, il suffit d'une occasion, et, si le hasard ne la fait pas naître, nous nous chargerons de remplacer le hasard... pour le profit de notre île bien-aimée!

Et Calistus Munbar exécute sur ses talons une pirouette qu'eût applaudie Athanase Dorémus et que n'aurait pas désavouée un marquis du Grand Siècle.

Dans l'après-midi du 20 octobre, le commandant-commissaire, l'ordonnateur, le secrétaire général, les principaux fonctionnaires du protectorat débarquent au quai de Tribord Harbour. Ils sont reçus par le gouverneur avec les honneurs dus à leur rang. Des détonations éclatent aux batteries de l'Eperon et de la Poupe. Des cars, pavoisés aux couleurs françaises et milliardaises, conduisent le cortège à la capitale, où les salons de réception de l'Hôtel de Ville sont préparés pour cette entrevue. Sur le parcours, accueil flatteur de la population et, devant le perron du palais municipal, échange de quelques discours officiels qui se tiennent dans une durée acceptable.

Puis, visite au temple, à la cathédrale, à l'observatoire, aux deux fabriques d'énergie électrique, aux deux ports, au parc et enfin promenade circulaire sur les trams qui desservent le littoral. Un lunch est servi au retour dans la grande salle du casino. Il est six heures lorsque le commandant-commissaire et sa suite se rembarquent pour Papeete aux tonnerres de l'artillerie de Standard Island, emportant un excellent souvenir de cette réception.

Le lendemain matin, 21 octobre, les quatre Parisiens se font débarquer à Papeete. Ils n'ont invité personne à les accompagner, pas même le professeur de maintien, dont les jambes ne suffiraient plus à d'aussi longues pérégrinations. Ils sont libres comme l'air — des écoliers en vacances, heureux de fouler sous leurs pieds un vrai sol de roches et de terre végétale.

En premier lieu, il s'agit de visiter Papeete. La capitale de l'archipel est incontestablement une jolie ville. Le quatuor prend un réel plaisir à muser, à baguenauder sous les beaux arbres qui ombragent les maisons de la plage, les magasins de la marine, la manutention et les principaux établissements de commerce établis au fond du port. Puis, remontant une des rues qui s'amorce au quai où fonctionne un railway de système américain, nos artistes s'aventurent à l'intérieur de la cité.

Là, les rues sont larges, aussi bien tracées au cordeau et à l'équerre que les avenues de Milliard City, entre des jardins en pleine verdure et pleine fraîcheur. Même, à cette heure matinale, incessant va-et-vient des Européens et des indigènes — et cette animation qui sera plus grande après huit heures du soir se prolongera toute la nuit. Vous comprenez bien que les nuits des tropiques, et spécialement les nuits tahitiennes, ne sont pas faites pour qu'on les passe dans un lit, bien que les lits de Papeete se composent d'un treillis en cordes filées avec la bourre de coco, d'une paillasse en feuilles de bananier, d'un matelas en houppes de fromager, sans parler des moustiquaires qui défendent le dormeur contre l'agaçante attaque des moustiques.

Quant aux maisons, il est facile de distinguer celles qui sont européennes de celles qui sont tahitiennes. Les premières, construites presque toutes en bois, surélevées de quelques pieds sur des blocs de maçonnerie, ne laissent rien à désirer en confort. Les secondes, assez rares dans la ville, semées avec fantaisie sous les ombrages, sont formées de bambous jointifs et tapissées de nattes, ce qui les rend propres, aérées et agréables.

Mais les indigènes?...

— Les indigènes?... dit Frascolin à ses camarades. Pas plus ici qu'aux Sandwich nous ne retrouverons ces braves sauvages, qui, avant la conquête, dînaient volontiers d'une côtelette humaine et réservaient à leur souverain les yeux d'un guerrier vaincu, rôti suivant la recette de la cuisine tahitienne!

— Ah çà! il n'y a donc plus de cannibales en Océanie! s'écrie Pinchinat. Comment, nous aurons fait des milliers de milles sans en rencontrer un seul!

— Patience! répond le violoncelliste en battant l'air de sa main droite comme le Rodin des *Mystères de Paris,* patience! Nous en trouverons peut-être plus qu'il n'en faudra pour satisfaire ta sotte curiosité!

Il ne savait pas si bien dire!

Les Tahitiens sont d'origine malaise, très probablement, et de cette race qu'ils désignent sous le nom de maorie. Raiatea, l'île Sainte, aurait été le berceau de leurs rois — un berceau charmant que baignent les eaux limpides du Pacifique dans le groupe des îles Sous-le-Vent.

Avant l'arrivée des missionnaires, la société tahitienne comprenait trois classes: celle des princes, personnages privilégiés, auxquels on reconnaissait le don de faire des miracles; les chefs ou propriétaires du sol, assez peu considérés et asservis par les princes; puis le menu peuple, ne possédant rien foncièrement, ou, quand il possédait, n'ayant jamais au-delà de l'usufruit de sa terre.

Tout cela s'est modifié depuis la conquête, et même avant, sous l'influence des missionnaires anglicans et catholiques. Mais ce qui n'a pas changé, c'est l'intelligence de ces indigènes, leur parole vive, leur esprit enjoué, leur courage à toute épreuve, la beauté de leur type. Les Parisiens ne furent point sans l'admirer dans la ville comme dans la campagne.

— Tudieu, les beaux garçons! disait l'un.

— Et quelles belles filles! disait l'autre.

Oui! des hommes d'une taille au-dessus de la moyenne, le teint cuivré, comme imprégné par l'ardeur du sang, des formes admirables, telles que les a conservées la statuaire antique, une physionomie douce et avenante. Ils sont vraiment superbes, les Maoris, avec leurs grands yeux vifs, leurs lèvres un peu fortes, finement dessinées. Maintenant, le tatouage de guerre tend à disparaître avec les occasions qui le nécessitaient autrefois.

Sans doute, les plus riches de l'île s'habillent à l'européenne, et ils ont encore bon air avec la chemise échancrée, le veston en étoffe rose pâle, le pantalon qui retombe sur la bottine. Mais ceux-là ne sont pas pour attirer l'attention du quatuor. Non! Au pantalon de coupe moderne, nos touristes préfèrent le paréo, dont la cotonnade coloriée et bariolée se drape depuis la ceinture jusqu'à la cheville, et, au lieu du chapeau de haute forme et même du panama, cette coiffure commune aux deux sexes, le hei, qui se compose de feuillage et de fleurs.

Quant aux femmes, ce sont encore les poétiques et gracieuses Otahitiennes de Bougainville, soit que les pétales blancs du tiaré, sorte de gardénia, se mêlent aux nattes noires déroulées sur leurs épaules, soit que leur tête se coiffe de ce léger chapeau fait avec l'épiderme d'un bourgeon de cocotier, et «dont le nom suave de reva-reva semble venir d'un rêve», déclame Yvernès. Ajoutez au charme de ce costume, dont les couleurs, comme celles d'un kaléidoscope, se modifient au moindre mouvement, la grâce de la démarche, la nonchalance des attitudes, la douceur du sourire, la pénétration du regard, l'harmonieuse sonorité de la voix, et l'on comprendra pourquoi, dès que l'un répète: «Tudieu, les beaux garçons!» les autres répondent en chœur: «Et quelles belles filles!»

Lorsque le Créateur a façonné de si merveilleux types, aurait-il été possible qu'il n'eût pas songé à leur donner un cadre digne d'eux? Et qu'eût-il pu imaginer de plus délicieux que ces paysages tahitiens dont la végétation est si intense sous l'influence des eaux courantes et de l'abondante rosée des nuits?

Pendant leurs excursions à travers l'île et les districts voisins de Papeete, les Parisiens ne cessent d'admirer ce monde de merveilles végétales. Laissant les bords de la mer, plus favorables à la culture, où les forêts sont remplacées par des plantations de citronniers, d'orangers, d'arrow-root, de cannes à sucre, de caféiers, de cotonniers, par des champs d'ignames, de manioc, d'indigo, de sorgho, de tabac, ils s'aventurent sous ces épais massifs de l'intérieur, à la base des montagnes, dont les cimes pointent au-dessus du dôme des frondaisons. Partout, d'élégants cocotiers d'une venue magnifique, des miros ou bois de rose, des casuarinas ou bois de fer, des tiairi ou bancouliers, des puraus, des tamanas, des ahis ou santals, des goyaviers, des manguiers, des taccas, dont les racines sont comestibles, et aussi le superbe taro, ce précieux arbre à pain, haut de tronc, lisse et blanc, avec ses larges feuilles d'un vert foncé entre lesquelles se groupent de gros fruits à l'écorce comme ciselée, et dont la pulpe blanche forme la principale nourriture des indigènes.

L'arbre le plus commun avec le cocotier c'est le goyavier, qui pousse jusqu'au sommet des montagnes ou peu s'en faut, et dont le nom est tuava en langue tahitienne. Il se masse en épaisses forêts, tandis que les puraus forment de sombres fourrés dont on sort à grand-peine, lorsqu'on a l'imprudence de s'engager au milieu de leurs inextricables fouillis.

Du reste, point d'animaux dangereux. Le seul quadrupède indigène est une sorte de porc, d'une espèce moyenne entre le cochon et le sanglier. Quant aux chevaux et aux bœufs, ils ont été importés dans l'île, où prospèrent aussi les brebis et les chèvres. La faune est donc beaucoup moins riche que la flore, même sous le rapport des oiseaux. Des colombes et des salanganes comme aux Sandwich. Pas de reptiles, sauf le cent-pieds et le scorpion. En fait d'insectes, des guêpes et des moustiques.

Les productions de Tahiti se réduisent au coton, à la canne à sucre, dont la culture s'est largement développée au détriment du tabac et du café, puis à l'huile de coco, à l'arrow-root, aux oranges, à la nacre et aux perles.

Cependant, cela suffit pour alimenter un commerce important avec l'Amérique, l'Australie, la Nouvelle-Zélande, avec la Chine en Asie, la France et l'Angleterre en Europe, soit une valeur de trois millions deux cent mille francs à l'importation, contrebalancée par quatre millions et demi à l'exportation.

Les excursions du quatuor se sont étendues jusqu'à la presqu'île de Tabaratu. Une visite rendue au fort Phaéton le met en rapport avec un détachement de soldats de marine enchantés de recevoir des compatriotes.

Dans une auberge du port tenue par un colon, Frascolin fait convenablement les choses. Aux indigènes des environs, au mutoï du district, on sert des vins français dont le digne aubergiste consent à se défaire à bon prix. En revanche, les gens de l'endroit offrent à leurs hôtes les productions du pays, des régimes venant de cette espèce de bananier nommé feï, de belle couleur jaune. des ignames apprêtées de façon succulente, du maïore qui est le fruit de l'arbre à pain cuit à l'étouffée dans un trou empli de cailloux brûlants, et enfin une certaine confiture, à saveur aigrelette, provenant de la noix râpée du cocotier et qui, sous le nom de taïero, se conserve dans des tiges de bambou.

Ce luncheon est très gai. Les convives fumèrent plusieurs centaines de ces cigarettes faites d'une feuille de tabac séchée au feu enroulée d'une feuille de pandanus. Seulement, au lieu d'imiter les Tahitiens et les Tahitiennes qui se les passaient de bouche en bouche après en avoir tiré quelques bouffées, les Français se contentèrent de les fumer à la française. Et lorsque le mutoï lui offrit la sienne, Pinchinat le remercia d'un *mea maita,* c'est-à-dire d'un très bien! dont l'intonation cocasse mit en belle humeur toute l'assistance.

Au cours de ces excursions, il va sans dire que les excursionnistes ne pouvaient songer à rentrer chaque soir à Papeete ou à Standard Island. Partout, d'ailleurs, dans les villages, dans les habitations éparses, chez les colons, chez les indigènes, ils sont reçus avec autant de sympathie que de confort.

Pour occuper la journée du 7 novembre, ils ont formé le projet de visiter la pointe Vénus, excursion à laquelle ne saurait se soustraire un touriste digne de ce nom.

On part dès le petit jour, d'un pied léger. On traverse sur un pont la jolie rivière de Fantahua. On remonte la vallée jusqu'à cette retentissante cascade, double de celle du Niagara en hauteur, mais infiniment moins large, qui tombe de soixante-quinze mètres avec un tumulte superbe. On arrive ainsi, en suivant la route accrochée au flanc de la colline Taharahi, sur le bord de la mer, à ce morne auquel Cook donna le nom de cap de l'Arbre — nom justifié à cette époque par la présence d'un arbre isolé, actuellement mort de vieillesse. Une avenue plantée de magnifiques essences conduit, à partir du village de Taharahi, au phare qui se dresse à l'extrême pointe de l'île.

C'est en cet endroit, à mi-côte d'une colline verdoyante, que la famille Coverley a fixé sa résidence. Il n'y a donc aucun motif sérieux pour que Walter Tankerdon, dont la villa s'élève loin, bien loin, au-delà de Papeete, pousse ses promenades du côté de la pointe Vénus. Les Parisiens l'aperçoivent, cependant. Le jeune homme s'est transporté à cheval aux environs du cottage Coverley. Il échange un salut avec les touristes français et leur demande s'ils comptent regagner Papeete le soir même.

— Non, monsieur Tankerdon, répond Frascolin. Nous avons reçu une invitation de mistress Coverley, et il est probable que nous passerons la soirée à la villa.

— Alors, messieurs, je vous dis au revoir, réplique Walter Tankerdon.

Et il semble que la physionomie du jeune homme s'est obscurcie, bien qu'aucun nuage n'ait voilé en cet instant le soleil.

Puis il pique des deux et s'éloigne au petit trot, après avoir jeté un dernier regard sur la villa toute blanche entre les arbres. Mais aussi, pourquoi l'ancien négociant a-t-il reparu sous le richissime Tankerdon et risque-t-il de semer la dissension dans cette Standard Island qui n'a point été créée pour le souci des affaires!

— Eh! dit Pinchinat, peut-être aurait-il voulu nous accompagner, ce charmant cavalier?...

— Oui, ajoute Frascolin, et il est évident que notre ami Munbar pourrait bien avoir raison! Il s'en va tout malheureux de n'avoir pu rencontrer miss Dy Coverley...

— Ce qui prouve que le milliard ne fait pas le bonheur? réplique ce grand philosophe d'Yvernès.

Pendant l'après-midi et la soirée, heures délicieuses passées au cottage avec les Coverley. Le quatuor retrouve dans la villa le même accueil qu'à l'hôtel de la Quinzième Avenue. Sympathique réunion à laquelle l'art se mêle fort agréablement. On fait d'excellente musique, au piano, s'entend. Mrs Coverley déchiffre quelques partitions nouvelles. Miss Dy chante en véritable artiste, et Yvernès, qui est doué d'une jolie voix, mêle son ténor au soprano de la jeune fille.

On ne sait trop pourquoi — peut-être l'a-t-il fait à dessein — Pinchinat glisse dans la conversation que ses camarades et lui ont aperçu Walter Tankerdon qui se promenait aux environs de la villa. Est-ce très adroit de sa part et n'eût-il pas mieux valu se taire?... Non, et si le surintendant eût été là il n'aurait pu qu'approuver Son Altesse. Un léger sourire, presque imperceptible, s'est ébauché sur les lèvres de miss Dy, ses jolis yeux ont brillé d'un vif éclat, et lorsqu'elle s'est remise à chanter il semble que sa voix est devenue plus pénétrante.

Mrs Coverley la regarde un instant, se contentant de dire, tandis que M. Coverley fronce le sourcil:

— Tu n'es pas fatiguée, mon enfant?...

— Non, ma mère.

— Et vous, monsieur Yvernès?...

— Pas le moins du monde, madame. Avant ma naissance, j'ai dû être enfant de chœur dans une des chapelles du Paradis!

La soirée s'achève, et il est près de minuit lorsque M. Coverley juge l'heure venue de prendre quelque repos.

Le lendemain, enchanté de cette si simple et si cordiale réception, le quatuor redescend le chemin vers Papeete.

La relâche à Tahiti ne doit plus durer qu'une semaine. Suivant son itinéraire réglé d'avance, Standard Island se remettra en route au sud-ouest. Et, sans doute, rien n'eût signalé cette dernière semaine pendant laquelle les quatre touristes ont complété leurs excursions, si un très heureux incident ne se fût produit à la date du 11 novembre.

La division de l'escadre française du Pacifique vient d'être signalée dans la matinée par le sémaphore de la colline qui s'élève en arrière de Papeete.

A onze heures, un croiseur de première classe, le *Paris,* escorté de deux croiseurs de deuxième classe et d'une mouche, mouille sur rade.

Les saluts réglementaires sont échangés de part et d'autre, et le contre-amiral, dont le guidon flotte sur le *Paris,* descend à terre avec ses officiers.

Après les coups de canon officiels, auxquels les batteries de l'Eperon et de la Poupe joignent leurs tonnerres sympathiques, le contre-amiral et le commandant-commissaire des îles de la Société s'empressent de se rendre successivement visite.

C'est une bonne fortune pour les navires de la division, leurs officiers, leurs équipages, d'être arrivés sur la rade de Tahiti pendant que Standard Island y séjourne encore. Nouvelles occasions de réceptions et de fêtes. Le Joyau du Pacifique est ouvert aux marins français, qui s'empressent d'en venir admirer les merveilles. Pendant quarante-huit heures, les uniformes de notre marine se mêlent aux costumes milliardais.

Cyrus Bikerstaff fait les honneurs de l'observatoire, le surintendant fait les honneurs du casino et autres établissements sous sa dépendance.

C'est dans ces circonstances qu'il est venu une idée à cet étonnant Calistus Munbar, une idée géniale dont la réalisation doit laisser d'inoubliables souvenirs. Et cette idée, il la communique au gouverneur, et le gouverneur l'adopte, sur avis du Conseil des notables.

Oui! Une grande fête est décidée pour le 15 novembre. Son programme comprendra un dîner d'apparat et un bal donnés dans les salons de l'Hôtel de Ville. A cette époque, les Milliardais en villégiature seront rentrés, puisque le départ doit s'effectuer deux jours après.

Les hauts personnages des deux sections ne manqueront donc point à ce festival en l'honneur de la reine Pomaré VI, des Tahitiens européens ou indigènes et de l'escadre française.

Calistus Munbar est chargé d'organiser cette fête, et l'on peut s'en rapporter à son imagination comme à son zèle. Le quatuor se met à sa disposition, et il est convenu qu'un concert figurera parmi les plus attractifs numéros du programme.

Quant aux invitations, c'est au gouverneur qu'incombe la mission de les répartir.

En premier lieu, Cyrus Bikerstaff va en personne prier la reine Pomaré, les princes et les princesses de sa cour d'assister à cette fête, et la reine daigne répondre par une acceptation. Mêmes remerciements de la part du commandant-commissaire et des hauts fonctionnaires français, du contre-amiral et de ses officiers, qui se montrent très sensibles à cette gracieuseté.

En somme, mille invitations sont lancées. Bien entendu, les mille invités ne doivent pas s'asseoir à la table municipale! Non! une centaine seulement: les personnes royales, les officiers de la division, les autorités du protectorat, les premiers fonctionnaires, le Conseil des notables et le haut clergé de Standard Island. Mais il y aura dans le parc banquets, jeux, feux d'artifice, de quoi satisfaire la population.

Le roi et la reine de Malécarlie n'ont point été oubliés, cela va sans dire. Mais Leurs Majestés, ennemies de tout apparat, vivant à l'écart dans leur modeste habitation de la Trente-deuxième Avenue, remercièrent le gouverneur d'une invitation qu'ils regrettaient de ne pouvoir accepter.

— Pauvres souverains! dit Yvernès.

Le grand jour arrivé, l'île se pavoise des couleurs françaises et tahitiennes mêlées aux couleurs milliardaises.

La reine Pomaré et sa cour, en costume de gala, sont reçues à Tribord Harbour aux détonations de la double batterie de l'île. A ces détonations répondent les canons de Papeete et les canons de la division navale.

Vers six heures du soir, après une promenade à travers le parc, tout ce beau monde a gagné le palais municipal superbement décoré.

Quel coup d'œil offre l'escalier monumental, dont chaque marche n'a pas coûté moins de dix mille francs, comme celui de l'hôtel Vanderbilt à New York! Et dans la splendide salle à manger les convives vont s'asseoir aux tables du festin.

Le code des préséances a été observé par le gouverneur avec un tact parfait. Il n'y aura pas matière à conflit entre les grandes familles rivales des deux sections. Chacun est heureux de la place qui lui est attribuée — entre autres miss Dy Coverley, qui se trouve en face de Walter Tankerdon. Cela suffit au jeune homme et à la jeune fille, et mieux valait ne pas les rapprocher davantage.

Il n'est pas besoin de dire que les artistes français n'ont point à se plaindre. On leur a donné, en les mettant à la table d'honneur, une nouvelle preuve d'estime et de sympathie pour leur talent et leurs personnes.

Quant au menu de ce mémorable repas, étudié, médité, composé par le surintendant, il prouve que, même au point de vue des ressources culinaires, Milliard City n'a rien à envier à la vieille Europe.

Qu'on en juge, d'après ce menu imprimé en or sur vélin par les soins de Calistus Munbar.

Le potage à la d'Orléans.
La crème comtesse.
Le turbot à la Mornay.
Le filet de bœuf à la napolitaine.
Les quenelles de volaille à la viennoise.
Les mousses de foie gras à la Trévise.
Sorbets.
Les cailles rôties sur canapé.
La salade provençale.
Les petits pois à l'anglaise.
Bombe, macédoine, fruits.
Gâteaux variés.
Grissins au parmesan.

*Vins*

Château d'Yquem. Château-Margaux.
Chambertin. Champagne.

*Liqueurs variées*

A la table de la reine d'Angleterre, de l'empereur de Russie, de l'empereur allemand ou du président de la République française, a-t-on jamais trouvé des combinaisons supérieures pour un menu officiel, et eussent-ils pu mieux faire les chefs de cuisine les plus en vogue des deux continents?

A neuf heures, les invités se rendent dans les salons du casino pour le concert. Le programme comporte quatre morceaux de choix, quatre, pas davantage:

*Cinquième Quatuor en la majeur,* op. 18, de Beethoven;
*Deuxième Quatuor en ré mineur,* op. 10, de Mozart;
*Deuxième Quatuor en ré majeur,* op. 64 (deuxième partie), de Haydn;
*Douzième Quatuor en mi bémol,* d'Onslow.

Ce concert est un nouveau triomphe pour les exécutants parisiens, si heureusement embarqués — quoi qu'en pût penser le récalcitrant violoncelliste — à bord de Standard Island!

Entre-temps, Européens et étrangers prennent part aux divers jeux installés dans le parc. Des bals champêtres s'organisent sur les pelouses, et, pourquoi ne pas l'avouer, on danse au son des accordéons, qui sont des instruments très en vogue chez les naturels des îles de la Société. Or les marins français ont un faible pour cet appareil pneumatique, et comme les permissionnaires du *Paris* et autres navires de la division ont débarqué en grand nombre, les orchestres se trouvent au complet et les accordéons font rage. Les voix s'en mêlent aussi, et les chansons de bord répondent aux *himerre,* qui sont les airs populaires et favoris des populations océaniennes.

Au reste, les indigènes de Tahiti, hommes et femmes, ont un goût prononcé pour le chant et pour la danse, où ils excellent. Ce soir-là, à plusieurs reprises, ils exécutent les figures de la *répauipa,* qui peut être considérée comme une danse nationale, et dont la mesure est marquée par le battement du tambour. Puis les chorégraphes de toute origine, indigènes ou étrangers, s'en donnent à cœur joie, grâce à l'excitation des rafraîchissements de toute sorte offerts par la Municipalité.

En même temps, des bals d'une ordonnance et d'une composition plus sélects réunissent, sous la direction d'Athanase Dorémus, les familles dans les salons de l'Hôtel de Ville. Les dames milliardaises et tahitiennes ont fait assaut de toilettes. On ne s'étonnera pas que les premières, clientes fidèles des couturiers parisiens, éclipsent sans peine même les plus élégantes Européennes de la colonie. Les diamants ruissellent sur leurs têtes, sur leurs épaules, à leur poitrine, et c'est entre elles seules que la lutte peut présenter quelque intérêt. Mais qui eût osé se prononcer pour Mrs Coverley ou Mrs Tankerdon, éblouissantes toutes les deux? Ce n'est certes pas Cyrus Bikerstaff, toujours si soucieux de maintenir un parfait équilibre entre les deux sections de l'île.

Dans le quadrille d'honneur ont figuré la souveraine de Tahiti et son auguste époux, Cyrus Bikerstaff et Mrs Coverley, le contre-amiral et Mrs Tankerdon, le commodore Simcoë et la première dame d'honneur de la reine. En même temps, d'autres quadrilles sont formés, où les couples se mélangent en ne consultant que leur goût ou leurs sympathies. Tout cet ensemble est charmant. Et pourtant Sébastien Zorn se tient à l'écart, dans une attitude sinon de protestation, du moins de dédain, comme les deux Romains grognons du fameux tableau de la *Décadence*. Mais Yvernès, Pinchinat, Frascolin valsent, polkent, mazurkent avec les plus jolies Tahitiennes et les plus délicieuses jeunes filles de Standard Island. Et qui sait si, ce soir-là, bien des mariages ne furent pas décidés fin de bal, ce qui occasionnerait sans doute un supplément de travail aux employés de l'état civil?...

D'ailleurs, quelle n'a pas été la surprise générale, lorsque le hasard a donné Walter Tankerdon pour cavalier à miss Coverley dans un quadrille? Est-ce le hasard, et ce fin diplomate de surintendant ne l'a-t-il pas aidé par quelque combinaison savante? Dans tous les cas, c'est là l'événement du jour, gros peut-être de conséquences, s'il marque un premier pas vers la réconciliation des deux puissantes familles.

Après le feu d'artifice qui est tiré sur la grande pelouse, les danses reprennent dans le parc, à l'Hôtel de Ville, et se prolongent jusqu'au jour.

Telle est cette mémorable fête, dont le souvenir se perpétuera à travers la longue et heureuse série d'âges que l'avenir — il faut l'espérer — réserve à Standard Island.

Le surlendemain, la relâche étant terminée, le commodore Simcoë transmet dès l'aube ses ordres d'appareillage. Des détonations d'artillerie saluent le départ de l'île à hélice, comme elles ont salué son arrivée, et elle rend les saluts coup pour coup à Tahiti et à la division navale.

La direction est nord-ouest, de manière à passer en revue

les autres îles de l'archipel, le groupe Sous-le-Vent après le groupe du Vent.

On longe ainsi les pittoresques contours de Moorea, hérissée de pics superbes, dont la pointe centrale est percée à jour, Raiatea, l'île Sainte, qui fut le berceau de la royauté indigène, Bora-Bora, dominée par une montagne de mille mètres, puis les îlots Motu-Iti, Mapeta, Tubuai, Manu, anneaux de la chaîne tahitienne tendue à travers ces parages.

Le 19 novembre, à l'heure où le soleil décline à l'horizon, disparaissent les derniers sommets de l'archipel.

Standard Island met alors le cap au sud-ouest — orientation que les appareils télégraphiques indiquent sur les cartes disposées aux vitrines du casino.

Et qui observerait, en ce moment, le capitaine Sarol serait frappé du feu sombre de ses regards, de la farouche expression de sa physionomie, lorsque, d'une main menaçante, il montre à ses Malais la route des Nouvelles-Hébrides, situées à douze cents lieues dans l'ouest!

FIN DE LA PREMIÈRE PARTIE

# SECONDE PARTIE

## I

### AUX ÎLES DE COOK

Depuis six mois, Standard Island, partie de la baie Madeleine, va d'archipel en archipel à travers le Pacifique. Pas un accident ne s'est produit au cours de sa merveilleuse navigation. A cette époque de l'année, les parages de la zone équatoriale sont calmes, le souffle des alizés est normalement établi entre les tropiques. D'ailleurs, lorsque quelque bourrasque ou tempête se déchaîne, la base solide qui porte Milliard City, les deux ports, le parc, la campagne, n'en ressent pas la moindre secousse. La bourrasque passe, la tempête s'apaise. A peine s'en est-on aperçu à la surface du Joyau du Pacifique.

Ce qu'il y aurait plutôt lieu de craindre dans ces conditions, ce serait la monotonie d'une existence trop uniforme. Mais nos Parisiens sont les premiers à convenir qu'il n'en est rien. Sur cet immense désert de l'océan se succèdent les oasis — tels ces groupes qui ont été déjà visités, les Sandwich, les Marquises, les Pomotou, les îles de la Société, tels ceux que l'on explorera avant de reprendre la route du nord, les îles de Cook, les Samoa, les Tonga, les Fidji, les Nouvelles-Hébrides

et d'autres peut-être. Autant de relâches variées, autant
d'occasions attendues qui permettront de parcourir ces pays
si intéressants au point de vue ethnographique.

En ce qui concerne le Quatuor concertant, comment son-
gerait-il à se plaindre, si même il en avait le temps? Peut-il se
considérer comme séparé du reste du monde? Les services
postaux avec les deux continents ne sont-ils pas réguliers?
Non seulement les navires à pétrole apportent leurs charge-
ments pour les besoins des usines presque à jour fixe, mais il
ne s'écoule pas une quinzaine sans que les steamers ne
déchargent à Tribord Harbour ou à Bâbord Harbour leurs
cargaisons de toute sorte, et aussi le contingent d'informations et de nouvelles qui défraient les loisirs de la population
milliardaise.

Il va de soi que l'indemnité attribuée à ces artistes est payée
avec une ponctualité qui témoigne des inépuisables ressources
de la compagnie. Des milliers de dollars tombent dans leur
poche, s'y accumulent, et ils seront riches, très riches, à
l'expiration d'un pareil engagement. Jamais exécutants ne
furent à pareille fête, et ils ne peuvent regretter les résultats
«relativement médiocres» de leurs tournées à travers les
Etats-Unis d'Amérique.

— Voyons, demanda un jour Frascolin au violoncelliste, es-
tu revenu de tes préventions contre Standard Island?

— Non, répond Sébastien Zorn.

— Et pourtant, ajoute Pinchinat, nous aurons un joli sac,
lorsque la campagne sera finie!

— Ce n'est pas tout d'avoir un joli sac, il faut encore être
sûr de l'emporter avec soi!

— Et tu n'en es pas sûr?...

— Non.

A cela, que répondre? Et pourtant il n'y avait rien à
craindre pour ledit sac, puisque le produit des trimestres était
envoyé en Amérique sous forme de traites, et versé dans les
caisses de la Banque de New York. Donc, le mieux est de
laisser le têtu s'encroûter dans ses injustifiables défiances.

En effet, l'avenir paraît plus que jamais assuré. Il semble
que les rivalités des deux sections soient entrées dans une
période d'apaisement. Cyrus Bikerstaff et ses adjoints ont lieu
de s'en applaudir. Le surintendant se multiplie, depuis «le gros
événement du bal de l'Hôtel de Ville». Oui! Walter Tankerdon
a dansé avec miss Dy Coverley. Doit-on en conclure que les

rapports des deux familles soient moins tendus? Ce qui est
certain, c'est que Jem Tankerdon et ses amis ne parlent plus
de faire de Standard Island une île industrielle et commerçante. Enfin, dans la haute société, on s'entretient beaucoup
de l'incident du bal. Quelques esprits perspicaces y voient un
rapprochement, peut-être plus qu'un rapprochement, une
union qui mettra fin aux dissensions privées et publiques.

Et si ces prévisions se réalisent, un jeune homme et une
jeune fille, assurément dignes l'un de l'autre, auront vu s'accomplir leur vœu le plus cher, nous croyons être en droit de
l'affirmer.

Ce n'est pas douteux, Walter Tankerdon n'a pu rester
insensible aux charmes de miss Dy Coverley. Cela date d'un
an déjà. Etant donné la situation, il n'a confié à personne le
secret de ses sentiments. Miss Dy l'a deviné, elle l'a compris,
elle a été touchée de cette discrétion. Peut-être même a-t-elle
vu clair dans son propre cœur, et ce cœur est-il prêt à
répondre à celui de Walter?... Elle n'en a rien laissé paraître,
d'ailleurs. Elle s'est tenue sur la réserve que lui commandent
sa dignité et l'éloignement que se témoignent les deux
familles.

Cependant, un observateur aurait pu remarquer que Walter et miss Dy ne prennent jamais part aux discussions qui
s'élèvent parfois dans l'hôtel de la Quinzième Avenue comme
dans celui de la Dix-neuvième. Lorsque l'intraitable Jem
Tankerdon s'abandonne à quelque fulminante diatribe contre
les Coverley, son fils courbe la tête, se tait, s'éloigne. Lorsque
Nat Coverley tempête contre les Tankerdon, sa fille baisse les
yeux, sa jolie figure pâlit, et elle essaie de changer la conversation, sans y réussir, il est vrai. Que ces deux personnages ne se
soient aperçus de rien, c'est le lot commun des pères, auxquels
la nature a mis un bandeau sur les yeux. Mais — du moins
Calistus Munbar l'affirme — Mrs Coverley et Mrs Tankerdon
n'en sont plus à ce degré d'aveuglement. Les mères n'ont pas
des yeux pour ne point voir, et cet état d'âme de leurs enfants
est un sujet de constante appréhension, puisque le seul remède
possible est inapplicable. Au fond, elles sentent bien que,
devant les inimitiés des deux rivaux, devant leur amour-
propre constamment blessé dans des questions de préséance,
aucune réconciliation, aucune union n'est admissible... Et
pourtant Walter et miss Dy s'aiment... Leurs mères n'en sont
plus à le découvrir...

Plus d'une fois, déjà, le jeune homme a été sollicité de faire un choix parmi les jeunes filles à marier de la section bâbordaise. Il en est de charmantes, parfaitement élevées, d'une situation de fortune presque égale à la sienne, et dont les familles seraient heureuses d'une pareille union. Son père l'y a engagé de façon très nette, sa mère aussi, bien qu'elle se soit montrée moins pressante. Walter a toujours refusé, donnant pour prétexte qu'il ne se sent aucune propension au mariage. Or l'ancien négociant de Chicago n'entend pas de cette oreille. Quand on possède plusieurs centaines de millions en dot, ce n'est pas pour rester célibataire. Si son fils ne trouve pas une jeune fille à son goût à Standard Island — de son monde, s'entend — eh bien! qu'il voyage, qu'il aille courir l'Amérique ou l'Europe!... Avec son nom, sa fortune, sans parler des agréments de sa personne, il n'aura que l'embarras du choix, voulût-il d'une princesse de sang impérial ou royal!... Ainsi s'exprime Jem Tankerdon. Or, chaque fois que son père l'a mis au pied du mur, Walter s'est défendu de le franchir, ce mur, pour aller chercher femme à l'étranger. Et sa mère lui ayant dit une fois:

— Mon cher enfant, y a-t-il donc ici quelque jeune fille qui te plaise?...

— Oui, ma mère! a-t-il répondu.

Et, comme Mrs Tankerdon n'a pas été jusqu'à lui demander quelle était cette jeune fille, il n'a pas cru opportun de la nommer.

Que pareille situation existe dans la famille Coverley, que l'ancien banquier de La Nouvelle-Orléans désire marier sa fille à l'un des jeunes gens qui fréquentent l'hôtel, dont les réceptions sont très à la mode, cela n'est pas douteux. Si aucun d'eux ne lui agrée, eh bien! son père et sa mère l'emmèneront à l'étranger... Ils visiteront la France, l'Italie, l'Angleterre... Miss Dy répond alors qu'elle préfère ne point quitter Milliard City... Elle se trouve bien à Standard Island... Elle ne demande qu'à y rester... M. Coverley ne laisse pas d'être assez inquiet de cette réponse, dont le véritable motif lui échappe.

D'ailleurs, Mrs Coverley n'a point posé à sa fille une question aussi directe que celle de Mrs Tankerdon à Walter, cela va de soi, et il est présumable que miss Dy n'aurait pas osé répondre avec la même franchise — même à sa mère.

Voilà où en sont les choses. Depuis qu'ils ne peuvent plus se méprendre sur la nature de leurs sentiments, si le jeune homme et la jeune fille ont quelquefois échangé un regard, ils ne se sont jamais adressé une seule parole. Se rencontrent-ils, ce n'est que dans les salons officiels, aux réceptions de Cyrus Bikerstaff, lors de quelque cérémonie à laquelle les notables milliardais ne sauraient se dispenser d'assister, ne fût-ce que pour maintenir leur rang. Or, en ces circonstances, Walter Tankerdon et miss Dy Coverley observent une complète réserve, étant sur un terrain où toute imprudence pourrait amener des conséquences fâcheuses...

Que l'on juge donc de l'effet produit après l'extraordinaire incident qui a marqué le bal du gouverneur — incident où les esprits portés à l'exagération ont voulu voir un scandale, et dont toute la ville s'est entretenue le lendemain. Quant à la cause qui l'a provoqué, rien de plus simple. Le surintendant avait invité miss Coverley à danser... il ne s'est pas trouvé là au début du quadrille — ô le malin Munbar!... Walter Tankerdon s'est présenté à sa place et la jeune fille l'a accepté pour cavalier...

Qu'à la suite de ce fait si considérable dans les mondanités de Milliard City il y ait eu des explications de part et d'autre, cela est probable, cela est même certain. M. Tankerdon a dû interroger son fils et M. Coverley sa fille à ce sujet. Mais qu'a-t-elle répondu, miss Dy?... Qu'a-t-il répondu, Walter?... Mrs Coverley et Mrs Tankerdon sont-elles intervenues, et quel a été le résultat de cette intervention?... Avec toute sa perspicacité de furet, toute sa finesse diplomatique, Calistus Munbar n'est pas parvenu à le savoir. Aussi, quand Frascolin l'interroge là-dessus, se contente-t-il de répondre par un clignement de son œil droit, ce qui ne veut rien dire, puisqu'il ne sait absolument rien. L'intéressant à noter, c'est que, depuis ce jour mémorable, lorsque Walter rencontre Mrs Coverley et miss Dy à la promenade, il s'incline respectueusement, et que la jeune fille et sa mère lui rendent son salut.

A en croire le surintendant, c'est là un pas immense, «une enjambée sur l'avenir»!

Dans la matinée du 25 novembre a lieu un fait de mer qui n'a aucun rapport avec la situation des deux prépondérantes familles de l'île à hélice.

Au lever du jour, les vigies de l'observatoire signalent plusieurs bâtiments de haut bord qui font route dans la direction du sud-ouest. Ces navires marchent en ligne, conser-

vant leurs distances. Ce ne peut être que la division d'une des
escadres du Pacifique.

Le commodore Simcoë prévient télégraphiquement le gouverneur, et celui-ci donne des ordres pour que les saluts soient
échangés avec ces navires de guerre.

Frascolin, Yvernès, Pinchinat se rendent à la tour de
l'observatoire, désireux d'assister à cet échange de politesses
internationales.

Les lunettes sont braquées sur les bâtiments, au nombre de
quatre, distants de cinq à six milles. Aucun pavillon ne bat à
leur corne et on ne peut reconnaître leur nationalité.

— Rien n'indique à quelle marine ils appartiennent? demande Frascolin à l'officier.

— Rien, répondit celui-ci, mais, à leur apparence, je croirais
volontiers que ces bâtiments sont de nationalité britannique.
Du reste, dans ces parages, on ne rencontre guère que des
divisions d'escadres anglaises, françaises ou américaines.
Quels qu'ils soient, nous serons fixés lorsqu'ils auront gagné
d'un ou deux milles.

Les navires s'approchent avec une vitesse très modérée, et,
s'ils ne changent pas leur route, ils devront passer à quelques
encablures de Standard Island.

Un certain nombre de curieux se portent à la batterie de
l'Eperon et suivent avec intérêt la marche de ces navires.

Une heure plus tard, les bâtiments sont à moins de deux
milles, des croiseurs d'ancien modèle, gréés en trois-mâts, très
supérieurs d'aspect à ces bâtiments modernes réduits à une
mâture militaire. De leurs larges cheminées s'échappent des
volutes de vapeur que la brise de l'ouest chasse jusqu'aux
extrêmes limites de l'horizon.

Lorsqu'ils ne sont plus qu'à un mille et demi, l'officier est en
mesure d'affirmer qu'ils forment la division britannique de
l'Ouest-Pacifique, dont certains archipels, ceux de Tonga, de
Samoa, de Cook, sont possédés par la Grande-Bretagne ou
placés sous son protectorat.

L'officier se tient prêt alors à faire hisser le pavillon de
Standard Island, dont l'étamine, écussonnée d'un soleil d'or,
se déploiera largement à la brise. On attend que le salut soit
fait par le vaisseau amiral de la division.

Une dizaine de minutes s'écoulent.

— Si ce sont des Anglais, observe Frascolin, ils ne mettent
guère d'empressement à être polis!

— Que veux-tu? répond Pinchinat. John Bull a généralement son chapeau vissé sur la tête, et le dévissage exige une
assez longue manipulation.

L'officier hausse les épaules.

— Ce sont bien des Anglais, dit-il. Je les connais, ils ne
salueront pas.

En effet, aucun pavillon n'est hissé à la brigantine du navire
de tête. La division passe, sans plus se soucier de l'île à hélice
que si elle n'eût pas existé. Et, d'ailleurs, de quel droit existe-
t-elle? De quel droit vient-elle encombrer ces parages du Pacifique? Pourquoi l'Angleterre lui accorderait-elle attention,
puisqu'elle n'a cessé de protester contre la fabrication de cette
énorme machine qui, au risque d'occasionner des abordages,
se déplace sur ces mers et coupe les routes maritimes?...

La division s'est éloignée comme un monsieur mal élevé qui
se refuse à reconnaître les gens sur les trottoirs de Regent
Street ou du Strand, et le pavillon de Standard Island reste au
pied de la hampe.

De quelle manière, dans la ville, dans les ports, on traite
cette hautaine Angleterre, cette perfide Albion, cette Carthage
des Temps modernes, il est aisé de l'imaginer. Résolution est
prise de ne jamais répondre à un salut britannique, s'il s'en
fait — ce qui est hors de toute supposition.

— Quelle différence avec notre escadre lors de son arrivée à
Tahiti! s'écrie Yvernès.

— C'est que les Français, réplique Frascolin, sont toujours
d'une politesse...

— *Sostenuta con espressione!* ajoute Son Altesse, en battant la mesure d'une main gracieuse.

Dans la matinée du 29 novembre, les vigies ont connaissance des premières hauteurs de l'archipel de Cook, situé par
20° de latitude sud et 160° de longitude ouest. Appelé des
noms de Mangià et d'Harvey, puis du nom de Cook, qui y
débarqua en 1770, il se compose des îles Mangia, Rarotonga,
Watim, Mittio, Hervey, Palmerston, Hagemeister, etc. Sa
population, d'origine mahorie, descendue de vingt mille à
douze mille habitants, est formée de Malais polynésiens que
les missionnaires européens convertirent au christianisme.
Ces insulaires, très soucieux de leur indépendance, ont toujours résisté à l'envahissement exogène. Ils se croient encore
les maîtres chez eux, bien qu'ils en arrivent peu à peu à subir
l'influence protectrice — on sait ce que cela veut dire — du

gouvernement de l'Australie anglaise.

La première île du groupe que l'on rencontre, c'est Mangia, la plus importante et la plus peuplée — au vrai, la capitale de l'archipel. L'itinéraire y comporte une relâche de quinze jours.

Est-ce donc en cet archipel que Pinchinat fera connaissance avec les véritables sauvages — ces sauvages à la Robinson Crusoé qu'il avait cherchés vainement aux Marquises, aux îles de la Société et de Nouka-Hiva? Sa curiosité de Parisien va-t-elle être satisfaite? Verra-t-il des cannibales absolument authentiques, ayant fait leurs preuves?...

— Mon vieux Zorn, dit-il ce jour-là à son camarade, s'il n'y a pas d'anthropophages ici, il n'y en a plus nulle part!

— Je pourrais te répondre: «Qu'est-ce que cela me fait?» réplique le hérisson du quatuor. Mais je te demanderai: «Pourquoi... nulle part?...»

— Parce qu'une île qui s'appelle «Mangia» ne peut être habitée que par des cannibales.

Et Pinchinat n'a que le temps d'esquiver le coup de poing que mérite son abominable calembredaine.

Du reste, qu'il y ait ou non des anthropophages à Mangia, Son Altesse n'aura pas la possibilité d'entrer en communication avec eux.

En effet, lorsque Standard Island est arrivée à un mille de Mangia, une pirogue, qui s'est détachée du port, se présente au pier de Tribord Harbour. Elle porte le ministre anglais, simple pasteur protestant, lequel, mieux que les chefs mangiens, exerce son agaçante tyrannie sur l'archipel. Dans cette île, mesurant trente milles de circonférence, peuplée de quatre mille habitants, soigneusement cultivée, riche en plantations de taros, en champs d'arrow-root et d'ignames, c'est ce révérend qui possède les meilleures terres. A lui la plus confortable habitation d'Ouchora, capitale de l'île, au pied d'une colline hérissée d'arbres à pain, de cocotiers, de manguiers, de bouraaux, de pimentiers, sans parler d'un jardin en fleurs, où s'épanouissent les coléas, les gardénias et les pivoines. Il est puissant par les mutoïs, ces policiers indigènes qui forment une escouade devant laquelle s'inclinent Leurs Majestés mangiennes. Cette police défend de grimper aux arbres, de chasser et de pêcher les dimanches et fêtes, de se promener après neuf heures du soir, d'acheter les objets de consommation à des prix autres que ceux d'une taxe très arbitraire, le tout sous peine d'amendes payées en piatres — la piastre valant cinq francs — et dont le plus clair va dans la poche du peu scrupuleux pasteur.

Lorsque ce gros petit homme débarque, l'officier de port s'avance à sa rencontre, et des saluts sont échangés.

— Au nom du roi et de la reine de Mangia, dit l'Anglais, je présente les compliments de Leurs Majestés à Son Excellence le gouverneur de Standard Island.

— Je suis chargé de les recevoir et de vous en remercier, monsieur le ministre, répond l'officier, en attendant que notre gouverneur aille en personne présenter ses hommages...

— Son Excellence sera la bien reçue, dit le ministre, dont la physionomie chafouine est véritablement pétrie d'astuce et d'avidité.

Puis, reprenant d'un ton doucereux:

— L'état sanitaire de Standard Island ne laisse rien a désirer, je suppose?...

— Jamais il n'a été meilleur.

— Il se pourrait, cependant, que quelques maladies épidémiques, l'influenza, le typhus, la petite vérole...

— Pas même le coryza, monsieur le ministre. Veuillez donc nous faire délivrer la patente nette, et dès que nous serons à notre poste de relâche les communications avec Mangia s'établiront dans des conditions régulières...

— C'est que... répondit le pasteur, non sans une certaine hésitation, si des maladies...

— Je vous répète qu'il n'y en a pas trace.

— Alors les habitants de Standard Island ont l'intention de débarquer...

— Oui... comme ils viennent de le faire récemment dans les autres groupes de l'Est.

— Très bien... très bien... répond le gros petit homme. Soyez sûr qu'ils seront accueillis à merveille, du moment qu'aucune épidémie...

— Aucune, vous dis-je.

— Qu'ils débarquent donc... en grand nombre... Les habitants le recevront de leur mieux, car les Mangiens sont hospitaliers... Seulement...

— Seulement?...

— Leurs Majestés, d'accord avec le Conseil des chefs, ont décidé qu'à Mangia comme dans les autres îles de l'archipel les étrangers auraient à payer une taxe d'introduction...

— Une taxe?...

— Oui... deux piastres... C'est peu de chose, vous le voyez...

deux piastres pour toute personne qui mettra le pied sur l'île.

Très évidemment, le ministre est l'auteur de cette proposition, que le roi, la reine, le Conseil des chefs se sont empressés d'accepter, et dont un fort tantième est réservé à Son Excellence. Comme dans les groupes de l'Est-Pacifique il n'avait jamais été question de semblables taxes, l'officier de port ne laisse pas d'exprimer sa surprise.

— Cela est sérieux?... demande-t-il.

— Très sérieux, affirme le ministre, et, faute du paiement de ces deux piastres, nous ne pourrions laisser personne...

— C'est bien! répond l'officier.

Puis, saluant Son Excellence, il se rend au bureau téléphonique et transmet au commodore la susdite proposition.

Ethel Simcoë se met en communication avec le gouverneur. Convient-il que l'île à hélice s'arrête devant Mangia, les prétentions des autorités mangiennes étant aussi formelles qu'injustifiées?

La réponse ne se fait pas attendre. Après en avoir conféré avec ses adjoints, Cyrus Bikerstaff refuse de se soumettre à ces taxes vexatoires. Standard Island ne relâchera ni devant Mangia ni devant aucune autre des îles de l'archipel. Le cupide pasteur en sera pour sa proposition, et les Milliardais iront, dans les parages voisins, visiter des indigènes moins rapaces et moins exigeants.

Ordre est donc envoyé aux mécaniciens de lâcher la bride à leurs millions de chevaux-vapeur, et voilà comment Pinchinat fut privé du plaisir de serrer la main à d'honorables anthropophages — s'il y en avait. Mais qu'il se console! on ne se mange plus entre soi aux îles de Cook — à regret, peut-être!

Standard Island prend direction à travers le large bras qui se prolonge jusqu'à l'agglomération des quatre îles dont le chapelet se déroule au nord. Nombre de pirogues se montrent, les unes assez finement construites et gréées, les autres simplement creusées dans un tronc d'arbre, mais montées par de hardis pêcheurs, qui s'aventurent à la poursuite des baleines, si nombreuses en ces mers.

Ces îles sont très verdoyantes, très fertiles, et l'on comprend que l'Angleterre leur ait imposé son protectorat, en attendant qu'elle les range parmi ses propriétés du Pacifique. En vue de Mangia, on a pu apercevoir ses côtes rocheuses, bordées d'un bracelet de corail, ses maisons éblouissantes de blancheur, crépies d'une chaux vive qui est extraite des formations coralligènes, ses collines tapissées de la sombre verdure des essences tropicales, et dont l'altitude ne dépasse pas deux cents mètres.

Le lendemain, le commodore Simcoë a connaissance de Rarotonga par ses hauteurs boisées jusqu'à leurs sommets. Vers le centre pointe à quinze cents mètres un volcan dont la cime émerge d'une frondaison d'épaisses futaies. Entre ces massifs se détache un édifice tout blanc, à fenêtres gothiques. C'est le temple protestant, bâti au milieu de larges forêts de mapés qui descendent jusqu'au rivage. Les arbres, de grande taille, à puissante ramure, au tronc capricieux, sont déjetés, bossués, contournés comme les vieux pommiers de la Normandie ou les vieux oliviers de la Provence.

Peut-être le révérend qui dirige les consciences rarotongiennes, de compte à demi avec le directeur de la Société allemande océanienne, entre les mains de laquelle se concentre tout le commerce de l'île, n'a-t-il pas établi des taxes d'étrangers, à l'exemple de son collègue de Mangia? Peut-être les Milliardais pourraient-ils, sans bourse délier, aller présenter leurs hommages aux deux reines qui s'y disputent la souveraineté, l'une au village d'Arognani, l'autre au village d'Avarua? Mais Cyrus Bikerstaff ne juge pas à propos d'atterrir sur cette île, et il est approuvé par le Conseil des notables, habitués à être accueillis comme des rois en voyage. En somme, perte sèche pour ces indigènes, dominés par de maladroits anglicans, car les nababs de Standard Island ont la poche bien garnie et la piastre facile.

A la fin du jour, on ne voit plus que le pic du volcan se dressant comme un style à l'horizon. Des myriades d'oiseaux de mer se sont embarqués sans permission et voltigent au-dessus de Standard Island; mais, la nuit venue, ils s'enfuient à tire-d'aile, regagnant les îlots incessamment battus de la houle au nord de l'archipel.

Alors il se tient une réunion présidée par le gouverneur, et dans laquelle est proposée une modification à l'itinéraire. Standard Island traverse des parages où l'influence anglaise est prédominante. Continuer à naviguer vers l'ouest, sur le vingtième parallèle, ainsi que cela avait été décidé, c'est faire route sur les îles Tonga, sur les îles Fidji. Or, ce qui s'est passé aux îles de Cook n'a rien de très encourageant. Ne convient-il pas plutôt de rallier la Nouvelle-Calédonie, l'archipel de Loyalty, ces possessions où le Joyau du Pacifique sera reçu avec toute l'urbanité française? Puis, après le solstice de dé-

cembre, on reviendrait franchement vers les zones équato-
riales. Il est vrai, ce serait s'écarter de ces Nouvelles-Hébrides
où l'on doit rapatrier les naufragés du ketch et leur capitaine...

Pendant cette délibération à propos d'un nouvel itinéraire,
les Malais se sont montrés en proie à une inquiétude très
explicable, puisque, si la modification est adoptée, leur rapatriement sera plus difficile. Le capitaine Sarol ne peut cacher
son désappointement, disons même sa colère, et quelqu'un
qui l'eût entendu parler à ses hommes aurait sans doute
trouvé son irritation plus que suspecte.

— Les voyez-vous, répétait-il, nous déposer aux Loyalty...
ou à la Nouvelle-Calédonie!... Et nos amis qui nous attendent
à Erromango!... Et notre plan si bien préparé aux Nouvelles-
Hébrides!... Est-ce que ce coup de fortune va nous échapper?...

Par bonheur pour ces Malais — par malheur pour Standard
Island — le projet de changer l'itinéraire n'est pas admis. Les
notables de Milliard City n'aiment point qu'il soit apporté des
modifications à leurs habitudes. La campagne sera poursuivie
telle que l'indique le programme arrêté au départ de la baie
Madeleine. Seulement, afin de remplacer la relâche de quinze
jours qui devait être faite aux îles de Cook, on décide de se
diriger vers l'archipel des Samoa, en remontant au nord-
ouest, avant de rallier le groupe des îles Tonga.

Et, lorsque cette décision est connue, les Malais ne peuvent
dissimuler leur satisfaction...

Après tout, quoi de plus naturel, et ne doivent-ils pas se
réjouir de ce que le Conseil des notables n'ait pas renoncé à
son projet de les rapatrier aux Nouvelles-Hébrides?

## II

### D'ÎLES EN ÎLES

Si l'horizon de Standard Island semble s'être rasséréné
d'un côté, depuis que les rapports sont moins tendus entre les
Tribordais et les Bâbordais, si cette amélioration est due au
sentiment que Walter Tankerdon et miss Dy Coverley éprouvent l'un pour l'autre, si, enfin, le gouverneur et le surintendant ont lieu de croire que l'avenir ne sera plus compromis par

des divisions intestines, le Joyau du Pacifique n'en est pas
moins menacé dans son existence, et il est difficile qu'il puisse
échapper à la catastrophe préparée de longue main. A mesure
que son déplacement s'effectue vers l'ouest, il s'approche des
parages où sa destruction est certaine, et l'auteur de cette
criminelle machination n'est autre que le capitaine Sarol.

En effet, ce n'est point une circonstance fortuite qui a
conduit les Malais au groupe des Sandwich. Le ketch n'a
relâché à Honolulu que pour y attendre l'arrivée de Standard
Island à l'époque de sa visite annuelle. La suivre après son
départ, naviguer dans ses eaux sans exciter les soupçons, s'y
faire recueillir comme naufragés, les siens et lui, puisqu'ils ne
peuvent y être admis comme passagers, et alors, sous prétexte d'un rapatriement, la diriger vers les Nouvelles-Hébrides, telle a bien été l'intention du capitaine Sarol.

On sait comment ce plan, dans sa première partie, a été mis
à exécution. La collision du ketch était imaginaire. Aucun
navire ne l'a abordé aux approches de l'équateur. Ce sont les
Malais qui ont eux-mêmes sabordé leur bâtiment, mais de
manière qu'il pût se maintenir à flot jusqu'au moment où
arriveraient les secours demandés par le canon de détresse et
de manière aussi qu'il fût prêt à couler lorsque l'embarcation
de Tribord Harbour aurait recueilli son équipage. Dès lors, la
collision ne serait pas suspectée, on ne contesterait pas la
qualité de naufragés à des marins dont le bâtiment viendrait
de sombrer, et il y aurait nécessité de leur donner asile.

Il est vrai, peut-être le gouverneur ne voudrait-il pas les
garder? Peut-être les règlements s'opposaient-ils que des
étrangers fussent autorisés à résider sur Standard Island?
Peut-être déciderait-on de les débarquer au plus prochain
archipel?... C'était une chance à courir, et le capitaine Sarol
l'a courue. Mais, après avis favorable de la compagnie, résolution a été prise de conserver les naufragés du ketch et de les
conduire en vue des Nouvelles-Hébrides.

Ainsi sont allées les choses. Depuis quatre mois déjà, le
capitaine Sarol et ses dix Malais séjournent en pleine liberté
sur l'île à hélice. Ils ont pu l'explorer dans toute son étendue,
en pénétrer tous les secrets, et ils n'ont rien négligé à cet
égard. Cela marche à leur gré. Un instant, ils ont dû craindre
que l'itinéraire ne fût modifié par le Conseil des notables, et
combien ils ont été inquiets — même jusqu'à risquer de se
rendre suspects! Heureusement pour leurs projets, l'itinéraire

n'a subi aucun changement. Encore trois mois, Standard Island arrivera dans les parages des Nouvelles-Hébrides, et là doit se produire une catastrophe qui n'aura jamais eu d'égale dans les sinistres maritimes.

Il est dangereux pour les navigateurs, cet archipel des Nouvelles-Hébrides, non seulement par les écueils dont sont semés ses abords, par les courants de foudre qui s'y propagent, mais aussi eu égard à la férocité native d'une partie de sa population. Depuis l'époque où Quiros le découvrit en 1706, après qu'il eut été exploré par Bougainville en 1768, et par Cook en 1773, il fut le théâtre de monstrueux massacres, et peut-être sa mauvaise réputation est-elle propre à justifier les craintes de Sébastien Zorn sur l'issue de cette campagne maritime de Standard Island. Canaques, Papous, Malais s'y mélangent aux Noirs australiens, perfides, lâches, réfractaires à toute tentative de civilisation. Quelques îles de ce groupe sont de véritables nids à forbans, et les habitants n'y vivent que de piraterie.

Le capitaine Sarol, Malais d'origine, appartient à ce type d'écumeurs, baleiniers, sandaliers, négriers, qui, ainsi que l'a observé le médecin de la marine Hagon lors de son voyage aux Nouvelles-Hébrides, infestent ces parages. Audacieux, entreprenant, habitué à courir les archipels suspects, très instruit en son métier, s'étant plus d'une fois chargé de diriger de sanglantes expéditions, ce Sarol n'en est pas à son coup d'essai, et ses hauts faits l'ont rendu célèbre sur cette portion de mer de l'Ouest-Pacifique.

Or, quelques mois avant, le capitaine Sarol et ses compagnons, ayant pour complice la population sanguinaire de l'île Erromango, l'une des Nouvelles-Hébrides, ont préparé un coup qui leur permettra, s'il réussit, d'aller vivre en honnêtes gens partout où il leur plaira. Ils connaissent de réputation cette île à hélice qui, depuis l'année précédente, se déplace entre les deux tropiques. Ils savent quelles incalculables richesses renferme cette opulente Milliard City. Mais, comme elle ne doit point s'aventurer si loin vers l'ouest, il s'agit de l'attirer en vue de cette sauvage Erromango où tout est préparé pour en assurer la complète destruction.

D'autre part, bien que renforcés des naturels des îles voisines, ces Néo-Hébridais doivent compter avec leur infériorité numérique, étant donné la population de Standard Island, sans parler des moyens de défense dont elle dispose. Aussi n'est-il point question de l'attaquer en mer, comme un simple navire de commerce, ni de lui lancer une flottille de pirogues à l'abordage. Grâce aux sentiments d'humanité que les Malais auront su exploiter, sans éveiller aucun soupçon, Standard Island ralliera les parages d'Erromango... Elle mouillera à quelques encablures... Des milliers d'indigènes l'envahiront par surprise... Ils la jetteront sur les roches... Elle s'y brisera... Elle sera livrée au pillage, aux massacres... En vérité, cette horrible machination a des chances de réussir. Pour prix de l'hospitalité qu'ils ont accordée au capitaine Sarol et à ses complices, les Milliardais marchent à une catastrophe suprême.

Le 9 décembre, le commodore Simcoë atteint le cent soixante et onzième méridien, à son intersection avec le quinzième parallèle. Entre ce méridien et le cent soixante-quinzième gît le groupe des Samoa, visité par Bougainville en 1768, par La Pérouse en 1787, par Edwards en 1791.

L'île Rose est d'abord relevée au nord-ouest — île inhabitée qui ne mérite même pas l'honneur d'une visite.

Deux jours après, on a connaissance de l'île Manoua, flanquée de deux îlots d'Olosaga et d'Ofou. Son point culminant monte à sept cent soixante mètres au-dessus du niveau de la mer. Bien qu'elle compte environ deux mille habitants, ce n'est pas la plus intéressante de l'archipel, et le gouverneur ne donne pas l'ordre d'y relâcher. Mieux vaut séjourner pendant une quinzaine de jours aux îles Tétuila, Upolu, Savaï, les plus belles de ce groupe, qui est beau entre tous. Manoua jouit pourtant d'une certaine célébrité dans les annales maritimes. En effet, c'est sur son littoral, à Ma-Oma, que périrent plusieurs des compagnons de Cook, au fond d'une baie à laquelle est resté le nom trop justifié de baie du Massacre.

Une vingtaine de lieues séparent Manoua de Tétuila, sa voisine. Standard Island s'en approche pendant la nuit du 14 au 15 décembre. Ce soir-là, le quatuor, qui se promène aux environs de la batterie de l'Éperon, a «senti» cette Tétuila, bien qu'elle soit encore à une distance de plusieurs milles. L'air est embaumé des plus délicieux parfums.

— Ce n'est pas une île, s'écrie Pinchinat, c'est le magasin de Piver... c'est l'usine de Lubin... c'est une boutique de parfumeur à la mode...

— Si Ton Altesse n'y voit pas d'inconvénient, observe Yvernès, je préfère que tu la compares à une cassolette...

— Va pour une cassolette! répond Pinchinat, qui ne veut point contrarier les envolées poétiques de son camarade.

Et, en vérité, on dirait qu'un courant d'effluves parfumés est apporté par la brise à la surface de ces eaux admirables. Ce sont les émanations de cette essence si pénétrante, à laquelle les Canaques samoans ont donné le nom de *moussooi*.

Au lever du soleil, Standard Island longe Tétuila à six encablures de sa côte nord. On dirait d'une corbeille verdoyante, ou plutôt d'un étagement de forêts qui se développent jusqu'aux dernières cimes, dont la plus élevée dépasse dix-sept cents mètres. Quelques ilots la précèdent, entre autres celui d'Anuu. Des centaines de pirogues élégantes, montées par de vigoureux indigènes demi-nus, maniant leurs avirons sur la mesure à deux-quatre d'une chanson samoane, s'empressent de faire escorte. De cinquante à soixante rameurs, ce n'est pas un chiffre exagéré pour ces longues embarcations, d'une solidité qui leur permet de fréquenter la haute mer. Nos Parisiens comprennent alors pourquoi les premiers Européens donnèrent à ces îles le nom d'archipel des Navigateurs. En somme, son véritable nom géographique est Hamoa ou, préférablement, Samoa.

Savaï, Upolu, Tétuila, échelonnées du nord-ouest au sud-est, Olosaga, Ofou, Manoua, réparties dans le sud-est, telles sont les principales îles de ce groupe d'origine volcanique. Sa superficie totale est de deux mille huit cents kilomètres carrés, et il renferme une population de trente-cinq mille six cents habitants. Il y a donc lieu de rabattre d'une moitié les recensements qui furent indiqués par les premiers explorateurs.

Observons que l'une quelconque de ces îles peut présenter des conditions climatériques aussi favorables que Standard Island. La température s'y maintient entre vingt-six et trente-quatre degrés. Juillet et août sont les mois les plus froids, et les extrêmes chaleurs s'accusent en février. Par exemple, de décembre à avril, les Samoans sont noyés sous des pluies abondantes, et c'est aussi l'époque à laquelle se déchaînent bourrasques et tempêtes, si fécondes en sinistres.

Quant au commerce, entre les mains des Anglais d'abord, puis des Américains, puis des Allemands, il peut s'élever à dix-huit cent mille francs pour l'importation et à neuf cent mille francs pour l'exportation. Il trouve ses éléments dans certains produits agricoles, le coton, dont la culture s'accroît chaque année, et le coprah, c'est-à-dire l'amande desséchée du coco.

Du reste, la population, qui est d'origine malayo-polyné-sienne, n'est mélangée que de trois centaines de Blancs et de quelques milliers de travailleurs recrutés dans les diverses îles de la Mélanésie. Depuis 1830, les missionnaires ont converti au christianisme les Samoans, qui gardent cependant cer-taines pratiques de leurs anciens rites religieux. La grande majorité des indigènes est protestante, grâce à l'influence allemande et anglaise. Néanmoins, le catholicisme y compte quelques milliers de néophytes, dont les Pères maristes s'ap-pliquent à augmenter le nombre, afin de combattre le prosé-lytisme anglo-saxon.

Standard Island s'est arrêtée au sud de l'île Tétuila, à l'ouvert de la rade de Pago-Pago. Là est le véritable port de l'île, dont la capitale est Léone, située dans la partie centrale. Il n'y a, cette fois, aucune difficulté entre le gouverneur Cyrus Bikerstaff et les autorités samoanes. La libre pratique est accordée. Ce n'est pas Tétuila, c'est Upolu qu'habite le souve-rain de l'archipel, où sont établies les résidences anglaise, américaine et allemande. On ne procède donc pas à des réceptions officielles. Un certain nombre de Samoans pro-fitent de la facilité qui leur est offerte pour visiter Milliard City et «ses environs». Quant aux Milliardais, ils sont assurés que la population du groupe leur fera bon et cordial accueil.

Le port est au fond de la baie. L'abri qu'il offre contre les vents du large est excellent, et son accès facile. Les navires de guerre y viennent souvent en relâ .

Parmi les premiers débarqués ce jour-là, on ne s'étonnera pas de rencontrer Sébastien Zorn et ses trois camarades, accompagnés du surintendant, qui veut être des leurs. Calis-tus Munbar est comme toujours de charmante et débordante humeur. Il a appris qu'une excursion jusqu'à Léone, dans des voitures attelées de chevaux néo-zélandais, est organisée entre trois ou quatre familles de notables. Or, puisque les Coverley et les Tankerdon doivent s'y trouver, peut-être se produira-t-il encore un certain rapprochement entre Walter et miss Dy, qui ne sera point pour lui déplaire.

Tout en se promenant avec le quatuor, il cause de ce grand événement; il s'anime, il s'emballe, suivant son ordinaire.

— Mes amis, répète-t-il, nous sommes en plein opéra-comi-que... Avec un heureux incident, on arrive au dénouement de la pièce... Un cheval qui s'emporte... une voiture qui verse...

— Une attaque de brigands!... dit Yvernès.

— Un massacre général des excursionnistes!... ajoute Pinchinat.

— Et cela pourrait bien arriver!... gronde le violoncelliste d'une voix funèbre, comme s'il eût tiré de lugubres sons de sa quatrième corde.

— Non, mes amis, non! s'écrie Calistus Munbar. N'allons pas jusqu'au massacre!... Il n'en faut pas tant!... Rien qu'un accident acceptable, dans lequel Walter Tankerdon serait assez heureux pour sauver la vie de miss Dy Coverley...

— Et là-dessus un peu de musique de Boieldieu ou d'Aubert! dit Pinchinat en faisant de sa main fermée le geste de tourner la manivelle d'un orgue.

— Ainsi, monsieur Munbar, répond Frascolin, vous tenez toujours à ce mariage?...

— Si j'y tiens, mon cher Frascolin! J'en rêve nuit et jour!... J'en perds ma bonne humeur! (Il n'y paraissait guère.) J'en maigris... (Cela ne se voyait pas davantage.) J'en mourrai, s'il ne se fait...

— Il se fera, monsieur le surintendant, réplique Yvernès en donnant à sa voix une sonorité prophétique, car Dieu ne voudrait pas la mort de Votre Excellence...

— Il y perdrait! répond Calistus Munbar.

Et tous se dirigent vers un cabaret indigène, où ils boivent à la santé des futurs époux quelques verres d'eau de coco en mangeant de savoureuses bananes.

Un vrai régal pour les yeux de nos Parisiens, cette population samoane, répandue le long des rues de Pago-Pago, à travers les massifs qui entourent le port. Les hommes sont d'une taille au-dessus de la moyenne, le teint d'un brun jaunâtre, la tête arrondie, la poitrine puissante, les membres solidement musclés, la physionomie douce et joviale. Peut-être montrent-ils trop de tatouages sur les bras, le torse, même sur leurs cuisses, que recouvre imparfaitement une sorte de jupe d'herbes ou de feuillage. Quant à leur chevelure, elle est noire, dit-on, lisse ou ondulée, suivant le goût du dandysme indigène. Mais, sous la couche de chaux blanche dont ils l'enduisent, elle forme perruque.

— Des sauvages Louis XV! fait observer Pinchinat. Il ne leur manque que l'habit, l'épée, la culotte, les bas, les souliers à talons rouges, le chapeau à plumes et la tabatière pour figurer aux petits levers de Versailles!

Quant aux Samoanes, femmes ou jeunes filles, aussi rudimentairement vêtues que les hommes, tatouées aux mains et à la poitrine, la tête enguirlandée de gardénias, le cou orné de colliers d'hibiscus rouge, elles justifient l'admiration dont débordent les récits des premiers navigateurs — du moins tant qu'elles sont jeunes. Très réservées, d'ailleurs, d'une pruderie un peu affectée, gracieuses et souriantes, elles enchantent le quatuor en lui souhaitant le *kalofa*, c'est-à-dire le bonjour, prononcé d'une voix douce et mélodieuse.

Une excursion, ou plutôt un pèlerinage que nos touristes ont voulu faire, et qu'ils ont exécuté le lendemain, leur a procuré l'occasion de traverser l'île d'un littoral à l'autre. Une voiture du pays les conduit sur la côte opposée, à la baie de França, dont le nom rappelle un souvenir de la France. Là, sur un monument de corail blanc, inauguré en 1884, se détache une plaque de bronze qui porte en lettres gravées les noms inoubliables du commandant de Langle, du naturaliste Lamanon et de neuf matelots — les compagnons de La Pérouse — massacrés à cette place le 11 décembre 1787.

Sébastien Zorn et ses camarades sont revenus à Pago-Pago par l'intérieur de l'île. Quels admirables massifs d'arbres enlacés de lianes, des cocotiers, des bananiers sauvages, nombre d'essences indigènes propres à l'ébénisterie! Sur la campagne s'étalent des champs de taros, de cannes à sucre, de caféiers, de cotonniers, de canneliers. Partout, des orangers, des goyaviers, des manguiers, des avocatiers et aussi des plantes grimpantes, orchidées et fougères arborescentes. Une flore étonnamment riche sort de ce sol fertile que féconde un climat humide et chaud. Pour la faune samoane, réduite à quelques oiseaux, à quelques reptiles à peu près inoffensifs, elle ne compte parmi les mammifères indigènes qu'un petit rat, seul représentant de la famille des rongeurs.

Quatre jours après, le 18 décembre, Standard Island quitte Tétuila sans que se soit produit l'«accident providentiel» tant désiré du surintendant. Mais il est visible que les rapports des deux familles ennemies continuent à se détendre.

C'est à peine si une douzaine de lieues séparent Tétuila d'Upolu. Dans la matinée du lendemain, le commodore Simcoë range successivement, à un quart de mille, les trois îlots Nun-Tua, Samusu, Salafuta, qui défendent cette île comme autant de forts détachés. Il manœuvre avec grande habileté, et dans l'après-midi vient prendre son poste de relâche devant Apia.

Upolu est la plus importante île de l'archipel avec ses seize mille habitants. C'est là que l'Allemagne, l'Amérique et l'Angleterre ont établi leurs résidents, réunis en une sorte de Conseil pour la protection des intérêts de leurs nationaux. Le souverain du groupe, lui, «règne» au milieu de sa cour de Malinuu, à l'extrémité est de la pointe Apia.

L'aspect d'Upolu est le même que celui de Tétuila; un entassement de montagnes dominé par le pic du Mont-de-la-Mission, qui constitue l'échine de l'île suivant sa longueur. Ces anciens volcans éteints sont actuellement couverts de forêts épaisses qui les enveloppent jusqu'à leur cratère. Du pied de ces montagnes, des plaines et des champs se relient à la bande alluvionnaire du littoral, où la végétation s'abandonne à toute la luxuriante fantaisie des tropiques.

Le lendemain, le gouverneur Cyrus Bikerstaff, ses deux adjoints, quelques notabilités, se font débarquer au port d'Apia. Il s'agit de faire une visite officielle aux résidents d'Allemagne, d'Angleterre et des Etats-Unis d'Amérique, cette sorte de Municipalité composite entre les mains de laquelle se concentrent les services administratifs de l'archipel.

Tandis que Cyrus Bikerstaff et sa suite se rendent chez ces résidents, Sébastien Zorn, Frascolin, Yvernès et Pinchinat, qui ont pris terre avec eux, occupent leurs loisirs à parcourir la ville.

Et, de prime abord, ils sont frappés du contraste que présentent les maisons européennes où les marchands tiennent boutique et les cases de l'ancien village canaque, où les indigènes ont obstinément gardé leur domicile. Ces habitations sont confortables, salubres, charmantes, en un mot. Disséminées sur les bords de la rivière Apia, leurs basses toitures s'abritent sous l'élégant parasol des palmiers.

Le port ne manque pas d'animation. C'est le plus fréquenté du groupe, et la Société commerciale de Hambourg y entretient une flottille qui est destinée au cabotage entre les Samoa et les îles environnantes.

Cependant, si l'influence de cette Triplice anglaise, américaine et allemande est prépondérante en cet archipel, la France est représentée par des missionnaires catholiques dont l'honorabilité, le dévouement et le zèle la tiennent en bon renom parmi la population samoane. Une véritable satisfaction, une profonde émotion même saisit nos artistes, quand ils aperçoivent la petite église de la mission, qui n'a point la sévérité puritaine des chapelles protestantes, et, un peu au-delà, sur la colline, une maison d'école dont le pavillon tricolore couronne le faîte.

Ils se dirigent de ce côté, et quelques minutes après ils sont reçus dans l'établissement français. Les maristes font aux «falanis» — ainsi les Samoans appellent-ils les étrangers — un patriotique accueil. Là résident trois pères affectés au service de la mission, qui en compte encore deux autres à Savaï et un certain nombre de religieuses installées sur les îles.

Quel plaisir de causer avec le Supérieur, d'un âge avancé déjà, qui habite les Samoa depuis nombre d'années! Il est si heureux de recevoir des compatriotes — et qui plus est des artistes de son pays! La conversation est coupée de rafraîchissantes boissons dont la mission possède la recette.

— Et, d'abord, dit le vieillard, ne pensez pas, mes chers fils, que les îles de notre archipel soient sauvages. Ce n'est pas ici que vous trouverez de ces indigènes qui pratiquent le cannibalisme...

— Nous n'en avons guère rencontré jusqu'alors, fait observer Frascolin...

— A notre grand regret! ajoute Pinchinat.

— Comment... à votre regret?...

— Excusez, mon père, cet aveu d'un curieux Parisien! C'est par amour de la couleur locale!

— Oh! fait Sébastien Zorn, nous ne sommes pas au bout de notre campagne, et peut-être en verrons-nous plus que nous ne le voudrons, de ces anthropophages réclamés par notre camarade...

— Cela est possible, répond le Supérieur. Aux approches des groupes de l'Ouest, aux Nouvelles-Hébrides, aux Salomon, les navigateurs ne doivent s'aventurer qu'avec une extrême prudence. Mais à Tahiti, aux Marquises, aux îles de la Société comme aux Samoa, la civilisation a fait des progrès remarquables. Je sais bien que les massacres des compagnons de La Pérouse ont valu aux Samoans la réputation de naturels féroces, voués aux pratiques du cannibalisme. Mais combien changés depuis, grâce à l'influence de la religion du Christ! Les indigènes de ce temps sont des gens policés, jouissant d'un gouvernement à l'européenne, avec deux chambres à l'européenne, et des révolutions...

— A l'européenne?... observe Yvernès.

— Comme vous le dites, mon cher fils, les Samoa ne sont
pas exemptes de dissensions politiques!

— On le sait à Standard Island, répond Pinchinat, car que
ne sait-on pas, mon père, en cette île bénie des dieux! Nous
croyions même tomber ici au milieu d'une guerre dynastique
entre deux familles royales...

— En effet, mes amis, il y a eu lutte entre le roi Tupua, qui
descend des anciens souverains de l'archipel, que nous soute-
nons de toute notre influence, et le roi Malietoa, l'homme des
Anglais et des Allemands. Bien du sang a été versé, surtout
dans la grande bataille de décembre 1887. Ces rois se sont vus
successivement proclamés, détrônés, et, finalement, Malietoa
a été déclaré souverain par les trois puissances, en conformité
des dispositions stipulées par la Cour de Berlin... Berlin!

Et le vieux missionnaire ne peut retenir un mouvement
convulsif, tandis que ce nom s'échappe de ses lèvres.

— Voyez-vous, dit-il, jusqu'ici l'influence des Allemands a
été dominante aux Samoa. Les neuf dixièmes des terres
cultivées sont entre leurs mains. Aux environs d'Apia, à
Suluafata, ils ont obtenu du gouvernement une concession
très importante, à proximité d'un port qui pourra servir au
ravitaillement de leurs navires de guerre. Les armes à tir
rapide ont été introduites par eux... Mais tout cela prendra
peut-être fin quelque jour...

— Au profit de la France?... demande Frascolin.

— Non... au profit du Royaume-Uni!

— Oh! fait Yvernès, Angleterre ou Allemagne...

— Non, mon cher enfant, répond le supérieur, il faut y voir
une notable différence...

— Mais le roi Malietoa?... répond Yvernès.

— Eh bien! le roi Malietoa fut une autre fois renversé, et
savez-vous quel est le prétendant qui aurait eu alors le plus de
chances à lui succéder?... Un Anglais, l'un des personnages
les plus considérables de l'archipel, un simple romancier...

— Un romancier?...

— Oui... Robert Lewis Stevenson, l'auteur de l'*Ile au Trésor*
et des *Nuits arabes*.

— Voilà donc où peut mener la littérature! s'écrie Yvernès.

— Quel exemple à suivre pour nos romanciers de France!
réplique Pinchinat. Hein! Zola Ier, ayant été souverain des

Samoans... reconnu par le Gouvernement britannique, assis
sur le trône des Tupua et des Malietoa, et sa dynastie succédant à la dynastie des souverains indigènes!... Quel rêve!

La conversation prend fin après que le Supérieur a donné
divers détails sur les mœurs des Samoans. Il ajoute que, si la
majorité appartient à la religion protestante wesleyenne, il
semble bien que le catholicisme fait chaque jour plus de
progrès. L'église de la mission est déjà trop petite pour les
offices, et l'école exige un agrandissement prochain. Il s'en
montre très heureux, et ses hôtes s'en réjouissent avec lui.

La relâche de Standard Island à l'île Upolu s'est prolongée
pendant trois jours.

Les missionnaires sont venus rendre aux artistes français la
visite qu'ils en avaient reçue. On les a promenés à travers
Milliard City et ils ont été émerveillés. Et pourquoi ne pas dire
que, dans la salle du casino, le Quatuor concertant a fait
entendre au père et à ses collègues quelques morceaux de son
répertoire? Il en a pleuré d'attendrissement, le bon vieillard,
car il adore la musique classique, et, à son grand regret, ce
n'est pas dans les festivals d'Upolu qu'il a jamais eu l'occasion
de l'entendre.

La veille du départ, Sébastien Zorn, Frascolin, Pinchinat,
Yvernès, accompagnés cette fois du professeur de grâces et de
maintien, viennent prendre congé des missionnaires maristes.
Il y a, de part et d'autre, des adieux touchants — ces adieux de
gens qui ne se sont vus que pendant quelques jours et qui ne se
reverront jamais. Le vieillard les bénit en les embrassant, et ils
se retirent profondément émus.

Le lendemain, 23 décembre, le commodore Simcoë appareille dès l'aube, et Standard Island se meut au milieu d'un
cortège de pirogues qui doivent l'escorter jusqu'à l'île voisine
de Savaï.

Cette île n'est séparée d'Upolu que par un détroit de sept à
huit lieues. Mais, le port d'Apia étant situé sur la côte
septentrionale, il est nécessaire de longer cette côte pendant
toute la journée avant d'atteindre le détroit.

D'après l'itinéraire arrêté par le gouverneur, il ne s'agit
pas de faire le tour de Savaï, mais d'évoluer entre elle et
Upolu, afin de se rabattre, par le sud-ouest, sur l'archipel des
Tonga. Il suit de là que Standard Island ne marche qu'à une
vitesse très modérée, ne voulant pas s'engager pendant la nuit

à travers cette passe que flanquent les deux petites îles d'Apo-linia et de Manono.

Le lendemain, au lever du jour, le commodore Simcoë manœuvre entre ces deux îlots, dont l'un, Apolinia, ne compte guère que deux cent cinquante habitants, et l'autre, Manono, un millier. Ces indigènes ont la réputation justifiée d'être les plus braves comme les plus honnêtes Samoans de l'archipel.

De cet endroit, on peut admirer Savaï dans toute sa splen-deur. Elle est protégée par d'inébranlables falaises de granit contre les attaques d'une mer que les ouragans, les tornades, les cyclones de la période hivernale rendent formidable. Cette Savaï est couverte d'une épaisse forêt que domine un ancien volcan, haut de douze cents mètres, meublée de villages étincelants sous le dôme des palmiers gigantesques, arrosée de cascades tumultueuses, trouée de profondes cavernes d'où s'échappent en violents échos les coups de mer de son littoral.

Et, si l'on en croit les légendes, cette île fut l'unique berceau des races polynésiennes, dont ses onze mille habitants ont conservé le type le plus pur. Elle s'appelait alors Savaïki, le fameux éden des divinités mahories.

Standard Island s'en éloigne lentement et perd de vue ses derniers sommets dans la soirée du 24 décembre.

# III

## CONCERT À LA COUR

Depuis le 21 décembre, le soleil, dans son mouvement apparent, après s'être arrêté sur le tropique du Capricorne, a recommencé sa course vers le nord, abandonnant ces parages aux intempéries de l'hiver et ramenant l'été sur l'hémisphère septentrional.

Standard Island n'est plus qu'à une dizaine de degrés de ce tropique. A descendre jusqu'aux îles de Tonga-Tabou, elle atteindra la latitude extrême fixée par l'itinéraire et reprendra sa route au nord, se maintenant ainsi dans les conditions climatériques les plus favorables. Il est vrai, elle ne pourra éviter une période d'extrêmes chaleurs, pendant que le soleil embrasera son zénith; mais ces chaleurs seront tempérées par la brise de mer, et diminueront avec l'éloignement de l'astre dont elles émanent.

Entre les Samoa et l'île principale de Tonga-Tabou, on compte huit degrés, soit neuf cents kilomètres environ. Il n'y a pas lieu de forcer la vitesse. L'île à hélice ira en flânant sur cette mer constamment belle, non moins tranquille que l'atmosphère à peine troublée d'orages rares et rapides. Il suffit d'être à Tonga-Tabou vers les premiers jours de janvier, d'y relâcher une semaine, puis de se diriger sur les Fidji. De là, Standard Island remontera du côté des Nouvelles-Hébrides, où elle déposera l'équipage malais; puis, le cap au nord-est, elle regagnera les latitudes de la baie Madeleine, et sa seconde campagne sera terminée.

La vie se continue donc à Milliard City au milieu d'un calme inaltérable. Toujours cette existence d'une grande ville d'Amérique ou d'Europe — les communications constantes avec le Nouveau-Continent par les steamers ou les câbles télégraphiques, les visites habituelles des familles, le rapprochement manifeste qui s'opère entre les deux sections rivales, les promenades, les jeux, les concerts du quatuor toujours en faveur auprès des dilettantes.

La Noël venue, le Christmas, si cher aux protestants et aux catholiques, est célébré en grande pompe au temple et à Saint Mary Church, comme dans les palais, les hôtels, les maisons du quartier commerçant. Cette solennité va mettre toute l'île en fête pendant la semaine qui commence à Noël pour finir au 1ᵉʳ janvier.

Entre-temps, les journaux de Standard Island, le *Starboard Chronicle,* le *New Herald,* ne cessent d'offrir à leurs lecteurs les récentes nouvelles de l'intérieur et de l'étranger. Et même une nouvelle, publiée simultanément par ces deux feuilles, donne lieu à nombre de commentaires.

En effet, on a pu lire dans le numéro du 26 décembre que le roi de Malécarlie s'est rendu à l'Hôtel de Ville, où le gouverneur lui a donné audience. Quel but avait cette visite de Sa Majesté... quel motif?... Des racontars de toute sorte courent la ville, et ils se fussent sans doute appuyés sur les plus invraisemblables hypothèses, si, le lendemain, les journaux n'eussent rapporté une information positive à ce sujet.

Le roi de Malécarlie a sollicité un poste à l'observatoire de Standard Island, et l'administration supérieure a immédiatement fait droit à sa demande.

— Parbleu, s'est écrié Pinchinat, il faut habiter Milliard City pour voir de ces choses-là!... Un souverain, sa lunette aux yeux, guettant les étoiles à l'horizon!...

— Un astre de la terre qui interroge ses frères du firmament!... répond Yvernès.

La nouvelle est authentique, et voici pourquoi Sa Majesté s'est trouvée dans l'obligation de solliciter cette place.

C'était un bon roi, le roi de Malécarlie, c'était une bonne reine, la princesse sa femme. Ils faisaient tout le bien que peuvent faire, dans un des Etats moyens de l'Europe, des esprits éclairés, libéraux, sans prétendre que leur dynastie, quoiqu'elle fût une des plus anciennes du Vieux-Continent, eût une origine divine. Le roi était très instruit des choses de science, très appréciateur des choses d'art, passionné pour la musique surtout. Savant et philosophe, il ne s'aveuglait guère sur l'avenir des souverainetés européennes. Aussi était-il toujours prêt à quitter son royaume, dès que son peuple ne voudrait plus de lui. N'ayant pas d'héritier direct, ce n'est point à sa famille qu'il ferait tort, quand le moment lui paraîtrait venu d'abandonner son trône et de se décoiffer de sa couronne.

Ce moment arriva, il y a trois ans. Pas de révolution, d'ailleurs, dans le royaume de Malécarlie, ou du moins pas de révolution sanglante. D'un commun accord, le contrat fut rompu entre Sa Majesté et ses sujets. Le roi redevint un homme, ses sujets devinrent des citoyens, et il partit sans plus de façon qu'un voyageur dont le ticket a été pris au chemin de fer, laissant un régime se substituer à un autre.

Vigoureux encore à soixante ans, le roi jouissait d'une constitution — meilleure peut-être que celle dont son ancien royaume essayait de se doter. Mais la santé de la reine, assez précaire, réclamait un milieu qui fût à l'abri des brusques changements de température. Or, cette presque uniformité de conditions climatériques, il était difficile de la rencontrer autre part qu'à Standard Island, du moment qu'on ne pouvait pas s'imposer la fatigue de courir après les belles saisons sous des latitudes successives. Il semblait donc que l'appareil maritime de la Standard Island Company présentait ces divers avantages, puisque les nababs les plus haut cotés des Etats-Unis en avaient fait leur ville d'adoption.

C'est pourquoi, dès que l'île à hélice eut été créée, le roi et la reine de Malécarlie résolurent d'élire domicile à Milliard City. L'autorisation leur en fut accordée, moyennant qu'ils y vivraient en simples citoyens, sans aucune distinction ni privilège. On peut être certain que Leurs Majestés ne songeaient point à vivre autrement. Un petit hôtel leur est loué dans la Trente-neuvième Avenue de la section tribordaise, entouré d'un jardin qui s'ouvre sur le grand parc. C'est là que demeurent les deux souverains, très à l'écart, ne se mêlant en aucune façon aux rivalités et intrigues des sections rivales, se contentant d'une existence modeste. Le roi s'occupe d'études astronomiques, pour lesquelles il a toujours eu un goût très prononcé. La reine, catholique sincère, mène une vie à demi claustrale, n'ayant pas même l'occasion de se consacrer à des œuvres charitables, puisque la misère est inconnue sur ce Joyau du Pacifique.

Telle est l'histoire des anciens maîtres du royaume de Malécarlie — une histoire que le surintendant a racontée à nos artistes, ajoutant que ce roi et cette reine étaient les meilleures gens qu'il fût possible de rencontrer, bien que leur fortune fût relativement très réduite.

Le quatuor, très ému devant cette déchéance royale, supportée avec tant de philosophie et de résignation, éprouve pour les souverains détrônés une respectueuse sympathie. Au lieu de se réfugier en France, cette patrie des rois en exil, Leurs Majestés ont fait choix de Standard Island, comme d'opulents personnages font choix d'une Nice ou d'une Cor-

fou pour raison de santé. Sans doute ils ne sont pas des exilés,
ils n'ont point été chassés de leur royaume, ils auraient pu y
demeurer, ils pouvaient y revenir, en ne réclamant que leurs
droits de citoyens. Mais ils n'y songent point et se trouvent
bien de cette paisible existence, en se conformant aux lois et
règlements de l'île à hélice.

Que le roi et la reine de Malécarlie ne soient pas riches, rien
de plus vrai, si on les compare à la majorité des Milliardais, et
relativement aux exigences de la vie à Milliard City. Que
voulez-vous y faire avec deux cent mille francs de rente,
quand le loyer d'un modeste hôtel en coûte cinquante mille.
Or les ex-souverains étaient déjà peu fortunés au milieu des
empereurs et des rois de l'Europe — lesquels ne font pas
grande figure eux-mêmes à côté des Gould, des Vanderbilt,
des Rothschild, des Astor, des Makay et autres dieux de la
finance. Aussi, quoique leur train ne comportât aucun luxe —
rien que le strict nécessaire — ils n'ont pas laissé d'être
gênés. Or la santé de la reine s'accommode si heureusement
de cette résidence que le roi n'a pu avoir la pensée de
l'abandonner. Alors il a voulu accroître ses revenus par son
travail, et, une place étant devenue vacante à l'observatoire —
une place dont les émoluments sont très élevés — il est allé la
demander au gouverneur. Cyrus Bikerstaff, après avoir
consulté par un câblogramme l'administration supérieure de
Madeleine Bay, a disposé de la place en faveur du souverain,
et voilà comment les journaux ont pu annoncer que le roi de
Malécarlie venait d'être nommé astronome à Standard Island.

Quelle matière à conversations en tout autre pays! Ici on en
a parlé pendant deux jours, puis on n'y pense plus. Cela paraît
tout naturel qu'un roi cherche dans le travail la possibilité de
continuer cette tranquille existence à Milliard City. C'est un
savant: on profitera de sa science. Il n'y a rien là que de très
honorable. S'il découvre quelque nouvel astre, planète, comète
ou étoile, on lui donnera son nom, qui figurera avec honneur
parmi les noms mythologiques dont fourmillent les annuaires
officiels.

En se promenant dans le parc, Sébastien Zorn, Pinchinat,
Yvernès, Frascolin se sont entretenus de cet incident. Dans la
matinée, ils ont vu le roi qui se rendait à son bureau, et ils ne
sont pas encore assez américanisés pour accepter cette situation au moins peu ordinaire. Aussi dialoguent-ils à ce sujet, et
Frascolin est-il amené à dire:

— Il paraît que si Sa Majesté n'avait pas été capable de remplir les fonctions d'astronome, elle aurait pu donner des leçons comme professeur de musique.

— Un roi courant le cachet! s'écrie Pinchinat.

— Sans doute, et au prix que ses riches élèves lui eussent payé ses leçons...

— En effet, on le dit très bon musicien, observe Yvernès.

— Je ne suis pas surpris qu'il soit fou de musique, ajoute Sébastien Zorn, puisque nous l'avons vu se tenir à la porte du casino pendant nos concerts, faute de pouvoir louer un fauteuil pour la reine et pour lui!

— Eh! les ménétriers, j'ai une idée! dit Pinchinat.

— Une idée de Son Altesse, réplique le violoncelliste, ce doit être une idée baroque!

— Baroque ou non, mon vieux Sébastien, répond Pinchinat, je suis sûr que tu l'approuveras.

— Voyons l'idée de Pinchinat, dit Frascolin.

— Ce serait d'aller donner un concert à Leurs Majestés, à elles seules, dans leur salon, et d'y jouer les plus beaux morceaux de notre répertoire.

— Eh! fait Sébastien Zorn, sais-tu qu'elle n'est pas mauvaise, ton idée!

— Parbleu! j'en ai, de ce genre-là, plein la tête, et quand je la secoue...

— Ça sonne comme un grelot! répond Yvernès.

— Mon brave Pinchinat, dit Frascolin, contentons-nous pour aujourd'hui de ta proposition. Je suis certain que nous ferons grand plaisir à ce bon roi et à cette bonne reine.

— Demain, nous écrirons pour demander une audience, dit Sébastien Zorn.

— Mieux que cela! répond Pinchinat. Ce soir même, présentons-nous à l'habitation royale avec nos instruments comme une troupe de musiciens qui viennent donner une aubade...

Tu veux dire une sérénade, réplique Yvernès, puisque ce sera à la nuit...

— Soit, premier violon sévère mais juste! Ne chicanons pas sur les mots!... Est-ce décidé?...

— C'est décidé.

Ils ont vraiment une excellente pensée. Nul doute que le roi dilettante soit très sensible à cette délicate attention des artistes français et très heureux de les entendre.

Donc, à la tombée du jour, le Quatuor concertant, chargé de trois étuis à violon et d'une boîte à violoncelle, quitte le casino et se dirige vers la Trente-neuvième Avenue, située à l'extrémité de la section tribordaise.

Très simple demeure, précédée d'une petite cour avec pelouse verdoyante. D'un côté, les communs; de l'autre, les écuries, qui ne sont point utilisées. La maison ne se compose que d'un rez-de-chaussée, auquel on accède par un perron, et d'un étage, surmonté d'une fenêtre mezzanine et d'un toit mansardé. Sur la droite et sur la gauche, deux magnifiques micocouliers ombragent le double sentier par lequel on se rend au jardin. Sous les massifs de ce jardin, qui ne mesure pas deux cents mètres superficiels, s'étend un tapis gazonné. Ne songez point à comparer ce cottage aux hôtels des Coverley, des Tankerdon et autres notables de Milliard City. C'est la retraite d'un sage, qui vit à l'écart, d'un savant, d'un philosophe. Abdolonyme s'en fût contenté en descendant du trône des rois de Sidon.

Le roi de Malécarlie a pour unique chambellan son valet de chambre, et la reine pour toute dame d'honneur sa femme de chambre. Qu'on y adjoigne une cuisinière américaine, c'est là tout le personnel attaché au service de ces souverains déchus, qui traitaient autrefois de frère à frère avec les empereurs du Vieux-Continent.

Frascolin pousse un bouton électrique. Le valet de chambre ouvre la porte de la grille.

Frascolin fait connaître le désir que ses camarades et lui, des artistes français, ont de présenter leurs hommages à Sa Majesté, et ils demandent la faveur d'être reçus.

Le domestique les prie d'entrer, ils s'arrêtent devant le perron. Presque aussitôt, le valet de chambre revient les informer que le roi les recevra avec plaisir. On les introduit dans le vestibule, où ils déposent leurs instruments, puis dans le salon, où Leurs Majestés entrent à l'instant même.

Ce fut là tout le cérémonial de cette réception.

Les artistes se sont inclinés, pleins de respect, devant le roi et la reine. La reine, très simplement vêtue d'étoffes sombres, n'est coiffée que de sa chevelure abondante, dont les boucles grises donnent un charme extrême à sa figure un peu pâle, à son regard légèrement voilé. Elle va s'asseoir sur un fauteuil, placé près de la fenêtre qui ouvre sur le jardin, au-delà duquel se dessinent les massifs du parc.

Le roi, debout, répond au salut de ses visiteurs et les invite à lui faire connaître quel motif les a conduits dans cette maison perdue à l'extrême quartier de Milliard City.

Tous quatre se sentent émus en regardant ce souverain dont la personne est empreinte d'une inexprimable dignité. Son regard est vif sous des sourcils presque noirs — le regard profond du savant. Sa barbe blanche tombe large et soyeuse sur sa poitrine. Sa physionomie, dont un charmant sourire tempère le caractère un peu sérieux, ne peut que lui assurer la sympathie des personnes qui l'approchent.

Frascolin prend la parole, et, non sans que sa voix tremble quelque peu:

— Nous remercions Votre Majesté, dit-il, d'avoir daigné recevoir des artistes qui désiraient lui offrir leurs respectueux hommages.

— La reine et moi, répond le roi, nous vous remercions, messieurs, et nous sommes touchés de votre démarche. Sur cette île, où nous espérons achever une existence si troublée, il semble que vous ayez apporté un peu de ce bon air de votre France! Messieurs, vous n'êtes point inconnus d'un homme qui, tout en s'occupant de sciences, aime passionnément la musique, cet art auquel vous devez un si beau renom dans le monde artiste. Nous connaissons les succès que vous avez obtenus en Europe, en Amérique. Ces applaudissements qui ont accueilli à Standard Island le Quatuor concertant, nous y avons pris part — d'un peu loin, il est vrai. Aussi avons-nous un regret, c'est de ne vous avoir pas encore entendus comme il convient de vous entendre.

Le roi indique des sièges à ses hôtes; puis il se place devant la cheminée, dont le marbre supporte un magnifique buste de la reine, jeune encore, par Franquetti.

Pour entrer en matière, Frascolin n'a qu'à répondre à la dernière phrase prononcée par le roi.

— Votre Majesté a raison, dit-il, et le regret qu'elle exprime n'est-il pas justifié en ce qui concerne le genre de musique dont nous sommes les interprètes? La musique de chambre, ces quatuors des maîtres de la musique classique, demandent plus d'intimité que ne comporte une nombreuse assistance. Il leur faut un peu du recueillement d'un sanctuaire...

— Oui, messieurs, dit la reine, cette musique doit être écoutée comme on écouterait quelques pages d'une harmonie céleste, et c'est bien un sanctuaire qui lui convient...

— Que le roi et la reine, dit alors Yvernès, nous permettent donc de transformer ce salon en sanctuaire pour une heure, et de nous faire entendre de Leurs Majestés seules...

Yvernès n'a pas achevé ces paroles que la physionomie des deux souverains s'est animée.

— Messieurs, répond le roi, vous voulez... vous avez eu cette pensée...

— C'est le but de notre visite...

— Ah! dit le roi, en leur tendant la main, je reconnais là des musiciens français, chez lesquels le cœur égale le talent!... Je vous remercie au nom de la reine et au mien, messieurs!... Rien... non! rien ne pouvait nous faire plus de plaisir!

Et, tandis que le valet de chambre reçoit l'ordre d'apporter les instruments et de disposer le salon pour ce concert improvisé, le roi et la reine invitent leurs hôtes à les suivre au jardin. Là, on converse, on parle de musique comme le pourraient faire des artistes dans la plus complète intimité.

Le roi s'abandonne à son enthousiasme pour cet art, en homme qui en ressent tout le charme, en comprend toutes les beautés. Il montre, jusqu'à en étonner ses auditeurs, combien il connaît ces maîtres qu'il lui sera donné d'entendre dans quelques instants... Il célèbre le génie à la fois naïf et ingénieux de Haydn... Il rappelle ce qu'un critique a dit de Mendelssohn, ce compositeur hors ligne de la musique de chambre, qui exprime ses idées dans la langue de Beethoven... Weber, quelle exquise sensibilité, quel esprit chevaleresque, qui en font un maître à part!... Beethoven, c'est le prince de la musique instrumentale... Il se révèle une âme dans ses symphonies... Les œuvres de son génie ne le cèdent ni en grandeur ni en valeur aux chefs-d'œuvre de la poésie, de la peinture, de la sculpture et de l'architecture — astre sublime qui est venu s'éteindre à son dernier coucher dans la *Symphonie avec Chœur,* où la voix des instruments se fond si intimement avec les voix humaines!

— Et pourtant, il n'avait jamais pu danser en mesure!

On l'imagine, c'est du sieur Pinchinat qu'émane cette observation des plus inopportunes.

— Oui, répond le roi en souriant, ce qui prouve, messieurs, que l'oreille n'est pas l'organe indispensable au musicien. C'est par le cœur, c'est par lui seul qu'il entend! Et Beethoven ne l'a-t-il pas prouvé dans cette incomparable symphonie dont

je vous parlais, composée alors que sa surdité ne lui permettait plus de percevoir les sons?

Après Haydn, Weber, Mendelssohn, Beethoven, c'est de
Mozart que Sa Majesté parle avec une entraînante éloquence.

— Ah! messieurs, dit-il, laissez déborder mon ravissement!
Il y a si longtemps que mon âme est empêchée de se livrer
ainsi! N'êtes-vous pas les premiers artistes dont j'aurai pu
être compris depuis mon arrivée à Standard Island?
Mozart!... Mozart!... L'un de vos compositeurs dramatiques,
le plus grand, à mon avis, de la fin du XIXᵉ siècle, lui a
consacré d'admirables pages! Je les ai lues, et rien ne les
effacera jamais de mon souvenir! Il a dit quelle aisance
apporte Mozart en faisant à chaque mot sa part spéciale de
justesse et d'intonation, sans troubler l'allure et le caractère de
la phrase musicale... Il a dit qu'à la vérité pathétique il joignait
la perfection de la beauté plastique... Mozart n'est-il pas le
seul qui ait deviné, avec une sûreté aussi constante, aussi
complète, la forme musicale de tous les sentiments, de toutes
leurs nuances de passion et de caractère, c'est-à-dire de tout
ce qui est le drame humain?... Mozart, ce n'est pas un roi —
qu'est-ce qu'un roi maintenant? ajoute Sa Majesté en secouant la tête — je dirai qu'il est un dieu, puisqu'on tolère que
Dieu existe encore!... C'est le dieu de la Musique!

Ce qu'on ne peut rendre, ce qui est inexprimable, c'est
l'ardeur avec laquelle Sa Majesté manifeste son admiration.
Et, lorsque la reine et lui sont rentrés dans le salon, lorsque les
artistes l'y ont suivi, il prend une brochure déposée sur la
table. Cette brochure, qu'il a dû lire et relire, porte ce titre:
*Don Juan, de Mozart.* Alors il l'ouvre, il en lit ces quelques
lignes, tombées de la plume du maître qui a le mieux pénétré et
le mieux aimé Mozart, l'illustre Gounod:

— O Mozart! divin Mozart! qu'il faut peu te comprendre
pour ne pas t'adorer! Toi, la vérité constante! Toi, la beauté
parfaite! Toi, le charme inépuisable! Toi, toujours profond et
toujours limpide! Toi, l'humanité complète et la simplicité de
l'enfant! Toi qui as tout ressenti, tout exprimé dans une
phrase musicale qu'on n'a jamais surpassée et qu'on ne
surpassera jamais!

Alors Sébastien Zorn et ses camarades prennent leurs
instruments et, à la lueur de l'ampoule électrique qui verse une
douce lumière sur le salon, ils jouent le premier des morceaux
dont ils ont fait choix pour ce concert.

C'est le *Deuxième Quatuor en la mineur,* op. 13, de Mendelssohn, dont le royal auditoire éprouve un plaisir infini.

A ce quatuor succède le *Troisième Quatuor en ut majeur,* op. 75, de Haydn, c'est-à-dire l'hymne autrichien, exécuté avec une incomparable maestria. Jamais exécutants n'ont été plus près de la perfection que dans l'intimité de ce sanctuaire, où nos artistes n'ont pour les entendre que deux souverains déchus!

Et lorsqu'ils ont achevé cet hymne rehaussé par le génie du compositeur, ils jouent le *Sixième Quatuor en si bémol,* op. 18, de Beethoven, cette *Malinconia* d'un caractère si triste, d'une puissance si pénétrante que les yeux de Leurs Majestés se mouillent de larmes.

Puis vient l'admirable *Fugue en ut mineur,* de Mozart, si parfaite, si dépourvue de toute recherche scolastique, si naturelle qu'elle semble couler comme une eau limpide, ou passer comme la brise à travers un léger feuillage. Enfin, c'est l'un des plus admirables quatuors du divin compositeur, le *Dixième Quatuor en ré majeur,* op. 35, qui termine cette inoubliable soirée dont les nababs de Milliard City n'ont jamais eu l'égale.

Et ce ne sont pas ces Français qui se seraient lassés à l'exécution de ces œuvres admirables, puisque le roi et la reine ne se lassent pas de les entendre.

Mais il est onze heures, et Sa Majesté leur dit:

— Nous vous remercions, messieurs, et ces remerciements viennent du plus profond de notre cœur! Grâce à la perfection de votre exécution, nous venons d'éprouver des jouissances d'art dont le souvenir ne s'effacera plus! Cela nous a fait tant de bien...

— Si le roi le désire, dit Yvernès, nous pourrions encore...

— Merci, messieurs, une dernière fois, merci! Nous ne voulons pas abuser de votre complaisance! Il est tard, et puis... cette nuit... je suis de service...

Cette expression, dans la bouche du roi, rappelle les artistes au sentiment de la réalité. Devant le souverain qui leur parle ainsi, ils se sentent presque confus... ils baissent les yeux...

— Eh oui! messieurs, reprend le roi d'un ton enjoué. Ne suis-je pas astronome de l'observatoire de Standard Island...

et, ajoute-t-il non sans quelque émotion, inspecteur des étoiles... des étoiles filantes?...

## IV

### ULTIMATUM BRITANNIQUE

Pendant cette dernière semaine de l'année, consacrée aux joies du Christmas, de nombreuses invitations sont envoyées pour des dîners, des soirées, des réceptions officielles. Un banquet, offert par le gouverneur aux principaux personnages de Milliard City, accepté par les notables bâbordais et tribordais, témoigne d'une certaine fusion entre les deux sections de la ville. Les Tankerdon et les Coverley se retrouvent à la même table. Le premier jour de l'an, il y aura échange de cartes entre l'hôtel de la Dix-neuvième Avenue et l'hôtel de la Quinzième. Walter Tankerdon reçoit même une invitation à l'un des concerts de Mrs Coverley. L'accueil que lui réserve la maîtresse de la maison paraît être de bon augure. Mais de là à former des liens plus étroits il y a loin encore, bien que Calistus Munbar, dans son emballement chronique, ne cesse de répéter à qui veut l'entendre:

— C'est fait, mes amis, c'est fait!

Cependant, l'île à hélice continue sa paisible navigation, en se dirigeant vers l'archipel de Tonga-Tabou. Rien ne semblait même devoir la troubler, lorsque dans la nuit du 30 au 31 décembre se manifeste un phénomène météorologique assez inattendu.

Entre deux et trois heures du matin, des détonations éloignées se font entendre. Les vigies ne s'en préoccupent pas plus qu'il ne convient. On ne peut supposer qu'il s'agisse là d'un combat naval, à moins que ce ne soit entre navires de ces républiques de l'Amérique méridionale qui sont fréquemment aux prises. Après tout, pourquoi s'en inquiéterait-on à Standard Island, île indépendante, en paix avec les puissances des deux mondes?

D'ailleurs, ces détonations, qui viennent des parages occidentaux du Pacifique, se prolongent jusqu'au jour et, certainement, ne sauraient être confondues avec le grondement plein et régulier d'une artillerie lointaine.

Le commodore Simcoë, avisé par un de ses officiers, est venu observer l'horizon du haut de la tour de l'observatoire. Aucune lueur ne se montre à la surface du large segment de mer qui s'étend devant ses yeux. Toutefois, le ciel ne présente pas son aspect habituel. Des reflets de flammes le colorent jusqu'au zénith. L'atmosphère paraît embrumée, bien que le temps soit beau, et le baromètre n'indique pas, par une baisse soudaine, quelque perturbation des courants de l'espace.

Au point du jour, les matineux de Milliard City ont lieu d'éprouver une étrange surprise. Non seulement les détonations ne cessent d'éclater, mais l'air se mélange d'une brume rouge et noire, sorte de poussière impalpable qui commence à tomber en pluie. On dirait une averse de molécules fuligineuses. En quelques instants, les rues de la ville, les toits des maisons sont recouverts d'une substance où se combinent les couleurs de carmin, de garance, de nacarat, de pourpre, avec des scories noirâtres.

Tous les habitants sont dehors — nous excepterons Athanase Dorémus, qui n'est jamais levé avant onze heures, après s'être couché la veille à huit. Il va de soi que le quatuor s'est jeté hors de son lit, et il s'est rendu à l'observatoire, où le commodore, ses officiers, ses astronomes, sans oublier le nouveau fonctionnaire royal, cherchent à reconnaître la nature du phénomène.

— Il est regrettable, remarque Pinchinat, que cette matière rouge ne soit pas liquide, et que ce liquide ne soit pas une pluie de Pommard ou de Château-Lafite!

— Soiffard! répond Sébastien Zorn.

Au vrai, quelle est la cause du phénomène? On a de nombreux exemples de ces pluies de poussières rouges composées de silice, d'albumine, d'oxyde de chrome et d'oxyde de fer. Au commencement du siècle, la Calabre, les Abruzzes furent inondées de ces averses où les superstitieux habitants voulaient voir des gouttes de sang, lorsque ce n'était, comme à Blancenberghe en 1819, que du chlorure de cobalt. Il y a également des transports de ces molécules de suie ou de charbon enlevées à des incendies lointains. N'a-t-on même pas vu tomber des pluies de soie, à Pernambouc en 1820, des pluies jaunes, à Orléans en 1829, et dans les Basses-Pyrénées en 1836, des pluies de pollen arraché aux sapins en fleur?

Quelle origine attribuer à cette chute de poussières, mêlées de scories, dont l'espace semble chargé et qui projette sur

Standard Island et sur la mer environnante ces grosses masses rougeâtres?

Le roi de Malécarlie émet l'opinion que ces matières doivent provenir de quelque volcan des îles de l'Ouest. Ses collègues de l'observatoire se rangent à son opinion. On ramasse plusieurs poignées de ces scories dont la température est supérieure à celle de l'air ambiant et que n'a pas refroidies leur passage à travers l'atmosphère. Une éruption de grande violence expliquerait les détonations irrégulières qui se font encore entendre. Or ces parages sont semés de cratères, les uns en activité, les autres éteints, mais susceptibles de se rallumer sous une action infratellurique, sans parler de ceux qu'une poussée géologique relève parfois du fond de l'océan et dont la puissance de projection est souvent extraordinaire.

Et, précisément, au milieu de cet archipel des Tonga que rallie Standard Island, est-ce que, quelques années auparavant, le piton Tufua n'a pas couvert une superficie de cent kilomètres de ses matières éruptives? Est-ce que, durant de longues heures, les détonations du volcan ne se propagèrent pas jusqu'à deux cents kilomètres de distance?

Et, au mois d'août de 1883, les éruptions du Krakatoa ne désolèrent-elles pas la partie des îles de Java et de Sumatra voisine du détroit de la Sonde, détruisant des villages entiers, faisant de nombreuses victimes, provoquant des tremblements de terre, souillant le sol d'une boue compacte, soulevant les eaux en remous formidables, infectant l'atmosphère de vapeurs sulfureuses, mettant les navires en perdition?...

C'est à se demander, vraiment, si l'île à hélice n'est pas menacée d'un danger de ce genre...

Le commodore Simcoë ne laisse pas d'être assez inquiet, car la navigation menace de devenir très difficile. Après l'ordre qu'il donne de modérer sa vitesse, Standard Island ne se déplace plus qu'avec une extrême lenteur.

Une certaine frayeur s'empare de la population milliardaise. Est-ce que les fâcheux pronostics de Sébastien Zorn touchant l'issue de la campagne seraient sur le point de se réaliser?...

Vers midi, l'obscurité est profonde. Les habitants ont quitté leurs maisons, qui ne résisteraient pas, si la coque métallique se soulevait sous les forces plutoniennes. Péril non moins à craindre en cas où la mer passerait par-dessus les armatures du littoral et précipiterait ses trombes d'eau sur la campagne!

Le gouverneur Cyrus Bikerstaff et le commodore Simcoë se rendent à la batterie de l'Eperon, suivis d'une partie de la population. Des officiers sont envoyés aux deux ports, avec ordre de s'y tenir en permanence. Les mécaniciens sont prêts à faire évoluer l'île à hélice, s'il devient nécessaire de fuir dans une direction opposée. Le malheur est que la navigation soit de plus en plus difficile à mesure que le ciel s'emplit d'épaisses ténèbres.

Vers trois heures du soir, on ne voit guère à dix pas de soi. Il n'y a pas trace de lumière diffuse, tant la masse des cendres absorbe les rayons solaires. Ce qui est surtout à redouter, c'est que Standard Island, surchargée par le poids des scories tombées à sa surface, ne parvienne pas à conserver sa ligne de flottaison au-dessus du niveau de l'océan.

Elle n'est pas un navire que l'on puisse alléger en jetant les marchandises à la mer, en le débarrassant de son lest!... Que faire, si ce n'est d'attendre en se fiant à la solidité de l'appareil.

Le soir arrive, ou plutôt la nuit, et encore ne peut-on le constater que par l'heure des horloges. L'obscurité est complète. Sous l'averse des scories, il est impossible de maintenir en l'air les lunes électriques, que l'on ramène au sol. Il va sans dire que l'éclairage des habitations et des rues, qui a fonctionné toute la journée, sera continué tant que se prolongera ce phénomène.

La nuit venue, cette situation ne se modifie pas. Il semble cependant que les détonations sont moins fréquentes et aussi moins violentes. Les fureurs de l'éruption tendent à diminuer, et la pluie de cendres, emportée vers le sud par une assez forte brise, commence à s'apaiser.

Les Milliardais, un peu rassurés, se décident à réintégrer leurs habitations, avec l'espoir que le lendemain Standard Island se retrouvera dans des conditions normales. Il n'y aura plus qu'à procéder à un complet et long nettoyage de l'île à hélice.

N'importe! quel triste premier jour de l'an pour le Joyau du Pacifique, et de combien peu s'en est fallu que Milliard City ait eu le sort de Pompéi ou d'Herculanum! Bien qu'elle ne soit pas située au pied d'un Vésuve, sa navigation ne l'expose-t-elle pas à rencontrer nombre de ces volcans dont sont hérissées les régions sous-marines du Pacifique?

Toutefois le gouverneur, ses adjoints et le Conseil des

notables restent en permanence à l'Hôtel de Ville. Les vigies de la tour guettent tout changement qui se produirait à l'horizon ou au zénith. Afin de maintenir sa direction vers le sud-ouest, l'île à hélice n'a cessé de marcher, mais à la vitesse de deux ou trois milles à l'heure seulement. Lorsque le jour reviendra, ou du moins dès que les ténèbres seront dissipées, elle remettra le cap sur l'archipel des Tonga. Là, sans doute, on apprendra laquelle des îles de cette portion de l'océan a été le théâtre d'une telle éruption.

Dans tous les cas, il est manifeste, avec la nuit qui s'avance, que le phénomène tend à s'amoindrir.

Vers trois heures du matin, nouvel incident, qui provoque un nouvel effroi chez les habitants de Milliard City.

Standard Island vient de recevoir un choc, dont le contrecoup s'est propagé à travers les compartiments de sa coque. Il est vrai, la secousse n'a pas eu assez de force pour provoquer l'ébranlement des habitations ou le détraquement des machines. Les hélices ne se sont pas arrêtées dans leur mouvement propulsif. Néanmoins, à n'en pas douter, il y a eu collision à l'avant.

Que s'est-il passé?... Standard Island a-t-elle heurté quelque haut-fond?... Non, puisqu'elle continue à se déplacer... A-t-elle donc donné contre un écueil?... Au milieu de cette obscurité si profonde, s'est-il produit un abordage avec un navire croisant sa route et qui n'a pu apercevoir ses feux?... De cette collision est-il résulté de graves avaries, sinon de nature à compromettre sa sécurité, du moins à nécessiter d'importantes réparations à la prochaine relâche?...

Cyrus Bikerstaff et le commodore Simcoë se transportent non sans peine, en foulant cette épaisse couche de scories et de cendres, à la batterie de l'Eperon.

Là, les douaniers leur apprennent que le choc est effectivement dû à une collision. Un navire de fort tonnage, un steamer courant de l'ouest à l'est, a été heurté par l'éperon de Standard Island. Que ce choc ait été sans gravité pour l'île à hélice, peut-être n'en a-t-il pas été de même pour le steamer?... On n'a entrevu sa masse qu'au moment de l'abordage... Des cris se sont fait entendre, mais n'ont duré que quelques instants... Le chef du poste et ses hommes, accourus à la pointe de la batterie, n'ont plus rien vu ni rien entendu... Le bâtiment a-t-il sombré sur place?... Cette hypothèse n'est, par malheur, que trop admissible.

Quant à Standard Island, on constate que cette collision ne lui a occasionné aucun dommage sérieux. Sa masse est telle qu'il lui suffirait, même à petite vitesse, de frôler un bâtiment, si puissant qu'il soit, fût-ce un cuirassé de premier rang, pour que celui-ci fût menacé de se perdre corps et biens. C'est là ce qui est arrivé, sans doute.

Quant à la nationalité de ce navire, le chef du poste croit avoir entendu des ordres jetés d'une voix rude, un de ces rugissements particuliers aux commandements de la marine anglaise. Il ne saurait cependant l'affirmer d'une façon formelle.

Cas très grave et qui peut avoir des conséquences non moins graves. Que dira le Royaume-Uni?... Un bâtiment anglais, c'est un morceau de l'Angleterre, et l'on sait que la Grande-Bretagne ne se laisse pas impunément amputer... A quelles réclamations et responsabilités Standard Island ne doit-elle pas s'attendre?...

Ainsi débute la nouvelle année. Ce jour-là, jusqu'à dix heures du matin, le commodore Simcoë n'est point en mesure d'entreprendre des recherches au large. L'espace est encore encrassé de vapeurs, bien que le vent qui fraîchit commence à dissiper la pluie de cendres. Enfin, le soleil perce les brumes de l'horizon.

Dans quel état se trouvent Milliard City, le parc, la campagne, les fabriques, les ports! Quel travail de nettoyage! Après tout, cela regarde les bureaux de la voirie. Simple question de temps et d'argent. Ni l'un ni l'autre ne manquent.

On va au plus pressé. Tout d'abord, les ingénieurs gagnent la batterie de l'Eperon, sur le côté du littoral où s'est produit l'abordage. Dommages insignifiants de ce chef. La solide coque d'acier n'a pas plus souffert que le coin qui s'enfonce dans le morceau de bois — en l'espèce, le navire abordé.

Au large, ni débris ni épaves. Du haut de la tour de l'observatoire, les plus puissantes lunettes ne laissent rien apercevoir, bien que, depuis la collision, Standard Island ne se soit pas déplacée de deux milles.

Il convient de prolonger les investigations au nom de l'humanité.

Le gouverneur confère avec le commodore Simcoë. Ordre est donné aux mécaniciens de stopper les machines et aux embarcations électriques des deux ports de prendre la mer.

Les recherches, qui s'étendent sur un rayon de cinq à six

milles, ne donnent aucun résultat. Cela n'est que trop certain, le bâtiment, crevé dans ses œuvres vives, a dû sombrer sans laisser trace de sa disparition.

Le commodore Simcoë fait alors reprendre la vitesse réglementaire. A midi, l'observation indique que Standard Island se trouve à cent cinquante milles dans le sud-ouest des Samoa.

Entre-temps, les vigies sont chargées de veiller avec un soin extrême.

Vers cinq heures du soir, on signale d'épaisses fumées qui se déroulent vers le sud-est. Ces fumées sont-elles dues aux dernières poussées du volcan, dont l'éruption a si profondément troublé ces parages? Ce n'est guère présumable, car les cartes n'indiquent ni île ni îlot à proximité. Un nouveau cratère est-il donc sorti du fond océanien?...

Non, et il est manifeste que les fumées se rapprochent de Standard Island.

Une heure après, trois bâtiments, marchant de conserve, gagnent rapidement en forçant de vapeur.

Une demi-heure plus tard, on reconnaît que ce sont des navires de guerre. A une heure de là, on ne peut avoir aucun doute sur leur nationalité. C'est la division de l'escadre britannique qui, cinq semaines auparavant, s'est refusée à saluer les couleurs de Standard Island.

A la nuit tombante, ces navires ne sont pas à quatre milles de la batterie de l'Eperon. Vont-ils passer au large et poursuivre leur route? Ce n'est pas probable, et en relevant leurs feux de position il y a lieu de reconnaître qu'ils demeurent stationnaires.

— Ces bâtiments ont sans doute l'intention de communiquer avec nous, dit le commodore Simcoë au gouverneur.

— Attendons, réplique Cyrus Bikerstaff.

Mais de quelle façon le gouverneur répondra-t-il au commandant de la division, si celui-ci vient réclamer à propos du récent abordage? Il est possible, en effet, que tel soit son dessein, et peut-être l'équipage du navire abordé a-t-il été recueilli, a-t-il pu se sauver sur ses chaloupes? Au reste, il sera temps de prendre un parti lorsqu'on saura de quoi il s'agit.

On le sait le lendemain dès la première heure.

Au soleil levant, le pavillon de contre-amiral flotte au mât d'artimon du croiseur de tête, qui se tient sous petite vapeur à deux milles de Bâbord Harbour. Une embarcation en déborde et se dirige vers le port.

Un quart d'heure après, le commodore Simcoë reçoit cette dépêche: *Le capitaine Turner, du croiseur l'*Herald, *chef d'état-major de l'amiral sir Edward Collinson demande à être conduit immédiatement près du gouverneur de Standard Island.*

Cyrus Bikerstaff, prévenu, autorise l'officier du port à laisser le débarquement s'effectuer et répond qu'il attend le capitaine Turner à l'Hôtel de Ville.

Dix minutes après, un car, mis à la disposition du chef d'état-major qui est accompagné d'un lieutenant de vaisseau, dépose ces deux personnages devant le palais municipal.

Le gouverneur les reçoit aussitôt dans le salon attenant à son cabinet.

Les salutations d'usage sont alors échangées — très raides de part et d'autre.

Puis, posément, en ponctuant ses paroles, comme s'il récitait un morceau de littérature courante, le capitaine Turner s'exprime ainsi, rien qu'en une seule et interminable phrase:

— J'ai l'honneur de porter à la connaissance de S.E. le gouverneur de Standard Island, en ce moment, par cent soixante-dix-sept degrés et treize minutes à l'est du méridien de Greenwich, et par seize degrés cinquante-quatre minutes de latitude sud, que, dans la nuit du 31 décembre au 1er janvier, le steamer *Glen,* du port de Glasgow, jaugeant trois mille cinq cents tonneaux, chargé de blé, d'indigo, de riz, de vins, cargaison de considérable valeur, a été abordé par Standard Island, appartenant à Standard Island Company limited, dont le siège social est à Madeleine Bay, Basse-Californie, Etats-Unis d'Amérique, bien que ce steamer eût ses feux réglementaires, feu blanc au mât de misaine, feux de position vert à tribord et rouge à bâbord, et que, s'étant dégagé après la collision, il a été rencontré le lendemain à trente-cinq milles du théâtre de la catastrophe, prêt à couler bas par suite d'une voie d'eau dans sa hanche de bâbord, et qu'il a effectivement sombré, après avoir pu heureusement mettre son capitaine, ses officiers et son équipage à bord du *Herald,* croiseur de première classe de Sa Majesté britannique naviguant sous le pavillon du contre-amiral sir Edward Collinson, lequel dénonce le fait à S.E. le gouverneur Cyrus Bikerstaff en lui demandant de reconnaître la responsabilité de la Standard Island Company limited, sous la garantie des habitants de ladite Standard Island envers les armateurs dudit *Glen,* dont

la valeur en coque, machines et cargaison s'élève à la somme
de douze cent mille livres sterling[1], soit six millions de dollars,
laquelle somme devra être versée entre les mains dudit amiral
sir Edward Collinson, faute de quoi il sera procédé même par
la force contre ladite Standard Island.

Rien qu'une phrase de trois cent sept mots, coupée de
virgules, sans un seul point! Mais comme elle dit tout, et
comme elle ne laisse place à aucune échappatoire! Oui ou non
le gouverneur se résout-il à admettre la réclamation faite par
sir Edward Collinson et accepte-t-il son dire touchant: 1° la
responsabilité encourue par la compagnie; 2° la valeur estima-
tive de douze cent mille livres, attribuée au steamer *Glen* de
Glasgow?

Cyrus Bikerstaff répond par les arguments d'usage en
matière de collision:

Le temps était très obscur en raison d'une éruption volcanique qui avait dû se produire dans les parages de l'Ouest. Si
le *Glen* avait ses feux, Standard Island avait les siens. De part
et d'autre, il était impossible de les apercevoir. On se trouve
donc dans le cas de force majeure. Or, d'après les règlements
maritimes, chacun doit garder ses avaries pour compte, et il
ne peut y avoir matière ni à réclamation ni à responsabilité.

Réponse du capitaine Turner:

S.E. le gouverneur aurait sans doute raison dans le cas où il
s'agirait de deux bâtiments naviguant dans des conditions
ordinaires. Si le *Glen* remplissait ces conditions, il est manifeste que Standard Island ne les remplit pas, qu'elle ne saurait
être assimilée à un navire, qu'elle constitue un danger per-
manent en mouvant son énorme masse à travers les routes
maritimes, qu'elle équivaut à une île, à un îlot, à un écueil qui
se déplacerait sans que son gisement pût être porté d'une
façon définitive sur les cartes, que l'Angleterre a toujours
protesté contre cet obstacle impossible à fixer par des relève-
ments hydrographiques, et que Standard Island doit toujours
être tenue pour responsable des accidents qui proviendront
de sa nature, etc.

Il est évident que les arguments du capitaine Turner ne
manquent pas d'une certaine logique. Au fond, Cyrus Bikerstaff en sent la justesse. Mais il ne saurait de lui-même
prendre une décision. La cause sera portée devant qui de

---

[1] Trente millions de francs.

droit, et il ne peut que donner acte à l'amiral sir Edward
Collinson de sa réclamation. Très heureusement, il n'y a pas
eu mort d'hommes...

— Très heureusement, répond le capitaine Turner, mais il y
a eu mort de navire, et des millions ont été engloutis par la
faute de Standard Island. Le gouverneur consent-il d'ores et
déjà à verser entre les mains de l'amiral sir Edward Collinson
la somme représentant la valeur attribuée au *Glen* et à sa
cargaison?

Comment le gouverneur consentirait-il à faire ce versement?... Après tout, Standard Island offre des garanties suffisantes... Elle est là pour répondre des dommages encourus,
si les tribunaux jugent qu'elle soit responsable, après exper-
tise, tant sur les causes de l'accident que sur l'importance de
la perte causée.

— C'est le dernier mot de Votre Excellence?... demande le
capitaine Turner.

— C'est mon dernier mot, répond Cyrus Bikerstaff, car je
n'ai pas qualité pour engager la responsabilité de la compagnie.

Nouveaux saluts plus raides encore, échangés entre le
gouverneur et le capitaine anglais. Départ de celui-ci par le
car, qui le ramène à Bâbord Harbour, et retour à l'*Herald* par
la chaloupe à vapeur, qui le transporte à bord du croiseur.

Lorsque la réponse de Cyrus Bikerstaff est connue du
Conseil des notables, elle reçoit son approbation pleine et
entière, et, après le Conseil, celle de toute la population de
Standard Island. On ne peut se soumettre à l'insolente et
impérieuse mise en demeure des représentants de Sa Majesté
britannique.

Cela bien établi, le commodore Simcoë donne des ordres
pour que l'île à hélice reprenne sa route à toute vitesse.

Or, si la division de l'amiral Collinson s'entête, sera-t-il
possible d'échapper à ses poursuites? Ses bâtiments n'ont-ils
pas une marche très supérieure? Et, s'il appuie sa réclamation
de quelques obus à la mélinite, sera-t-il possible de résister?
Sans doute les batteries de l'île sont capables de répondre aux
Armstrongs dont les croiseurs de la division sont armés. Mais
le champ offert au tir anglais est infiniment plus vaste... Que
deviendront les femmes, les enfants, dans l'impossibilité de
trouver un abri?... Tous les coups porteront, tandis que les
batteries de l'Eperon et de la Poupe perdront au moins

cinquante pour cent de leurs projectiles sur un but restreint et mobile!...

Il faut donc attendre ce que va décider l'amiral sir Edward Collinson.

On n'attend pas longtemps.

A neuf heures quarante-cinq, un premier coup à blanc part de la tourelle centrale du *Herald* en même temps que le pavillon du Royaume-Uni monte en tête de mât.

Sous la présidence du gouverneur et de ses adjoints, le Conseil des notables discute dans la salle des séances à l'Hôtel de Ville. Cette fois, Jem Tankerdon et Nat Coverley sont du même avis. Ces Américains, en gens pratiques, ne songent point à essayer d'une résistance qui pourrait entraîner la perte corps et biens de Standard Island.

Un second coup de canon retentit. Cette fois, un obus passe en sifflant, dirigé de manière à tomber à une demi-encablure en mer, où il éclate avec une formidable violence, en soulevant d'énormes masses d'eau.

Sur l'ordre du gouverneur, le commodore Simcoë fait amener le pavillon qui a été hissé en réponse à celui du *Herald*. Le capitaine Turner revient à Bâbord Harbour. Là, il reçoit des valeurs, signées de Cyrus Bikerstaff et endossées par les principaux notables pour une somme de douze cent mille livres.

Trois heures plus tard, les dernières fumées de la division s'effacent dans l'est, et Standard Island continue sa marche vers l'archipel des Tonga.

## V

### LE TABOU À TONGA-TABOU

— Et alors, dit Yvernès, nous relâcherons aux principales îles de Tonga-Tabou?

— Oui, mon excellent bon! répond Calistus Munbar. Vous aurez le loisir de faire connaissance avec cet archipel, que vous avez le droit d'appeler archipel d'Hapaï, et même archipel des Amis, ainsi que l'a nommé le capitaine Cook, en reconnaissance du bon accueil qu'il y avait reçu.

— Et nous y serons sans doute mieux traités que nous ne l'avons été aux îles de Cook?... demande Pinchinat.

— C'est probable.

— Est-ce que nous visiterons toutes les îles de ce groupe?... interroge Frascolin.

— Non, certes, attendu qu'on n'en compte pas moins de cent cinquante...

— Et après?... s'informe Yvernès.

— Après, nous irons aux Fidji, puis aux Nouvelles-Hébrides, puis, dès que nous aurons rapatrié les Malais, nous reviendrons à Madeleine Bay, où se terminera notre campagne.

— Standard Island doit-elle relâcher sur plusieurs points des Tonga? reprend Frascolin.

— A Vavao et à Tonga-Tabou seulement, répond le surintendant, et ce n'est point encore là que vous trouverez les vrais sauvages de vos rêves, mon cher Pinchinat!

— Décidément, il n'y en a plus, même dans l'ouest du Pacifique! réplique Son Altesse.

— Pardonnez-moi... il en existe un nombre respectable du côté des Nouvelles-Hébrides et des Salomon. Mais à Tonga les sujets du roi Georges Ier sont à peu près civilisés, et j'ajoute que ses sujettes sont charmantes. Je ne vous conseillerais point cependant d'épouser une de ces ravissantes Tongiennes.

— Pour quelle raison?...

— Parce que les mariages entre étrangers et indigènes ne passent point pour être heureux. Il y a généralement incompatibilité d'humeur!

— Bon! s'écrie Pinchinat, et ce vieux ménétrier de Zorn qui comptait se marier à Tonga-Tabou!

— Moi! riposte le violoncelliste en haussant les épaules. Ni à Tonga-Tabou ni ailleurs, entends-tu bien, mauvais plaisant!

— Décidément, notre chef d'orchestre est un sage, répond Pinchinat. Voyez-vous, mon cher Calistus — et même permettez-moi de vous appeler Eucalistus, tant vous m'inspirez de sympathie...

— Je vous le permets, Pinchinat!

— Eh bien! mon cher Eucalistus, on n'a pas raclé pendant quarante ans des cordes de violoncelle sans être devenu philosophe, et la philosophie enseigne que l'unique moyen d'être heureux en mariage c'est de n'être point marié.

Dans la matinée du 6 janvier apparaissent à l'horizon les hauteurs de Vavao, la plus importante du groupe septentrional. Ce groupe est très différent, par sa formation volcanique, des deux autres, Hapaï et Tonga-Tabou. Tous les trois sont compris entre le dix-septième et le vingt-deuxième degré sud, et le cent soixante-seizième et le cent soixante-dix-huitième degré ouest — une aire de deux mille cinq cents kilomètres carrés sur laquelle se répartissent cent cinquante îles peuplées de soixante mille habitants.

Là se promenèrent les navires de Tasman en 1643 et les navires de Cook en 1773, pendant son deuxième voyage de découverte à travers le Pacifique. Après le renversement de la dynastie des Finare-Finare et la fondation d'un Etat fédératif en 1797, une guerre civile décima la population de l'archipel. C'est l'époque où débarquèrent les missionnaires méthodistes, qui firent triompher cette ambitieuse secte de la religion anglicane. Actuellement, le roi Georges Ier est le souverain non contesté de ce royaume, sous le protectorat de l'Angleterre, en attendant que... Ces quelques points ont pour but de réserver l'avenir, tel que le fait trop souvent la protection britannique à ses protégés d'outre-mer.

La navigation est assez difficile au milieu de ce dédale d'îlots et d'îles plantés de cocotiers et qu'il est nécessaire de suivre pour atteindre Nu-Ofa, la capitale du groupe des Vavao.

Vavao est volcanique, et comme telle exposée aux tremblements de terre. Aussi s'en est-on préoccupé en élevant des habitations dont la construction ne comporte pas un seul clou. Des joncs tressés forment les murs avec des lattes de bois de cocotier, et sur des piliers ou troncs d'arbres repose une toiture ovale. Le tout est très frais et très propre. Cet ensemble attire plus particulièrement l'attention de nos artistes, postés à la batterie de l'Eperon, alors que Standard Island passe à travers les canaux bordés de villages canaques. Çà et là, quelques maisons européennes déploient les pavillons de l'Allemagne et de l'Angleterre.

Mais si cette partie de l'archipel est volcanique, ce n'est pas à l'un de ses volcans qu'il convient d'attribuer le formidable épanchement, éruption de scories et de cendres, vomi sur ces parages. Les Tongiens n'ont pas même été plongés dans des ténèbres de quarante-huit heures, les brises de l'ouest ayant chassé les nuages de matières éruptives vers l'horizon opposé. Très vraisemblablement, le cratère qui les a expectorées appartient à quelque île isolée dans l'est, à moins que ce ne soit un volcan de formation récente entre les Samoa et les Tonga.

La relâche de Standard Island à Vavao n'a duré que huit jours. Cette île mérite d'être visitée, bien que, plusieurs années auparavant, elle ait été ravagée par un terrible cyclone qui renversa la petite église des maristes français et détruisit quantité d'habitations indigènes. Néanmoins, la campagne est restée très attrayante, avec ses nombreux villages enclos de ceintures d'orangers, ses plaines fertiles, ses champs de cannes à sucre, d'ignames, ses massifs de bananiers, de mûriers, d'arbres à pain, de sandals. En fait d'animaux domestiques, rien que des porcs et des volailles. En fait d'oiseaux, rien que des pigeons par milliers et des perroquets aux joyeuses couleurs et au bruyant caquetage. En fait de reptiles, quelques serpents inoffensifs et de jolis lézards verts que l'on prendrait pour des feuilles tombées des arbres.

Le surintendant n'a point exagéré la beauté du type indigène — commun, du reste, à cette race malaise des divers archipels du Pacifique central. Des hommes superbes, hauts de taille, un peu obèses peut-être, mais d'une admirable structure et de noble attitude, regard fier, teint qui se nuance depuis le cuivre foncé jusqu'à l'olive. Des femmes gracieuses et bien proportionnées, les mains et les pieds d'une délicatesse de forme et d'une petitesse qui font commettre plus d'un péché d'envie aux Allemandes et aux Anglaises de la colonie européenne. On ne s'occupe, d'ailleurs, dans l'indigénat féminin, que de la fabrique des nattes, des paniers, des étoffes semblables à celles de Tahiti, et les doigts ne se déforment pas à ces travaux manuels. Et puis il est aisé de pouvoir *de visu* juger des perfections de la beauté tongienne. Ni l'abominable pantalon ni la ridicule robe à traîne n'ont encore été adoptés par les modes du pays. Un simple pagne ou une ceinture pour les hommes, le caraco et la jupe courte avec des ornements en fines écorces sèches pour les femmes, qui sont à la fois réservées et coquettes. Chez les deux sexes, une chevelure toujours soignée, que les jeunes filles relèvent coquettement sur leur front, et dont elles maintiennent l'édifice avec un treillis de fibres de cocotier en guise de peigne.

Et pourtant ces avantages n'ont point le don de faire revenir de ses préventions le rébarbatif Sébastien Zorn. Il ne se mariera pas plus à Vavao, à Tonga-Tabou que n'importe en quel pays de ce monde sublunaire.

C'est toujours une vive satisfaction, pour ses camarades et

lui, de débarquer sur ces archipels. Certes, Standard Island leur plaît; mais enfin, de mettre le pied en terre ferme n'est pas non plus pour leur déplaire. De vraies montagnes, de vraies campagnes, de vrais cours d'eau, cela repose des rivières factices et des littoraux artificiels. Il faut être un Calistus Munbar pour donner à son Joyau du Pacifique la supériorité sur les œuvres de la nature.

Bien que Vavao ne soit pas la résidence ordinaire du roi Georges, il possède à Nu-Ofa un palais, disons un joli cottage, qu'il habite assez fréquemment. Mais c'est sur l'île de Tonga-Tabou que s'élèvent le palais royal et les établissements des résidents anglais.

Standard Island va faire là sa dernière relâche, presque à la limite du tropique du Capricorne, point extrême qui aura été atteint par elle au cours de sa campagne à travers l'hémisphère méridional.

Après avoir quitté Vavao, les Milliardais ont joui pendant deux jours d'une navigation très variée. On ne perd de vue une île que pour en relever une autre. Toutes, présentant le même caractère volcanique, sont dues à l'action de la puissance plutonienne. Il en est à cet égard du groupe septentrional comme du groupe central des Hapaï. Les cartes hydrographiques de ces parages, établies avec une extrême précision, permettent au commodore Simcoë de s'aventurer sans danger entre les canaux de ce dédale, depuis Hapaï jusqu'à Tonga-Tabou. Du reste, les pilotes ne lui manqueraient pas, s'il avait à requérir leurs services. Nombre d'embarcations circulent le long des îles — pour la plupart des goélettes sous pavillon allemand employées au cabotage, tandis que les navires de commerce exportent le coton, le coprah, le café, le maïs, principales productions de l'archipel. Non seulement les pilotes se seraient empressés de venir, si Ethel Simcoë les eût fait demander, mais aussi les équipages de ces pirogues doubles à balanciers, réunies par une plate-forme et pouvant contenir jusqu'à deux cents hommes. Oui! des centaines d'indigènes seraient accourus au premier signal, et quelle aubaine pour peu que le prix du pilotage eût été calculé sur le tonnage de Standard Island! Deux cent cinquante-neuf millions de tonnes! Mais le commodore Simcoë, à qui tous ces parages sont familiers, n'a pas besoin de leurs bons offices. Il n'a confiance qu'en lui seul et compte sur le mérite des officiers qui exécutent ses ordres avec une absolue précision.

Tonga-Tabou est aperçue dans la matinée du 9 janvier, alors que Standard Island n'en est pas à plus de trois à quatre milles. Très basse, sa formation n'étant pas due à un effort géologique, elle n'est pas montée du fond sous-marin, comme tant d'autres îles immobilisées après être venues respirer à la surface de ces eaux. Ce sont les infusoires qui l'ont peu à peu construite en édifiant leurs étages madréporiques.

Et quel travail! Cent kilomètres de circonférence, une aire de sept à huit cents kilomètres superficiels, sur lesquels vivent vingt mille habitants!

Le commodore Simcoë s'arrête en face du port de Mao-fuga. Des rapports s'établissent immédiatement entre l'île sédentaire et l'île mouvante, une sœur de cette Latone de mythologique souvenir! Quelle différence offre cet archipel avec les Marquises, les Pomotou, l'archipel de la Société! L'influence anglaise y domine, et, soumis à cette domination, le roi Georges Iᵉʳ ne s'empressera pas de faire bon accueil à ces Milliardais d'origine américaine.

Cependant, à Maofuga, le quatuor rencontre un petit centre français. Là réside l'évêque de l'Océanie, qui faisait alors une tournée pastorale dans les divers groupes. Là s'élèvent la mission catholique, la maison des religieuses, les écoles de garçons et de filles. Inutile de dire que les Parisiens sont reçus avec cordialité par leurs compatriotes. Le Supérieur de la mission leur offre l'hospitalité, ce qui les dispense de recourir à la «maison des étrangers». Quant à leurs excursions, elles ne doivent les conduire qu'à deux autres points importants, Nakualofa, la capitale des Etats du roi Georges, et le village de Mua, dont les quatre cents habitants professent la religion catholique.

Lorsque Tasman découvrit Tonga-Tabou, il lui donna le nom d'Amsterdam — nom que ne justifieraient guère ses maisons en feuilles de pandanus et fibres de cocotier. Il est vrai, les habitations à l'européenne ne manquent point; mais le nom indigène s'approprie mieux à cette île.

Le port de Maofuga est situé sur la côte septentrionale. Si Standard Island eût pris son poste de relâche plus à l'ouest de quelques milles, Nakualofa, ses jardins royaux et son palais royal se fussent offerts aux regards. Si, au contraire, le commodore Simcoë se fût dirigé plus à l'est, il aurait trouvé une baie qui entaille assez profondément le littoral et dont le fond est occupé par le village de Mua. Il ne l'a pas fait, parce que son appareil aurait couru des risques d'échouage au milieu de ces centaines d'îlots, dont les passes ne donnent accès qu'à des navires de médiocre tonnage. L'île à hélice doit donc rester devant Maofuga pendant toute la durée de la relâche.

Si un certain nombre de Milliardais débarquent dans ce port, ils sont assez rares ceux qui songent à parcourir l'intérieur de l'île. Elle est charmante, pourtant, et mérite les louanges dont Elisée Reclus l'a comblée. Sans doute, la chaleur est très forte, l'atmosphère orageuse, quelques pluies d'une violence extrême sont de nature à calmer l'ardeur des excursionnistes, et il faut être pris de la folie du tourisme pour courir le pays. C'est néanmoins ce que font Frascolin, Pinchinat, Yvernès, car il est impossible de décider le violoncelliste à quitter sa confortable chambre du casino avant le soir, alors que la brise de mer rafraîchit les grèves de Maofuga. Le surintendant lui-même s'excuse de ne pouvoir accompagner les trois enragés.

— Je fondrais en route! leur dit-il.

— Eh bien! nous vous rapporterions en bouteille! répond Son Altesse.

Cette perspective engageante ne peut convaincre Calistus Munbar, qui préfère se conserver à l'état solide.

Très heureusement pour les Milliardais, depuis trois semaines déjà le soleil remonte vers l'hémisphère septentrional, et Standard Island saura se tenir à distance de ce foyer incandescent, de manière à conserver une température normale.

Donc, dès le lendemain, les trois amis quittent Maofuga à l'aube naissante et se dirigent vers la capitale de l'île. Certainement, il fait chaud; mais cette chaleur est supportable sous le couvert des cocotiers, des leki-leki, des toui-touis qui sont les arbres à chandelles, les cocas, dont les baies rouges et noires se forment en grappes d'éblouissantes gemmes.

Il est à peu près midi lorsque la capitale se montre dans toute sa splendide floraison — expression qui ne manque pas de justesse à cette époque de l'année. Le palais du roi semble sortir d'un gigantesque bouquet de verdure. Il existe un contraste frappant entre les cases indigènes, toutes fleuries, et les habitations, très britanniques d'aspect — citons celle qui appartient aux missionnaires protestants. Du reste, l'influence de ces ministres wesleyens a été considérable, et, après en avoir massacré un certain nombre, les Tongiens ont fini par adopter leurs croyances. Observons cependant qu'ils n'ont point entièrement renoncé aux pratiques de leur mythologie canaque. Pour eux le grand prêtre est supérieur au roi. Dans les enseignements de leur bizarre cosmogonie, les bons et les mauvais génies jouent un rôle important. Le christianisme ne déracinera pas aisément le tabou, qui est toujours en honneur, et, lorsqu'il s'agit de le rompre, cela ne se fait pas sans cérémonies expiatoires, dans lesquelles la vie humaine est quelquefois sacrifiée...

Il faut mentionner, d'après les récits des explorateurs — particulièrement M. Aylie Marin dans ses voyages de 1882 — que Nakualofa n'est encore qu'un centre à demi civilisé.

Frascolin, Pinchinat, Yvernès n'ont aucunement éprouvé le désir d'aller déposer leurs hommages aux pieds du roi Georges. Cela n'est point à prendre dans le sens métaphorique, puisque la coutume est de baiser les pieds de ce souverain. Et nos Parisiens s'en félicitent, lorsque sur la place de Nakualofa ils aperçoivent le *tui,* comme on appelle Sa Majesté, vêtu d'une sorte de chemise blanche et d'une petite jupe en étoffe du pays attachée autour de ses reins. Ce baisement des pieds eût certes compté parmi les plus désagréables souvenirs de leur voyage.

— On voit, fait observer Pinchinat, que les cours d'eau sont peu abondants dans le pays!

En effet, à Tonga-Tabou, à Vavao, comme dans les autres îles de l'archipel, l'hydrographie ne comporte ni un ruisseau ni un lagon. L'eau de pluie recueillie dans les citernes, voilà tout ce que la nature offre aux indigènes, et ce dont les sujets de Georges Ier se montrent aussi ménagers que leur souverain.

Le jour même, les trois touristes, très fatigués, sont revenus au port de Maofuga et retrouvent avec grande satisfaction leur appartement du casino. Devant l'incrédule Sébastien Zorn, ils affirment que leur excursion a été des plus intéressantes. Mais les poétiques incitations d'Yvernès ne peuvent décider le violoncelliste à se rendre le lendemain au village de Mua.

Ce voyage doit être assez long et très fatigant. On s'épargnerait aisément cette fatigue en utilisant l'une des chaloupes électriques que Cyrus Bikerstaff mettrait volontiers à la disposition des excursionnistes. Mais d'explorer l'intérieur de ce curieux pays c'est une considération de quelque valeur, et les touristes partent pédestrement pour la baie de Mua en contournant un littoral de corail que bordent des îlots où semblent s'être donné rendez-vous tous les cocotiers de l'Océanie.

L'arrivée à Mua n'a pu s'effectuer que dans l'après-midi. Il y aura donc lieu d'y coucher. Un endroit est tout indiqué pour recevoir des Français. C'est la résidence des missionnaires catholiques. Le Supérieur montre en accueillant ses hôtes une joie touchante — ce qui leur rappelle la façon dont ils ont été reçus par les maristes de Samoa. Quelle excellente soirée, quelle intéressante causerie, où il a été plutôt question de la France que de la colonie tongienne! Ces religieux ne songent pas sans quelque regret à leur terre natale si éloignée! Il est vrai, ces regrets ne sont-ils pas compensés par tout le bien qu'ils font dans ces îles? N'est-ce point une consolation de se voir respectés de ce petit monde qu'ils ont soustrait à l'influence des ministres anglicans et convertis à la foi catholique? Tel est même leur succès que les méthodistes ont dû fonder une sorte d'annexe au village de Mua, afin de pourvoir aux intérêts du prosélytisme wesleyen.

C'est avec un certain orgueil que le Supérieur fait admirer à ses hôtes les établissements de la mission, la maison qui fut construite gratuitement par les indigènes de Mua et cette jolie église, due aux architectes tongiens, que ne désavoueraient pas leurs confrères de France.

Pendant la soirée, on se promène aux environs du village, on se porte jusqu'aux anciennes tombes de Tui-Tonga, où le schiste et le corail s'entremêlent dans un art primitif et charmant. On visite même cette antique plantation de méas, banians ou figuiers monstrueux à racines entrelacées comme des serpents, et dont la circonférence dépasse parfois soixante mètres. Frascolin tient à les mesurer; puis, ayant inscrit ce chiffre sur son carnet, il le fait certifier exact par le Supérieur. Allez donc, après cela, mettre en doute l'existence d'un pareil phénomène végétal!

Bon souper, bonne nuit dans les meilleures chambres de la mission. Après quoi, bon déjeuner, bons adieux des missionnaires qui résident à Mua, et retour à Standard Island au moment où cinq heures sonnent au beffroi de l'Hôtel de Ville. Cette fois, les trois excursionnistes n'ont point à recourir aux amplifications métaphoriques pour assurer à Sébastien Zorn que ce voyage leur laissera d'inoubliables souvenirs.

Le lendemain, Cyrus Bikerstaff reçoit la visite du capitaine Sarol; voici à quel propos:

Un certain nombre de Malais — une centaine environ — avaient été recrutés aux Nouvelles-Hébrides et conduits à

Tonga-Tabou pour des travaux de défrichement — recrutement indispensable eu égard à l'indifférence, disons la paresse native, des Tongiens, qui vivent au jour le jour. Or ces traveaux étant achevés depuis peu, ces Malais attendaient l'occasion de retourner dans leur archipel. Le gouverneur voudrait-il leur permettre de prendre passage sur Standard Island? C'est cette permission que vient demander le capitaine Sarol. Dans cinq ou six semaines, on arrivera à Erromango, et le transport de ces indigènes n'aura pas été une grosse charge pour le budget municipal. Il n'eût pas été généreux de refuser à ces braves gens un service si facile à rendre. Aussi le gouverneur accorde-t-il l'autorisation — ce qui lui vaut les remerciements du capitaine Sarol et aussi ceux des maristes de Tonga-Tabou, pour lesquels ces Malais avaient été recrutés.

Qui aurait pu se douter que le capitaine Sarol s'adjoignait ainsi des complices, que ces Néo-Hébridiens lui viendraient en aide lorsqu'il en serait temps, et n'avait-il pas lieu de se féliciter de les avoir rencontrés à Tonga-Tabou, de les avoir introduits à Standard Island?...

Ce jour est le dernier que les Milliardais doivent passer dans l'archipel, le départ étant fixé au lendemain.

L'après-midi, ils vont pouvoir assister à l'une de ces fêtes mi-civiles mi-religieuses auxquelles les indigènes prennent part avec un extraordinaire entrain.

Le programme de ces fêtes, dont les Tongiens sont aussi friands que leurs congénères des Samoa et des Marquises, comprend plusieurs numéros de danses variées. Comme cela est de nature à intéresser nos Parisiens, ceux-ci se rendent à terre vers trois heures.

Le surintendant les accompagne, et cette fois Athanase Dorémus a voulu se joindre à eux. La présence d'un professeur de grâces et de maintien n'est-elle pas tout indiquée dans une cérémonie de ce genre? Sébastien Zorn s'est décidé à suivre ses camarades, plus désireux sans doute d'entendre la musique tongienne que d'assister aux ébats chorégraphiques de la population.

Quand ils arrivèrent sur la place, la fête battait son plein. La liqueur de kava, extraite de la racine desséchée du poivrier, circule dans les gourdes et s'écoule à travers les gosiers d'une centaine de danseurs, hommes et femmes, jeunes gens et jeunes filles, ces dernières coquettement ornées de leurs longs cheveux qu'elles doivent porter tels jusqu'au jour du mariage.

L'orchestre est des plus simples. Pour instruments, cette flûte nasale nommée fanghu-fanghu, plus une douzaine de nafas, qui sont des tambours sur lesquels on frappe à coups redoublés — et même en mesure, ainsi que le fait remarquer Pinchinat.

Evidemment, le «très comme il faut» Athanase Dorémus ne peut qu'éprouver le plus parfait dédain pour des danses qui ne rentrent pas dans la catégorie des quadrilles, polkas, mazurkas et valses de l'école française. Aussi ne se gêne-t-il pas de hausser les épaules, à l'encontre d'Yvernès, auquel ces danses paraissent empreintes d'une véritable originalité.

Et d'abord, exécution des danses assises, qui ne se composent que d'attitudes, de gestes de pantomime, de balancements de corps, sur un rythme lent et triste d'un étrange effet.

A ce balancement succèdent les danses debout, dans lesquelles Tongiens et Tongiennes s'abandonnent à toute la fougue de leur tempérament, figurant tantôt des passes gracieuses, tantôt reproduisant dans leurs poses les furies du guerrier courant les sentiers de la guerre.

Le quatuor regarde ce spectacle en artiste, se demandant à quel degré arriveraient ces indigènes s'ils étaient surexcités par la musique enlevante des bals parisiens.

Et alors Pinchinat — l'idée est bien de lui — fait cette proposition à ses camarades: envoyer chercher leurs instruments au casino et servir à ces ballerins et ballerines les plus enragés six-huit et les plus formidables deux-quatre des répertoires de Lecoq, d'Audran et d'Offenbach.

La proposition est acceptée, et Calistus Munbar ne doute pas que l'effet doive être prodigieux.

Une demi-heure après, les instruments ont été apportés, et le bal de commencer aussitôt.

Extrême surprise des indigènes, mais aussi extrême plaisir qu'ils témoignent d'entendre ce violoncelle et ces trois violons, maniés à plein archet, d'où s'échappe une musique ultrafrançaise.

Croyez bien qu'ils ne sont pas insensibles à de tels effets, ces indigènes, et il est prouvé jusqu'à l'évidence que ces danses caractéristiques des bals musettes sont instinctives, qu'elles s'apprennent sans maîtres — quoi qu'en puisse penser Athanase Dorémus. Tongiens et Tongiennes rivalisent dans les écarts, les déhanchements et les voltes, lorsque Sébastien Zorn, Yvernès, Frascolin et Pinchinat attaquent les rythmes endiablés d'*Orphée aux Enfers*. Le surintendant lui-même ne se possède plus, et le voilà s'abandonnant dans un quadrille échevelé aux inspirations du cavalier seul, tandis que le professeur de grâces et de maintien se voile la face devant de pareilles horreurs. Au plus fort de cette cacophonie, à laquelle se mêlent les flûtes nasales et les tambours sonores, la furie des danseurs atteint son maximum d'intensité, et l'on ne sait où cela se serait arrêté s'il ne fût survenu un incident qui mit fin à cette chorégraphie infernale.

Un Tongien — grand et fort gaillard — émerveillé des sons que tire le violoncelliste de son instrument, vient de se précipiter sur le violoncelle, l'arrache, l'emporte et s'enfuit, criant:

— Tabou... tabou!...

Ce violoncelle est taboué! On ne peut plus y toucher sans sacrilège! Les grands prêtres, le roi Georges, les dignitaires de sa cour, toute la population de l'île se soulèverait, si l'on violait cette coutume sacrée...

Sébastien Zorn ne l'entend pas ainsi. Il tient à ce chef-d'œuvre de Gand et Benardel. Aussi le voilà-t-il qui se lance sur les traces du voleur. A l'instant, ses camarades se jettent à sa suite. Les indigènes s'en mêlent. De là, débandade générale.

Mais le Tongien détale avec une telle rapidité qu'il faut renoncer à le rejoindre. En quelques minutes, il est loin... très loin!

Sébastien Zorn et les autres, n'en pouvant plus, reviennent retrouver Calistus Munbar, qui, lui, est resté époumoné. Dire que le violoncelliste est dans un état d'indescriptible fureur, ce ne serait pas suffisant. Il écume, il suffoque! Taboué ou non, qu'on lui rende son instrument! Dût Standard Island déclarer la guerre à Tonga-Tabou — et n'a-t-on pas vu des guerres éclater pour des motifs moins sérieux? — le violoncelle doit être restitué à son propriétaire.

Très heureusement, les autorités de l'île sont intervenues dans l'affaire. Une heure plus tard, on a pu saisir l'indigène et l'obliger à rapporter l'instrument. Cette restitution ne s'est pas effectuée sans peine, et le moment n'était pas éloigné où l'ultimatum du gouverneur Cyrus Bikerstaff allait, à propos d'une question de tabou, soulever peut-être les passions religieuses de tout l'archipel.

D'ailleurs, la rupture du tabou a dû s'opérer régulièrement, conformément aux cérémonies cultuelles du fata en usage dans ces circonstances. Suivant la coutume, un nombre considérable de porcs sont égorgés, cuits à l'étouffée dans un trou rempli de pierres brûlantes, de patates douces, de taros et de fruits du macoré, puis mangés à l'extrême satisfaction des estomacs tongiens.

Quant à son violoncelle, un peu détendu dans la bagarre, Sébastien Zorn n'eut plus qu'à le remettre au diapason, après avoir constaté qu'il n'avait rien perdu de ses qualités par suite des incantations indigènes.

## VI

### UNE COLLECTION DE FAUVES

En quittant Tonga-Tabou, Standard Island met le cap au nord-ouest, vers l'archipel des Fidji. Elle commence à s'éloigner du tropique à la suite du soleil, qui remonte vers l'équateur. Il n'est pas nécessaire qu'elle se hâte. Deux cents lieues seulement la séparent du groupe fidjien, et le commodore Simcoë se maintient à l'allure de promenade.

La brise est variable, mais qu'importe la brise pour ce puissant appareil marin? Si, parfois, de violents orages éclatent sur cette limite du vingt-troisième parallèle, le Joyau du Pacifique ne songe même pas à s'en inquiéter. L'électricité qui sature l'atmosphère est soutirée par les nombreuses tiges dont ses édifices et ses habitations sont armés. Quant aux pluies, même torrentielles, que lui versent ces nuages orageux, elles sont les bienvenues. Le parc et la campagne verdoient sous ces douches, rares d'ailleurs. L'existence s'écoule donc dans les conditions les plus heureuses, au milieu des fêtes, des concerts, des réceptions. A présent, les relations sont fréquentes d'une section à l'autre, et il semble que rien ne puisse désormais menacer la sécurité de l'avenir.

Cyrus Bikerstaff n'a point à se repentir d'avoir accordé le passage aux Néo-Hébridiens embarqués sur la demande du capitaine Sarol. Ces indigènes cherchent à se rendre utiles. Ils s'occupent aux travaux des champs, ainsi qu'ils le faisaient dans la campagne tongienne. Sarol et ses Malais ne les quittent guère pendant la journée, et le soir venu ils regagnent les deux ports, où la Municipalité les a répartis. Nulle plainte ne s'élève contre eux. Peut-être était-ce là une occasion de chercher à convertir ces braves gens. Ils n'ont point jusqu'alors adopté les croyances du christianisme, auquel une grande partie de la population néo-hébridienne se montre réfractaire, en dépit des efforts des missionnaires anglicans et catholiques. Le clergé de Standard Island y a bien songé, mais le gouverneur n'a voulu autoriser aucune tentative en ce genre.

Ces Néo-Hébridiens, dont l'âge varie de vingt à quarante ans, sont de taille moyenne. Plus foncés de teint que les Malais, s'ils offrent de moins beaux types que les naturels des Tonga ou des Samoa, ils paraissent doués d'une extrême endurance. Le peu d'argent qu'ils ont gagné au service des maristes de Tonga-Tabou, ils le gardent précieusement et ne songent point à le dépenser en boissons alcooliques, qui ne leur seraient vendues d'ailleurs qu'avec une extrême réserve. Au surplus, défrayés de tout, jamais, sans doute, ils n'ont été si heureux dans leur sauvage archipel.

Et, pourtant, grâce au capitaine Sarol, ces indigènes, unis à leurs compatriotes des Nouvelles-Hébrides, vont conniver à l'œuvre de destruction dont l'heure approche. C'est alors que reparaîtra toute leur férocité native. Ne sont-ils pas les descendants des massacreurs qui ont fait une si redoutable réputation aux populations de cette partie du Pacifique?

En attendant, les Milliardais vivent dans la pensée que rien ne saurait compromettre une existence où tout est si logiquement prévu, si sagement organisé. Le quatuor obtient toujours les mêmes succès. On ne se fatigue ni de l'entendre ni de l'applaudir. L'œuvre de Mozart, de Beethoven, de Haydn, de Mendelssohn y passeront en entier. Sans parler des concerts réguliers du casino, Mrs Coverley donne des soirées musicales qui sont très suivies. Le roi et la reine de Malécarlie les ont plusieurs fois honorées de leur présence. Si les Tankerdon n'ont pas encore rendu visite à l'hôtel de la Quinzième Avenue, du moins Walter est-il devenu un assidu de ses concerts. Il est impossible que son mariage avec miss Dy ne s'accomplisse pas un jour ou l'autre... On en parle ouvertement dans les salons tribordais et bâbordais... On désigne même les témoins des futurs fiancés... Il ne manque que l'autorisation des chefs de famille... Ne surgira-t-il donc pas une circonstance qui obligera Jem Tankerdon et Nat Coverley à se prononcer?...

Cette circonstance si impatiemment attendue n'a pas tardé à se produire. Mais au prix de quels dangers, et combien fut menacée la sécurité de Standard Island!

L'après-midi du 16 janvier, à peu près au centre de cette portion de mer qui sépare les Tonga des Fidji, un navire est signalé dans le sud-est. Il semble faire route sur Tribord Harbour. Ce doit être un steamer de sept à huit cents tonneaux. Aucun pavillon ne flotte à sa corne et il ne l'a pas même hissé lorsqu'il n'était plus qu'à un mille de distance.

Quelle est la nationalité de ce steamer? Les vigies de l'observatoire ne peuvent le reconnaître à sa construction. Comme il n'a point honoré d'un salut cette détestée Standard Island, il ne serait pas impossible qu'il fût anglais.

Du reste, ledit bâtiment ne cherche point à gagner l'un des ports. Il semble vouloir passer au large, et sans doute il sera bientôt hors de vue.

La nuit vient, très obscure, sans lune. Le ciel est couvert de ces nuages élevés, semblables à ces étoffes pelucheuses, impropres au rayonnement, qui absorbent toute lumière. Pas de vent. Calme absolu des eaux et de l'air. Silence profond au milieu de ces épaisses ténèbres.

Vers onze heures, changement atmosphérique. Le temps devient très orageux. L'espace est sillonné d'éclairs jusqu'au-delà de minuit, et les grondements de la foudre continuent sans qu'il tombe une goutte de pluie.

Peut-être ces grondements, dus à quelque orage lointain, ont-ils empêché les douaniers en surveillance à la batterie de la Poupe d'entendre de singuliers sifflements, d'étranges hurlements qui ont troublé cette partie du littoral. Ce ne sont ni des sifflements d'éclairs ni des hurlements de foudre. Ce phénomène, quelle qu'en ait été la cause, ne s'est produit qu'entre deux et trois heures du matin.

Le lendemain, nouvelle inquiétante qui se répand dans les quartiers excentriques de la ville. Les surveillants préposés à la garde des troupeaux en pâture sur la campagne, pris d'une soudaine panique, viennent de se disperser en toutes directions, les uns vers les ports, les autres vers la grille de Milliard City.

Fait d'une bien autre gravité, une cinquantaine de moutons ont été à demi dévorés pendant la nuit, et leurs restes sanglants gisent aux environs de la batterie de la Poupe. Quelques douzaines de vaches, de biches, de daims, dans les enclos des herbages et du parc, une vingtaine de chevaux, également, ont subi le même sort...

Nul doute que ces animaux aient été attaqués par des fauves... Quels fauves?... Des lions, des tigres, des panthères,

des hyènes?... Est-ce que cela est admissible?... Est-ce que
jamais un seul de ces redoutables carnassiers a paru sur
Standard Island?... Est-ce qu'il serait possible à ces animaux
d'y arriver par mer?... Enfin, est-ce que le Joyau du Pacifique
se trouve dans le voisinage des Indes, de l'Afrique, de la
Malaisie, dont la faune possède cette variété de bêtes féroces?...

Non! Standard Island n'est pas, non plus, à proximité de
l'embouchure de l'Amazone ni des bouches du Nil, et pourtant,
vers sept heures du matin, deux femmes, qui viennent d'être
recueillies dans le square de l'Hôtel de Ville, ont été poursui-
vies par un énorme alligator, lequel, ayant regagné les bords de
la Serpentine River, a disparu sous les eaux. En même temps,
le frétillement des herbes le long des rives indique que d'autres
sauriens s'y ébattent en ce moment.

Que l'on juge de l'effet produit par ces incroyables nouvelles! Une heure après, les vigies ont constaté que plusieurs
couples de tigres, de lions, de panthères bondissent à travers la
campagne. Plusieurs moutons, qui fuyaient du côté de la
batterie de l'Eperon, sont étranglés par deux tigres de forte
taille. De diverses directions accourent les animaux domestiques, épouvantés par les hurlements des fauves. Il en est ainsi
des gens que leurs occupations avaient appelés aux champs
dès le matin. Le premier tram pour Bâbord Harbour n'a que le
temps de se remiser dans son garage. Trois lions l'ont pour-
chassé, et il ne s'en est fallu que d'une centaine de pas qu'ils
aient pu l'atteindre.

Plus de doute, Standard Island a été envahie pendant la nuit
par une bande d'animaux féroces, et Milliard City va l'être, si
des précautions ne sont immédiatement prises.

C'est Athanase Dorémus qui a mis nos artistes au courant
de la situation. Le professeur de grâces et de maintien, sorti
plus tôt que d'habitude, n'a pas osé regagner son domicile, et il
s'est réfugié au casino, dont aucune puissance humaine ne
pourra plus l'arracher.

— Allons donc!... Vos lions et vos tigres sont des canards,
s'écrie Pinchinat, et vos alligators des poissons d'avril!

Mais il a bien fallu se rendre à l'évidence. Aussi la Municipalité a-t-elle donné l'ordre de fermer les grilles de la ville, puis
de barrer l'entrée des deux ports et des postes de douane du
littoral. En même temps, le service des trams est suspendu, et
défense est faite de s'aventurer sur le parc ou dans la cam-

pagne tant qu'on n'aura pas conjuré les dangers de cet inexplicable envahissement.

Or, au moment où les agents fermaient l'extrémité de la Unième Avenue, du côté du square de l'observatoire, voici qu'à cinquante pas de là bondit un couple de tigres, l'œil en feu, la gueule sanglante. Quelques secondes de plus et ces féroces animaux eussent franchi la grille.

Du côté de l'Hôtel de Ville, même précaution a pu être prise, et Milliard City n'a rien craindre d'une agression.

Quel événement, quelle matière à copie, que de faits divers, de chroniques pour le *Starboard Chronicle*, le *New Herald* et autres journaux de Standard Island!

En réalité, la terreur est au comble. Hôtels et maisons se sont barricadés. Les magasins du quartier commerçant ont clos leurs devantures. Pas une seule porte n'est restée ouverte. Aux fenêtres des étages supérieurs apparaissent des têtes effarées. Il n'y a plus dans les rues que les escouades de la milice sous les ordres du colonel Stewart, et des détachements de la police dirigés par leurs officiers.

Cyrus Bikerstaff, ses adjoints Barthélemy Ruge et Hubley Harcourt, accourus dès la première heure, se tiennent en permanence dans la salle de l'administration. Par les appareils téléphoniques des deux ports, des batteries et des postes du littoral, la Municipalité reçoit des nouvelles des plus inquiétantes. De ces fauves, il y en a un peu partout... des centaines à tout le moins, disent les télégrammes, où la peur a peut-être mis un zéro de trop... Ce qui est sûr, c'est qu'un certain nombre de lions, de tigres, de panthères et de caïmans courent la campagne.

Que s'est-il donc passé?... Est-ce qu'une ménagerie en rupture de cage s'est réfugiée sur Standard Island?... Mais d'où serait venue cette ménagerie?... Quel bâtiment la transportait?... Est-ce ce steamer aperçu la veille?... Si oui, qu'est devenu ce steamer?... A-t-il accosté pendant la nuit?... Est-ce que ces bêtes, après s'être échappées à la nage, ont pu prendre pied sur le littoral dans sa partie surbaissée qui sert à l'écoulement de la Serpentine river?... Enfin, est-ce que le bâtiment a sombré ensuite?... Et pourtant, aussi loin que peut s'étendre la vue des vigies, aussi loin que porte la lunette du commodore Simcoë, aucun débris ne flotte à la surface de la mer, et le déplacement de Standard Island a été presque nul depuis la veille!... En outre, si ce navire a sombré, comment son équipage n'aurait-il pas cherché refuge sur Standard Island, puisque ces carnassiers ont pu le faire?...

Le téléphone de l'Hôtel de Ville interroge les divers postes à ce sujet, et les divers postes répondent qu'il n'y a eu ni collision ni naufrage. Cela n'aurait pu tromper leur attention, bien que l'obscurité ait été profonde. Décidément, de toutes les hypothèses, celle-là est encore la moins admissible.

— Mystère... mystère!... ne cesse de répéter Yvernès.

Ses camarades et lui sont réunis au casino, où Athanase Dorémus va partager leur déjeuner du matin, lequel sera suivi, s'il le faut, du déjeuner de midi et du dîner de six heures.

— Ma foi, répond Pinchinat en grignotant son journal chocolaté qu'il trempe dans le bol fumant, ma foi, je donne ma langue aux chiens et même aux fauves... Quoi qu'il en soit, mangeons, monsieur Dorémus, en attendant d'être mangés...

— Qui sait?... réplique Sébastien Zorn. Et que ce soit par des lions, des tigres ou par des cannibales...

— J'aimerais mieux les cannibales! répond Son Altesse. Chacun son goût, n'est-ce pas?

Il rit, cet infatigable blagueur, mais le professeur de grâces et de maintien ne rit pas, et Milliard City, en proie à l'épouvante, n'a guère envie de se réjouir.

Dès huit heures du matin, le Conseil des notables, convoqué à l'Hôtel de Ville, n'a pas hésité à se rendre près du gouverneur. Il n'y a plus personne dans les avenues ni dans les rues, si ce n'est les escouades de miliciens et des agents gagnant les postes qui leur sont assignés.

Le Conseil, que préside Cyrus Bikerstaff, commence aussitôt sa délibération.

— Messieurs, dit le gouverneur, vous connaissez la cause de cette panique très justifiée qui s'est emparée de la population de Standard Island. Cette nuit, notre île a été envahie par une bande de carnassiers et de sauriens. Le plus pressé est de procéder à la destruction de cette bande, et nous y arriverons, n'en doutez pas. Mais nos administrés devront se conformer aux mesures que nous avons dû prendre. Si la circulation est encore autorisée à Milliard City, dont les portes sont fermées, elle ne doit pas l'être à travers le parc et la campagne. Donc, jusqu'à nouvel ordre, les communications seront interdites entre la ville, les deux ports, les batteries de la Poupe et de l'Eperon.

Ces mesures approuvées, le Conseil passe à la discussion

des moyens qui permettront de détruire les animaux redoutables qui infestent Standard Island.

— Nos miliciens et nos marins, reprend le gouverneur, vont organiser des battues sur les divers points de l'île. Ceux de nous qui ont été chasseurs, nous les prions de se joindre à eux, de diriger leurs mouvements, de chercher à prévenir autant que possible toute catastrophe...

— Autrefois, dit Jem Tankerdon, j'ai chassé dans l'Inde et en Amérique, et je n'en suis plus à mon coup d'essai. Je suis prêt et mon fils aîné m'accompagnera...

— Nous remercions l'honorable M. Jem Tankerdon, répond Cyrus Bikerstaff, et, pour mon compte, je l'imiterai. En même temps que les miliciens du colonel Stewart, une escouade de marins opérera sous les ordres du commodore Simcoë, et leurs rangs vous sont ouverts, messieurs!

Nat Coverley fait une proposition analogue à celle de Jem Tankerdon, et, finalement, tous ceux des notables auxquels leur âge le permet s'empressent d'offrir leur concours. Les armes à tir rapide et à longue portée ne manquent point à Milliard City. Il n'est donc pas douteux, grâce au dévouement et au courage de chacun, que Standard Island ne soit bientôt débarrassée de cette redoutable engeance. Mais, ainsi que le répète Cyrus Bikerstaff, l'essentiel est de n'avoir à regretter la mort de personne.

— Quant à ces fauves, dont nous ne pouvons estimer le nombre, ajoute-t-il, il importe qu'ils soient détruits dans un bref délai. Leur laisser le temps de s'acclimater, de se multiplier, ce serait compromettre la sécurité de notre île.

— Il est probable, fait observer un des notables, que cette bande n'est pas considérable...

— En effet, elle n'a pu venir que d'un navire qui transportait une ménagerie, répond le gouverneur, un navire expédié de l'Inde, des Philippines ou des îles de la Sonde pour le compte de quelque maison de Hambourg, où se fait spécialement le commerce de ces animaux.

Là est le principal marché des fauves, dont les prix courants atteignent douze mille francs pour les éléphants, vingt-sept mille pour les girafes, vingt-cinq mille pour les hippopotames, cinq mille pour les lions, quatre mille pour les tigres, deux mille pour les jaguars — d'assez beaux prix, on le voit, et qui tendent à s'élever, tandis qu'il y a baisse sur les serpents.

Et, à ce propos, un membre du Conseil, ayant fait observer

que la ménagerie en question possédait peut-être quelques représentants de la classe des ophidiens, le gouverneur répond qu'aucun reptile n'a encore été signalé. D'ailleurs, si des lions, des tigres, des alligators ont pu s'introduire à la nage par l'embouchure de la Serpentine, cela n'eût pas été possible à des serpents.

C'est ce que fait observer Cyrus Bikerstaff.

— Je pense donc, dit-il, que nous n'avons point à redouter la présence de boas, corals, crotales, najas, vipères et autres spécimens de l'espèce. Néanmoins, nous ferons tout ce qui sera nécessaire pour rassurer la population à ce sujet. Mais ne perdons pas de temps, messieurs, et, avant de rechercher quelle a été la cause de cet envahissement d'animaux féroces, occupons-nous de les détruire. Ils y sont, il ne faut pas qu'ils y restent.

Rien de plus sensé, rien de mieux dit, on en conviendra. Le Conseil des notables allait se séparer afin de prendre part aux battues avec l'aide des plus habiles chasseurs de Standard Island, lorsque Hubley Harcourt demande la parole pour présenter une observation.

Elle lui est donnée, et voici ce que l'honorable adjoint croit devoir dire au Conseil:

— Messieurs les notables, je ne veux pas retarder les opérations décidées. Le plus pressé, c'est de se mettre en chasse. Cependant, permettez-moi de vous communiquer une idée qui m'est venue. Peut-être offre-t-elle une explication très plausible de la présence de ces fauves sur Standard Island?

Hubley Harcourt, d'une ancienne famille française des Antilles, américanisée pendant son séjour à la Louisiane, jouit d'une extrême considération à Milliard City. C'est un esprit très sérieux, très réservé, ne s'engageant jamais à la légère, très économe de ses paroles, et on accorde grand crédit à son opinion. Aussi le gouverneur le prie-t-il de s'expliquer, et il le fait en quelques phrases d'une logique très serrée:

— Messieurs les notables, un navire a été signalé en vue de notre île dans l'après-midi d'hier. Ce navire n'a point fait connaître sa nationalité, tenant sans doute à ce qu'elle restât ignorée. Or, il n'est pas douteux, à mon avis, qu'il transportait cette cargaison de carnassiers...

— Cela est l'évidence même, répond Nat Coverley.

— Eh bien! messieurs les notables, si quelques-uns de vous pensent que l'envahissement de Standard Island est dû à un accident de mer... moi... je ne le pense pas!

— Mais alors, s'écrie Jem Tankerdon, qui croit entrevoir la lumière à travers les paroles de Hubley Harcourt, ce serait volontairement... à dessein... avec préméditation?...

— Oh! fait le Conseil.

— J'en ai la conviction, affirme l'adjoint d'une voix ferme, et cette machination n'a pu être que l'œuvre de notre éternel ennemi, de ce John Bull à qui tous les moyens sont bons contre Standard Island...

— Oh! fait encore le Conseil.

— N'ayant pas le droit d'exiger la destruction de notre île, il a voulu la rendre inhabitable. De là cette collection de lions, de jaguars, de tigres, de panthères, d'alligators que le steamer a nuitamment jetée sur notre domaine!

— Oh! fait une troisième fois le Conseil.

Mais, de dubitatif qu'il était d'abord, ce oh! est devenu affirmatif. Oui! ce doit être une vengeance de ces acharnés English, qui ne reculent devant rien quand il s'agit de maintenir leur souveraineté maritime! Oui! ce bâtiment a été affrété pour cette œuvre criminelle; puis, l'attentat commis, il a disparu! Oui! le gouvernement du Royaume-Uni n'a pas hésité à sacrifier quelques milliers de livres dans le but de rendre impossible à ses habitants le séjour de Standard Island!

Et Hubley Harcourt d'ajouter:

— Si j'ai été amené à formuler cette observation, si les soupçons que j'avais conçus se sont changés en certitude, messieurs, c'est que ma mémoire m'a rappelé un fait identique, une machination perpétrée dans des circonstances à peu près analogues, et dont les Anglais n'ont jamais pu se laver...

— Ce n'est pourtant pas l'eau qui leur manque! observe l'un des notables.

— L'eau salée ne lave pas! répond un autre.

— Pas plus que la mer n'aurait pu effacer la tache de sang sur la main de lady Macbeth! s'écrie un troisième.

Et notez que ces dignes conseillers ripostent de la sorte avant même que Hubley Harcourt leur ait appris le fait auquel il vient de faire allusion.

— Messieurs les notables, reprend-il, lorsque l'Angleterre dut abandonner les Antilles françaises à la France, elle voulut y laisser une trace de son passage, et quelle trace! Jusqu'alors, il n'y avait jamais eu un seul serpent ni à la Guadeloupe ni à la Martinique, et après le départ de la colonie anglo-saxonne cette dernière île en fut infestée. C'était la vengeance de John

Bull! Avant de déguerpir, il avait jeté des centaines de reptiles sur le domaine qui lui échappait, et depuis cette époque ces venimeuses bêtes se sont multipliées à l'infini au grand dommage des colons français!

Il est certain que cette accusation contre l'Angleterre, qui n'a jamais été démentie, rend assez plausible l'explication donnée par Hubley Harcourt. Mais est-il permis de croire que John Bull ait voulu rendre inhabitable l'île à hélice, et même avait-il tenté de le faire pour l'une des Antilles françaises?... Ni l'un ni l'autre de ces faits n'ont jamais pu être prouvés. Néanmoins, en ce qui concerne Standard Island, cela devait être tenu pour authentique par la population milliardaise.

— Eh bien! s'écrie Jem Tankerdon, si les Français ne sont pas parvenus à purger la Martinique des vipères que les Anglais y avaient mises à leur place...

Tonnerre de hourrahs et de hips à cette comparaison du fougueux personnage.

— ... Les Milliardais, eux, sauront débarrasser Standard Island des fauves que l'Angleterre a lâchés sur elle!

Nouveau tonnerre d'applaudissements, qui ne cessent que pour recommencer de plus belle, d'ailleurs, après que Jem Tankerdon a ajouté:

— A notre poste, messieurs, et n'oublions pas qu'en traquant ces lions, ces jaguars, ces tigres, ces caïmans, c'est aux English que nous donnons la chasse!

Et le Conseil se sépare.

Une heure après, lorsque les principaux journaux publient le compte rendu sténographié de cette séance, quand on sait quelles mains ennemies ont ouvert les cages de cette ménagerie flottante, lorsqu'on apprend à qui l'on doit l'envahissement de ces légions de bêtes féroces, un cri d'indignation sort de toutes les poitrines, et l'Angleterre est maudite dans ses enfants et ses petits-enfants, en attendant que son nom détesté s'efface enfin des souvenirs du monde!

# VII

### BATTUES

Il s'agit de procéder à la destruction totale des animaux qui ont envahi Standard Island. Qu'un seul couple de ces redoutables bêtes, sauriens ou carnassiers, échappe, et c'en est fait de la sécurité à venir. Ce couple se multipliera, et autant vaudrait aller vivre dans les forêts de l'Inde ou de l'Afrique. Avoir fabriqué un appareil en tôle d'acier, l'avoir lancé sur ces larges espaces du Pacifique sans qu'il ait jamais pris contact avec les côtes ou les archipels suspects, s'être imposé toutes les mesures pour qu'il soit à l'abri des épidémies comme des invasions et, soudain, en une nuit... En vérité, la Standard Island Company ne devra pas hésiter à poursuivre le Royaume-Uni devant un tribunal international et lui réclamer de formidables dommages-intérêts! Est-ce que le droit des gens n'a pas été effroyablement violé dans cette circonstance? Oui! il l'est, et si jamais la preuve est faite...

Mais, ainsi que l'a décidé le Conseil des notables, il faut aller au plus pressé.

Et tout d'abord, contrairement à ce qu'ont demandé certaines familles sous l'empire de l'épouvante, il ne peut être question que la population se réfugie sur les steamers des deux ports et fuie Standard Island. Ces navires n'y suffiraient pas, d'ailleurs.

Non! on va donner la chasse à ces animaux d'importation anglaise, on les détruira, et le Joyau du Pacifique ne tardera pas à recouvrer sa sécurité d'autrefois.

Les Milliardais se mettent à l'œuvre sans perdre un instant. Quelques-uns n'ont pas hésité à proposer des moyens extrêmes — entre autres d'introduire la mer sur l'île à hélice, de propager l'incendie à travers les massifs du parc, les plaines et les champs, de manière à noyer ou à brûler toute cette vermine. Mais dans tous les cas le moyen serait inefficace en ce qui concerne les amphibies, et mieux vaut procéder par des battues sagement organisées.

C'est ce qui est fait.

Ici, mentionnons que le capitaine Sarol, les Malais, les Néo-Hébridiens ont offert leurs services, qui sont acceptés avec empressement par le gouverneur. Ces braves gens ont voulu reconnaître ce qu'on a fait pour eux. Au fond, le capitaine Sarol craint surtout que cet incident interrompe la campagne, que les Milliardais et leurs familles veuillent abandonner Standard Island, qu'ils obligent l'administration à regagner directement la baie Madeleine, ce qui réduirait ses projets à néant.

Le quatuor se montre à la hauteur des circonstances et digne de sa nationalité. Il ne sera pas dit que quatre Français n'auront point payé de leur personne, puisqu'il y a des dangers à courir. Ils se rangent sous la direction de Calistus Munbar, lequel, à l'entendre, a vu pire que cela et hausse les épaules en signe de mépris pour ces lions, tigres, panthères et autres inoffensives bêtes! Peut-être a-t-il été dompteur, ce petit-fils de Barnum, ou tout au moins directeur de ménageries ambulantes?...

Les battues commencent dans la matinée même, et sont heureuses dès le début.

Pendant cette première journée, deux crocodiles ont eu l'imprudence de s'aventurer hors de la Serpentine, et, on le sait, les sauriens, très redoutables dans le liquide élément, le sont moins en terre ferme par la difficulté qu'ils éprouvent à se retourner. Le capitaine Sarol et ses Malais les attaquent avec courage et, non sans que l'un d'eux ait reçu une blessure, ils en débarrassent le parc.

Entre-temps, on en a signalé une dizaine encore — ce qui, sans doute, constitue la bande. Ce sont des animaux de grande taille, mesurant de quatre à cinq mètres, par conséquent fort dangereux. Comme ils se sont réfugiés sous les eaux de la rivière, des marins se tiennent prêts à leur envoyer quelques-unes de ces balles explosives qui font éclater les plus solides carapaces.

D'autre part, les escouades de chasseurs se répandent à travers la campagne. Un des lions est tué par Jem Tankerdon, lequel a eu raison de dire qu'il n'en est pas à son coup d'essai et a retrouvé son sang-froid, son adresse d'ancien chasseur du Far West. La bête est superbe — de celles qui peuvent valoir de cinq à six mille francs. Un lingot d'acier lui a traversé le cœur au moment où elle bondissait sur le groupe du quatuor, et Pinchinat affirme «qu'il a senti le vent de sa queue au passage!»

L'après-midi, lors d'une attaque dans laquelle un des miliciens est atteint d'un coup de dent à l'épaule, le gouverneur met à terre une lionne de toute beauté. Ces formidables animaux, si

John Bull a compté qu'ils feraient souche, viennent d'être arrêtés dans leur espoir de progéniture.

La journée ne s'achève pas avant qu'un couple de tigres soit tombé sous les balles du commodore Simcoë, à la tête d'un détachement de ses marins, dont l'un, grièvement blessé d'un coup de griffe, a dû être transporté à Tribord Harbour. Suivant les informations recueillies, ces terribles félins paraissent être les plus nombreux des carnassiers débarqués sur l'île à hélice.

A la nuit tombante, les fauves, après avoir été résolument poursuivis, se retirent sous les massifs, du côté de la batterie de l'Eperon, d'où l'on se propose de les débusquer dès la pointe du jour.

Du soir au matin, d'effroyables hurlements n'ont cessé de jeter la terreur parmi la population féminine et enfantine de Milliard City. Son épouvante n'est pas près de se calmer, si même elle se calme jamais. En effet, comment être assuré que Standard Island en a fini avec cette avant-garde de l'armée britannique? Aussi les récriminations contre la perfide Albion de se dérouler en un chapelet interminable dans toutes les classes milliardaises.

Au jour naissant, les battues sont reprises comme la veille. Sur l'ordre du gouverneur, conforme à l'avis du commodore Simcoë, le colonel Stewart se dispose à employer l'artillerie contre le gros de ces carnassiers, de manière à les balayer de leurs repaires. Deux pièces de canon de Tribord Harbour, de celles qui fonctionnent comme les Hotchkiss en lançant des paquets de mitraille, sont amenées du côté de la batterie de l'Eperon.

En cet endroit, les massifs de micocouliers sont traversés par la ligne du tramway, qui s'embranche vers l'observatoire. C'est à l'abri de ces arbres qu'un certain nombre de fauves ont passé la nuit. Quelques têtes de lions et de tigres, aux prunelles étincelantes, apparaissent entre les basses ramures. Les marins, les miliciens, les chasseurs dirigés par Jem et Walter Tankerdon, Nat Coverley et Hubley Harcourt prennent position sur la gauche de ces massifs, attendant la sortie des bêtes féroces que la mitraille n'aura pas tuées sur le coup.

Au signal du commodore Simcoë, les deux pièces de canon font feu simultanément. De formidables hurlements leur répondent. Il n'est pas douteux que plusieurs carnassiers aient été atteints. Les autres — une vingtaine — s'élancent et, passant

près du quatuor, sont salués d'une fusillade qui en frappe deux
mortellement. A cet instant, un énorme tigre fonce sur le
groupe, et Frascolin est heurté d'un si terrible bond qu'il va
rouler à dix pas.

Ses camarades se précipitent à son secours. On le relève
presque sans connaissance. Mais il revient assez promptement
à lui. Il n'a reçu qu'un choc... Ah! quel choc!

Entre-temps, on cherche à pourchasser les caïmans sous les
eaux de Serpentine River, et comment sera-t-on jamais certain
d'être débarrassé de ces voraces animaux? Heureusement,
l'adjoint Hubley Harcourt a l'idée de faire lever les vannes de
la rivière, et il est possible d'attaquer les sauriens dans de
meilleures conditions, non sans succès.

La seule victime à regretter est un magnifique chien appartenant à Nat Coverley. Saisi par un alligator, le pauvre animal
est coupé en deux d'un coup de mâchoires. Mais une douzaine
de ces sauriens ont succombé sous les balles des miliciens, et il
est possible que Standard Island soit définitivement délivrée de
ces redoutables amphibies.

Du reste, la journée a été bonne. Six lions, huit tigres, cinq
jaguars, neuf panthères, mâles et femelles, comptent parmi les
bêtes abattues.

Le soir venu, le quatuor, y compris Frascolin remis de sa
secousse, est venu s'attabler dans la restauration du casino.

— J'aime à croire que nous sommes au bout de nos peines,
dit Yvernès.

— A moins que cet steamer, seconde arche de Noé, répond
Pinchinat, n'ait renfermé tous les animaux de la Création...

Ce n'était pas probable, et Athanase Dorémus s'est senti
assez rassuré pour réintégrer son domicile de la Vingt-cinquième Avenue. Là, dans sa maison barricadée, il retrouve sa
vieille servante, au désespoir de penser que de son vieux maître
il ne devait plus rester que des débris informes!

Cette nuit a été assez tranquille. A peine a-t-on entendu de
lointains hurlements du côté de Bâbord Harbour. Il est à
croire que, le lendemain, en procédant à une battue générale à
travers la campagne, la destruction de ces fauves sera complète.

Les groupes de chasseurs se reforment dès le petit jour. Il va
sans dire que depuis vingt-quatre heures Standard Island est
restée stationnaire, tout le personnel de la machinerie étant
occupé à l'œuvre commune.

Les escouades, comprenant chacune une vingtaine d'hommes armés de fusils à tir rapide, ont ordre de parcourir toute l'île. Le colonel Stewart n'a pas jugé utile d'employer les pièces de canon contre les fauves, à présent qu'ils se sont dispersés. Treize de ces animaux, traqués aux alentours de la batterie de la Poupe, tombent sous les balles. Mais il a fallu dégager, non sans peine, deux douaniers du poste voisin qui, renversés par un tigre et une panthère, ont reçu de graves blessures.

Cette dernière chasse porte à cinquante-trois le nombre des animaux détruits depuis la première battue de la veille.

Il est quatre heures du matin. Cyrus Bikerstaff et le commodore Simcoë, Jem Tankerdon et son fils, Nat Coverley et les deux adjoints, quelques-uns des notables, escortés d'un détachement de la milice, se dirigent vers l'Hôtel de Ville, où le Conseil attend les rapports expédiés des deux ports, des batteries de l'Eperon et de la Poupe.

A leur approche, lorsqu'ils ne sont qu'à cent pas de l'édifice communal, voici que des cris violents retentissent. On voit nombre de gens, femmes et enfants, pris d'une soudaine panique, s'enfuir le long de la Unième Avenue.

Aussitôt, le gouverneur, le commodore Simcoë, leurs compagnons, de se précipiter vers le square, dont la grille aurait dû être fermée... Mais, par une inexplicable négligence, cette grille était ouverte, et il n'est pas douteux qu'un des fauves — le dernier peut-être — l'ait franchie.

Nat Coverley et Walter Tankerdon, arrivés des premiers, s'élancent dans le square.

Tout à coup, alors qu'il est à trois pas de Nat Coverley, Walter est culbuté par un énorme tigre.

Nat Coverley, n'ayant pas le temps de glisser une cartouche dans son fusil, tire le couteau de chasse de sa ceinture et se jette au secours de Walter, au moment où les griffes du fauve s'abattent sur l'épaule du jeune homme.

Walter est sauvé, mais le tigre se retourne, se redresse contre Nat Coverley...

Celui-ci frappe l'animal de son couteau, sans avoir pu l'atteindre au cœur, et il tombe à la renverse.

Le tigre recule, la gueule rugissante, la mâchoire ouverte, la langue sanglante...

Une première détonation éclate...

C'est Jem Tankerdon qui vient de faire feu.

Une seconde retentit...

C'est la balle de son fusil qui vient de faire explosion dans le corps du tigre.

On relève Walter, l'épaule à demi déchirée.

Quant à Nat Coverley, s'il n'a pas été blessé, du moins n'a-t-il jamais vu la mort de si près.

Il se redresse et, s'avançant vers Jem Tankerdon, lui dit d'une voix grave.

— Vous m'avez sauvé... merci!

— Vous avez sauvé mon fils... merci! répond Jem Tankerdon.

Et tous deux se donnent la main en témoignage d'une reconnaissance qui pourrait bien finir en sincère amitié...

Walter est aussitôt transporté à l'hôtel de la Dix-neuvième Avenue, où sa famille s'est réfugiée, tandis que Nat Coverley regagne son domaine au bras de Cyrus Bikerstaff.

En ce qui concerne le tigre, le surintendant se charge d'utiliser sa magnifique fourrure. Le superbe animal est destiné à un empaillement de première classe, et il figurera dans le Musée d'histoire naturelle de Milliard City avec cette inscription:

*Offert par le Royaume-Uni de la Grande-Bretagne*
*et de l'Irlande*
*à Standard Island, infiniment reconnaissante.*

A supposer que l'attentat doive être mis au compte de l'Angleterre, on ne saurait se venger avec plus d'esprit. Du moins est-ce l'avis de Son Altesse Pinchinat, bon connaisseur en semblable matière.

Qu'on ne s'étonne pas si, dès le lendemain, Mrs Tankerdon fait visite à Mrs Coverley pour la remercier du service rendu à Walter, et si Mrs Coverley rend visite à Mrs Tankerdon pour la remercier du service rendu à son mari. Disons même que miss Dy a voulu accompagner sa mère, et n'est-il pas naturel que toutes deux lui aient demandé des nouvelles de son cher blessé?

Enfin, tout est pour le mieux, et, débarrassée de ses redoutables hôtes, Standard Island peut reprendre en pleine sécurité sa route vers l'archipel des Fidji.

# VIII

## FIDJI ET FIDGIENS

— Combien dis-tu?... demande Pinchinat.

— Deux cent cinquante-cinq, mes amis, répond Frascolin. Oui... on compte deux cent cinquante-cinq îles et îlots dans l'archipel des Fidji.

— En quoi cela nous intéresse-t-il, répond Pinchinat, du moment que le Joyau du Pacifique ne doit pas y faire deux cent cinquante-cinq relâches?

— Tu ne sauras jamais ta géographie! proclame Frascolin.

— Et toi... tu la sais trop! réplique Son Altesse.

Et c'est toujours de cette sorte qu'est accueilli le deuxième violon, lorsqu'il veut instruire ses récalcitrants camarades.

Cependant, Sébastien Zorn, qui l'écoutait plus volontiers, se laisse amener devant la carte du casino sur laquelle le point est reporté chaque jour. Il est aisé d'y suivre l'itinéraire de Standard Island depuis son départ de la baie Madeleine. Cet itinéraire forme une sorte de grand S, dont la boucle inférieure se déroule jusqu'au groupe des Fidji.

Frascolin montre alors au violoncelliste cet amoncellement d'îles découvert par Tasman en 1643 — un archipel compris d'une part entre le seizième et le vingtième parallèle sud, et de l'autre entre le cent soixante-quatorzième méridien ouest et le cent soixante-dix-neuvième méridien est.

— Ainsi nous allons engager notre encombrante machine à travers ces centaines de cailloux semés sur sa route? observe Sébastien Zorn.

— Oui, mon vieux compagnon de cordes, répond Frascolin, et si tu regardes avec quelque attention...

— Et en fermant la bouche... ajoute Pinchinat.

— Pourquoi?...

— Parce que, comme dit le proverbe: *En close bouche n'entre pas mouche!*

— Et de quelle mouche veux-tu parler?...

— De celle qui te pique, quand il s'agit de déblatérer contre Standard Island!

Sébastien Zorn hausse dédaigneusement les épaules et, revenant à Frascolin:

— Tu disais?...

— Je disais que, pour atteindre les deux grandes îles de Viti-Levou et de Vanua-Levou, il existe trois passes qui traversent le groupe oriental: la passe Nanoukou, la passe Lakemba, la passe Onéata...

— Sans compter la passe où l'on se fracasse en mille pièces! s'écrie Sébastien Zorn. Cela finira par nous arriver!... Est-ce qu'il est permis de naviguer dans de pareilles mers avec toute une ville, et toute une population dans cette ville?... Non! cela est contraire aux lois de la nature!

— La mouche!... riposte Pinchinat. La voilà, la mouche à Zorn... la voilà!

En effet, toujours ces fâcheux pronostics dont l'entêté violoncelliste ne veut pas démordre!

Au vrai, en cette portion du Pacifique, c'est comme une barrière que le premier groupe des Fidji oppose aux navires arrivant de l'est. Mais, que l'on se rassure, les passes sont assez larges pour que le commodore Simcoë puisse y hasarder son appareil flottant, sans parler de celles indiquées par Frascolin. Parmi ces îles, les plus importantes, en dehors des deux Levou situées à l'ouest, sont Ono, Ngaloa, Kandabou, etc.

Une mer est enfermée entre ces sommets émergés des fonds de l'océan, la mer de Koro, et si cet archipel, entrevu par Cook, visité par Bligh en 1789, par Wilson en 1792, est si minutieusement connu, c'est que les remarquables voyages de Dumont d'Urville en 1828 et en 1833, ceux de l'Américain Wilkes en 1839, de l'Anglais Erskine en 1853, puis l'expédition du *Herald*, capitaine Durham, de la marine britannique, ont permis d'établir les cartes avec une précision qui fait honneur aux ingénieurs hydrographes.

Donc, aucune hésitation chez le commodore Simcoë. Venant du sud-est, il embouque la passe Voulanga, laissant sur bâbord l'île de ce nom — une sorte de galette entamée servie sur son plateau de corail. Le lendemain, Standard Island donne dans la mer intérieure, qui est protégée par ces solides chaînes sous-marines contre les grandes houles du large.

Il va sans dire que toute crainte n'est pas encore éteinte relativement aux animaux féroces apparus sous le couvert du pavillon britannique. Les Milliardais se tiennent toujours sur le qui-vive. D'incessantes battues sont organisées à travers les bois, les champs et les eaux. Aucune trace de fauves n'est relevée. Pas de rugissements ni le jour ni la nuit. Pendant les premiers temps, quelques timorés se refusent à quitter la ville pour s'aventurer dans le parc et la campagne. Ne peut-on craindre que le steamer ait débarqué une cargaison de serpents — comme à la Martinique! — et que les taillis en soient infestés? Aussi une prime est-elle promise à quiconque s'emparerait d'un échantillon de ces reptiles. On le paiera à son poids d'or, ou, suivant sa longueur, à tant le centimètre, et, pour peu qu'il ait la taille d'un boa, cela fera une belle somme! Mais, comme les recherches n'ont pas abouti, il y a lieu d'être rassuré. La sécurité de Standard Island est redevenue entière. Les auteurs de cette machination, quels qu'ils soient, en auront été pour leurs bêtes.

Le résultat le plus positif, c'est qu'une réconciliation complète s'est effectuée entre les deux sections de la ville. Depuis l'affaire Walter-Coverley et l'affaire Coverley-Tankerdon, les familles tribordaises et bâbordaises se visitent, s'invitent, se reçoivent. Réceptions sur réceptions, fêtes sur fêtes. Chaque soir, bal et concert chez les principaux notables — plus particulièrement à l'hôtel de la Dix-neuvième Avenue et à l'hôtel de la Quinzième. Le Quatuor concertant peut à peine y suffire. D'ailleurs, l'enthousiasme qu'ils provoquent ne diminue pas, bien au contraire.

Enfin, la grande nouvelle se répand un matin, alors que Standard Island bat de ses puissantes hélices la tranquille surface de cette mer de Koro. M. Jem Tankerdon s'est rendu officiellement à l'hôtel de M. Nat Coverley et lui a demandé la main de miss Dy Coverley, sa fille, pour son fils Walter Tankerdon. Et M. Nat Coverley a accordé la main de miss Dy Coverley, sa fille, à Walter Tankerdon, fils de M. Jem Tankerdon. La question de dot n'a soulevé aucune difficulté. Elle sera de deux cents millions pour chacun des jeunes époux.

— Ils auront toujours de quoi vivre... même en Europe! fait judicieusement remarquer Pinchinat.

Les félicitations arrivent de toutes parts aux deux familles. Le gouverneur Cyrus Bikerstaff ne cherche point à cacher son extrême satisfaction. Grâce à ce mariage disparaissent les causes de rivalité si compromettantes pour l'avenir de Standard Island. Le roi et la reine de Malécarlie sont des premiers à envoyer leurs compliments et leurs vœux au jeune ménage. Les cartes de visite, imprimées en or sur aluminium, pleuvent dans la boîte des hôtels. Les journaux font chronique sur chronique à propos des splendeurs qui se préparent — et telles qu'on n'en aura jamais vu ni à Milliard City ni en aucun autre point du globe. Des câblogrammes sont expédiés en France en vue de la confection de la corbeille. Les magasins de nouveautés, les établissements des grandes modistes, les ateliers des grands faiseurs, les fabriques de bijouterie et d'objets d'art reçoivent d'invraisemblables commandes. Un steamer spécial, qui partira de Marseille, viendra par Suez et l'océan Indien apporter ces merveilles de l'industrie française. Le mariage a été fixé à cinq semaines de là, au 27 février. Du reste, mentionnons que les marchands de Milliard City auront leur part de bénéfices dans l'affaire. Ils doivent fournir leur contingent à cette corbeille nuptiale, et, rien qu'avec les dépenses que vont s'imposer les nababs de Standard Island, il y aura des fortunes à réaliser.

L'organisateur tout indiqué de ces fêtes, c'est le surintendant Calistus Munbar. Il faut renoncer à décrire son état d'âme, lorsque le mariage de Walter Tankerdon et de miss Dy Coverley a été déclaré publiquement. On sait s'il le désirait, s'il y avait poussé! C'est la réalisation de son rêve, et, comme la Municipalité entend lui laisser carte blanche, soyez certains qu'il sera à la hauteur de ses fonctions, en organisant un ultra-merveilleux festival.

Le commodore Simcoë fait connaître par une note aux journaux qu'à la date choisie pour la cérémonie nuptiale l'île à hélice se trouvera dans cette partie de mer comprise entre les Fidji et les Nouvelles-Hébrides. Auparavant, elle va rallier Viti-Levou, où la relâche doit durer une dizaine de jours — la seule que l'on se propose de faire au milieu de ce vaste archipel.

Navigation délicieuse. A la surface de la mer se jouent de nombreuses baleines. Avec les mille jets d'eau de leurs évents, on dirait un immense bassin de Neptune, en comparaison duquel celui de Versailles n'est qu'un joujou d'enfant, fait observer Yvernès. Mais aussi, par centaines, apparaissent d'énormes requins qui escortent Standard Island comme ils suivraient un navire en marche.

Cette portion du Pacifique limite la Polynésie, qui confine à la Mélanésie, où se trouve le groupe des Nouvelles-Hébrides[1]. Elle est coupée par le cent quatre-vingtième degré de longitude — ligne conventionnelle que décrit le méridien de partage entre

[1] Ces relevés sont donnés d'après les cartes françaises dont le méridien zéro passe par Paris — méridien qui était généralement adopté à cette époque.

les deux moitiés de cet immense océan. Lorsqu'ils attaquent ce méridien, les marins venant de l'est effacent un jour du calendrier, et, inversement, ceux qui viennent de l'ouest en ajoutent un. Sans cette précaution, il n'y aurait plus concordance des dates. L'année précédente, Standard Island n'avait pas eu à faire ce changement, puisqu'elle ne s'était pas avancée dans l'ouest au-delà dudit méridien. Mais cette fois il y a lieu de se conformer à cette règle, et, puisqu'elle vient de l'est, le 22 janvier se change en 23 janvier.

Des deux cent cinquante-cinq îles qui composent l'archipel des Fidji, une centaine seulement sont habitées. La population totale ne dépasse pas cent vingt-huit mille habitants — densité faible pour une étendue de vingt et un mille kilomètres carrés.

De ces îlots, simples fragments d'attols ou sommets de montagnes sous-marines, ceints d'une frange de corail, il n'en est pas qui mesure plus de cent cinquante kilomètres superficiels. Ce domaine insulaire n'est, à vrai dire, qu'une division politique de l'Australasie, dépendant de la Couronne depuis 1874, ce qui signifie que l'Angleterre l'a bel et bien annexé à son Empire colonial. Si les Fidgiens se sont enfin décidés à se soumettre au protectorat britannique, c'est qu'en 1859 ils ont été menacés d'une invasion tongienne, à laquelle le Royaume-Uni a mis obstacle par l'intervention de son trop fameux Pritchard, le Pritchard de Tahiti. L'archipel est présentement divisé en dix-sept districts, administrés par des sous-chefs indigènes plus ou moins alliés à la famille souveraine du dernier roi Thakumbau.

— Est-ce la conséquence du système anglais, demande le commodore Simcoë, qui s'entretient à ce sujet avec Frascolin, et en sera-t-il des Fidji comme il en a été de la Tasmanie, je ne sais! Mais, fait certain, c'est que l'indigène tend à disparaître. La colonie n'est point en voie de prospérité, ni la population en voie de croissance, et ce qui le démontre c'est l'infériorité numérique des femmes par rapport aux hommes.

— C'est en effet l'indice de l'extinction prochaine d'une race, répond Frascolin, et en Europe il y a déjà quelques Etats que menace cette infériorité.

— Ici, d'ailleurs, reprend le commodore, les indigènes ne sont que de véritables serfs, autant que les naturels des îles voisines, recrutés par les planteurs pour les travaux de défrichement. En outre, la maladie les décime, et, en 1875, rien que la petite vérole en a fait périr plus de trente mille. C'est pourtant un admirable pays, comme vous pourrez en juger, cet archipel des Fidji! Si la température est élevée à l'intérieur des îles, du moins est-elle modérée sur le littoral, très fertile en fruits et en légumes, en arbres, cocotiers, bananiers, etc. Il n'y a que la peine de récolter les ignames, les taros[1] et la moelle nourricière du palmier, qui produit le sagou...

— Le sagou! s'écrie Frascolin. Quel souvenir de notre Robinson suisse!

— Quant aux cochons, aux poules, continue le commodore Simcoë, ces animaux se sont multipliés, depuis leur importation, avec une prolificence extraordinaire. De là toute facilité de satisfaire aux besoins de l'existence. Par malheur, les indigènes sont enclins à l'indolence, au farniente, bien qu'ils soient d'intelligence très vive, d'humeur très spirituelle...

— Et quand ils ont tant d'esprit... dit Frascolin.

— Les enfants vivent peu! répond le commodore Simcoë.

Au fait, tous ces naturels, Polynésiens, Mélanésiens et autres, sont-ils différents des enfants?

En s'avançant vers Viti-Levou, Standard Island relève plusieurs îles intermédiaires, telles Vanua-Vatou, Moala, Ngan, sans s'y arrêter.

De toutes parts cinglent, en contournant son littoral, des flottilles de ces longues pirogues à balanciers de bambous entrecroisés, qui servent à maintenir l'équilibre de l'appareil et à loger la cargaison. Elles circulent, elles évoluent avec grâce, mais ne cherchent à entrer ni à Tribord Harbour ni à Bâbord Harbour. Il est probable qu'on ne le leur eût pas permis, étant donné l'assez mauvaise réputation des Fidgiens. Ces indigènes ont embrassé le christianisme, il est vrai. Depuis que les missionnaires européens se sont établis à Lecumba, en 1835, ils sont presque tous protestants wesleyens, mélangés de quelques milliers de catholiques. Mais, auparavant, ils s'étaient tellement adonnés aux pratiques du cannibalisme qu'ils n'ont peut-être pas perdu tout à fait le goût de la chair humaine. Au surplus, c'est affaire de religion. Leurs dieux aimaient le sang. La bienveillance était regardée, dans ces peuplades, comme une faiblesse et même un péché. Manger un ennemi c'était lui faire honneur. L'homme que l'on méprisait, on le faisait cuire, on ne le mangeait pas. Les enfants servaient de mets principal

---

[1] Cette aroïdée est largement utilisée dans l'alimentation des naturels du Pacifique.

dans les festins, et le temps n'est pas si éloigné où le roi Thakumbau aimait à s'asseoir sous un arbre dont chaque branche supportait un membre humain réservé à la table royale. Quelquefois, même, une tribu — et cela est arrivé pour celle des Nulocas, à Viti-Levou, près Namosi — fut dévorée tout entière, moins quelques femmes, dont l'une a vécu jusqu'en 1880.

Décidément, si Pinchinat ne rencontre pas sur l'une quelconque de ces îles des petits-fils d'anthropophages ayant conservé les vieilles coutumes de leurs grands-pères, il devra renoncer à jamais demander un reste de couleur locale à ces archipels du Pacifique.

Le groupe occidental des Fidji comprend deux grandes îles, Viti-Levou et Vanua-Levou, et deux îles moyennes, Kandavu et Taviuni. C'est plus au nord-ouest que gisent les îles Wassava et que s'ouvre la passe de l'île Ronde par laquelle le commodore Simcoë doit sortir en relevant sur les Nouvelles-Hébrides.

Dans l'après-midi du 25 janvier, les hauteurs de Viti-Levou se dessinent à l'horizon. Cette île montagneuse est la plus considérable de l'archipel, d'un tiers plus étendue que la Corse — soit dix mille six cent quarante-cinq kilomètres carrés.

Ses cimes pointent à douze cents et quinze cents mètres au-dessus du niveau de la mer. Ce sont des volcans éteints ou du moins endormis, et dont le réveil est généralement fort maussade.

Viti-Levou est reliée à sa voisine du nord, Vanua-Levou, par une barrière sous-marine de récifs qui émergeait sans doute à l'époque de formation tellurique. Au-dessus de cette barrière, Standard Island pouvait se hasarder sans péril. D'autre part, au nord de Viti-Levou, les profondeurs sont évaluées entre quatre et cinq cents mètres, et au sud entre cinq cents et deux mille.

Autrefois, la capitale de l'archipel était Levuka, dans l'île d'Ovalau, à l'est de Viti-Levou. Peut-être même les comptoirs fondés par des maisons anglaises y sont-ils plus importants encore que ceux de Suva, la capitale actuelle, dans l'île de Viti-Levou. Mais ce port offre des avantages sérieux à la navigation, étant situé, à l'extrémité sud-est de l'île, entre deux deltas dont les eaux arrosent largement ce littoral. Quant au port d'attache des paquebots en relation avec les Fidji, il occupe le fond de la baie de Ngalao, au sud de l'île de Kandava, le gisement qui est le plus voisin de la Nouvelle-Zélande, de l'Australie, des îles françaises de la Nouvelle-Calédonie et de la Loyauté.

Standard Island vient relâcher à l'ouverture du port de Suva. Les formalités sont remplies le jour même, et la libre pratique est accordée. Comme ces visites ne peuvent qu'être une source de bénéfices autant pour les colons que pour les indigènes, les Milliardais sont assurés d'un excellent accueil, dans lequel il existe peut-être plus d'intérêt que de sympathie. Ne pas oublier, d'ailleurs, que les Fidji relèvent de la Couronne, et que les rapports sont toujours tendus entre le Foreign Office et la Standard Island Company, si jalouse de son indépendance.

Le lendemain, 26 janvier, les commerçants de Standard Island qui ont des achats ou des ventes à effectuer se font mettre à terre dès les premières heures. Les touristes, et parmi eux nos Parisiens, ne sont point en retard. Bien que Pinchinat et Yvernès plaisantent volontiers Frascolin — l'élève distingué du commodore Simcoë — sur ses études «ethno-rasantogéo-graphiques», comme dit Son Altesse, ils n'en profitent pas moins de ses connaissances. Aux questions de ses camarades sur les habitants de Viti-Levou, sur leurs coutumes, leurs pratiques, le deuxième violon a toujours quelque réponse instructive. Sébastien Zorn ne dédaigne pas de l'interroger à l'occasion, et, tout d'abord, lorsque Pinchinat apprend que ces parages étaient, il n'y a pas longtemps, le principal théâtre du cannibalisme, il ne peut retenir un soupir en disant:

— Oui... mais nous arrivons trop tard, et vous verrez que ces Fidgiens, énervés par la civilisation, en sont tombés à la fricassée de poulet et aux pieds de porc à la sainte-menehould!

— Anthropophage! lui crie Frascolin. Tu mériterais d'avoir figuré sur la table du roi Thakumbau...

— Hé! hé! une entrecôte de Pinchinat à la bordelaise...

— Voyons, réplique Sébastien Zorn, si nous perdons notre temps à des récriminations oiseuses...

— Nous ne réaliserons pas le progrès par la marche en avant! s'écrie Pinchinat. Voilà une phrase comme tu les aimes, mon vieux violoncelluloïdiste! Eh bien! en avant, marche!

La ville de Suva, bâtie sur la droite d'une petite baie, éparpille ses habitations au revers d'une colline verdoyante. Elle a des quais disposés pour l'amarrage des navires, des rues garnies de trottoirs planchéiés, ni plus ni moins que les plages de nos grandes stations balnéaires. Les maisons en bois, à rez-de-chaussée, parfois, mais rarement, avec un étage, sont gaies et fraîches. Aux alentours de la ville, des cabanes indigènes montrent leurs pignons relevés en cornes et ornés de coquillages. Les toitures, très solides, résistent aux pluies d'hiver, de mai à octobre, qui sont torrentielles. En effet, en mars 1871, à ce que raconte Frascolin, très ferré sur la statistique, Mbua, située dans l'est de l'île, a reçu en un jour trente-huit centimètres d'eau.

Viti-Levou, non moins que les autres îles de l'archipel, est soumise à des inégalités climatériques, et la végétation diffère d'un littoral à l'autre. Du côté exposé aux vents alizés du sud-est, l'atmosphère est humide, et des forêts magnifiques couvrent le sol. De l'autre côté s'étendent d'immenses savanes propres à la culture. Toutefois, on observe que certains arbres commencent à dépérir — entre autres le sandal, presque entièrement épuisé, et aussi le dakua, ce pin spécial aux Fidji.

Cependant, en ses promenades, le quatuor constate que la flore de l'île est d'une luxuriance tropicale. Partout, des forêts de cocotiers et de palmiers aux troncs tapissés d'orchidées parasites, des massifs de casuarinées, de pandanus, d'acacias, de fougères arborescentes, et, dans les parties marécageuses, nombre de ces palétuviers dont les racines serpentent hors de terre. Mais la culture du coton et celle du thé n'ont point donné les résultats que ce climat si puissant permettait d'espérer. En réalité, le sol de Viti-Levou — ce qui est commun dans ce groupe — argileux et de couleur jaunâtre, n'est formé que de cendres volcaniques auxquelles la décomposition a donné des qualités productives.

Quant à la faune, elle n'est pas plus variée que dans les divers parages du Pacifique: une quarantaine d'espèces d'oiseaux, perruches et serins acclimatés, des chauves-souris, des rats qui forment légions, des reptiles d'espèce non venimeuse, très appréciés des indigènes au point de vue comestible, des lézards à n'en savoir que faire et des cancrelats répugnants, d'une voracité de cannibales. Mais de fauves il ne s'en trouve point -- ce qui provoque cette boutade de Pinchinat:

— Notre gouverneur, Cyrus Bikerstaff, aurait dû conserver quelques couples de lions, de tigres, de panthères, de crocodiles, et déposer ces ménages carnassiers sur les Fidji... Ce ne serait qu'une restitution, puisqu'elles appartiennent à l'Angleterre.

Ces indigènes, mélange de race polynésienne et mélanésienne, présentent encore de beaux types, moins remarquables cependant qu'aux Samoa et aux Marquises. Les hommes, à teint cuivré, presque noirs, la tête couverte d'une chevelure toisonnée, parmi lesquels on rencontre de nombreux métis, sont grands et vigoureux. Leur vêtement est assez rudimentaire, le plus souvent un simple pagne ou une couverture faite de cette étoffe indigène, le *masi,* tirée d'une espèce de mûrier qui produit aussi le papier. A son premier degré de fabrication, cette étoffe est d'une parfaite blancheur; mais les Fidgiens savent la teindre, la barioler, et elle est demandée dans tous les archipels de l'Est-Pacifique. Il faut ajouter que ces hommes ne dédaignent pas de revêtir, à l'occasion, de vieilles défroques européennes échappées des friperies du Royaume-Uni ou de l'Allemagne. C'est matière à plaisanteries, pour un Parisien, de voir de ces Fidgiens engoncés d'un pantalon déformé, d'un paletot hors d'âge et même d'un habit noir, lequel, après maintes phases de décadence, est venu finir sur le dos d'un naturel de Viti-Levou.

— Il y aurait à faire le roman d'un de ces habits-là!... observe Yvernès.

— Un roman qui risquerait de finir en veste! répond Pinchinat.

Quant aux femmes, ce sont la jupe et le caraco de masi qui les habillent d'une façon plus ou moins décente, en dépit des sermons wesleyens. Elles sont bien faites, et, avec l'attrait de la jeunesse, quelques-unes peuvent passer pour jolies. Mais quelle détestable habitude elles ont — les hommes aussi — d'enduire de chaux leur chevelure noire, devenue une sorte de chapeau calcaire qui a pour but de les préserver des insolations! Et puis elles fument, autant que leurs époux et frères, ce tabac du pays qui a l'odeur du foin brûlé, et lorsque la cigarette n'est pas mâchonnée entre leurs lèvres elle est enfilée dans le lobe de leurs oreilles, à l'endroit où l'on voit plus communément en Europe des boucles de diamants et de perles.

En général, ces femmes sont réduites à la condition d'esclaves chargées des plus durs travaux du ménage, et le temps n'est pas éloigné où, après avoir peiné pour entretenir l'indolence de leur mari, on les étranglait sur sa tombe.

A plusieurs reprises, pendant les trois jours qu'ils ont consacrés à leurs excursions autour de Suva, nos touristes essayèrent de visiter des cases indigènes. Ils en furent repoussés —

non point par l'inhospitalité des propriétaires, mais par l'abominable odeur qui s'en dégage. Tous ces naturels frottés
d'huile de coco, leur promiscuité avec les cochons, les poules,
les chiens, les chats, dans ces nauséabondes paillotes, l'éclairage suffocant obtenu par le brûlage de la gomme résineuse du
dammana... non! il n'y avait pas moyen d'y tenir. Et, d'ailleurs,
après avoir pris place au foyer fidgien, n'aurait-il pas fallu,
sous peine de manquer aux convenances, accepter de tremper
ses lèvres dans le bol de kava, la liqueur fidgienne par excellence? Bien que, pour être tiré de la racine desséchée du
poivrier, ce kava pimenté soit inacceptable aux palais européens, il y a encore la manière dont on le prépare. N'est-elle
pas pour exciter la plus insurmontable répugnance? On ne le
moud pas, ce poivre, on le mâche, on le triture entre les dents,
puis on le crache dans l'eau d'un vase, et on vous l'offre avec
une insistance sauvage qui ne permet guère de le refuser. Et il
n'y a plus qu'à remercier, en prononçant ces mots, qui ont
cours dans l'archipel: «*E mana ndina.*» Autrement dit: *Amen.*

Nous ne parlons que pour mémoire des cancrelats qui
fourmillent à l'intérieur des paillotes, des fourmis blanches qui
les dévastent et des moustiques — des moustiques par milliards
— dont on voit courir sur les murs, sur le sol, sur les vêtements
des indigènes d'innombrables phalanges.

Aussi ne s'étonnera-t-on pas que Son Altesse, avec cet
accent comico-britannique des clowns anglais, se soit exclamé
en voyant fourmiller ces formidables insectes:

— Mioustic!... Mioustic!

Enfin, ni ses camarades ni lui n'ont eu le courage de
pénétrer dans les cases fidgiennes. Donc, de ce chef, leurs
études ethnologiques sont incomplètes, et le savant Frascolin
lui-même a reculé — ce qui constitue une lacune dans ses
souvenirs de voyage.

## IX

### UN «CASUS BELLI»

Toutefois, alors que nos artistes se dépensent en promenades et prennent un aperçu des mœurs de l'archipel, quelques
notables de Standard Island n'ont pas dédaigné d'entrer en
relation avec les autorités indigènes de l'archipel. Les *papalan-*

*gis* — ainsi appelle-t-on les étrangers dans ces îles — n'avaient point à craindre d'être mal accueillis.

Quant aux autorités européennes, elles sont représentées par un gouverneur général, qui est en même temps consul général d'Angleterre pour ces groupes de l'Ouest qui subissent plus ou moins efficacement le protectorat du Royaume-Uni. Cyrus Bikerstaff ne crut point devoir lui faire une visite officielle. Deux ou trois fois, les deux chiens de faïence se sont regardés, mais leurs rapports n'ont pas été au-delà de ces regards.

Pour ce qui est du consul d'Allemagne, en même temps l'un des principaux négociants du pays, les relations se sont bornées à un échange de cartes.

Pendant la relâche, les familles Tankerdon et Coverley avaient organisé des excursions aux alentours de Suva et dans les forêts qui hérissent ses hauteurs jusqu'à leurs dernières cimes.

Et, à ce propos, le surintendant fait à ses amis du quatuor une observation très juste.

— Si nos Milliardais se montrent si friands de ces promenades à de hautes altitudes, dit-il, cela tient à ce que notre Standard Island n'est pas suffisamment accidentée... Elle est trop plate, trop uniforme... Mais, je l'espère bien, on lui fabriquera un jour une montagne artificielle qui pourra rivaliser avec les plus hauts sommets du Pacifique. En attendant, toutes les fois qu'ils en trouvent l'occasion, nos citadins s'empressent d'aller respirer, à quelques centaines de pieds, l'air pur et vivifiant de l'espace... Cela répond à un besoin de la nature humaine...

— Très bien, dit Pinchinat. Mais un conseil, mon cher Eucalistus! Quand vous construirez votre montagne en tôle d'acier ou en aluminium, n'oubliez pas de lui mettre un joli volcan dans les entrailles... un volcan avec boîtes fulminantes et pièces d'artifice...

— Et pourquoi pas, monsieur le railleur?... répond Calistus Munbar.

— C'est bien ce que je me dis: «Et pourquoi pas?...» réplique Son Altesse.

Il va de soi que Walter Tankerdon et miss Dy Coverley prennent part à ces excursions et qu'ils les font au bras l'un de l'autre.

On n'a pas négligé de visiter, à Viti-Levou, les curiosités de

sa capitale, ces *mburé-kalou,* les temples des esprits, et aussi le
local affecté aux assemblées politiques. Ces constructions,
élevées sur une base de pierres sèches, se composent de bambous tressés, de poutres recouvertes d'une sorte de passemen-
terie végétale, de lattes ingénieusement disposées pour supporter les chaumes de la toiture. Les touristes parcourent de
même l'hôpital, établi dans d'excellentes conditions d'hygiène,
le jardin botanique, en amphithéâtre derrière la ville. Souvent,
ces promenades se prolongent jusqu'au soir, et l'on revient
alors, sa lanterne à la main, comme au bon vieux temps. Dans
les îles Fidji, l'édilité n'en est pas encore au gazomètre, ni aux
becs Auer, ni aux lampes à arc, ni au gaz acétylène, mais cela
viendra «sous le protectorat éclairé de la Grande-Bretagne»,
insinue Calistus Munbar.

Et le capitaine Sarol et ses Malais, et les Néo-Hébridiens
embarqués aux Samoa, que font-ils pendant cette relâche?
Rien qui soit en désaccord avec leur existence habituelle. Ils ne
descendent point à terre, connaissant Viti-Levou et ses voisines, les uns pour les avoir fréquentées dans leur navigation
au cabotage, les autres pour y avoir travaillé au compte des
planteurs. Ils préfèrent de beaucoup rester à Standard Island,
qu'ils explorent sans cesse, ne se lassant pas de visiter la ville,
les ports, le parc, la campagne, les batteries de la Poupe et de
l'Eperon. Encore quelques semaines et, grâce à la complaisance de la compagnie, grâce au gouverneur Cyrus Bikerstaff,
ces braves gens débarqueront dans leur pays après un séjour
de cinq mois sur l'île à hélice...

Quelquefois, nos artistes causent avec ce Sarol, qui est très
intelligent et emploie couramment la langue anglaise. Sarol
leur parle d'un ton enthousiaste des Nouvelles-Hébrides, des
indigènes de ce groupe, de leur façon de se nourrir, de leur
cuisine — ce qui intéresse particulièrement Son Altesse. L'ambition secrète de Pinchinat serait d'y découvrir un nouveau
mets, dont il communiquerait la recette aux sociétés gastrono-
miques de la vieille Europe.

Le 30 janvier, Sébastien Zorn et ses camarades, à la disposition desquels le gouverneur a mis une des chaloupes électriques de Tribord Harbour, partent dans l'intention de remonter
le cours de la Rewa, l'une des principales rivières de l'île. Le
patron de la chaloupe, un mécanicien et deux matelots ont
embarqué avec un pilote fidgien. En vain a-t-on offert à
Athanase Dorémus de se joindre aux excursionnistes. Le

sentiment de curiosité est éteint chez ce professeur de maintien et de grâces... Et puis, pendant son absence, il pourrait lui venir un élève, et il préfère ne point quitter la salle de danse du casino.

Dès six heures du matin, bien armée, munie de quelques provisions, car elle ne doit revenir que le soir à Tribord Harbour, l'embarcation sort de la baie de Suva et longe le littoral jusqu'à la baie de la Rewa.

Non seulement les récifs, mais les requins se montrent en grand nombre dans ces parages, et il convient de prendre garde aux uns comme aux autres.

— Peuh! fait observer Pinchinat, vos requins, ce ne sont même plus des cannibales d'eau salée!... Les missionnaires anglais ont dû les convertir au christianisme comme ils ont converti les Fidgiens!... Gageons que ces bêtes-là ont perdu le goût de la chair humaine...

— Ne vous y fiez pas, répond le pilote — pas plus qu'il ne faut se fier aux Fidgiens de l'intérieur.

Pinchinat se contente de hausser les épaules. On la lui baille belle avec ces prétendus anthropophages qui n'«anthropophagent» même plus les jours de fête!

Quant au pilote, il connaît parfaitement la baie et le cours de la Rewa. Sur cette importante rivière, appelée aussi Waï-Levou, le flot se fait sentir jusqu'à une distance de quarante-cinq kilomètres, et les barques peuvent la remonter pendant quatre-vingts.

La largeur de la Rewa dépasse cent toises à son embouchure. Elle coule entre des rives sablonneuses, basses à gauche, escarpées à droite, dont les bananiers et les cocotiers se détachent avec vigueur sur un large fond de verdure. Son nom est Rewa-Rewa, conforme à ce redoublement du mot qui est presque général parmi les peuplades du Pacifique. Et, ainsi que le remarque Yvernès, n'est-ce pas là une imitation de cette prononciation enfantine qu'on retrouve dans les *papa, maman, loulou, dada, bonbon,* etc. Et, au fait, c'est à peine si ces indigènes sont sortis de l'enfance!

La véritable Rewa est formée par le confluent du Waï-Levou (eau grande) et du Waï-Manu, et sa principale embouchure est désignée sous le nom de Waï-ni-ki.

Après le détour du delta, la chaloupe file devant le village de Kamba, à demi caché dans sa corbeille de fleurs. On ne s'y arrête point, afin de ne rien perdre du flux, ni au village de

Naitasiri. D'ailleurs, à cette époque, ce village venait d'être déclaré «tabou», avec ses maisons, ses arbres, ses habitants et jusqu'aux eaux de la Rewa qui en baignent la grève. Les indigènes n'eussent permis à personne d'y prendre pied. C'est une coutume sinon très respectable, du moins très respectée que le tabou — Sébastien Zorn en savait quelque chose — et on la respecta.

Lorsque les excursionnistes longent Naitasiri, le pilote les invite à regarder un arbre de haute taille, un tavala, qui se dresse dans un angle de la rive.

— Et qu'a-t-il de remarquable, cet arbre?... demande Frascolin.

— Rien, répondit le pilote, si ce n'est que son écorce est rayée d'incisions depuis ses racines jusqu'à sa fourche. Or, ces incisions indiquent le nombre de corps humains qui furent cuits en cet endroit, mangés ensuite...

— Comme qui dirait les encoches du boulanger sur ses bâtonnets! observe Pinchinat, dont les épaules se haussent en signe d'incrédulité.

Il a tort, pourtant. Les îles Fidji ont été par excellence le pays du cannibalisme, et, il faut y insister, ces pratiques ne sont pas entièrement éteintes. La gourmandise les conservera longtemps chez les tribus de l'intérieur. Oui! la gourmandise, puisque, au dire des Fidgiens, rien n'est comparable, pour le goût et la délicatesse, à la chair humaine, très supérieure à celle du bœuf. A en croire le pilote, il y eut un certain chef, Ra-Undrenudu, qui faisait dresser des pierres sur son domaine, et quand il mourut leur nombre s'élevait à huit cent vingt-deux.

— Et savez-vous ce qu'indiquaient ces pierres?...

— Il nous est impossible de le deviner, répond Yvernès, même en y appliquant toute notre intelligence d'instrumentistes!

— Elles indiquaient le nombre de corps humains que ce chef avait dévorés!

— A lui tout seul?...

— A lui tout seul!

— C'était un gros mangeur! se contente de répondre Pinchinat, dont l'opinion est faite au sujet de ces «blagues fidgiennes».

Vers onze heures, une cloche retentit sur la rive droite. Le village de Naililii, composé de quelques paillotes, apparaît entre les frondaisons, sous l'ombrage des cocotiers et des bananiers.

Une mission catholique est établie dans ce village. Les touristes ne pourraient-ils s'arrêter une heure, le temps de serrer la main du missionnaire, un compatriote? Le pilote n'y voit aucun inconvénient, et l'embarcation est amarrée à une souche d'arbre.

Sébastien Zorn et ses camarades descendent à terre, et ils n'ont pas marché pendant deux minutes qu'ils rencontrent le Supérieur de la mission.

C'est un homme de cinquante ans environ, physionomie avenante, figure énergique. Tout heureux de pouvoir souhaiter le bonjour à des Français, il les emmène jusqu'à sa case, au milieu du village qui renferme une centaine de Fidgiens. Il insiste pour que ses hôtes acceptent quelques rafraîchissements du pays. Que l'on se rassure, il ne s'agit pas du répugnant kava, mais d'une sorte de boisson, ou plutôt de bouillon d'assez bon goût, obtenu par la cuisson des cyreae, coquillages très abondants sur les grèves de la Rewa.

Ce missionnaire s'est voué corps et âme à la propagande du catholicisme, non sans de certaines difficultés, car il lui faut lutter avec un pasteur wesleyen qui lui fait une sérieuse concurrence dans le voisinage. En somme, il est très satisfait des résultats obtenus et convient qu'il a fort à faire pour arracher ses fidèles à l'amour du «bukalo», c'est-à-dire la chair humaine.

— Et, puisque vous remontez vers l'intérieur, mes chers hôtes, ajoute-t-il, soyez prudents et tenez-vous sur vos gardes.

— Tu entends, Pinchinat! dit Sébastien Zorn.

On repart un peu avant que l'angélus de midi ait sonné au clocher de la petite église. Chemin faisant, l'embarcation croise quelques pirogues à balanciers portant sur leurs plates-formes des cargaisons de bananes. C'est la monnaie courante que le collecteur de taxes vient de toucher chez les administrés. Les rives sont toujours bordées de lauriers, d'acacias, de citronniers, de cactus aux fleurs d'un rouge de sang. Au-dessus, les bananiers et les cocotiers dressent leurs hautes branches chargées de régimes, et toute cette verdure se prolonge jusqu'aux arrière-plans des montagnes, dominées par le pic du Mbugge-Levou.

Entre ces massifs se détachent une ou deux usines à l'européenne, peu en rapport avec la nature sauvage du pays. Ce sont des fabriques de sucre, munies de tous les engins de la machinerie moderne, et dont les produits, a dit un voyageur,

M. Verschnur, «peuvent avantageusement soutenir la comparaison vis-à-vis des sucres des Antilles et des autres colonies».

Vers une heure, l'embarcation arrive au terme de son
voyage sur la Rewa. Dans deux heures, le jusant se fera sentir,
et il y aura lieu d'en profiter pour redescendre la rivière. Cette
navigation de retour s'effectuera rapidement, car le reflux est
vif. Les excursionnistes seront rentrés à Tribord Harbour
avant dix heures du soir.

On dispose donc d'un certain temps en cet endroit, et
comment le mieux employer qu'en visitant le village de Tampoo, dont on aperçoit les premières cases à un demi-mile? Il est
convenu que le mécanicien et les deux matelots resteront à la
garde de la chaloupe, tandis que le pilote «pilotera» ses passagers jusqu'à ce village, où les anciennes coutumes se sont
conservées dans toute leur pureté fidjienne. En cette partie de
l'île, les missionnaires ont perdu leurs peines et leurs sermons.
Là règnent encore les sorciers; là fonctionnent les sorcelleries,
surtout celles qui portent le nom compliqué de *Vaka-Ndran-ni-
Kan-Tacka,* c'est-à-dire «la conjuration pratiquée par les
feuilles». On y adore les Katoavous, des dieux dont l'existence
n'a pas eu de commencement et n'aura pas de fin, et qui ne
dédaignent pas des sacrifices spéciaux, que le gouverneur
général est surtout impuissant à prévenir et même à châtier.

Peut-être eût-il été plus prudent de ne point s'aventurer au
milieu de ces tribus suspectes. Mais nos artistes, curieux
comme des Parisiens, insistent, et le pilote consent à les
accompagner, en leur recommandant de ne point s'éloigner les
uns des autres.

Tout d'abord, à l'entrée de Tampoo, formé d'une centaine
de paillotes, on rencontre des femmes, de véritables sauva-
gesses. Vêtues d'un simple pagne noué autour des reins, elles
n'éprouvent aucun étonnement à la vue des étrangers qui
viennent les émouvoir dans leurs travaux. Ces visites ne sont
plus pour les gêner, depuis que l'archipel est soumis au
protectorat de l'Angleterre.

Ces femmes sont occupées à la préparation du curcuma,
sortes de racines conservées dans des fosses préalablement
tapissées d'herbes et de feuilles de bananier; on les en retire, on
les grille, on les racle, on les presse dans des paniers garnis de
fougère, et le suc qui s'en échappe est introduit dans des tiges
de bambou. Ce suc sert à fois d'aliment et de pommade, et à ce
double titre il est d'un usage très répandu.

La petite troupe entre dans le village. Aucun accueil de la part des indigènes, qui ne s'empressent ni à complimenter les visiteurs ni à leur offrir l'hospitalité. D'ailleurs, l'aspect extérieur des cases n'a rien d'attrayant. Etant donné l'odeur qui s'en dégage, où domine le rance de l'huile de coco, le quatuor se félicite de ce que les lois de l'hospitalité soient ici en maigre honneur.

Cependant lorsqu'ils sont arrivés devant l'habitation du chef, celui-ci — un Fidgien de haute taille, l'air farouche, la physionomie féroce — s'avance vers eux au milieu d'un cortège d'indigènes. Sa tête, toute blanche de chaux, est crépue. Il a revêtu son costume de cérémonie, une chemise rayée, une ceinture autour du corps, le pied gauche chaussé d'une vieille pantoufle en tapisserie, et — comment Pinchinat n'a-t-il pas éclaté de rire? — un antique habit bleu à boutons d'or, en maint endroit rapiécé, et dont les basques inégales lui battent les mollets.

Or voici qu'en s'avançant vers le groupe des papalangis ce chef bute contre une souche, perd l'équilibre, s'étale sur le sol.

Aussitôt, conformément à l'étiquette du *bale muri,* tout l'entourage de trébucher à son tour et de s'affaler respectueusement, «afin de prendre sa part du ridicule de cette chute».

Cela est expliqué par le pilote, et Pinchinat approuve cette formalité, pas plus risible que tant d'autres en usage dans les cours européennes — à son avis du moins.

Entre-temps, lorsque tout le monde s'est relevé, le chef et le pilote échangent quelques phrases en langue fidgienne, dont le quatuor ne comprend pas un mot. Ces phrases, traduites par le pilote, n'ont d'autre objet que d'interroger les étrangers sur ce qu'ils viennent faire au village de Tampoo. Les réponses ayant été qu'ils désirent simplement visiter le village et faire une excursion aux alentours, cette autorisation leur est octroyée après échange de quelques demandes et réponses.

Le chef, d'ailleurs, ne manifeste ni plaisir ni déplaisir de cette arrivée de touristes à Tampoo, et sur un signe de lui les indigènes rentrent dans leurs paillotes.

— Après tout, ils n'ont pas l'air d'être bien méchants! fait observer Pinchinat.

— Ce n'est point une raison pour commettre quelque imprudence! répond Frascolin.

Une heure durant, les artistes se promènent à travers le village sans être inquiétés par les indigènes. Le chef à l'habit bleu a regagné sa case, et il est visible que l'accueil des naturels est empreint d'une profonde indifférence.

Après avoir circulé dans les rues de Tampoo sans qu'aucune paillote se soit ouverte pour les recevoir, Sébastien Zorn, Yvernès, Pinchinat, Frascolin et le pilote se dirigent vers des ruines de temples, sortes de masures abandonnées situées non loin d'une maison qui sert de demeure à l'un des sorciers de l'endroit.

Ce sorcier, campé sur sa porte, leur adresse un coup d'œil peu encourageant, et ses gestes semblent indiquer qu'il leur jette quelque mauvais sort.

Frascolin essaie d'entrer en conversation avec lui par l'intermédiaire du pilote. Le sorcier prend alors une mine si rébarbative, une attitude si menaçante qu'il faut abandonner tout espoir de tirer une parole de ce porc-épic fidgien.

Pendant ce temps, et en dépit des recommandations qui lui ont été faites, Pinchinat s'est éloigné en franchissant un épais massif de bananiers étagés au flanc d'une colline.

Lorsque Sébastien Zorn, Yvernès et Frascolin, rebutés par la mauvaise grâce du sorcier, se préparent à quitter Tampoo, ils n'aperçoivent plus leur camarade.

Cependant, l'heure est venue de regagner l'embarcation. Le jusant ne doit pas tarder à s'établir, et ce n'est pas trop des quelques heures qu'il dure pour redescendre le cours de la Rewa.

Frascolin, inquiet de ne point voir Pinchinat, le hèle d'une voix forte.

Son appel reste sans réponse.

— Où est-il donc?... demande Sébastien Zorn.

— Je ne sais... répond Yvernès.

— Est-ce que l'un de vous a vu votre ami s'éloigner?... interroge le pilote.

Personne ne l'a vu!

— Il sera sans doute retourné à l'embarcation par le sentier du village... dit Frascolin.

— Il a eu tort, répond le pilote. Mais ne perdons pas de temps et rejoignons-le.

On part, non sans une assez vive anxiété. Ce Pinchinat n'en fait jamais d'autre, et de regarder comme imaginaires les férocités de ces indigènes, demeurés si obstinément sauvages, cela peut l'exposer à des dangers très réels.

En traversant Tampoo, le pilote remarque avec une certaine appréhension qu'aucun Fidgien ne se montre plus. Toutes les

portes des paillotes sont fermées. Il n'y a plus aucun rassemblement devant la case du chef. Les femmes qui s'occupaient
de la préparation du curcuma ont disparu. Il semble que le
village ait été abandonné depuis une heure.

La petite troupe presse alors le pas. A plusieurs reprises, on
appelle l'absent, et l'absent ne répond point. N'a-t-il donc pas
regagné la rive du côté où l'embarcation est amarrée?... Ou
bien est-ce que l'embarcation ne serait plus à cet endroit, sous
la garde du mécanicien et des deux matelots?...

Il reste encore quelques centaines de pas à parcourir. On se
hâte, et, dès que la lisière des arbres est dépassée, on aperçoit
la chaloupe et les trois hommes à leur poste.

— Notre camarade?... crie Frascolin.

— N'est-il plus avec vous?... répond le mécanicien.

— Non... depuis une demi-heure...

— Ne vous a-t-il point rejoint?... demande Yvernès.

— Non.

Qu'est donc devenu cet imprudent? Le pilote ne cache pas
son extrême inquiétude.

— Il faut retourner au village, dit Sébastien Zorn. Nous ne
pouvons abandonner Pinchinat...

La chaloupe est laissée à la garde de l'un des matelots, bien
qu'il soit peut-être dangereux d'agir ainsi. Mais mieux vaut ne
revenir à Tampoo qu'en force et bien armés, cette fois. Dût-on
fouiller toutes les paillotes, on ne quittera pas le village, on ne
ralliera pas Standard Island sans avoir retrouvé Pinchinat.

Le chemin de Tampoo est repris. Même solitude au village
et aux alentours. Où donc s'est réfugiée toute cette population?
Pas un bruit ne se fait entendre dans les rues, et les paillotes
sont vides.

Il n'y a plus malheureusement de doute à conserver... Pinchinat s'est aventuré dans le bois de bananiers... il a été saisi...
il a été entraîné... où?... Quant au sort que lui réservent ces
cannibales dont il se moquait, il n'est que trop aisé de l'imaginer!... Des recherches aux environs de Tampoo ne produi-
raient aucun résultat... Comment relever une piste au milieu de
cette région forestière, à travers cette brousse que les Fidgiens
sont seuls à connaître?... D'ailleurs, n'y a-t-il pas lieu de
craindre qu'ils ne veuillent s'emparer de l'embarcation gardée
par un seul matelot?... Si ce malheur arrive, tout espoir de
délivrer Pinchinat serait perdu, le salut de ses compagnons
serait compromis...

Le désespoir de Frascolin, d'Yvernès, de Sébastien Zorn ne saurait s'exprimer. Que faire?... Le pilote et le mécanicien ne savent plus à quel parti s'arrêter.

Frascolin, qui a conservé son sang-froid, dit alors:

— Retournons à Standard Island...

— Sans notre camarade?... s'écrie Yvernès.

— Y penses-tu?... ajoute Sébastien Zorn.

— Je ne vois pas d'autre parti à prendre, répond Frascolin. Il faut que le gouverneur de Standard Island soit prévenu... que les autorités de Viti-Levou soient averties et mises en demeure d'agir...

— Oui... partons, conseille le pilote, et pour profiter de la marée descendante nous n'avons pas une minute à perdre!

— C'est l'unique moyen de sauver Pinchinat, s'écrie Frascolin, s'il n'est pas trop tard!

L'unique moyen, en effet.

On quitte Tampoo, pris de cette appréhension de ne pas retrouver la chaloupe à son poste. En vain le nom de Pinchinat est-il crié par toutes les bouches! Et, moins troublés qu'ils le sont, peut-être le pilote et ses compagnons auraient-ils pu apercevoir derrière les buissons quelques-uns de ces farouches Fidgiens qui épient leur départ.

L'embarcation n'a point été inquiétée. Le matelot n'a vu personne rôder sur les rives de la Rewa.

C'est avec un inexprimable serrement de cœur que Sébastien Zorn, Frascolin, Yvernès se décident à prendre place dans le bateau... Ils hésitent... ils appellent encore... Mais il faut partir, a dit Frascolin, et il a eu raison de le dire, et l'on a raison de le faire.

Le mécanicien met les dynamos en activité, et la chaloupe, servie par le jusant, descend le cours de la Rewa avec une rapidité prodigieuse.

A six heures, la pointe ouest du delta est doublée. Une demi-heure après, on accoste le pier de Tribord Harbour.

En un quart d'heure, Frascolin et ses deux camarades, transportés par le tram, ont atteint Milliard City et se rendent à l'Hôtel de Ville.

Dès qu'il a été mis au courant, Cyrus Bikerstaff se fait conduire à Suva et là il demande au gouverneur général de l'archipel une entrevue qui lui est accordée.

Lorsque ce représentant de la reine apprend ce qui s'est passé à Tampoo, il ne dissimule pas que cela est très grave...

Ce Français aux mains d'une de ces tribus de l'intérieur qui échappent à toute autorité...

— Par malheur, nous ne pouvons rien tenter avant demain, ajoute-t-il. Contre le reflux de la Rewa, nos chaloupes ne pourraient remonter à Tampoo. D'ailleurs, il est indispensable d'aller en nombre, et le plus sûr serait de prendre à travers la brousse...

— Soit, répond Cyrus Bikerstaff, mais ce n'est pas demain, c'est aujourd'hui, c'est à l'instant qu'il faut partir...

— Je n'ai pas à ma disposition les hommes nécessaires, répond le gouverneur.

— Nous les avons, monsieur, réplique Cyrus Bikerstaff. Prenez donc des mesures pour leur adjoindre des soldats de votre milice, et sous les ordres de l'un de vos officiers qui connaîtra bien le pays...

— Pardonnez, monsieur, répond sèchement Son Excellence, je n'ai pas l'habitude...

— Pardonnez aussi, répond Cyrus Bikerstaff, mais je vous préviens que si vous n'agissez pas à l'instant même, si notre ami, notre hôte, ne nous est pas rendu, la responsabilité retombera sur vous, et...

— Et?... demande le gouverneur d'un ton hautain.

— Les batteries de Standard Island détruiront Suva de fond en comble, votre capitale, toutes les propriétés étrangères, qu'elles soient anglaises ou allemandes!

L'ultimatum est formel, et il n'y a qu'à s'y soumettre. Les quelques canons de l'île ne pourraient lutter contre l'artillerie de Standard Island. Le gouverneur se soumet donc, et, qu'on l'avoue, il aurait tout d'abord mieux valu qu'il le fît de meilleure grâce, au nom de l'humanité.

Une demi-heure après, cent hommes, marins et miliciens, débarquent à Suva, sous les ordres du commodore Simcoë, qui a voulu lui-même conduire cette opération. Le surintendant, Sébastien Zorn, Yvernès, Frascolin sont à ses côtés. Une escouade de la gendarmerie de Viti-Levou leur prête son concours.

Dès le départ, l'expédition se jette à travers la brousse, en contournant la baie de la Rewa, sous la direction du pilote, qui connaît ces difficiles régions de l'intérieur. On coupe au plus court, d'un pas rapide, afin d'atteindre Tampoo dans le moins de temps possible...

Il n'a pas été nécessaire d'aller jusqu'au village. Vers une heure après minuit, ordre est donné à la colonne de faire halte.

Au plus profond d'un fourré presque impénétrable, on a vu l'éclat d'un foyer. Nul doute qu'il n'y ait là un rassemblement des naturels de Tampoo, puisque le village ne se trouve pas à une demi-heure de marche vers l'est.

Le commodore Simcoë, le pilote, Calistus Munbar, les trois Parisiens se portent en avant...

Ils n'ont pas fait cent pas qu'ils s'arrêtent et demeurent immobiles...

En regard d'un feu ardent, entouré d'une foule tumultueuse d'hommes et de femmes, Pinchinat, demi-nu, est attaché à un arbre... et le chef fidgien court vers lui, la hache levée...

— Marchons... marchons! crie le commodore Simcoë à ses marins et à ses miliciens.

Surprise subite et terreur très justifiée de ces indigènes, auxquels le détachement n'épargne ni les coups de feu ni les coups de crosse. En un clin d'œil, la place est vide, et toute la bande s'est dispersée sous bois...

Pinchinat, détaché de l'arbre, tombe dans les bras de son ami Frascolin.

Comment exprimer ce que fut la joie de ces artistes, de ces frères, à laquelle se mêlèrent quelques larmes et aussi des reproches très mérités.

— Mais, malheureux, dit le violoncelliste, qu'est-ce qui t'a pris de t'éloigner?...

— Malheureux tant que tu voudras, mon vieux Sébastien, répond Pinchinat, mais n'accable pas un alto aussi peu habillé que je le suis en ce moment... Passez-moi mes vêtements, afin que je puisse me présenter d'une façon plus convenable devant les autorités!

Ses vêtements, on les retrouve au pied d'un arbre, et il les reprend tout en conservant le plus beau sang-froid du monde. Puis ce n'est que lorsqu'il est «présentable» qu'il vient serrer la main du commodore Simcoë et du surintendant.

— Voyons, lui dit Calistus Munbar, y croirez-vous, maintenant... au cannibalisme des Fidgiens?...

— Pas si cannibales que cela, ces fils de chiens, répond Son Altesse, puisqu'il ne me manque pas un membre!

— Toujours le même, satané fantaisiste! s'écrie Frascolin.

— Et savez-vous ce qui me vexait le plus, dans cette situation de gibier humain sur le point d'être mis à la broche?... demande Pinchinat.

— Que je sois pendu si je le devine! réplique Yvernès.

— Eh bien! ce n'était pas d'être mangé sur le pouce par ces indigènes!... Non! c'était d'être dévoré par un sauvage en habit... en habit bleu à boutons d'or... avec un parapluie sous le bras... un horrible pépin britannique!

# X

### CHANGEMENT DE PROPRIÉTAIRES

Le départ de Standard Island est fixé au 2 février. La veille, leurs excursions achevées, les divers touristes sont rentrés à Milliard City. L'affaire Pinchinat a produit un bruit énorme. Tout le Joyau du Pacifique eût pris fait et cause pour Son Altesse, tant le Quatuor concertant jouit de la sympathie universelle. Le Conseil des notables a donné son entière approbation à l'énergique conduite du gouverneur Cyrus Bikerstaff. Les journaux l'ont vivement félicité. Donc Pinchinat est devenu l'homme du jour. Voyez-vous un alto terminant sa carrière artistique dans l'estomac d'un Fidgien!... Il convient volontiers que les indigènes de Viti-Levou n'ont pas absolument renoncé à leurs goûts anthropophagiques. Après tout, c'est si bon, la chair humaine, à les en croire, et ce diable de Pinchinat est si appétissant!

Standard Island appareille dès l'aurore et prend direction sur les Nouvelles-Hébrides. Ce détour va l'éloigner ainsi d'une dizaine de degrés, soit deux cents lieues vers l'ouest. On ne peut l'éviter, puisqu'il s'agit de déposer le capitaine Sarol et ses compagnons aux Nouvelles-Hébrides. Il n'y a pas lieu de le regretter, d'ailleurs. Chacun est heureux de rendre service à ces braves gens — qui ont montré tant de courage dans la lutte contre les fauves. Et puis ils paraissent si satisfaits d'être rapatriés dans ces conditions, après cette longue absence! En outre, ce sera une occasion de visiter ce groupe que les Milliardais ne connaissent pas encore.

La navigation s'effectue avec une lenteur calculée. En effet, c'est dans les parages compris entre les Fidji et les Nouvelles-Hébrides, par cent soixante-dix degrés trente-cinq minutes de longitude est, et par dix-neuf degrés treize minutes de latitude sud, que le steamer, expédié de Marseille au compte des familles Tankerdon et Coverley, doit rejoindre Standard Island.

Il va sans dire que le mariage de Walter et de miss Dy est plus que jamais l'objet des préoccupations universelles. Pourrait-on songer à autre chose? Calistus Munbar n'a pas une minute à lui. Il prépare, il combine les divers éléments d'une fête qui comptera dans les fastes de l'île à hélice. S'il maigrissait à la tâche, cela ne surprendrait personne.

Standard Island ne marche qu'à la moyenne de vingt à vingt-cinq kilomètres par vingt-quatre heures. Elle s'avance jusqu'en vue de Viti, dont les rives superbes sont bordées de forêts luxuriantes d'une sombre verdure. On emploie trois jours à se déplacer sur ces eaux tranquilles, depuis l'île Wanara jusqu'à l'île Ronde. La passe, à laquelle les cartes assignent ce dernier nom, offre une large voie au Joyau du Pacifique qui s'y engage en douceur. Nombre de baleines, troublées et affolées, donnent de la tête contre sa coque d'acier, qui frémit de ces coups. Que l'on se rassure, les tôles des compartiments sont solides, et il n'y a pas d'avaries à craindre.

Enfin, dans l'après-midi du 6, les derniers sommets des Fidji s'abaissent sous l'horizon. A ce moment, le commodore Simcoë vient d'abandonner le domaine polynésien pour le domaine mélanésien de l'océan Pacifique.

Pendant les trois jours qui suivent, Standard Island continue à dériver vers l'ouest, après avoir atteint en latitude le dix-neuvième degré. Le 10 février, elle se trouve dans les parages où le steamer attendu d'Europe doit la rallier. Le point, reproduit sur les pancartes de Milliard City, est connu de tous les habitants. Les vigies de l'observatoire sont en éveil. L'horizon est fouillé par des centaines de longues-vues, et, dès que le navire sera signalé... Toute la population est dans l'attente... N'est-ce pas comme le prologue de cette pièce si demandée du public, qui se terminera au dénouement par le mariage de Walter Tankerdon et de miss Dy Coverley?...

Standard Island n'a donc plus qu'à demeurer stationnaire, à se maintenir contre les courants de ces mers resserrées entre les archipels. Le commodore Simcoë donne ses ordres en conséquence, et ses officiers en surveillent l'exécution.

— La situation est décidément des plus intéressantes! dit ce jour-là Yvernès.

C'était pendant les deux heures de farniente que ses camarades et lui s'accordaient d'habitude après leur déjeuner de midi.

— Oui, répondit Frascolin, et nous n'aurons pas lieu de regretter cette campagne à bord de Standard Island... quoi qu'en pense notre ami Zorn...

— Et son éternelle scie... *scie majeure* avec cinq dièses! ajoute cet incurable Pinchinat.

— Oui... et surtout quand elle sera finie, cette campagne, réplique le violoncelliste, et lorsque nous aurons empoché le quatrième trimestre des appointements que nous aurons bien gagnés...

— Eh! fait Yvernès, en voilà trois que la compagnie nous a réglés depuis notre départ, et j'approuve fort Frascolin, notre précieux comptable, d'avoir envoyé cette forte somme à la Banque de New York!

En effet, le précieux comptable a cru sage de verser cet argent, par l'entremise des banquiers de Milliard City, dans une des honorables caisses de l'Union. Ce n'était point défiance, mais uniquement parce qu'une caisse sédentaire paraît offrir plus de sécurité qu'une caisse flottante au-dessus des cinq à six mille mètres de profondeur que mesure communément le Pacifique.

C'est au cours de cette conversation, entre les volutes parfumées des cigares et des pipes, qu'Yvernès fut conduit à présenter l'observation suivante:

— Les fêtes du mariage promettent d'être splendides, mes amis. Notre surintendant n'épargne ni son imagination ni ses peines, c'est entendu. Il y aura des pluies de dollars, et les fontaines de Milliard City verseront des vins généreux, je n'en doute pas. Pourtant, savez-vous ce qui manquera à cette cérémonie?...

— Une cataracte d'or liquide coulant sur des rochers de diamants! s'écrie Pinchinat.

— Non, répond Yvernès, une cantate...

— Une cantate?... réplique Frascolin.

— Sans doute, dit Yvernès. On fera de la musique, nous jouerons nos morceaux les plus en vogue, appropriés à la circonstance... mais s'il n'y a pas de cantate, de chant nuptial, d'épithalame en l'honneur des mariés...

— Pourquoi non, Yvernès? dit Frascolin. Si tu veux te charger de faire rimer *flamme* avec *âme* et *jours* avec *amours* pendant une douzaine de vers de longueur inégale, Sébastien

Zorn, qui a fait ses preuves comme compositeur, ne demandera pas mieux que de mettre ta poésie en musique...

— Excellente idée! s'exclame Pinchinat. Ça te va-t-il, vieux bougon bougonnant?... Quelque chose de bien matrimonial, avec beaucoup de *spiccatos,* d'*allegros,* de *molto agitatos* et une *coda* délirante... à cinq dollars la note...

— Non... pour rien... cette fois... répond Frascolin. Ce sera l'obole du Quatuor concertant à ces nababissimes de Standard Island.

C'est décidé, et le violoncelliste se déclare prêt à implorer les inspirations du dieu de la Musique, si le dieu de la Poésie verse les siennes dans le cœur d'Yvernès.

Et c'est de cette noble collaboration qu'allait sortir la *Cantate des Cantates,* à l'imitation du *Cantique des Cantiques,* en l'honneur des Tankerdon unis aux Coverley.

Dans l'après-midi du 10, le bruit se répand qu'un grand steamer est en vue, venant du nord-est. Sa nationalité n'a pu être reconnue, car il est encore distant d'une dizaine de milles au moment où les brumes du crépuscule ont assombri la mer.

Ce steamer semblait forcer de vapeur, et on doit tenir pour certain qu'il se dirige vers Standard Island. Très vraisemblablement, il ne veut accoster que le lendemain au lever du soleil.

La nouvelle produit un indescriptible effet. Toutes les imaginations féminines sont en émoi à la pensée des merveilles de bijouterie, de couture, de modes, d'objets d'art apportées par ce navire transformé en une énorme corbeille de mariage... de la force de cinq à six cents chevaux!

On ne s'est pas trompé, et ce navire est bien à destination de Standard Island. Aussi, dès le matin, a-t-il doublé la jetée de Tribord Harbour, développant à sa corne le pavillon de la Standard Island Company.

Soudain, autre nouvelle que les téléphones transmettent à Milliard City: le pavillon de ce bâtiment est en berne.

Qu'est-il arrivé?... Un malheur... un décès à bord?... Ce serait là un fâcheux pronostic pour ce mariage qui doit assurer l'avenir de Standard Island.

Mais voici bien autre chose. Le bateau en question n'est point celui qui est attendu et il n'arrive pas d'Europe. C'est précisément du littoral américain, de la baie Madeleine, qu'il vient. D'ailleurs, le steamer chargé des richesses nuptiales n'est pas en retard. La date du mariage est fixée au 27, on n'est encore qu'au 11 février, et il a le temps d'arriver.

Alors, que prétend ce navire?... Quelle nouvelle apporte-t-il... Pourquoi ce pavillon en berne?... Pourquoi la compagnie l'a-t-elle expédié jusqu'en ces parages des Nouvelles-Hébrides où il savait rencontrer Standard Island?...

Est-ce donc qu'elle avait à faire aux Milliardais quelque pressante communication d'une exceptionnelle gravité?...

Oui, et on ne doit pas tarder à l'apprendre.

A peine le steamer est-il à quai qu'un passager en débarque.

C'est un des agents supérieurs de la compagnie, qui se refuse à répondre aux questions des nombreux et impatients curieux accourus sur le pier de Tribord Harbour.

Un tram était prêt à partir, et sans perdre un instant l'agent saute dans l'un des cars.

Dix minutes après, arrivé à l'Hôtel de Ville, il demande une audience au gouverneur, «pour affaire urgente» — audience qui est aussitôt consentie.

Cyrus Bikerstaff reçoit cet agent dans son cabinet, dont la porte est fermée.

Un quart d'heure ne s'est pas écoulé que chacun des membres du Conseil des trente notables est prévenu téléphoniquement d'avoir à se réunir d'urgence dans la salle des séances.

Entre-temps, les imaginations vont grand train dans les ports comme dans la ville, et l'appréhension, succédant à la curiosité, est au comble.

A huit heures moins vingt, le Conseil est assemblé sous la présidence du gouverneur assisté de ses deux adjoints. L'agent fait alors la déclaration suivante:

— A la date du 23 janvier, la Standard Island Company limited a été mise en état de faillite, et M. William T. Pomering a été nommé liquidateur avec pleins pouvoirs pour agir au mieux des intérêts de ladite société.

M. William T. Pomering, auquel sont dévolues ces fonctions, c'est l'agent en personne.

La nouvelle se répand, et la vérité est qu'elle ne provoque pas l'effet qu'elle eût produit en Europe. Que voulez-vous? Standard Island, c'est «un morceau détaché de la grande partition des Etats-Unis d'Amérique», comme dit Pinchinat. Or une faillite n'est point pour étonner des Américains, encore moins pour les prendre au dépourvu... N'est-ce pas une des phases naturelles aux affaires, un incident acceptable et accepté?... Les Milliardais envisagent donc le cas avec leur flegme habituel... La compagnie a sombré... soit. Cela peut arriver aux sociétés financières les plus honorables... Son passif est-il considérable?... Très considérable, ainsi que le fait connaître le bilan établi par le liquidateur : cinq cents millions de dollars, ce qui fait deux milliards cinq cents millions de francs... Et qui a causé cette faillite?... Des spéculations, insensées si l'on veut, puisqu'elles ont mal tourné, mais qui auraient pu réussir... une immense affaire pour la fondation d'une ville nouvelle sur des terrains de l'Arkansas, lesquels se sont engloutis à la suite d'une dépression géologique que rien ne pouvait faire prévoir... Après tout, ce n'est pas la faute de la compagnie, et, si les terrains s'enfoncent, on ne peut s'étonner que des actionnaires soient enfoncés du même coup... Quelque solide que paraisse l'Europe, cela pourra bien lui arriver un jour... Rien à craindre de ce genre, d'ailleurs, avec Standard Island, et cela ne démon-tre-t-il pas victorieusement sa supériorité sur le domaine des continents ou des îles terrestres?...

L'essentiel, c'est d'agir. L'actif de la compagnie se compose *hic et nunc* de la valeur de l'île à hélice, coque, usines, hôtels, maisons, campagne, flottille, en un mot, tout ce que porte l'appareil flottant de l'ingénieur William Tersen, tout ce qui s'y rattache, et, en outre, les établissements de Madeleine Bay. Est-il à propos qu'une nouvelle société se fonde pour l'acheter en bloc, à l'amiable ou aux enchères?... Oui... pas d'hésitation à cet égard, et le produit de cette vente sera appliqué à la liquidation des dettes de la compagnie... Mais, en fondant cette société nouvelle, serait-il nécessaire de recourir à des capitaux étrangers?... Est-ce que les Milliardais ne sont pas assez riches pour «se payer» Standard Island rien qu'avec leurs propres ressources?... De simples locataires, n'est-il pas préférable qu'ils deviennent propriétaires de ce Joyau du Pacifique?... Leur administration ne vaudra-t-elle pas celle de la compagnie écroulée?...

Ce qu'il y a de milliards dans le portefeuille des membres du Conseil des notables, on le sait de reste. Aussi sont-ils d'avis qu'il convient d'acheter Standard Island et sans retard. Le liquidateur a-t-il pouvoir de traiter?... Il l'a. D'ailleurs, si la compagnie a quelque chance de trouver à bref délai les sommes indispensables à sa liquidation, c'est bien dans la poche des notables de Milliard City, dont quelques-uns comp-tent déjà parmi ses plus forts actionnaires. A présent que la rivalité a cessé entre les deux principales familles et les deux sections de la ville, la chose ira toute seule. Chez les Anglo-

Saxons des Etats-Unis, les affaires ne traînent pas. Aussi les
fonds sont-ils faits séance tenante. De l'avis du Conseil des
notables, inutile de procéder par une souscription publique.
Jem Tankerdon, Nat Coverley et quelques autres offrent
quatre cents millions de dollars. Pas de discussion, d'ailleurs,
sur ce prix... C'est à prendre ou à laisser... et le liquidateur
prend.

Le Conseil s'était réuni à huit heures treize dans la salle de
l'Hôtel de Ville. Quand il se sépare, à neuf heures quarante-
sept, la propriété de Standard Island est passée entre les mains
des deux «archirichissimes» Milliardais et de quelques autres
de leurs amis sous la raison sociale Jem Tankerdon, Nat
Coverley and Co.

De même que la nouvelle de la faillite de la compagnie n'a,
pour ainsi dire, apporté aucun trouble chez la population de
l'île à hélice, de même la nouvelle de l'acquisition faite par les
principaux notables n'a produit aucune émotion. On trouve
cela chose très naturelle, et, eût-il fallu réunir une somme plus
considérable, les fonds auraient été faits en un tour de main.
C'est une profonde satisfaction pour ces Milliardais de sentir
qu'ils sont chez eux, ou, au moins, qu'ils ne dépendent plus
d'une société étrangère. Aussi le Joyau du Pacifique, représenté par toutes ses classes, employés, agents fonctionnaires,
officiers, miliciens, marins, veut-il adresser des remerciements
aux deux chefs de famille qui ont si bien compris l'intérêt
général.

Ce jour-là, dans un meeting tenu au milieu du parc, une
motion est faite à ce sujet et suivie d'une triple salve de
hourrahs et de hips. Aussitôt, nomination de délégués et envoi
d'une députation aux hôtels Coverley et Tankerdon.

Elle est reçue avec bonne grâce, et elle emporte l'assurance
que rien ne sera changé aux règlements, usages et coutumes de
Standard Island. L'administration restera ce qu'elle est! Tous
les fonctionnaires seront conservés dans leurs fonctions, tous
les employés dans leurs emplois.

— Et comment eût-il pu en être autrement?...

Donc il résulte de ceci que le commodore Ethel Simcoë
demeure chargé des services maritimes, ayant la haute direction des déplacements de Standard Island, conformément aux
itinéraires arrêtés en Conseil des notables. De même pour le
commandement des milices, que garde le colonel Stewart. De
même pour les services de l'observatoire, qui ne sont pas

modifiés, et le roi de Malécarlie n'est point menacé dans sa situation d'astronome. Enfin, personne n'est destitué de la place qu'il occupe, ni dans les deux ports, ni dans les fabriques d'énergie électrique, ni dans l'administration municipale. On ne remercie même pas Athanase Dorémus de ses inutiles fonctions, bien que les élèves s'obstinent à ne point fréquenter le cours de danse, de maintien et de grâces.

Il va de soi que rien n'est changé au traité passé avec le Quatuor concertant, lequel, jusqu'à la fin de la campagne, continuera à toucher les invraisemblables émoluments qui lui ont été attribués par son engagement.

— Ces gens-là sont extraordinaires! dit Frascolin, lorsqu'il apprend que l'affaire est réglée à la satisfaction commune.

— Cela tient à ce qu'ils ont le milliard coulant! répond Pinchinat.

— Peut-être aurions-nous pu profiter de ce changement de propriétaires pour résilier notre traité... fait observer Sébastien Zorn, qui ne veut pas démordre de ses absurdes préventions contre Standard Island.

— Résilier! s'écrie Son Altesse. Eh bien! fais seulement mine d'essayer!

Et, de sa main gauche dont les doigts s'ouvrent et se ferment comme s'il démanchait sur la quatrième corde, il menace le violoncelliste de lui envoyer un de ces coups de poing qui réalisent une vitesse de huit mètres cinquante à la seconde.

Cependant, une modification va être apportée dans la situation du gouverneur. Cyrus Bikerstaff, étant le représentant direct de la Standard Island Company, croit devoir résigner ses fonctions. En somme, cette détermination paraît logique en l'état actuel des choses. Aussi la démission est-elle acceptée, mais dans des termes les plus honorables pour le gouverneur. Quant à ses deux adjoints, Barthélemy Rudge et Hubley Harcourt, à demi ruinés par la faillite de la compagnie, dont ils étaient gros actionnaires, ils ont l'intention de quitter l'île à hélice par un des prochains steamers.

Toutefois, Cyrus Bikerstaff accepte de rester à la tête de l'administration municipale jusqu'à la fin de la campagne.

Ainsi s'est accomplie sans bruit, sans discussions, sans troubles, sans rivalités, cette importante transformation financière du domaine de Standard Island. Et l'affaire s'est si sagement, si rapidement opérée que dès ce jour-là le liquidateur a pu se rembarquer, emportant les signatures des principaux acquéreurs, avec la garantie du Conseil des notables.

Quant à ce personnage, si prodigieusement considérable, qui a nom Calistus Munbar, surintendant des Beaux Arts et des plaisirs de l'incomparable Joyau du Pacifique, il est simplement confirmé dans ses attributions, émoluments, bénéfices, et, en vérité, aurait-on jamais pu trouver un successeur à cet homme irremplaçable?

— Allons! fait observer Frascolin, tout est au mieux, l'avenir de Standard Island est assuré, elle n'a plus rien à craindre...

— Nous verrons! murmure le têtu violoncelliste.

Voilà dans quelles conditions va maintenant s'accomplir le mariage de Walter Tankerdon et de miss Dy Coverley. Les deux familles seront unies par ces intérêts pécuniaires qui, en Amérique comme ailleurs, forment les plus solides liens sociaux. Quelle assurance de prospérité pour les citoyens de Standard Island! Depuis qu'elle appartient aux principaux Milliardais, il semble qu'elle soit plus indépendante qu'elle ne l'était, plus maîtresse de ses destinées! Auparavant, une amarre la rattachait à cette baie Madeleine des Etats-Unis, et cette amarre elle vient de la rompre!

A présent, tout à la fête!

Est-il nécessaire d'insister sur la joie des parties en cause, d'exprimer ce qui est inexprimable, de peindre le bonheur qui rayonne autour d'elles? Les deux fiancés ne se quittent plus. Ce qui a paru être un mariage de convenance pour Walter Tankerdon et miss Dy Coverley est réellement un mariage de cœur. Tous deux s'aiment d'une affection dans laquelle l'intérêt n'entre pour rien, que l'on veuille bien le croire. Le jeune homme et la jeune fille possèdent ces qualités qui doivent leur assurer la plus heureuse des existences. C'est une âme d'or, ce Walter, et soyez convaincus que l'âme de miss Dy est faite du même métal — au figuré s'entend, et non dans le sens matériel qu'autoriseraient leurs millions. Ils sont créés l'un pour l'autre, et jamais cette phrase, tant soit peu banale, n'a eu un sens plus strict. Ils comptent les jours, ils comptent les heures qui les séparent de cette date si désirée du 27 février. Ils ne regrettent qu'une chose, c'est que Standard Island ne se dirige pas vers le cent quatre-vingtième degré de longitude, car, venant de l'ouest à présent, elle devrait effacer vingt-quatre heures de son calendrier. Le bonheur des futurs serait avancé d'un jour. Non! C'est en vue des Nouvelles-Hébrides que la cérémonie doit s'accomplir, et force est de se résigner.

Observons d'ailleurs que le navire chargé de toutes ces merveilles de l'Europe, le «navire-corbeille», n'est pas encore arrivé. Par exemple, voilà un luxe de choses dont les deux fiancés se passeraient volontiers, et qu'ont-ils besoin de ces magnificences quasi royales? Ils se donnent mutuellement leur amour, et leur en faut-il davantage?

Mais les familles, mais les amis, mais la population de Standard Island désirent que cette cérémonie soit entourée d'un éclat extraordinaire. Aussi les lunettes sont-elles obstinément braquées vers l'horizon de l'est. Jem Tankerdon et Nat Coverley ont même promis une forte prime à quiconque signalera le premier ce steamer que son propulseur ne poussera jamais assez vite au gré de l'impatience publique.

Entre-temps, le programme de la fête est élaboré avec soin. Il comprend les jeux, les réceptions, la double cérémonie au temple protestant et à la cathédrale catholique, la soirée de gala à l'hôtel municipal, le festival dans le parc. Calistus Munbar a l'œil à tout, il se prodigue, il se dépense, on peut bien dire qu'il se ruine au point de vue de la santé. Que voulez-vous! Son tempérament l'entraîne, on ne l'arrêterait pas plus qu'un train lancé à toute vitesse.

Quant à la cantate, elle est prête. Yvernès le poète et Sébastien Zorn le musicien se sont montrés dignes l'un de l'autre. Cette cantate sera chantée par les masses chorales d'une société orphéonique qui s'est fondée tout exprès. L'effet en sera très grand, lorsqu'elle retentira dans le square de l'observatoire, électriquement éclairé à la nuit tombante. Puis viendra la comparution des jeunes époux devant l'officier de l'état civil, et le mariage religieux se célébrera à minuit, au milieu des féeriques embrasements de Milliard City.

Enfin, le navire attendu est signalé au large. C'est une des vigies de Tribord Harbour qui gagne la prime, laquelle se chiffre par un nombre respectable de dollars.

Il est neuf heures du matin, le 19 février, lorsque ce steamer double la jetée du port, et le débarquement commence aussitôt.

Inutile de donner par le détail la nomenclature des articles, bijoux, robes, modes, objets d'art qui composent cette cargaison nuptiale. Il suffit de savoir que l'exposition qui en est faite dans les vastes salons de l'hôtel Coverley obtient un succès sans précédent. Toute la population de Milliard City a voulu défiler devant ces merveilles. Que nombre de ces personnages invraisemblablement riches puissent se procurer ces magnifiques produits en y mettant le prix, soit. Mais il faut aussi compter avec le goût, le sens artiste qui ont présidé à leur choix, et l'on ne saurait trop les admirer. Au surplus, les étrangères curieuses de connaître la nomenclature des dits articles pourront se reporter aux numéros du *Starboard Chronicle* et du *New Herald* des 21 et 22 février. Si elles ne sont pas satisfaites, c'est que la satisfaction absolue n'est pas de ce monde.

— Fichtre! dit simplement Yvernès, quand il est sorti des salons de l'hôtel de la Quinzième Avenue en compagnie de ses trois camarades.

— Fichtre! me paraît une expression juste entre toutes, fait observer Pinchinat. C'est à vous donner envie d'épouser miss Dy Coverley sans dot... rien que pour elle-même!

Quant aux jeunes fiancés, la vérité est qu'ils n'ont accordé qu'une vague attention à ce stock des chefs-d'œuvre de l'art et de la mode.

Cependant, depuis l'arrivée du steamer, Standard Island a repris la direction de l'ouest, afin de rallier les Nouvelles-Hébrides. Si on est en vue de l'une des îles du groupe avant le 27, le capitaine Sarol débarquera avec ses compagnons, et Standard Island commencera sa campagne de retour.

Ce qui va faciliter cette navigation dans ces parages de l'Ouest-Pacifique, c'est qu'ils sont très familiers au capitaine malais. Sur la demande du commodore Simcoë, qui a réclamé ses services, il se tient en permanence à la tour de l'observatoire. Dès que les premières hauteurs apparaîtront, rien ne sera plus aisé que d'approcher l'île Erromango, l'une des plus orientales du groupe — ce qui permettra d'éviter les nombreux écueils des Nouvelles-Hébrides.

Est-ce hasard, ou le capitaine Sarol, désireux d'assister aux fêtes du mariage, s'est-il appliqué à ne manœuvrer qu'avec une certaine lenteur, mais les premières îles ne sont signalées que dans la matinée du 27 février — précisément le jour fixé pour la cérémonie nuptiale.

Peu importe, du reste. Le mariage de Walter Tankerdon et de miss Dy Coverley n'en sera pas moins heureux pour avoir été célébré en vue des Nouvelles-Hébrides, et, si cela doit causer tant de plaisir à ces braves Malais — ils ne le dissimulent point — libre à eux de prendre part aux fêtes de Standard Island.

Rencontré d'abord quelques îlots du large, et, après les avoir dépassés sur les indications très précises du capitaine Sarol, l'île à hélice se dirige vers Erromango en laissant au sud les hauteurs de l'île Tanna.

En ces parages, Sébastien Zorn, Frascolin, Pinchinat, Yvernès ne sont pas éloignés — trois cents milles au plus — des possessions françaises de cette partie du Pacifique, les îles Loyalty et la Nouvelle-Calédonie, ce pénitentiaire qui est situé aux antipodes de la France.

Erromango est très boisée à l'intérieur, accidentée de multiples collines, au pied desquelles s'étendent de larges plateaux cultivables. Le commodore Simcoë s'arrête à un mille de la baie de Cook de la côte orientale. Il n'eût pas été prudent de s'approcher davantage, car les bandes coralligènes s'avancent à fleur d'eau jusqu'à un demi-mille en mer. Du reste, l'intention du gouverneur Cyrus Bikerstaff n'est point de stationner devant cette île ni de relâcher en aucune autre de l'archipel. Après les fêtes, les Malais débarqueront, et Standard Island remontera vers l'équateur pour revenir à la baie Madeleine.

Il est une heure après midi lorsque Standard Island demeure stationnaire.

Par ordre des autorités, tout le monde a sa liberté, fonctionnaires et employés, marins et miliciens, à l'exception des douaniers de garde dans les postes du littoral, que rien ne doit distraire de leur surveillance.

Inutile de dire que le temps est magnifique, rafraîchi par la brise de mer. Suivant l'expression consacrée, «le soleil s'est mis de la partie».

— Positivement, ce disque orgueilleux paraît être aux ordres de ces rentiers! s'écrie Pinchinat. Ils lui enjoindraient, comme autrefois Josué, de prolonger le jour, qu'il leur obéirait!... O puissance de l'or!

Il n'y a pas lieu d'insister sur les divers numéros du programme à sensation, tel que l'a rédigé le surintendant des plaisirs de Milliard City. Dès trois heures, tous les habitants, ceux de la campagne comme ceux de la ville et des ports, affluent dans le parc, le long des rives de la Serpentine. Les notables se mêlent familièrement au populaire. Les jeux sont suivis avec un entrain auquel l'appât des prix à gagner n'est pas étranger peut-être. Des bals sont organisés en plein air. Le plus brillant est donné dans l'une des grandes salles du casino, où les jeunes gens, les jeunes femmes, les jeunes filles font assaut de grâce et d'animation. Yvernès et Pinchinat prennent part à ces danses et ne le cèdent à personne quand il s'agit d'être le cavalier des plus jolies milliardaises. Jamais Son Altesse n'a été si aimable, jamais elle n'a eu tant d'esprit, jamais elle n'a eu un tel succès. Qu'on ne s'étonne donc pas si, au moment où l'une de ses danseuses lui dit après une valse tourbillonnante: «Ah! monsieur, je suis en eau!» Il a osé répondre:

— En eau de Vals, miss, en eau de Vals!

Frascolin, qui l'écoute, rougit jusqu'aux oreilles, et Yvernès, qui l'entend, se demande si les foudres du Ciel ne vont pas éclater sur la tête du coupable!

Ajoutons que les familles Tankerdon et Coverley sont au complet, et les gracieuses sœurs de la jeune fille se montrent très heureuses de son bonheur. Miss Dy se promène au bras de Walter, ce qui ne saurait blesser les convenances, lorsqu'il s'agit de citoyens originaires de la libre Amérique. On applaudit ce groupe sympathique, on l'acclame, on lui offre des fleurs, on lui décerne des compliments qu'il reçoit en montrant une parfaite affabilité.

Et, pendant les heures qui se succèdent, les rafraîchissements servis à profusion ne laissent pas d'entretenir la belle humeur du public.

Le soir venu, le parc resplendit des feux électriques que les lunes d'aluminium versent à torrents. Le soleil a sagement fait de disparaître sous l'horizon! N'aurait-il pas été humilié devant ces effluences artificielles qui rendent la nuit aussi claire que le jour?

La cantate est chantée entre neuf et dix heures — avec quel succès, il ne sied ni au poète ni au compositeur d'en convenir. Et peut-être même, à ce moment, le violoncelliste a-t-il senti se dissoudre ses injustes préventions contre le Joyau du Pacifique...

Onze heures sonnant, un long cortège processionnel se dirige vers l'Hôtel de Ville. Walter Tankerdon et miss Dy Coverley marchent au milieu de leurs familles. Toute la population les accompagne en remontant la Unième Avenue.

Le gouverneur Cyrus Bikerstaff se tient dans le grand salon de l'hôtel municipal. Le plus beau de tous les mariages qu'il lui aura été donné de célébrer pendant sa carrière administrative va s'accomplir...

Soudain, des cris éclatent vers l'extrême quartier de la section bâbordaise.

Le cortège s'arrête à mi-avenue.

Presque aussitôt, avec ces cris qui redoublent, de lointaines détonations se font entendre.

Un instant après, quelques douaniers — plusieurs blessés — se précipitent hors du square de l'Hôtel de Ville.

L'anxiété est au comble. À travers la foule se propage cette épouvante irraisonnée qui naît d'un danger inconnu...

Cyrus Bikerstaff paraît sur le perron de l'hôtel, suivi du commodore Simcoë, du colonel Stewart et des notables qui sont venus les rejoindre.

Aux questions qui leur sont faites, les douaniers répondent que Standard Island vient d'être envahie par une bande de Néo-Hébridiens — trois ou quatre mille — et le capitaine Sarol est à leur tête.

# XI

### ATTAQUE ET DÉFENSE

Tel est le début de l'abominable complot préparé par le capitaine Sarol, auquel concourent les Malais recueillis avec lui sur Standard Island, les Néo-Hébridiens embarqués aux Samoa, les indigènes d'Erromango et îles voisines. Quel en sera le dénouement? On ne saurait le prévoir, étant donné les conditions dans lesquelles se produit cette brusque et terrible agression.

Le groupe néo-hébridien ne comprend pas moins de cent cinquante îles, qui, sous la protection de l'Angleterre, forment une dépendance géographique de l'Australie. Toutefois, ici comme aux Salomon, situées dans le nord-ouest des mêmes parages, cette question du protectorat est une pomme de discorde entre la France et le Royaume-Uni. Et encore les Etats-Unis ne voient-ils pas d'un bon œil l'établissement de colonies européennes au milieu d'un océan dont ils songent à revendiquer l'exclusive jouissance. En implantant son pavillon sur ces divers groupes, la Grande-Bretagne cherche à se créer une station de ravitaillement qui lui serait indispensable dans le cas où les colonies australiennes échapperaient à l'autorité du Foreign Office.

La population des Nouvelles-Hébrides se compose de nègres et de Malais d'origine canaque. Mais le caractère de ces

indigènes, leur tempérament, leurs instincts diffèrent suivant
qu'ils appartiennent aux îles du Nord ou aux îles du Sud — ce
qui permet de partager cet archipel en deux groupes.

Dans le groupe septentrional, à l'île Santo, à la baie de
Saint-Philippe, le type est plus relevé, de teint moins foncé, la
chevelure moins crépue. Les hommes, trapus et forts, doux et
pacifiques, ne se sont jamais attaqués aux comptoirs ni aux
navires européens. Même observation en ce qui concerne l'île
Vaté ou Sandwich, dont plusieurs bourgades sont florissantes,
entre autres Port-Vila, capitale de l'archipel — qui porte aussi
le nom de Franceville — où nos colons utilisent les richesses
d'un sol admirable, ses plantureux pâturages, ses champs
propices à la culture, ses terrains favorables aux plantations de
caféiers, de bananiers, de cocotiers et à la fructueuse industrie
des *coprahmakers*[1]. En ce groupe, les habitudes des indigènes
se sont complètement modifiées depuis l'arrivée des Européens. Leur niveau moral et intellectuel s'est haussé. Grâce
aux efforts des missionnaires, les scènes de cannibalisme, si
fréquentes autrefois, ne se reproduisent plus. Par malheur, la
race canaque tend à disparaître, et il n'est que trop évident
qu'elle finira par s'éteindre au détriment de ce groupe du Nord,
où elle s'est transformée au contact de la civilisation européenne.

Mais ces regrets seraient très déplacés à propos des îles
méridionales de l'archipel. Aussi n'est-ce pas sans raison que
le capitaine Sarol a choisi le groupe du Sud pour y organiser
cette criminelle tentative contre Standard Island. Sur ces îles,
les indigènes, restés de véritables Papous, sont des êtres
relégués au bas de l'échelle humaine, à Tanna comme à
Erromango. De cette dernière surtout, un ancien sandalier a
eu raison de dire au docteur Hayen:

— Si cette île pouvait parler, elle raconterait des choses à
faire dresser les cheveux sur la tête!

En effet, la race de ces Canaques, d'origine inférieure, ne
s'est pas revivifiée avec le sang polynésien comme aux îles
septentrionales. A Erromango, sur deux mille cinq cents habitants, les missionnaires anglicans, dont cinq ont été massacrés

---

[1] Industrie qui utilise les noix de coco, lesquelles, après avoir été
fendues et desséchées soit au soleil, soit au feu, fournissent cette
pulpe désignée sous le nom de «coprah» qui entre dans la composition des savons de Marseille.

depuis 1839, n'en ont converti qu'une moitié au christianisme. L'autre est demeurée païenne. D'ailleurs, convertis ou non, tous représentent encore ces indigènes féroces qui méritent leur triste réputation, bien qu'ils soient de taille plus chétive, de constitution moins robuste que les naturels de l'île Santo ou de l'île Sandwich. De là de sérieux dangers contre lesquels doivent se prémunir les touristes qui s'aventurent à travers ce groupe du Sud.

Divers exemples qu'il convient de citer:

Il y a quelque cinquante ans, des actes de piraterie furent exercés contre le brick *Aurore* et durent être sévèrement réprimés par la France. En 1869, le missionnaire Gordon est tué à coups de casse-tête. En 1875, l'équipage d'un navire anglais, attaqué traîtreusement, est massacré puis dévoré par les cannibales. En 1894, dans les archipels voisins de la Louisiade, à l'île Rossel, un négociant français et ses ouvriers, le capitaine d'un navire chinois et son équipage périssent sous les coups de ces anthropophages. Enfin, le croiseur anglais *Royalist* est forcé d'entreprendre une campagne, afin de punir ces sauvages populations d'avoir massacré un grand nombre d'Européens. Et, quand on lui raconte cette histoire, Pinchinat, récemment échappé aux terribles molaires des Fidgiens, se garde maintenant de hausser les épaules.

Telle est la population chez laquelle le capitaine Sarol a recruté ses complices. Il leur a promis le pillage de cet opulent Joyau du Pacifique, dont aucun habitant ne doit être épargné. De ces sauvages qui guettaient son apparition aux approches d'Erromango, il en est venu des îles voisines, séparées par d'étroits bras de mer — principalement de Tanna, qui n'est qu'à trente-cinq milles au sud. C'est elle qui a lancé les robustes naturels du district de Wanissi, farouches adorateurs du dieu Teapolo, et dont la nudité est presque complète, les indigènes de la plage Noire, de Sangalli, les plus redoutables et les plus redoutés de l'archipel.

Mais de ce que le groupe septentrional est relativement moins sauvage il ne faut pas conclure qu'il n'a donné aucun contingent au capitaine Sarol. Au nord de l'île Sandwich, il y a l'île d'Api, avec ses dix-huit mille habitants, où l'on dévore les prisonniers, dont le tronc est réservé aux jeunes gens, les bras et les cuisses aux hommes faits, les intestins aux chiens et aux porcs. Il y a l'île de Paama, avec ses féroces tribus qui ne le cèdent point aux naturels d'Api. Il y a l'île de Mallicolo, avec ses Canaques anthropophages. Il y a enfin l'île Aurora, l'une des plus mauvaises de l'archipel, dont aucun Blanc ne fait sa résidence et où, quelques années avant, avait été massacré l'équipage d'un cotre de nationalité française. C'est de ces diverses îles que sont venus des renforts au capitaine Sarol.

Dès que Standard Island est apparue, dès qu'elle n'a plus été qu'à quelques encablures d'Erromango, le capitaine Sarol a envoyé le signal qu'attendaient les indigènes.

En quelques minutes, les roches à fleur d'eau ont livré passage à trois ou quatre mille sauvages.

Le danger est des plus graves, car ces Néo-Hébridiens, déchaînés sur la cité milliardaise, ne reculeront devant aucun attentat, aucune violence. Ils ont pour eux l'avantage de la surprise et sont armés non seulement de longues sagaies à pointes d'os qui font de très dangereuses blessures, de flèches empoisonnées avec une sorte de venin végétal, mais aussi de ces fusils Snyders dont l'usage est répandu dans l'archipel.

Dès le début de cette affaire, préparée de longue main, puisque c'est ce Sarol qui marche à la tête des assaillants, il a fallu appeler la milice, les marins, les fonctionnaires, tous les hommes valides en état de combattre.

Cyrus Bikerstaff, le commodore Simcoë, le colonel Stewart ont gardé tout leur sang-froid. Le roi de Malécarlie a offert ses services, et s'il n'a plus la vigueur de la jeunesse il en a du moins le courage. Les indigènes sont encore éloignés du côté de Bâbord Harbour, où l'officier de port essaie d'organiser la résistance. Mais nul doute que les bandes ne tardent à se précipiter sur la ville.

Ordre est donné tout d'abord de fermer les portes de l'enceinte de Milliard City, où la population s'était rendue presque tout entière pour les fêtes du mariage. Que la campagne et le parc soient ravagés, il faut s'y attendre. Que les deux ports et les fabriques d'énergie électrique soient dévastés, on doit le craindre. Que les batteries de l'Eperon et de la Poupe soient détruites, on ne peut l'empêcher. Le plus grand malheur serait que l'artillerie de Standard Island se tournât contre la ville, et il n'est pas impossible que les Malais sachent la manœuvrer...

Avant tout, sur la proposition du roi de Malécarlie, on fait rentrer dans l'Hôtel de Ville la plupart des femmes et des enfants.

Ce vaste hôtel municipal est plongé dans une profonde obscurité, comme l'île entière, car les appareils électriques ont cessé de fonctionner, les mécaniciens ayant dû fuir les assaillants.

Cependant, par les soins du commodore Simcoë, les armes qui étaient déposées à l'Hôtel de Ville sont distribuées aux miliciens et aux marins, et les munitions ne leur feront pas défaut. Après avoir laissé miss Dy avec Mrs Tankerdon et Coverley, Walter est venu se joindre au groupe dans lequel se tiennent Jem Tankerdon, Nat Coverley, Calistus Munbar, Pinchinat, Yvernès, Frascolin et Sébastien Zorn.

— Allons... il paraît que cela devait finir de cette façon!... murmure le violoncelliste.

— Mais ce n'est pas fini! s'écrie le surintendant. Non! ce n'est pas fini, et ce n'est pas notre chère Standard Island qui succombera devant une poignée de Canaques!

Bien parlé, Calistus Munbar! Et l'on comprend que la colère te dévore, à la pensée que ces coquins de Néo-Hébridiens ont interrompu une fête si bien ordonnée! Oui, il faut espérer qu'on les repoussera... Par malheur, s'ils ne sont pas supérieurs en nombre, ils ont l'avantage de l'offensive.

Pourtant, les détonations continuent d'éclater au loin, dans la direction des deux ports. Le capitaine Sarol a commencé par interrompre le fonctionnement des hélices, afin que Standard Island ne puisse s'éloigner d'Erromango, où se trouve sa base d'opération.

Le gouverneur, le roi de Malécarlie, le commodore Simcoë, le colonel Stewart, réunis en comité de défense, ont d'abord songé à faire une sortie. Non, c'eût été sacrifier nombre de ces défenseurs dont on a tant besoin. Il n'y a pas plus de merci à espérer de ces sauvages indigènes que de ces fauves qui, quinze jours auparavant, ont envahi Standard Island. En outre, ne tenteront-ils pas de la faire échouer sur les roches d'Erromango pour la livrer ensuite au pillage?...

Une heure après, les assaillants sont arrivés devant les grilles de Milliard City. Ils essaient de les abattre, elles résistent. Ils tentent de les franchir, on les défend à coups de fusil.

Puisque Milliard City n'a pu être surprise dès le début, il devient difficile de forcer l'enceinte au milieu de cette profonde obscurité. Aussi le capitaine Sarol ramène-t-il les indigènes vers le parc et la campagne, où il attendra le jour.

Entre quatre et cinq heures du matin, les premières blancheurs nuancent l'horizon de l'est. Les miliciens et les marins, sous les ordres du commodore Simcoë et du colonel Stewart, laissant la moitié d'entre eux à l'Hôtel de Ville, vont se masser dans le square de l'observatoire avec la pensée que le capitaine Sarol voudrait forcer les grilles de ce côté. Or, comme aucun secours ne peut venir du dehors, il faut à tout prix empêcher les indigènes de pénétrer dans la ville.

Le quatuor a suivi les défenseurs, que leurs officiers entraînent vers l'extrémité de la Unième Avenue.

— Avoir échappé aux cannibales des Fidji, s'écrie Pinchinat, et être obligé de défendre ses propres côtelettes contre les cannibales des Nouvelles-Hébrides!...

— Ils ne nous mangeront pas tout entiers, que diable! répond Yvernès.

— Et je résisterai jusqu'à mon dernier morceau, comme le héros de Labiche! ajoute Yvernès.

Sébastien Zorn, lui, reste silencieux. On sait ce qu'il pense de cette aventure, ce qui ne l'empêchera pas de faire son devoir.

Dès les premières clartés, des coups de feu sont échangés à travers les grilles du square. Défense courageuse dans l'enceinte de l'observatoire. Il y a des victimes de part et d'autre. Du côté des Milliardais, Jem Tankerdon est blessé à l'épaule — légèrement, mais il ne veut point abandonner son poste. Nat Coverley et Walter se battent au premier rang. Le roi de Malécarlie, bravant les balles des Snyders, cherche à viser le capitaine Sarol, lequel ne s'épargne pas au milieu des indigènes.

En vérité, ils sont trop, ces assaillants! Tout ce qu'Erromango, Tanna et les iles voisines ont pu fournir de combattants s'acharne contre Milliard City. Une circonstance heureuse, pourtant — et le commodore Simcoë a pu le constater — c'est que Standard Island, au lieu d'être drossée vers la côte d'Erromango, remonte sous l'influence d'un léger courant et se dirige vers le groupe septentrional, bien qu'il eût mieux valu porter au large.

Néanmoins, le temps s'écoule, les indigènes redoublent leurs efforts, et, malgré leur courageuse résistance, les défenseurs ne pourront les contenir. Vers dix heures, les grilles sont arrachées. Devant la foule hurlante qui envahit le square, le commodore Simcoë est forcé de se rabattre vers l'Hôtel de Ville, où il faudra se défendre comme dans une forteresse.

Tout en reculant, les miliciens et les marins cèdent pied à pied. Peut-être, maintenant qu'ils ont forcé l'enceinte de la ville, les Néo-Hébridiens, entraînés par l'instinct du pillage, vont-ils se disperser à travers les divers quartiers, ce qui permettrait aux Milliardais de reprendre quelque avantage...

Vain espoir! Le capitaine Sarol ne laissera pas les indigènes se jeter hors de la Unième Avenue. C'est par là qu'ils atteindront l'Hôtel de Ville, où ils réduiront les derniers efforts des assiégés. Lorsque le capitaine Sarol en sera maître, la victoire sera définitive. L'heure du pillage et du massacre aura sonné.

— Décidément... ils sont trop! répète Frascolin, dont une sagaie vient d'effleurer le bras.

Et les flèches de pleuvoir, les balles aussi, tandis que le recul s'accentue.

Vers deux heures, les défenseurs ont été refoulés jusqu'au square de l'Hôtel de Ville. De morts, on en compte déjà une cinquantaine des deux parts — de blessés, le double ou le triple. Avant que le palais municipal ait été envahi par les indigènes, on s'y précipite, on en ferme les portes, on oblige les femmes et les enfants à chercher un refuge dans les appartements intérieurs, où ils seront à l'abri des projectiles. Puis Cyrus Bikerstaff, le roi de Malécarlie, le commodore Simcoë, le colonel Stewart, Jem Tankerdon, Nat Coverley, leurs amis, les miliciens et les marins se postent aux fenêtres, et le feu recommence avec une nouvelle violence.

— Il faut tenir ici, dit le gouverneur. C'est notre dernière chance, et que Dieu fasse un miracle pour nous sauver!

L'assaut est aussitôt donné par ordre du capitaine Sarol, qui se croit sûr du succès, bien que la tâche soit rude. En effet, les portes sont solides, et il sera difficile de les enfoncer sans artillerie. Les indigènes les attaquent à coups de hache, sous le feu des fenêtres, ce qui occasionne de grandes pertes parmi eux. Mais cela n'est point pour arrêter leur chef, et, pourtant, s'il était tué, peut-être sa mort changerait-elle la face des choses...

Deux heures se passent. L'Hôtel de Ville résiste toujours. Si les balles déciment les assaillants, leur masse se renouvelle sans cesse. En vain les plus adroits tireurs, Jem Tankerdon, le colonel Stewart, cherchent-ils à démonter le capitaine Sarol. Tandis que nombre des siens tombent autour de lui, il semble qu'il soit invulnérable.

Et ce n'est pas lui, au milieu d'une fusillade plus nourrie que jamais, que la balle d'un Snyders est venue frapper sur le balcon central. C'est Cyrus Bikerstaff, qui est atteint en pleine poitrine. Il tombe, il ne peut plus prononcer que quelques paroles étouffées, le sang lui remonte à la gorge. On l'emporte dans l'arrière-salon, où il ne tarde pas à rendre le dernier soupir. Ainsi a succombé celui qui fut le premier gouverneur de Standard Island, administrateur habile, cœur honnête et grand.

L'assaut se poursuit avec un redoublement de fureur. Les portes vont céder sous la hache des indigènes. Comment empêcher l'envahissement de cette dernière forteresse de Standard Island? Comment sauver les femmes, les enfants, tous ceux qu'elle renferme, d'un massacre général?

Le roi de Malécarlie, Ethel Simcoë, le colonel Stewart discutent alors s'il ne conviendrait pas de fuir par les derrières du palais. Mais où chercher refuge? A la batterie de la Poupe?... Mais pourra-t-on l'atteindre?... A l'un des ports?... Mais les indigènes n'en sont-ils pas maîtres?... Et les blessés, déjà nombreux, se résoudra-t-on à les abandonner?...

En ce moment se produit un coup heureux, qui est de nature à modifier la situation.

Le roi de Malécarlie s'est avancé sur le balcon sans prendre garde aux balles et flèches qui pleuvent autour de lui. Il épaule son fusil, il vise le capitaine Sarol à l'instant où l'une des portes va livrer passage aux assaillants...

Le capitaine Sarol tombe raide.

Les Malais, arrêtés par cette mort, reculent en emportant le cadavre de leur chef, et la masse des indigènes se rejette vers les g.illes du square.

Presque en même temps, des cris retentissent dans le haut de la Unième Avenue, où la fusillade éclate avec une nouvelle intensité.

Que se passe-t-il donc?... Est-ce que l'avantage est revenu aux défenseurs des ports et des batteries?... Est-ce qu'ils sont accourus vers la ville... Est-ce qu'ils tentent de prendre les indigènes à revers, malgré leur petit nombre?...

— La fusillade redouble du côté de l'observatoire?... dit le colonel Stewart.

— Quelque renfort qui arrive à ces coquins! répond le commodore Simcoë.

— Je ne le pense pas, observe le roi de Malécarlie, car ces coups de feu ne s'expliqueraient pas...

— Oui!... il y a du nouveau, s'écrie Pinchinat, et du nouveau à notre avantage...

— Regardez... regardez! réplique Calistus Munbar. Voici tous ces gueux qui commencent à décamper...

— Allons, mes amis, dit le roi de Malécarlie, chassons ces misérables de la ville... En avant!...

Officiers, miliciens, marins, tous descendent au rez-de-chaussée et se précipitent par la grande porte...

Le square est abandonné de la foule des sauvages qui s'enfuient, les uns le long de la Unième Avenue, les autres à travers les rues avoisinantes.

Quelle est au juste la cause de ce changement si rapide et si inattendu?... Faut-il l'attribuer à la disparition du capitaine Sarol... au défaut de direction qui s'en est suivi?... Est-il inadmissible que les assaillants, si supérieurs en force, aient été découragés à ce point par la mort de leur chef et au moment où l'Hôtel de Ville allait être envahi?...

Entraînés par le commodore Simcoë et le colonel Stewart, environ deux cents hommes de la marine et de la milice, avec eux Jem et Walter Tankerdon, Nat Coverley, Frascolin et ses camarades, descendent la Unième Avenue, repoussant les fuyards, qui ne se retournent même pas pour leur lancer une dernière balle ou une dernière flèche, et jettent Snyders, arcs, sagaies.

— En avant!... en avant!... crie le commodore Simcoë d'une voix éclatante.

Cependant, aux abords de l'observatoire les coups de feu redoublent... Il est certain qu'on s'y bat avec un effroyable acharnement...

Un secours est-il donc arrivé à Standard Island?... Mais quel secours... et d'où aurait-il pu venir?...

Quoi qu'il en soit, les assaillants fuient de toutes parts, en proie à une incompréhensible panique. Sont-ils donc attaqués par des renforts venus de Bâbord Harbour?...

Oui... un millier de Néo-Hébridiens a envahi Standard Island, sous la direction des colons français de l'île Sandwich!

Qu'on ne s'étonne pas si le quatuor fut salué dans sa langue nationale, lorsqu'il rencontra ses courageux compatriotes!

Voici dans quelles circonstances s'est effectuée cette intervention inattendue, on pourrait dire quasi miraculeuse.

Pendant la nuit précédente et depuis le lever du jour, Standard Island n'avait cessé de dériver vers cette île Sandwich où, on ne l'a point oublié, résidait une colonie française en voie de prospérité. Or, dès que les colons eurent vent de l'attaque opérée par le capitaine Sarol, ils résolurent, avec l'aide du millier d'indigènes soumis à leur influence, de venir au secours de l'île à hélice. Mais, pour les y transporter, les embarcations de l'île Sandwich ne pouvaient suffire...

Que l'on juge de la joie de ces honnêtes colons, lorsque, dans la matinée, Standard Island, poussée par le courant, arriva à la hauteur de l'île Sandwich. Aussitôt, tous de se jeter dans les chaloupes de pêche, suivis des indigènes — à la nage pour la plupart — et tous de débarquer à Bâbord Harbour...

En un instant, les hommes des batteries de l'Eperon et de la Poupe, ceux qui étaient restés dans les ports, purent se joindre à eux. A travers la campagne, à travers le parc, ils se portèrent vers Milliard City, et, grâce à cette diversion, l'Hôtel de Ville ne tomba point aux mains des assaillants, déjà ébranlés par la mort du capitaine Sarol.

Deux heures après, les bandes néo-hébridiennes, traquées de toutes parts, n'ont plus cherché leur salut qu'en se précipitant dans la mer, afin de gagner l'île Sandwich, et encore le plus grand nombre a-t-il coulé sous les balles de la milice.

Maintenant, Standard Island n'a plus rien à craindre: elle est sauvée du pillage, du massacre, de l'anéantissement.

Il semble bien que l'issue de cette terrible affaire aurait dû donner lieu à des manifestations de joie publique et d'actions de grâces... Non! Oh! ces Américains toujours étonnants! On dirait que le résultat final ne les a pas surpris... qu'ils l'avaient prévu... Et, pourtant, à quoi a-t-il tenu que la tentative du capitaine Sarol n'aboutît à une épouvantable catastrophe!

Toutefois, il est permis de croire que les principaux propriétaires de Standard Island durent se féliciter *in petto* d'avoir pu conserver une propriété de deux milliards, et cela au moment où le mariage de Walter Tankerdon et de miss Dy Coverly allait en assurer l'avenir.

Mentionnons que les deux fiancés, lorsqu'ils se sont revus, sont tombés dans les bras l'un de l'autre. Personne, d'ailleurs, ne s'est avisé de voir là un manque aux convenances. Est-ce qu'ils n'auraient pas dû être mariés depuis vingt-quatre heures?...

Par exemple, où il ne faut pas chercher un exemple de cette réserve ultra-américaine, c'est dans l'accueil que nos artistes parisiens font aux colons français de l'île Sandwich. Quel échange de poignées de main! Quelles félicitations le Quatuor concertant reçoit de ses compatriotes! Si les balles ont daigné les épargner, ils n'en ont pas moins fait crânement leur devoir, ces deux violons, cet alto et ce violoncelle! Quant à l'excellent Athanase Dorémus, qui est tranquillement resté dans la salle du casino, il attendait un élève, lequel s'obstine à ne jamais venir... et qui pourrait le lui reprocher?...

Une exception en ce qui concerne le surintendant. Si ultra-yankee qu'il soit, sa joie a été délirante. Que voulez-vous? Dans ses veines coule le sang de l'illustre Barnum, et on admettra volontiers que le descendant d'un tel ancêtre ne soit pas *sui compos,* comme ses concitoyens du Nord-Amérique!

Après l'issue de l'affaire, le roi de Malécarlie, accompagné de la reine, a regagné son habitation de la Trente-septième Avenue, où le Conseil des notables lui portera les remerciements que méritent son courage et son dévouement à la cause commune.

Donc Standard Island est saine et sauve. Son salut lui a coûté cher — Cyrus Bikerstaff tué au plus fort de l'action, une soixantaine de miliciens et de marins atteints par les balles ou les flèches, à peu près autant parmi ces fonctionnaires, ces employés, ces marchands qui se sont si bravement battus. A ce deuil public, la population s'associera tout entière, et le Joyau du Pacifique ne saurait en perdre le souvenir.

Du reste, avec la rapidité d'exécution qui leur est propre, ces Milliardais vont promptement remettre les choses en état. Après une relâche de quelques jours à l'île Sandwich, toute trace de cette sanglante lutte aura disparu.

En attendant, il y a accord complet sur la question des pouvoirs militaires, qui sont conservés au commodore Simcoë. De ce chef, nulle difficulté, nulle compétition. Ni M. Jem Tankerdon ni M. Nat Coverley n'émettent aucune prétention à ce sujet. Plus tard, l'élection réglera l'importante question du nouveau gouverneur de Standard Island.

Le lendemain, une imposante cérémonie appelle la population sur les quais de Tribord Harbour. Les cadavres des Malais et des indigènes ont été jetés à la mer, il ne doit pas en être ainsi des citoyens morts pour la défense de l'île à hélice. Leurs corps, pieusement recueillis, conduits au temple et à la cathédrale, y reçoivent de justes honneurs. Le gouverneur Cyrus Bikerstaff, comme les plus humbles, sont l'objet de la même prière et de la même douleur.

Puis ce funèbre chargement est confié à l'un des rapides

steamers de Standard Island, et le navire part pour Madeleine
Bay, emportant ces précieuses dépouilles vers une terre chrétienne.

## XII

### TRIBORD ET BÂBORD, LA BARRE

Standard Island a quitté les parages de l'île Sandwich le
3 mars. Avant son départ, la colonie française et leurs alliés
indigènes ont été l'objet de la vive reconnaissance des Milliardais. Ce sont des amis qu'ils reverront, ce sont des frères que
Sébastien Zorn et ses camarades laissent sur cette île du
groupe des Nouvelles-Hébrides, qui figurera désormais dans
l'itinéraire annuel.

Sous la direction du commodore Simcoë, les réparations ont
été rapidement faites. Du reste, les dégâts étaient peu considérables. Les machines des fabriques d'électricité sont intactes.
Avec ce qui reste du stock de pétrole, le fonctionnement des
dynamos est assuré pour plusieurs semaines. D'ailleurs, l'île à
hélice ne tardera pas à rejoindre cette partie du Pacifique où
ses câbles sous-marins lui permettent de communiquer avec
Madeleine Bay. On a, par suite, cette certitude que la campagne s'achèvera sans mécomptes. Avant quatre mois, Standard Island aura rallié la côte américaine.

— Espérons-le, dit Sébastien Zorn alors que le surintendant
s'emballe comme d'habitude sur l'avenir de son merveilleux
appareil maritime.

— Mais, observe Calistus Munbar, quelle leçon nous avons
reçue!... Ces Malais si serviables, ce capitaine Sarol, personne
n'aurait pu les suspecter!... Aussi est-ce bien la dernière fois
que Standard Island aura donné asile à des étrangers...

— Même si un naufrage les jette sur votre route?... demande
Pinchinat.

— Mon bon... je ne crois plus ni aux naufragés ni aux
naufrages!

Cependant, de ce que le commodore Simcoë est chargé,
comme avant, de la direction de l'île à hélice, il n'en résulte pas
que les pouvoirs civils soient entre ses mains. Depuis la mort
de Cyrus Bikerstaff, Milliard City n'a plus de maire, et, on le
sait, les anciens adjoints n'ont pas conservé leurs fonctions. En

conséquence, il sera nécessaire de nommer un nouveau gouverneur à Standard Island.

Or, pour cause d'absence d'officier de l'état civil, il ne peut être procédé à la célébration du mariage de Walter Tankerdon et de miss Dy Coverley. Voilà une difficulté qui n'aurait pas surgi sans les machinations de ce misérable Sarol! Et non seulement les deux futurs, mais tous les notables de Milliard City, mais toute la population ont hâte que ce mariage soit définitivement accompli. Il y a là une des plus sûres garanties de l'avenir. Que l'on ne tarde pas, car déjà Walter Tankerdon parle de s'embarquer sur un des steamers de Tribord Harbour, de se rendre avec les deux familles au plus proche archipel, où un maire pourra procéder à la cérémonie nuptiale!... Que diable! il y en a aux Samoa, aux Tonga, aux Marquises, et, en moins d'une semaine, si l'on marche à toute vapeur...

Les esprits sages font entendre raison à l'impatient jeune homme. On s'occupe de préparer les élections... Dans quelques jours, le nouveau gouverneur sera nommé... Le premier acte de son administration sera de célébrer en grande pompe le mariage si ardemment attendu... Le programme des fêtes sera repris dans son ensemble... Un maire... un maire!... Il n'y a que ce cri dans toutes les bouches!...

— Pourvu que ces élections ne ravivent pas des rivalités... mal éteintes peut-être! fait observer Frascolin.

Non, et Calistus Munbar est décidé à «se mettre en quatre», comme on dit, pour mener les choses à bonne fin.

— Et d'ailleurs, s'écrie-t-il, est-ce que nos amoureux ne sont pas là?... Vous m'accorderez bien, je pense, que l'amour-propre n'aurait pas beau jeu contre l'amour!

Standard Island continue à s'élever au nord-est, vers le point où se croisent le douzième parallèle sud et le cent soixante-quinzième méridien ouest. C'est dans ces parages que les derniers câblogrammes lancés avant la relâche aux Nouvelles-Hébrides ont convié les navires de ravitaillement expédiés de la baie Madeleine. Du reste, la question des provisions ne saurait préoccuper le commodore Simcoë. Les réserves sont assurées pour plus d'un mois, et de ce chef il n'y a aucune inquiétude à concevoir. Il est vrai, on est à court de nouvelles étrangères. La chronique politique est maigre. *Starboard Chronicle* se plaint et *New Herald* se désole... Qu'importe! Est-ce que Standard Island à elle seule n'est pas un petit monde au complet, et qu'a-t-elle à faire de ce qui se passe dans le reste du sphéroïde terrestre?... Est-ce donc la politique qui la démange?... Eh! il ne tardera pas à s'en faire assez chez elle... trop peut-être!

En effet, la période électorale est ouverte. On travaille les trente membres du Conseil des notables, où les Bâbordais et les Tribordais se comptent en nombre égal. Il est certain, d'ores et déjà, que le choix du nouveau gouverneur donnera lieu à des discussions, car Jem Tankerdon et Nat Coverley vont se trouver en rivalité.

Quelques jours se passent en réunions préparatoires. Dès le début, il a été visible qu'on ne s'entendrait pas, ou du moins difficilement, étant donné l'amour-propre des deux candidats. Aussi une sourde agitation remue-t-elle la ville et les ports. Les agents des deux sections cherchent à provoquer un mouvement populaire, afin d'opérer une pression sur les notables. Le temps s'écoule, et il ne semble pas que l'accord puisse se faire. Ne peut-on craindre, maintenant, que Jem Tankerdon et les principaux Bâbordais ne veuillent imposer leurs idées repoussées par les principaux Tribordais, reprendre ce malencontreux projet de faire de Standard Island une île industrielle et commerciale?... Cela, jamais l'autre section ne l'acceptera! Bref, tantôt le parti Coverley semble l'emporter, tantôt le parti Tankerdon paraît tenir la tête. De là des récriminations malsonnantes, des aigreurs entre les deux camps, un refroidissement manifeste entre les deux familles — refroidissement dont Walter et miss Dy ne veulent même pas s'apercevoir. Toute cette brouille de politique, est-ce que cela les regarde?...

Il y a pourtant un très simple moyen d'arranger les choses, du moins au point de vue administratif; c'est de décider que les deux compétiteurs rempliront à tour de rôle les fonctions de gouverneur — six mois celui-ci, six mois celui-là, un an même, pour peu que la chose semble préférable. Partant, plus de rivalité, une convention de nature à satisfaire les deux partis. Mais ce qui est de bon sens n'a jamais chance d'être adopté en ce bas monde, et, pour être indépendante des continents terrestres, Standard Island n'en subit pas moins toutes les passions de l'humanité sublunaire!

— Voilà, dit un jour Frascolin à ses camarades, voilà les difficultés que je craignais...

— Et que nous importent ces dissensions! répond Pinchinat. Quel dommage en pourrait-il résulter pour nous?... Dans quelques mois, nous serons arrivés à la baie Madeleine, notre engagement aura pris fin, et chacun de nous remettra le pied sur la terre ferme... avec son petit million en poche...

— S'il ne surgit encore quelque catastrophe! réplique l'intraitable Sébastien Zorn. Est-ce qu'une pareille machine flottante est jamais sûre de l'avenir?... Après l'abordage du navire anglais, l'envahissement des fauves; après les fauves, l'envahissement des Néo-Hébridiens... après les indigènes, les...

— Tais-toi, oiseau de mauvais augure! s'écrie Yvernès. Tais-toi, ou nous te faisons cadenasser le bec!

Néanmoins, il y a grandement lieu de regretter que le mariage Tankerdon-Coverley n'ait pas été célébré à la date fixée. Les familles étant unies par ce lien nouveau, peut-être la situation eût-elle été moins difficile à détendre... Les deux époux seraient intervenus d'une façon plus efficace... Après tout, cette agitation ne saurait durer, puisque l'élection doit se faire le 15 mars.

C'est alors que le commodore Simcoë essaie de tenter un rapprochement entre les deux sections de la ville. On le prie de ne se mêler que de ce qui le concerne. Il a l'île à conduire, qu'il la conduise!... Il a ses écueils à éviter, qu'il les évite!... La politique n'est point de sa compétence.

Le commodore Simcoë se le tient pour dit.

Elles-mêmes, les passions religieuses sont entrées en jeu dans ce débat, et le clergé — ce qui est peut-être un tort — s'y mêle plus qu'il ne convient. Ils vivaient en si bon accord, pourtant, le temple et la cathédrale, le pasteur et l'évêque!

Quant aux journaux, il va de soi qu'ils sont descendus dans l'arène. Le *New Herald* combat pour les Tankerdon et le *Starboard Chronicle* pour les Coverley. L'encre coule à flots, et l'on peut même craindre que cette encre ne se mélange de sang!... Grand Dieu! n'a-t-il pas déjà été trop arrosé, ce sol vierge de Standard Island, pendant la lutte contre ces sauvages des Nouvelles-Hébrides!...

En somme, la population moyenne s'intéresse surtout aux deux fiancés, dont le roman s'est interrompu au premier chapitre. Mais que pourrait-elle pour assurer leur bonheur? Déjà les relations ont cessé entre les deux sections de Milliard City. Plus de réceptions, plus d'invitations, plus de soirées musicales! Si cela dure, les instruments du Quatuor concertant vont moisir dans leurs étuis, et nos artistes gagneront leurs énormes émoluments les mains dans les poches.

Le surintendant, quoiqu'il n'en veuille rien avouer, ne laisse pas d'être dévoré d'une mortelle inquiétude. Sa situation est fausse, il le sent, car toute son intelligence s'emploie à ne déplaire ni aux uns ni aux autres — moyen sûr de déplaire à tous.

A la date du 12 mars, Standard Island s'est élevée sensiblement vers l'équateur, pas assez en latitude cependant pour rencontrer les navires expédiés de Madeleine Bay. Cela ne peut tarder, d'ailleurs; mais, vraisemblablement, les élections auront eu lieu auparavant, puisqu'elles sont fixées au 15.

Entre-temps, chez les Tribordais et chez les Bâbordais, on se livre à des pointages multiples. Toujours des pronostics d'égalité. Il n'est aucune majorité possible, s'il ne se détache quelques voix d'un côté ou de l'autre. Or ces voix-là tiennent comme des dents à la mâchoire d'un tigre.

Alors surgit une idée géniale. Il semble qu'elle soit née au même moment dans l'esprit de tous ceux qui ne devaient pas être consultés. Cette idée est simple, elle est digne, elle mettrait un terme aux rivalités. Les candidats eux-mêmes s'inclineraient sans doute devant cette juste solution.

Pourquoi ne pas offrir au roi de Malécarlie le gouvernement de Standard Island? Cet ex-souverain est un sage, un large et ferme esprit. Sa tolérance et sa philosophie sont la meilleure garantie contre les surprises de l'avenir. Il connaît les hommes pour les avoir vus de près. Il sait qu'il faut compter avec leurs faiblesses et leur ingratitude. L'ambition n'est plus son fait, et jamais la pensée ne lui viendra de substituer le pouvoir personnel à ces institutions démocratiques qui constituent le régime de l'île à hélice. Il ne sera que le président du conseil d'administration de la nouvelle société Tankerdon-Coverley and Co.

Un important groupe de négociants et de fonctionnaires de Milliard City, auxquels se joint un certain nombre d'officiers et de marins des deux ports, décident d'aller présenter à leur royal concitoyen cette proposition sous forme de vœu.

C'est dans le salon du rez-de-chaussée de l'habitation de la Trente-neuvième Avenue que Leurs Majestés reçoivent la députation. Ecoutée avec bienveillance, elle se heurte à un inébranlable refus. Les souverains déchus se rappellent le passé, et, sous l'empire de cette impression:

— Je vous remercie, messieurs, dit le roi. Votre demande nous touche, mais nous sommes heureux du présent, et nous avons l'espoir que rien ne viendra troubler désormais l'avenir.

Croyez-le! Nous en avons fini avec ces illusions qui sont inhérentes à une souveraineté quelconque! Je ne suis plus qu'un simple astronome à l'observatoire de Standard Island et je ne veux pas être autre chose.

Il n'y avait pas lieu d'insister devant une réponse si formelle, et la députation s'est retirée.

Les derniers jours qui précèdent le scrutin voient accroître la surexcitation des esprits. Il est impossible de s'entendre. Les partisans de Jem Tankerdon et de Nat Coverley évitent de se rencontrer même dans les rues. On ne va plus d'une section à l'autre. Ni les Tribordais ni les Bâbordais ne dépassent la Unième Avenue. Milliard City est formée maintenant de deux villes ennemies. Le seul personnage qui court de l'une à l'autre, agité, rompu, fourbu, suant sang et eau, s'épuisant en bons conseils, rebuté à droite, rebuté à gauche, c'est le désespéré surintendant Calistus Munbar. Et, trois ou quatre fois par jour, il vient s'échouer comme un navire sans gouvernail dans les salons du casino, où le quatuor l'accable de ses vaines consolations.

Quant au commodore Simcoë, il se borne aux fonctions qui lui sont attribuées. Il dirige l'île à hélice suivant l'itinéraire convenu. Ayant une sainte horreur de la politique, il acceptera le gouverneur, quel qu'il soit. Ses officiers comme ceux du colonel Stewart se montrent aussi désintéressés que lui de la question qui fait bouillonner les têtes. Ce n'est pas à Standard Island que les pronunciamientos sont à craindre.

Cependant, le Conseil des notables, réuni en permanence à l'Hôtel de Ville, discute et se dispute. On en vient aux personnalités. La police est forcée de prendre certaines précautions, car la foule s'amasse du matin au soir devant le palais municipal, et fait entendre des cris séditieux.

D'autre part, une déplorable nouvelle vient d'être mise en circulation; Walter Tankerdon s'est présenté la veille à l'hôtel de Coverley et il n'a pas été reçu. Interdiction aux deux fiancés de se rendre visite, et, puisque le mariage n'a pas été célébré avant l'attaque des bandes néo-hébridiennes, qui oserait dire s'il s'accomplira jamais?...

Enfin, le 15 mars est arrivé. On va procéder à l'élection dans la grande salle de l'Hôtel de Ville. Un public houleux encombre le square, comme autrefois la population romaine devant ce palais du Quirinal où le Conclave procédait à l'exaltation d'un pape au trône de Saint-Pierre.

Que va-t-il sortir de cette suprême délibération? Les pointages donnent toujours un partage égal des voix. Si les Tribordais sont restés fidèles à Nat Coverley, si les Bâbordais
tiennent pour Jem Tankerdon, que se passera-t-il?...

Le grand jour est arrivé. Entre une heure et trois, la vie
normale est comme suspendue à la surface de Standard Island. De cinq à six mille personnes s'agitent sous les fenêtres
de l'édifice municipal. On attend le résultat des votes des
notables — résultat qui sera immédiatement communiqué par
téléphone aux deux sections et aux deux ports.

Un premier tour de scrutin a lieu à une heure trente-cinq.

Les candidats obtiennent le même nombre de suffrages.

Une heure après, second tour de scrutin.

Il ne modifie en aucune façon les chiffres du premier.

A trois heures trente-cinq, troisième et dernier tour.

Cette fois encore, aucun nom n'obtient la moitié des voix
plus une.

Le Conseil se sépare alors, et il a raison. S'il restait en
séance, ses membres sont à ce point exaspérés qu'ils en viendraient aux mains. Alors qu'ils traversent le square pour
regagner, les uns l'hôtel Tankerdon, les autres l'hôtel Coverley, la foule les accueille par les plus désagréables murmures.

Il faut pourtant sortir de cette situation, qui ne saurait se
prolonger même quelques heures. Elle est trop dommageable
aux intérêts de Standard Island.

— Entre nous, dit Pinchinat, lorsque ses camarades et lui
apprennent du surintendant quel a été le résultat de ces trois
tours de scrutin, il me semble qu'il y a un moyen très simple de
trancher la question.

— Et lequel?... demande Calistus Munbar, qui lève vers le
ciel des bras désespérés. Lequel?...

— C'est de couper l'île par son milieu... de la diviser en deux
tranches égales, comme une galette, dont les deux moitiés
navigueront chacune de son côté avec le gouverneur de son
choix...

— Couper notre île!... s'écrie le surintendant, comme si
Pinchinat lui eût proposé de l'amputer d'un membre.

— Avec un ciseau à froid, un marteau et une clé anglaise,
ajoute Son Altesse, la question sera résolue par ce déboulonnage, et il y aura deux îles mouvantes au lieu d'une à la surface
de l'océan Pacifique!

Ce Pinchinat ne pourra donc jamais être sérieux, même

lorsque les circonstances ont un tel caractère de gravité!

Quoi qu'il en soit, si son conseil ne doit pas être suivi — du moins matériellement — si l'on ne fait intervenir ni le marteau ni la clé anglaise, si aucun déboulonnage n'est pratiqué suivant l'axe de la Unième Avenue, depuis la batterie de l'Eperon jusqu'à la batterie de la Poupe, la séparation n'en est pas moins accomplie au point de vue moral. Les Bâbordais et les Tribordais vont devenir aussi étrangers les uns aux autres que si cent lieues de mer les séparaient. En effet, les trente notables se sont décidés à voter séparément faute de pouvoir s'entendre. D'une part, Jem Tankerdon est nommé gouverneur de sa section, et il la gouvernera à sa fantaisie. De l'autre, Nat Coverley est nommé gouverneur de la sienne, et il la gouvernera à sa guise. Chacune conservera son port, ses navires, ses officiers, ses marins, ses miliciens, ses fonctionnaires, ses marchands, sa fabrique d'énergie électrique, ses machines, ses moteurs, ses mécaniciens, ses chauffeurs, et toutes deux se suffiront à elles-mêmes.

Très bien, mais comment fera le commodore Simcoë pour se dédoubler, et le surintendant Calistus Munbar pour remplir ses fonctions à la satisfaction commune?

En ce qui concerne ce dernier, il est vrai, cela n'a pas d'importance. Sa place ne va plus être qu'une sinécure. De plaisirs et de fêtes, pourrait-il en être question lorsque la guerre civile menace Standard Island, car un rapprochement n'est pas possible.

Qu'on en juge par ce seul indice: à la date du 17 mars, les journaux annoncent la rupture définitive du mariage de Walter Tankerdon et de miss Dy Coverley.

Oui! rompu, malgré leurs prières, malgré leurs supplications, et, quoi qu'ait dit un jour Calistus Munbar, l'amour n'a pas été le plus fort! Eh bien! non! Walter et miss Dy ne se sépareront pas... Ils abandonneront leur famille... ils iront se marier à l'étranger... ils trouveront bien un coin du monde où l'on puisse être heureux sans avoir tant de millions autour du cœur!

Cependant, après la nomination de Jem Tankerdon et de Nat Coverley, rien n'a été changé à l'itinéraire de Standard Island. Le commodore Simcoë continue à se diriger vers le nord-est. Une fois à la baie Madeleine, il est probable que, lassés de cet état de choses, nombre de Milliardais iront redemander au continent ce calme que ne leur offre plus le

Joyau du Pacifique. Peut-être même l'île à hélice sera-t-elle abandonnée?... Et alors on la liquidera, on la mettra à l'encan, on la vendra au poids, comme vieille et inutile ferraille, on la renverra à la fonte!

Soit, mais les cinq mille milles qui restent à parcourir exigent environ cinq mois de navigation. Pendant cette traversée, la direction ne sera-t-elle pas compromise par le caprice ou l'entêtement des deux chefs? D'ailleurs, l'esprit de révolte s'est infiltré dans l'âme de la population. Les Bâbordais et les Tribordais vont-ils en venir aux mains, s'attaquer à coups de fusil, baigner de leur sang les chaussées de tôle de Milliard City?...

Non! les partis n'iront pas jusqu'à ces extrémités, sans doute!... On ne reverra point une autre guerre de Sécession, sinon entre le Nord et le Sud, du moins entre le tribord et le bâbord de Standard Island... Mais ce qui était fatal est arrivé au risque de provoquer une véritable catastrophe.

Le 19 mars, au matin, le commodore Simcoë est dans son cabinet, à l'observatoire, où il attend que la première observation de hauteur lui soit communiquée. A son estime, Standard Island ne peut être éloignée des parages où elle doit rencontrer les navires de ravitaillement. Des vigies, placées au sommet de la tour, surveillent la mer sur un vaste périmètre, afin de signaler ces steamers dès qu'ils paraîtront au large. Près du commodore se trouvent le roi de Malécarlie, le colonel Stewart, Sébastien Zorn, Pinchinat, Frascolin, Yvernès, un certain nombre d'officiers et de fonctionnaires — de ceux que l'on peut appeler les neutres, car ils n'ont point pris part aux dissensions intestines. Pour eux, l'essentiel est d'arriver le plus vite possible à Madeleine Bay, où ce déplorable état de choses prendra fin.

A ce moment, deux timbres résonnent, et deux ordres sont transmis au commodore par le téléphone. Ils viennent de l'Hôtel de Ville, où Jem Tankerdon dans l'aile droite, Nat Coverley dans l'aile gauche se tiennent avec leurs principaux partisans. C'est de là qu'ils administrent Standard Island, et, ce qui n'étonnera guère, à coups d'arrêtés absolument contradictoires.

Or, le matin même, à propos de l'itinéraire suivi par Ethel Simcoë et sur lequel les deux gouverneurs auraient au moins dû s'entendre, l'accord n'a pu se faire. L'un, Nat Coverley, a décidé que Standard Island prendrait une direction nord-est afin de rallier l'archipel des Gilbert. L'autre, Jem Tankerdon, s'entêtant à créer des relations commerciales, a résolu de faire route au sud-ouest vers les parages australiens.

Voilà où ils en sont, ces deux rivaux, et leurs amis ont juré de les soutenir.

A la réception des deux ordres envoyés simultanément à l'observatoire:

— Voilà ce que je craignais... dit le commodore.

— Et ce qui ne saurait se prolonger dans l'intérêt public! ajoute le roi de Malécarlie.

— Que décidez-vous?... demande Frascolin.

— Parbleu, s'écrie Pinchinat, je suis curieux de voir comment vous manœuvrerez, monsieur Simcoë!

— Mal! observe Sébastien Zorn.

— Faisons d'abord savoir à Jem Tankerdon et à Nat Coverley, répond le commodore, que leurs ordres sont inexécutables, puisqu'ils se contredisent. D'ailleurs, mieux vaut que Standard Island ne se déplace pas en attendant les navires qui ont rendez-vous dans ces parages!

Cette très sage réponse est immédiatement téléphonée à l'Hôtel de Ville.

Une heure s'écoule sans que l'observatoire soit avisé d'aucune autre communication. Très probablement, les deux gouverneurs ont renoncé à modifier l'itinéraire chacun en un sens opposé...

Soudain se produit un singulier mouvement dans la coque de Standard Island... Et qu'indique ce mouvement?... Que Jem Tankerdon et Nat Coverley ont poussé l'entêtement jusqu'aux dernière limites.

Toutes les personnes présentes se regardent, formant autant de points interrogatifs.

— Qu'y a-t-il?... Qu'y a-t-il?...

— Ce qu'il y a?... répond le commodore Simcoë en haussant les épaules. Il y a que Jem Tankerdon a envoyé directement ses ordres à M. Watson, le mécanicien de Bâbord Harbour, alors que Nat Coverley envoyait des ordres contraires à M. Somwah, le mécanicien de Tribord Harbour. L'un a ordonné de faire machine en avant pour aller au nord-est, l'autre, machine en arrière, pour aller au sud-ouest. Le résultat est que Standard Island tourne sur place, et cette giration durera aussi longtemps que le caprice de ces deux têtus personnages!

— Allons! s'écrie Pinchinat, ça devait finir par une valse!... La valse des cabochards!... Athanase Dorémus n'a plus qu'à se démettre!... Les Milliardais n'ont pas besoin de ses leçons!...

Peut-être cette absurde situation — comique par certain côté — aurait-elle pu prêter à rire. Par malheur, la double manœuvre est extrêmement dangereuse, ainsi que le fait observer le commodore. Tiraillée en sens inverse sous la traction de ses dix millions de chevaux, Standard Island risque de se disloquer.

En effet, les machines ont été lancées à toute vitesse, les hélices fonctionnent à leur maximum de puissance, et cela se sent aux tressaillements du sous-sol d'acier. Qu'on imagine un attelage dont l'un des chevaux tire à hue, l'autre à dia, et l'on aura l'idée de ce qui se passe!

Cependant, avec le mouvement qui s'accentue, Standard Island pivote sur son centre. Le parc, la campagne décrivent des cercles concentriques, et les points du littoral situés à la circonférence se déplacent avec une vitesse de dix à douze milles à l'heure.

De faire entendre raison aux mécaniciens dont la manœuvre provoque ce mouvement giratoire, il n'y faut pas songer. Le commodore Simcoë n'a aucune autorité sur eux. Ils obéissent aux mêmes passions que les Tribordais et les Bâbordais. Fidèles serviteurs de leurs chefs, MM. Watson et Somwah tiendront jusqu'au bout, machine contre machine, dynamos contre dynamos...

Et alors se produit un phénomène dont le désagrément aurait dû calmer les têtes en amollissant les cœurs.

Par suite de la rotation de Standard Island, nombre de Milliardais, surtout de Milliardaises, commencent à se sentir singulièrement troublés dans tout leur être. A l'intérieur des habitations, d'écœurantes nausées se manifestent, principalement dans celles qui, plus éloignées du centre, subissent un mouvement de «valse» plus prononcé.

Ma foi, en présence de ce résultat farce et baroque, Yvernès, Pinchinat, Frascolin sont pris d'un fou rire, bien que la situation tende à devenir très critique. Et, en effet, le Joyau du Pacifique est menacé d'un déchirement matériel qui égalera, s'il ne le dépasse, son déchirement moral.

Quant à Sébastien Zorn, sous l'influence de ce tournoiement continu, il est pâle, très pâle... Il «amène ses couleurs», comme dit Pinchinat, et le cœur lui remonte aux lèvres; est-ce que cette mauvaise plaisanterie ne finira pas?... Etre prisonnier sur cette immense table tournante qui n'a même pas le don de dévoiler les secrets de l'avenir...

Pendant toute une interminable semaine, Standard Island n'a pas cessé de pivoter sur son centre, qui est Milliard City. Aussi la ville est-elle toujours remplie d'une foule qui y cherche refuge contre les nausées, puisque en ce point de Standard Island le tournoiement est moins sensible. En vain le roi de Malécarlie, le commodore Simcoë, le colonel Stewart ont essayé d'intervenir entre les deux pouvoirs qui se partagent le palais municipal... Aucun n'a voulu abaisser son pavillon... Cyrus Bikerstaff lui-même, s'il eût pu renaître, aurait vu ses efforts échouer contre cette ténacité ultra-américaine.

Or, pour comble de malheur, le ciel a été si constamment couvert de nuages pendant ces huit jours qu'il n'a pas été possible de prendre hauteur... Le commodore Simcoë ne sait plus quelle est la position de Standard Island. Entraînée en sens opposé par ses puissantes hélices, on la sentait frémir jusque dans les tôles de ses compartiments. Aussi personne n'a-t-il songé à rentrer dans sa maison. Le parc regorge de monde. On campe en plein air. D'un côté éclatent les cris :

— Hourrah pour Tankerdon !

De l'autre :

— Hourrah pour Coverley !

Les yeux lancent des éclairs, les poings se tendent. La guerre civile va-t-elle donc se manifester par les pires excès, maintenant que la population est arrivée au paroxysme de l'affolement ?...

Quoi qu'il en soit, ni les uns ni les autres ne veulent rien voir du danger qui est proche. On ne cédera pas, dût le Joyau du Pacifique se briser en mille morceaux, et il continuera de tourner ainsi jusqu'à l'heure où, faute de courant, les dynamos cesseront d'actionner les hélices...

Au milieu de cette irritation générale, à laquelle il ne prend aucune part, Walter Tankerdon est en proie à la plus vive angoisse. Il craint non pour lui, mais pour miss Dy Coverley, quelque subite dislocation qui anéantisse Milliard City. Depuis huit jours, il n'a pu revoir celle qui fut sa fiancée et qui devrait être sa femme. Aussi, désespéré, a-t-il vingt fois supplié son père de ne pas s'entêter à cette déplorable manœuvre... Jem Tankerdon l'a éconduit sans vouloir rien entendre...

Alors, dans la nuit du 27 au 28 mars, profitant de l'obscurité, Walter essaie de rejoindre la jeune fille. Il veut être près d'elle si la catastrophe se produit. Après s'être glissé au milieu de la foule qui encombre la Unième Avenue, il pénètre dans la section ennemie, afin de gagner l'hôtel Coverley...

Un peu avant le lever du jour, une formidable explosion ébranle l'atmosphère jusque dans les hautes zones. Poussées au-delà de ce qu'elles peuvent supporter, les chaudières de bâbord viennent de sauter avec les bâtiments de la machinerie. Et, comme la source d'énergie électrique s'est brusquement tarie de ce côté, la moitié de Standard Island est plongée dans une obscurité profonde...

# XIII

### LE MOT DE LA SITUATION DIT PAR PINCHINAT

Si les machines de Bâbord Harbour sont maintenant hors d'état de fonctionner par suite de l'éclatement des chaudières, celles de Tribord Harbour sont intactes. Il est vrai, c'est comme si Standard Island n'avait plus aucun appareil de locomotion. Réduite à ses hélices de tribord, elle continuera de tourner sur elle-même, elle n'ira pas de l'avant.

Cet accident a donc aggravé la situation. En effet, alors que Standard Island possédait ses deux machines, susceptibles d'agir simultanément, il eût suffi d'une entente entre le parti Tankerdon et le parti Coverley pour mettre fin à cet état de choses. Les moteurs auraient repris leur bonne habitude de se mouvoir dans le même sens, et l'appareil, retardé de quelques jours seulement, eût repris sa direction vers la baie Madeleine.

A présent, il n'en va plus ainsi. L'accord se fit-il, la navigation est devenue impossible, et le commodore Simcoë ne dispose plus de la force propulsive nécessaire pour quitter ces lointains parages.

Et encore si Standard Island était stationnaire pendant cette dernière semaine, si les steamers attendus eussent pu la rejoindre, peut-être eût-il été possible de regagner l'hémisphère septentrional...

Non, et ce jour-là une observation astronomique a permis de constater que Standard Island s'est déplacée vers le sud durant cette giration prolongée. Elle a dérivé du douzième parallèle sud jusqu'au dix-septième.

En effet, entre le groupe des Nouvelles-Hébrides et le groupe des Fidji existent certains courants dus au resserrement des deux archipels, et qui se propagent vers le sud-est. Tant que ses machines ont fonctionné en parfait accord, Standard Island a pu sans peine refouler ces courants. Mais à partir du moment où elle a été prise de vertige elle a été irrésistiblement entraînée vers le tropique du Capricorne.

Ce fait reconnu, le commodore Simcoë ne cache point à tous ces braves gens que nous avons compris sous le nom de neutres la gravité des circonstances. Et voici ce qu'il leur dit:

— Nous avons été entraînés de cinq degrés vers le sud. Or ce qu'un marin peut faire à bord d'un steamer désemparé de sa machine, je ne puis le faire à bord de Standard Island. Notre île n'a pas de voilure qui permettrait d'utiliser le vent et nous sommes à la merci des courants. Où nous pousseront-ils? je ne sais. Quant aux steamers partis de la baie Madeleine, ils nous chercheront en vain sur les parages convenus, et c'est vers la portion la moins fréquentée du Pacifique que nous dérivons avec une vitesse de huit ou dix milles à l'heure!

En ces quelques phrases, Ethel Simcoë vient d'établir la situation qu'il est impuissant à modifier. L'île à hélice est comme une immense épave livrée aux caprices des courants. S'ils portent vers le nord, elle remontera vers le nord. S'ils portent vers le sud, elle descendra vers le sud — peut-être jusqu'aux extrêmes limites de la mer Antarctique. Et alors...

Cet état de choses ne tarde pas à être connu de la population, à Milliard City comme dans les deux ports. Le sentiment d'un extrême danger est nettement perçu. De là — ce qui est très humain — un certain apaisement des esprits sous la crainte de ce nouveau péril. On ne songe plus à en venir aux mains dans une lutte fratricide, et, si les haines persistent, du moins ne se traduiront-elles pas par des violences. Peu à peu, chacun rentre dans sa section, dans son quartier, dans sa maison. Jem Tankerdon et Nat Coverley renoncent à se disputer le premier rang. Aussi, sur la proposition même des deux gouverneurs, le Conseil des notables prend-il le seul parti raisonnable qui soit dicté par les circonstances; il remet tous ses pouvoirs entre les mains du commodore Simcoë, l'unique chef auquel est désormais confié le salut de Standard Island.

Ethel Simcoë accepte cette tâche sans hésiter. Il compte sur le dévouement de ses amis, de ses officiers, de son personnel. Mais que pourra-t-il faire à bord de ce vaste appareil flottant, d'une surface de vingt-sept kilomètres carrés, devenu indirigeable depuis qu'il ne dispose plus de ses deux machines!

Et, en somme, n'est-on pas fondé à dire que c'est la condamnation de cette Standard Island, regardée jusqu'alors comme le chef-d'œuvre des constructions maritimes, puisque de tels accidents doivent la rendre le jouet des vents et des flots?...

Il est vrai, cet accident n'est pas dû aux forces de la nature, dont le Joyau du Pacifique, depuis sa fondation, avait toujours victorieusement bravé les ouragans, les tempêtes, les cyclones. C'est la faute de ces dissensions intestines, de ces rivalités de milliardaires, de cet entêtement forcené des uns à descendre vers le sud et des autres à monter vers le nord! C'est leur incommensurable sottise qui a provoqué l'explosion des chaudières de bâbord!...

Mais à quoi bon récriminer? Ce qu'il faut, c'est se rendre compte avant tout des avaries du côté de Bâbord Harbour. Le commodore Simcoë réunit ses officiers et ses ingénieurs. Le roi de Malécarlie se joint à eux. Ce n'est certes pas ce royal philosophe qui s'étonne que des passions humaines aient amené une telle catastrophe!

La commission désignée se transporte du côté où s'élevaient les bâtiments de la fabrique d'énergie électrique et de la machinerie. L'explosion des appareils évaporatoires, chauffés à outrance, a tout détruit, en causant la mort de deux mécaniciens et de six chauffeurs. Les ravages sont non moins complets à l'usine où se fabriquait l'électricité pour les divers services de cette moitié de Standard Island. Heureusement, les dynamos de tribord continuent à fonctionner, et, comme le fait observer Pinchinat:

— On en sera quitte pour n'y voir que d'un œil!

— Soit, répond Frascolin, mais nous avons aussi perdu une jambe, et celle qui reste ne nous servira guère!

Borgne et boiteux, c'était trop.

De l'enquête, il résulte ainsi que les avaries, n'étant pas réparables, il sera impossible d'enrayer la marche vers le sud. D'où nécessité d'attendre que Standard Island sorte de ce courant qui l'entraîne au-delà du tropique.

Ces dégâts reconnus, il y a lieu de vérifier l'état dans lequel se trouvent les compartiments de la coque. N'ont-ils pas souffert du mouvement giratoire qui les a si violemment secoués pendant ces huit jours?... Les tôles ont-elles largué, les rivets ont-ils joué?... Si des voies d'eau se sont ouvertes, quel moyen aura-t-on de les aveugler?...

Les ingénieurs procèdent à cette seconde enquête. Leurs rapports, communiqués au commodore Simcoë, ne sont rien moins que rassurants. En maint endroit, le tiraillement a fait craquer les plaques et brisé les entretoises. Des milliers de boulons ont sauté, des déchirements se sont produits. Certains compartiments sont déjà envahis par la mer. Mais, comme la ligne de flottaison n'a point baissé, la solidité du sol métallique n'est pas sérieusement compromise, et les nouveaux propriétaires de Standard Island n'ont point à craindre pour leur propriété. C'est à la batterie de la Poupe que les fissures sont plus nombreuses. Quant à Bâbord Harbour, un de ses piers s'est englouti après l'explosion... Mais Tribord Harbour est intact, et ses darses offrent toute sécurité aux navires contre les houles du large.

Cependant, des ordres sont donnés afin que ce qu'il y a de réparable soit fait sans retard. Il importe que la population soit tranquillisée au point de vue matériel. C'est assez, c'est trop que, faute de ses moteurs de bâbord, Standard Island ne puisse se diriger vers la terre la plus proche. A cela, nul remède.

Reste la question si grave de la faim et de la soif... Les réserves sont-elles suffisantes pour un mois... pour deux mois?...

Voici les relevés fournis par le commodore Simcoë:

En ce qui concerne l'eau, rien à redouter. Si l'une des usines distillatoires a été détruite par l'explosion, l'autre, qui continue à fonctionner, doit fournir à tous les besoins.

En ce qui concerne les vivres, l'état est moins rassurant. Tout compte fait, leur durée n'excédera pas quinze jours, à moins qu'un sévère rationnement ne soit imposé à ces dix mille habitants. Sauf les fruits, les légumes, on le sait, tout leur vient du dehors... Et le dehors... où est-il?... A quelle distance sont les terres les plus rapprochées, et comment les atteindre?...

Donc, quelque déplorable effet qui doive s'ensuivre, le commodore Simcoë est forcé de prendre un arrêté relatif au rationnement. Le soir même, les fils téléphoniques et télautographiques sont parcourus par la funeste nouvelle.

De là effroi général à Milliard City et dans les deux ports, et pressentiment de catastrophes plus grandes encore. Le spectre de la famine, pour employer une image usée mais saisissante, ne se lèvera-t-il pas bientôt à l'horizon, puisqu'il n'existe aucun moyen de renouveler les approvisionnements?... En effet, le

commodore Simcoë n'a pas un seul navire à expédier vers le
continent américain... La fatalité veut que le dernier ait pris la
mer il y a trois semaines, emportant les dépouilles mortelles de
Cyrus Bikerstaff et des défenseurs tombés pendant la lutte
contre Erromango. On ne se doutait guère alors que des
questions d'amour-propre mettraient Standard Island dans
une position pire qu'au moment où elle était envahie par les
bandes néo-hébridiennes!

Vraiment! à quoi sert de posséder des milliards, d'être
riches comme des Rothschild, des Mackay, des Astor, des
Vanderbilt, des Gould, alors que nulle richesse n'est capable
de conjurer la famine!... Sans doute ces nababs ont le plus clair
de leur fortune en sûreté dans les banques du Nouveau et de
l'Ancien-Continent! Mais qui sait si le jour n'est pas proche où
un million ne pourra leur procurer ni une livre de viande ni une
livre de pain!...

Après tout, la faute en est à leurs dissensions absurdes, à
leurs rivalités stupides, à leur désir de saisir le pouvoir! Ce sont
eux les coupables, ce sont les Tankerdon, les Coverley qui sont
cause de tout ce mal! Qu'ils prennent garde aux représailles, à
la colère de ces officiers, de ces fonctionnaires, de ces employés, de ces marchands, de toute cette population qu'ils ont
mise en un tel péril! A quels excès ne se portera-t-elle pas,
lorsqu'elle sera livrée aux tortures de la faim?

Disons que ces reproches n'iront jamais ni à Walter Tankerdon ni à miss Dy Coverley, que ne peut atteindre ce blâme
mérité par leurs familles! Non! le jeune homme et la jeune fille
ne sont pas responsables! Ils étaient le lien qui devait assurer
l'avenir des deux sections, et ce ne sont pas eux qui l'ont
rompu!

Pendant quarante-huit heures, vu l'état du ciel, aucune
observation n'a été faite, et la position de Standard Island n'a
pu être établie avec quelque exactitude.

Le 31 mars, dès l'aube, le zénith s'est montré assez pur, et
les brumes du large n'ont pas tardé à se fondre. Il y a lieu
d'espérer que l'on pourra prendre hauteur dans de bonnes
conditions.

L'observation est attendue non sans une fiévreuse impatience. Plusieurs centaines d'habitants se sont réunis à la
batterie de l'Eperon. Walter Tankerdon s'est joint à eux. Mais
ni son père, ni Nat Coverley, ni aucun de ces notables que l'on
peut si justement accuser d'avoir amené cet état de choses

n'ont quitté leurs hôtels, où ils se sentent murés par l'indignation publique.

Un peu avant midi, les observateurs se préparent à saisir le disque du soleil à l'instant de sa culmination. Deux sextants, l'un entre les mains du roi de Malécarlie, l'autre entre les mains du commodore Simcoë, sont dirigés vers l'horizon.

Dès que la hauteur méridienne est prise, on procède aux calculs, avec les corrections qu'ils comportent, et le résultat donne:

*29° 17' latitude sud.*

Vers deux heures, une seconde observation, faite dans les mêmes conditions favorables, indique pour la longitude:

*179° 32' longitude est.*

Ainsi, depuis que Standard Island a été en proie à cette folie giratoire, les courants l'ont entraînée d'environ mille milles dans le sud-est.

Lorsque le point est reporté sur la carte, voici ce qui est reconnu:

Les îles les plus voisines — à cent milles au moins — constituent le groupe des Kermadeck, rochers stériles, à peu près inhabités, sans ressources, et d'ailleurs comment les atteindre? A trois cents milles au sud se développe la Nouvelle-Zélande, et comment la rallier, si les courants portent au large? Vers l'ouest, à quinze cents milles, c'est l'Australie. Vers l'est, à quelques milliers de milles, c'est l'Amérique méridionale à la hauteur du Chili. Au-delà de la Nouvelle-Zélande, c'est l'océan Glacial avec le désert antarctique. Est-ce donc sur les terres du pôle que Standard Island ira se briser?... Est-ce là que des navigateurs retrouveront un jour les restes de toute une population morte de misère et de faim?...

Quant aux courants de ces mers, le commodore Simcoë va les étudier avec le plus grand soin. Mais qu'arrivera-t-il, s'ils ne se modifient pas, s'il ne se rencontre pas des courants opposés, s'il se déchaîne une de ces formidables tempêtes si fréquentes dans les régions circumpolaires?...

Ces nouvelles sont bien propres à provoquer l'épouvante. Les esprits se montent de plus en plus contre les auteurs du mal, ces malfaisants nababs de Milliard City qui sont responsables de la situation. Il faut toute l'influence du roi de Malécarlie, toute l'énergie du commodore Simcoë et du colonel Stewart, tout le dévouement des officiers, toute leur autorité sur les marins et les soldats de la milice pour empêcher un soulèvement.

La journée se passe sans changement. Chacun a dû se soumettre au rationnement en ce qui concerne l'alimentation et se borner au strict nécessaire — les plus fortunés comme ceux qui le sont moins.

Entre-temps, le service des vigies est établi avec une extrême attention, et l'horizon sévèrement surveillé. Qu'un navire apparaisse, on lui enverra un signal, et peut-être sera-t-il possible de rétablir les communications interrompues. Par malheur, l'île à hélice a dérivé en dehors des routes maritimes, et il est peu de bâtiments qui traversent ces parages voisins de la mer Antarctique. Et là-bas, dans le sud, devant les imaginations affolées, se dresse ce spectre du pôle éclairé par les lueurs volcaniques de l'Erebus et du Terror!

Cependant, une circonstance heureuse se produit dans la nuit du 3 au 4 avril. Le vent du nord, si violent depuis quelques jours, tombe soudain. Un calme plat lui succède, et la brise passe brusquement au sud-est dans un de ces caprices atmosphériques si fréquents aux époques de l'équinoxe.

Le commodore Simcoë reprend quelque espoir. Il suffit que Standard Island soit rejetée d'une centaine de milles vers l'ouest pour que le contre-courant la rapproche de l'Australie ou de la Nouvelle-Zélande. En tout cas, sa marche vers la mer polaire paraît être enrayée, et il est possible que l'on rencontre des navires aux abords des grandes terres de l'Australasie.

Au soleil levant, la brise de sud-est est déjà très fraîche. Standard Island en ressent l'influence d'une manière assez sensible. Ses hauts monuments, l'observatoire, l'Hôtel de Ville, le temple, la cathédrale donnent prise au vent dans une certaine mesure. Ils font office de voiles à bord de cet énorme bâtiment de quatre cent trente-deux millions de tonneaux!

Bien que le ciel soit sillonné de nues rapides, comme le disque solaire paraît par intervalles, il sera sans doute permis d'obtenir une bonne observation.

En effet, à deux reprises on est parvenu à saisir le soleil entre les nuages.

Les calculs établissent que, depuis la veille, Standard Island a remonté de deux degrés vers le nord-ouest.

Or il est difficile d'admettre que l'île à hélice n'ait obéi qu'au vent. On en conclut donc qu'elle est entrée dans un de ces remous qui séparent les grands courants du Pacifique. Qu'elle ait cette bonne fortune de rencontrer celui qui porte vers le nord-ouest et ses chances de salut seront sérieuses. Mais, pour Dieu! que cela ne tarde pas, car il a été encore nécessaire de restreindre le rationnement. Les réserves diminuent dans une proportion qui doit inquiéter, en présence de dix mille habitants à nourrir!

Lorsque la dernière observation astronomique est communiquée aux deux ports et à la ville, il se produit une sorte d'apaisement des esprits. On sait avec quelle instantanéité une foule peut passer d'un sentiment à un autre, du désespoir à l'espoir. C'est ce qui est arrivé. Cette population, très différente des masses misérables entassées dans les grandes cités des continents, devait être et était moins sujette aux affolements, plus réfléchie, plus patiente. Il est vrai, sous les menaces de la famine, ne peut-on tout redouter?...

Pendant la matinée, le vent indique une tendance à fraîchir. Le baromètre baisse lentement. La mer se soulève en longues et puissantes houles, preuve qu'elle a dû subir de grands troubles dans le sud-est. Standard Island, impassible autrefois, ne supporte plus comme d'habitude ces énormes dénivellations. Quelques maisons ressentent de bas en haut des oscillations menaçantes, et les objets s'y déplacent. Tels les effets d'un tremblement de terre. Ce phénomène, nouveau pour les Milliardais, est de nature à engendrer de très vives inquiétudes.

Le commodore Simcoë et son personnel sont en permanence à l'observatoire, où sont concentrés tous les services. Ces secousses qu'éprouve l'édifice ne laissent pas de les préoccuper, et ils sont forcés d'en reconnaître l'extrême gravité.

— Il est trop évident, dit le commodore, que Standard Island a souffert dans ses fonds... Ses compartiments sont disjoints... Sa coque n'offre plus la rigidité qui la rendait si solide...

— Et Dieu veuille, ajoute le roi de Malécarlie, qu'elle n'ait pas à subir quelque violente tempête, car elle n'offrirait plus une résistance suffisante!

Oui! Et maintenant la population n'a plus confiance dans ce sol factice... Elle sent que le point d'appui risque de lui manquer... Mieux valait cent fois cette éventualité de se briser sur les roches des terres antarctiques!... Craindre à chaque instant que Standard Island s'entrouvre. s'engloutisse au milieu de ces abîmes du Pacifique dont la sonde n'a encore pu atteindre les profondeurs, c'est là ce que les cœurs les plus fermes ne sauraient envisager sans défaillir.

Or, impossible de mettre en doute que de nouvelles avaries se sont produites dans certains compartiments. Des cloisons ont cédé, des écartement ont fait sauter le rivetage des tôles. Dans le parc, le long de la Serpentine, à la surface des rues excentriques de la ville, on remarque de capricieux gondolements qui proviennent de la dislocation du sol. Déjà plusieurs édifices s'inclinent, et s'ils s'abattent ils crèveront l'infrastructure qui supporte leur base! Quant aux voies d'eau, on ne peut songer à les aveugler. Que la mer se soit introduite en diverses parties du sous-sol, c'est de toute certitude, puisque la ligne de flottaison s'est modifiée. Sur presque toute la périphérie, aux deux ports comme aux batteries de l'Eperon et de la Poupe, cette ligne s'est enfoncée d'un pied, et, si son niveau baisse encore, les lames envahiront le littoral. L'assiette de Standard Island étant compromise, son engloutissement ne serait plus qu'une question d'heures.

Cette situation, le commodore Simcoë aurait voulu la cacher, car elle est de nature à déterminer une panique, et pis peut-être! A quels excès les habitants ne se porteront-ils pas contre les auteurs responsables de tant de maux! Ils ne peuvent chercher le salut dans la fuite, comme font les passagers d'un navire, se jeter dans les embarcations, construire un radeau sur lequel un équipage avec l'espoir d'être recueilli en mer... Non! Ce radeau, c'est Standard Island elle-même, prête à sombrer!...

D'heure en heure, pendant cette journée, le commodore Simcoë fait noter les changements que subit la ligne de flottaison. Le niveau de Standard Island ne cesse de baisser. Donc l'infiltration se continue à travers les compartiments, lente mais incessante et irrésistible.

En même temps, l'aspect du temps est devenu mauvais. Le ciel s'est coloré de tons blafards, rougeâtres et cuivrés. Le baromètre accentue son mouvement descensionnel. L'atmosphère présente toutes les apparences d'une prochaine tempête. Derrière les vapeurs accumulées, l'horizon est si rétréci qu'il semble se circonscrire au littoral de Standard Island.

A la tombée du soir, d'effroyables poussées de vent se déchaînent. Sous les violences de la houle qui les prend par en dessous, les compartiments craquent, les entretoises se rom-

pent, les tôles se déchirent. Partout on entend des craquements
métalliques. Les avenues de la ville, les pelouses du parc
menacent de s'entrouvrir... Aussi, comme la nuit s'approche,
Milliard City est-elle abandonnée pour la campagne, qui,
moins surchargée de lourdes bâtisses, offre plus de sécurité. La
population entière se répand entre les deux ports et les batteries de l'Eperon et de la Poupe.

Vers neuf heures, un ébranlement secoue Standard Island
jusque dans ses fondations. La fabrique de Tribord Harbour,
qui fournissait la lumière électrique, vient de s'affaisser dans
l'abîme. L'obscurité est si profonde qu'elle ne laisse voir ni ciel
ni mer.

Bientôt, de nouveaux tremblements du sol annoncent que
les maisons commencent à s'abattre comme des châteaux de
cartes. Avant quelques heures, il ne restera plus rien de la
superstructure de Standard Island!

— Messieurs, dit le commodore Simcoë, nous ne pouvons
demeurer plus longtemps à l'observatoire, qui menace ruine...
Gagnons la campagne, où nous attendrons la fin de cette
tempête...

— C'est un cyclone, répond le roi de Malécarlie, qui montre
le baromètre tombé à 713 millimètres.

En effet, l'île à hélice est prise dans un de ces mouvements
cycloniques qui agissent comme de puissants condensateurs.
Ces tempêtes tournantes, constituées par une masse d'eau
dont la giration s'opère autour d'un axe presque vertical, se
propagent de l'ouest à l'est en passant par le sud pour l'hémisphère méridional. Un cyclone, c'est par excellence le météore
fécond en désastres, et pour s'en tirer il faudrait atteindre son
centre relativement calme, ou, tout au moins, la partie droite
de la trajectoire, «le demi-cercle maniable» qui est soustrait à
la furie des lames. Mais cette manœuvre est impossible, faute
de moteurs. Cette fois, ce n'est plus la sottise humaine ni
l'entêtement imbécile de ses chefs qui entraîne Standard
Island, c'est un formidable météore qui va achever de l'anéan-
tir.

Le roi de Malécarlie, le commodore Simcoë, le colonel
Stewart, Sébastien Zorn et ses camarades, les astronomes et
les officiers abandonnent l'observatoire, où ils ne sont plus en
sûreté. Il était temps! A peine ont-ils fait deux cents pas que la
haute tour s'écroule avec un fracas horrible, troue le sol du
square et disparaît dans l'abîme.

Un instant après, l'édifice entier n'est plus qu'un amas de débris.

Cependant, le quatuor a la pensée de remonter la Unième Avenue et de courir au casino, où se trouvent ses instruments, qu'il veut sauver, s'il est possible. Le casino est encore debout, ils parviennent à l'atteindre, ils montent à leurs chambres, ils emportent les deux violons, l'alto et le violoncelle dans le parc, où ils vont chercher refuge.

Là sont réunies plusieurs milliers de personnes des deux sections. Les familles Tankerdon et Coverley s'y trouvent, et peut-être est-il heureux pour elles qu'au milieu de ces ténèbres on ne puisse se voir, on ne puisse se reconnaître.

Walter a été assez heureux cependant pour rejoindre miss Dy Coverley. Il essaiera de la sauver au moment de la suprême catastrophe... Il tentera de s'accrocher avec elle à quelque épave...

La jeune fille a deviné que le jeune homme est près d'elle, et ce cri lui échappe:

— Ah! Walter!...

— Dy... chère Dy... je suis là!... Je ne vous quitterai plus...

Quant à nos Parisiens, ils n'ont pas voulu se séparer... Ils se tiennent les uns près des autres. Frascolin n'a rien perdu de son sang-froid. Yvernès est très nerveux. Pinchinat a la résignation ironique. Sébastien Zorn, lui, répète à Athanase Dorémus, lequel s'est enfin décidé à rejoindre ses compatriotes:

— J'avais bien prédit que cela finirait mal!... Je l'avais bien prédit!

— Assez de trémolos en mineur, vieil Isaïe, lui crie Son Altesse, et rengaine tes psaumes de la pénitence!

Vers minuit, la violence du cyclone redouble. Les vents qui convergent soulèvent des lames monstrueuses et les précipitent contre Standard Island. Où l'entraînera cette lutte des éléments?... Ira-t-elle se briser sur quelque écueil... Se disloquera-t-elle en plein océan?...

A présent, sa coque est trouée en mille endroits. Les joints craquent de toutes parts. Les monuments, Saint Mary Church, le temple, l'Hôtel de Ville viennent de s'effondrer à travers ces plaies béantes par lesquelles la mer jaillit en hautes gerbes. De ces magnifiques édifices, on ne trouverait plus un seul vestige. Que de richesses, que de trésors, tableaux, statues, objets d'art, à jamais anéantis! La population ne reverra plus rien de cette superbe Milliard City au lever du jour, si le jour se lève encore pour elle, si elle ne s'est pas engloutie auparavant avec Standard Island!

Déjà, en effet, sur le parc, sur la campagne, où le sous-sol a résisté, voici que la mer commence à se répandre. La ligne de flottaison s'est de nouveau abaissée. Le niveau de l'île à hélice est arrivé au niveau de la mer, et le cyclone lance sur elle les lames démontées du large.

Plus d'abri, plus de refuge nulle part. La batterie de l'Eperon, qui est alors au vent, n'offre aucune protection ni contre les paquets de houle ni contre les rafales qui cinglent comme de la mitraille. Les compartiments s'éventrent, et la dislocation se propage avec un fracas qui dominerait les plus violents éclats de la foudre... La catastrophe suprême est proche...

Vers trois heures du matin, le parc se coupe sur une longueur de deux kilomètres, suivant le lit de la Serpentine River, et par cette entaille la mer jaillit en épaisses nappes. Il faut fuir au plus vite, et toute la population se disperse dans la campagne. Les uns courent vers les ports, les autres vers les batteries. Des familles sont séparées, des mères cherchent en vain leurs enfants, tandis que les lames échevelées balaient la surface de Standard Island comme le ferait un mascaret gigantesque.

Walter Tankerdon, qui n'a pas quitté miss Dy, veut l'entraîner du côté de Tribord Harbour. Elle n'a pas la force de le suivre. Il la soulève presque inanimée, il l'emporte entre ses bras, il va ainsi à travers les cris d'épouvante de la foule, au milieu de cette horrible obscurité...

A cinq heures du matin, un nouveau déchirement métallique se fait entendre dans la direction de l'est.

Un morceau d'un demi-mile carré vient de se détacher de Standard Island...

C'est Tribord Harbour, ce sont ses fabriques, ses machines, ses magasins qui s'en vont à la dérive...

Sous les coups redoublés du cyclone, alors à son summum de violence, Standard Island est ballottée comme une épave... Sa coque achève de se disloquer... Les compartiments se séparent, et quelques-uns, sous la surcharge de la mer, disparaissent dans les profondeurs de l'océan.

. . . . . . . . . . . . . . . . . . . . . . . .

— Après le krach de la compagnie, le krach de l'île à hélice! s'écrie Pinchinat.

Et ce mot résume la situation.

A présent, de la merveilleuse Standard Island il ne reste plus que des morceaux épars, semblables aux fragments sporadiques d'une comète brisée, qui flottent non dans l'espace, mais à la surface de l'immense Pacifique!

## XIV

### DÉNOUEMENT

Au lever de l'aube, voici ce qu'aurait aperçu un observateur, s'il eût dominé ces parages de quelques centaines de pieds: trois fragments de Standard Island, mesurant de deux à trois hectares chacun, flottent sur ces parages, une douzaine de moindre grandeur surnagent à la distance d'une dizaine d'encablures les uns des autres.

La décroissance du cyclone a commencé aux premières lueurs du jour. Avec la rapidité spéciale à ces grands troubles atmosphériques, son centre s'est déplacé d'une trentaine de milles vers l'est. Cependant, la mer, si effroyablement secouée, est toujours monstrueuse, et ces épaves, grandes ou petites, roulent et tanguent comme des navires sur un océan en fureur.

La partie de Standard Island qui a le plus souffert est celle qui servait de base à Milliard City. Elle a totalement sombré sous le poids de ses édifices. En vain chercherait-on quelque vestige des monuments, des hôtels qui bordaient les principales avenues des deux sections! Jamais la séparation des Bâbordais et des Tribordais n'a été plus complète, et ils ne la rêvaient pas telle, assurément!

Le nombre des victimes est-il considérable?... Il y a lieu de le craindre, bien que la population se fût réfugiée à temps au milieu de la campagne, où le sol offrait plus de résistance au démembrement.

Eh bien! sont-il satisfaits, ces Coverley, ces Tankerdon, des résultats dus à leur coupable rivalité!... Ce n'est pas l'un d'eux qui gouvernera à l'exclusion de l'autre!... Engloutie, Milliard City, et avec elle l'énorme prix dont ils l'ont payée!... Mais que l'on ne s'apitoie pas sur leur sort! Il leur reste encore assez de millions dans les coffres des banques américaines et européennes pour que le pain quotidien soit assuré à leurs vieux jours!

Le fragment de la plus grande dimension comprend cette portion de la campagne qui s'étendait entre l'observatoire et la batterie de l'Eperon. Sa superficie est d'environ trois hectares, sur lesquels les naufragés — ne peut-on leur donner ce nom? — sont entassés au nombre de trois mille.

Le deuxième morceau, de dimensions un peu moindres, a conservé certaines bâtisses qui étaient voisines de Bâbord Harbour, le port avec plusieurs magasins d'approvisionnement et l'une des citernes d'eau douce. Quant à la fabrique d'énergie électrique, aux bâtiments renfermant la machinerie et la chaufferie, ils ont disparu dans l'explosion des chaudières. C'est ce deuxième fragment qui sert de refuge à deux mille habitants. Peut-être pourront-ils établir une communication avec la première épave, si toutes les embarcations de Bâbord Harbour n'ont pas péri.

En ce qui concerne Tribord Harbour, on n'a pas oublié que cette partie de Standard Island s'est violemment détachée vers trois heures après minuit. Elle a sans doute sombré, car si loin que les regards puissent atteindre on n'en peut rien apercevoir.

Avec les deux premiers fragments en surnage un troisième, d'une superficie de quatre à cinq hectares, comprenant cette portion de la campagne qui confinait à la batterie de la Poupe, et sur laquelle se trouvent environ quatre mille naufragés.

Enfin, une douzaine de morceaux, mesurant chacun quelques centaines de mètres carrés, donnent asile au reste de la population sauvée du désastre.

Voilà tout ce qui reste de ce qui fut le Joyau du Pacifique!

Il convient donc d'évaluer à plusieurs centaines les victimes de cette catastrophe. Et que le Ciel soit remercié de ce que Standard Island n'ait pas été engloutie en entier sous les eaux du Pacifique!

Mais si elles sont éloignées de toute terre, comment ces fractions pourront-elles atteindre quelque littoral du Pacifique?... Ces naufragés ne sont-ils pas destinés à périr par famine?... Et survivra-t-il un seul témoin de ce sinistre sans précédent dans la nécrologie maritime?...

Non, il ne faut pas désespérer. Ces morceaux en dérive portent des hommes énergiques, et tout ce qu'il est possible de faire pour le salut commun ils le feront.

C'est sur la partie voisine de la batterie de l'Eperon que sont réunis le commodore Ethel Simcoë, le roi et la reine de Malécarlie, le personnel de l'observatoire, le colonel Stewart, quelques-uns de ses officiers, un certain nombre des notables de Milliard City, les membres du clergé — enfin, une partie importante de la population.

Là aussi se trouvent les familles Coverley et Tankerdon, accablées par l'effroyable responsabilité qui pèse sur leurs chefs. Et ne sont-elles déjà frappées dans leurs plus chères affections, puisque Walter et miss Dy ont disparu!... Est-ce un des autres fragments qui les a recueillis?... Peut-on espérer de jamais les revoir?...

Le Quatuor concertant, de même que ses précieux instruments, est au complet. Pour employer une formule connue, «la mort seule aurait pu les séparer»! Frascolin envisage la situation avec sang-froid et n'a point perdu tout espoir. Yvernès, qui a l'habitude de considérer les choses par leur côté extraordinaire, s'est écrié devant ce désastre:

— Il serait difficile d'imaginer une fin plus grandiose!

Quant à Sébastien Zorn, il est hors de lui. D'avoir été bon prophète en prédisant les malheurs de Standard Island, comme Jérémie les malheurs de Sion, cela ne saurait le consoler. Il a faim, il a froid, il s'est enrhumé, il est pris de violentes quintes qui se succèdent sans relâche. Et cet incorrigible Pinchinat de lui dire:

— Tu as tort, mon vieux Zorn, et deux *quintes* de suite c'est défendu... en harmonie!

Le violoncelliste étranglerait Son Altesse, s'il en avait la force, mais il ne l'a pas.

Et Calistus Munbar?... Eh bien! le surintendant est tout simplement sublime... oui! sublime! Il ne veut désespérer ni du salut des naufragés ni du salut de Standard Island... On se rapatriera... on réparera l'île à hélice... Les morceaux en sont bons, et il ne sera pas dit que les éléments auront eu raison de ce chef-d'œuvre d'architecture navale!

Ce qui est certain, c'est que le danger n'est plus imminent. Tout ce qui devait sombrer pendant le cyclone a sombré avec Milliard City, ses monuments, ses hôtels, ses habitations, les fabriques, les batteries, toute cette superstructure d'un poids considérable. A l'heure qu'il est, les débris sont dans de bonnes conditions, leur ligne de flottaison s'est sensiblement relevée, et les lames ne les balaient plus à leur surface.

Il y a donc un répit sérieux, une amélioration tangible, et, comme la menace d'un engloutissement immédiat est écartée, l'état symptomatique des naufragés est meilleur. Un peu de calme renaît dans les esprits. Seuls les femmes et les enfants, incapables de raisonner, ne peuvent maîtriser leur épouvante.

Et qu'est-il arrivé d'Athanase Dorémus?... Dès le début de la dislocation, le professeur de danse, de grâces et de maintien s'est vu emporté avec sa vieille servante sur une des épaves. Mais un courant l'a ramené vers le fragment où se trouvaient ses compatriotes du quatuor.

Cependant, le commodore Simcoë, comme un capitaine sur un navire désemparé, aidé de son dévoué personnel, s'est mis à la besogne. En premier lieu, sera-t-il possible de réunir ces morceaux qui flottent isolément? Si c'est impossible, pourra-t-on établir une communication entre eux? Cette dernière question ne tarde pas à être résolue affirmativement, car plusieurs embarcations sont intactes à Bâbord Harbour. En les envoyant d'un débris à l'autre, le commodore Simcoë saura quelles sont les ressources dont on dispose, ce qui reste d'eau douce, ce qui reste de vivres.

Mais est-on en mesure de relever la position de cette flottille d'épaves en longitude et en latitude?...

Non! faute d'instruments pour prendre hauteur, le point ne saurait être établi, et dès lors on ne saurait déterminer si ladite flottille est à proximité d'un continent ou d'une île?

Vers neuf heures du matin, le commodore Simcoë s'embarque avec deux de ses officiers dans une chaloupe que vient d'envoyer Bâbord Harbour. Cette embarcation lui permet de visiter les divers fragments, et voici les constatations qui ont été obtenues au cours de cette enquête.

Les appareils distillatoires de Bâbord Harbour sont détruits, mais la citerne contient encore pour une quinzaine de jours d'eau potable, si l'on réduit la consommation au strict nécessaire. Quant aux réserves des magasins du port, elles peuvent assurer l'alimentation des naufragés durant un laps de temps à peu près égal.

Il est donc de toute nécessité qu'en deux semaines au plus les naufragés aient atterri en quelque point du Pacifique.

Ces renseignements sont rassurants dans une certaine mesure. Toutefois, le commodore Simcoë a dû reconnaître que cette nuit terrible a fait plusieurs centaines de victimes. Quant aux familles Tankerdon et Coverley, leur douleur est inexpri-

mable. Ni Walter ni miss Dy n'ont été retrouvés sur les débris
visités par l'embarcation. Au moment de la catastrophe, le jeune
homme, portant sa fiancée évanouie, s'était dirigé vers Tribord
Harbour, et de cette partie de Standard Island il n'est rien
resté à la surface du Pacifique...

Dans l'après-midi, le vent ayant molli d'heure en heure, la
mer est tombée, et les fragments ressentent à peine les ondulations de la houle. Grâce au va-et-vient des embarcations de
Bâbord Harbour, le commodore Simcoë s'occupe de pourvoir
à l'alimentation des naufragés en ne leur attribuant que ce qui
est nécessaire pour ne pas mourir de faim.

D'ailleurs, les communications deviennent plus faciles et
plus rapides. Les divers morceaux, obéissant aux lois de
l'attraction comme des débris de liège à la surface d'une
cuvette remplie d'eau, tendent à se rapprocher les uns des
autres. Et comment cela ne paraîtrait-il pas de bon augure au
confiant Calistus Munbar, qui entrevoit déjà la reconstitution
de son Joyau du Pacifique?...

La nuit s'écoule dans une profonde obscurité. Il est loin le
temps où les avenues de Milliard City, les rues de ses quartiers
commerçants, les pelouses du parc, les champs et les prairies
resplendissaient de feux électriques, où les lunes d'aluminium
versaient à profusion une éblouissante lumière à la surface de
Standard Island!

Au milieu de ces ténèbres, il s'est produit quelques collisions
entre plusieurs fragments. Ces chocs ne pouvaient être évités,
mais, par bonne chance, ils n'ont pas été assez violents pour
causer de sérieux dommages.

Au jour levant, on constate que les débris se sont très
rapprochés et flottent de conserve sans se heurter sur cette mer
tranquille. En quelques coups d'aviron, on passe de l'un à
l'autre. Le commodore Simcoë a toute facilité pour réglementer
la consommation des vivres et de l'eau douce. C'est la question
capitale, les naufragés le comprennent et sont résignés.

Les embarcations transportent plusieurs familles. Elles vont
à la recherche de ceux des leurs qu'elles n'ont pas encore revus.
Quelle joie chez celles qui se retrouvent, sans souci des dangers
qui les menacent! Quelle douleur pour les autres qui ont
vainement fait appel aux absents!

C'est évidemment une circonstance des plus heureuses que
la mer soit redevenue calme. Peut-être est-il regrettable, toutefois, que le vent n'ait pas continué à souffler du sud-est. Il eût

aidé le courant, qui, dans cette partie du Pacifique, porte vers les terres australiennes.

Par l'ordre du commodore Simcoë, les vigies sont postées de manière à observer l'horizon sur tout son périmètre. Si quelque navire apparaît, on lui fera des signaux. Mais il n'en passe que rarement en ces parages lointains et à cette époque de l'année où se déchaînent les tempêtes équinoxiales.

Elle est donc bien faible, cette chance d'apercevoir quelque fumée se déroulant au-dessus de la ligne de ciel et d'eau, quelque voilure se découpant à l'horizon... Et, pourtant, vers deux heures de l'après-midi, le commodore Simcoë reçoit la communication suivante de l'une des vigies:

— Dans la direction du nord-est, un point se déplace sensiblement, et, quoiqu'on ne puisse en distinguer la coque, il est certain qu'un bâtiment passe au large de Standard Island.

Cette nouvelle provoque une extraordinaire émotion. Le roi de Malécarlie, le commodore Simcoë, les officiers, les ingénieurs, tous se portent du côté où ce bâtiment vient d'être signalé. Ordre est donné d'attirer son attention soit en hissant des pavillons au bout d'espars, soit au moyen de détonations simultanées des armes à feu dont on dispose. Si la nuit vient avant que ces signaux aient été aperçus, un foyer sera établi sur le fragment de tête, et, pendant la nuit, comme il sera visible à une grande distance, il est impossible qu'il ne soit pas aperçu.

Il n'a pas été nécessaire d'attendre jusqu'au soir. La masse en question se rapproche visiblement. Une grosse fumée se déroule au-dessus, et il n'est pas douteux qu'elle cherche à rallier les restes de Standard Island.

Aussi les lunettes ne la perdent-elles pas de vue, quoique sa coque soit peu élevée au-dessus de la mer et qu'elle ne possède ni mâture ni voilure.

— Mes amis, s'écrie bientôt le commodore Simcoë, je ne me trompe pas!... C'est un morceau de notre île... et ce ne peut être que Tribord Harbour qui a été entraîné au large par les courants!... Sans doute M. Somwah a pu faire des réparations à sa machine et il se dirige vers nous!

Des démonstrations qui touchent à la folie accueillent cette nouvelle. Il semble que le salut de tous soit maintenant assuré! C'est comme une partie vitale de Standard Island qui lui revient avec ce morceau de Tribord Harbour!

Les choses, en effet, se sont passées telles que l'a compris le commodore Simcoë. Après le déchirement, Tribord Harbour, pris par un contre-courant, a été repoussé dans le nord-est. Le jour venu, M. Somwah, l'officier de port, après avoir fait quelques réparations à la machine légèrement endommagée, est revenu vers le théâtre du naufrage, ramenant encore plusieurs centaines de survivants avec lui.

Trois heures après, Tribord Harbour n'est plus qu'à une encablure de la flottille... Et quels transports de joie, quels cris enthousiastes accueillent son arrivée!... Walter Tankerdon et miss Dy Coverley, qui avaient pu y trouver refuge avant la catastrophe, sont là l'un près de l'autre...

Cependant, depuis l'arrivée de Tribord Harbour avec ses réserves de vivres et d'eau, on entrevoit quelque chance de salut. Ces magasins possèdent une quantité suffisante de combustible pour mouvoir ses machines, entretenir ses dynamos, actionner ses hélices durant quelques jours. Cette force de cinq millions de chevaux dont il dispose doit lui permettre de gagner la terre la plus voisine. Cette terre est la Nouvelle-Zélande, d'après les observations qui ont été faites par l'officier de port.

Mais la difficulté est que ces milliers de personnes puissent prendre passage sur Tribord Harbour, sa superficie n'étant que de six à sept mille mètres carrés. En sera-t-on réduit à l'envoyer chercher des secours à cinquante milles de là?...

Non! cette navigation exigerait un temps trop considérable, et les heures sont comptées. Il n'y a pas un jour à perdre, en effet, si l'on veut préserver les naufragés des horreurs de la famine.

— Nous avons mieux à faire, dit le roi de Malécarlie. Les fragments de Tribord Harbour, de la batterie de l'Eperon et de la batterie de la Poupe peuvent porter en totalité les survivants de Standard Island. Relions ces trois fragments par de fortes chaînes et mettons-les en file, comme des chalands à la suite d'un remorqueur. Puis, que Tribord Harbour prenne la tête, et avec ses cinq millions de chevaux il nous conduira à la Nouvelle-Zélande!

L'avis est excellent, il est pratique, il a toutes chances de réussir, du moment que Tribord Harbour dispose d'une si puissante force locomotrice. La confiance revient au cœur de la population comme si elle était déjà en vue d'un port.

Le reste de la journée est employé aux travaux que nécessite l'amarrage au moyen des chaînes que fournissent les magasins de Tribord Harbour. Le commodore Simcoë estime que dans ces conditions ce chapelet flottant pourra faire de huit à dix milles par vingt-quatre heures. Donc, en cinq jours, aidé par les courants, il aura franchi les cinquante milles qui le séparent de la Nouvelle-Zélande. Or on a l'assurance que les approvisionnements peuvent durer jusqu'à cette date. Par prudence, cependant, en prévision de retards, le rationnement sera maintenu dans toute sa rigueur.

Les préparatifs terminés, Tribord Harbour prend la tête du chapelet vers sept heures du soir. Sous la propulsion de ses hélices, les deux autres fragments, mis à sa remorque, se déplacent lentement sur cette mer au calme plat.

Le lendemain, au lever du jour, les vigies ont perdu de vue les dernières épaves de Standard Island.

Aucun incident à relater prendant les 4, 5, 6, 7 et 8 avril. Le temps est favorable, la houle est à peine sensible, et la navigation s'effectue dans d'excellentes conditions.

Vers huit heures du matin, le 9 avril, la terre est signalée par bâbord devant — une terre haute, que l'on a pu apercevoir d'une assez grande distance.

Le point ayant été fait avec les instruments conservés à Tribord Harbour, il n'y a aucun doute sur l'identité de cette terre.

C'est la pointe d'Ika-Na-Mawi, la grande île septentrionale de la Nouvelle-Zélande.

Une journée et une nuit se passent encore, et le lendemain 10 avril, dans la matinée, Tribord Harbour vient s'échouer à une encablure du littoral de la baie Ravaraki.

Quelle satisfaction, quelle sécurité toute cette population éprouve à sentir sous son pied la vraie terre et non plus ce sol factice de Standard Island! Et cependant combien de temps n'eût pas duré ce solide appareil maritime, si les passions humaines, plus fortes que les vents et la mer, n'eussent travaillé à sa destruction!

Les naufragés sont très hospitalièrement reçus par les Néo-Zélandais, qui s'empressent de les ravitailler de tout ce dont ils ont besoin.

Dès l'arrivée à Auckland, la capitale d'Ika-Na-Mawi, le mariage de Walter Tankerdon et de miss Dy Coverley est enfin célébré avec toute la pompe que comportent les circonstances. Ajoutons que le Quatuor concertant se fait une dernière fois entendre à cette cérémonie à laquelle tous les Milliardais ont voulu assister. C'est là une union qui sera heureuse, et que ne s'est-elle accomplie plus tôt dans l'intérêt commun! Sans doute les jeunes époux ne possèdent plus qu'un pauvre million de rentes chacun...

— Mais, comme le formule Pinchinat, tout porte à croire qu'ils trouveront encore le bonheur dans cette médiocre situation de fortune!

Quant aux Tankerdon, aux Coverley et autres notables, leur projet est de retourner en Amérique, où ils n'auront pas à se disputer le gouvernement d'une île à hélice.

Même détermination en ce qui concerne le commodore Ethel Simcoë, le colonel Stewart et leurs officiers, le personnel de l'observatoire et même le surintendant Calistus Munbar, qui ne renonce point, tant s'en faut, à son idée de fabriquer une nouvelle île artificielle.

Le roi et la reine de Malécarlie ne cachent point qu'ils regrettent cette Standard Island dans laquelle ils espéraient terminer paisiblement leur existence!... Espérons que ces ex-souverains trouveront un coin de terre où leurs derniers jours s'achèveront à l'abri des dissensions politiques!

Et le Quatuor concertant?...

Eh bien! le Quatuor concertant, quoi qu'ait pu dire Sébastien Zorn, n'a point fait une mauvaise affaire, et s'il en voulait à Calistus Munbar de l'avoir embarqué un peu malgré lui ce serait pure ingratitude.

En effet, du 25 mai de l'année précédente au 10 avril de la présente année, il s'est écoulé un peu plus de onze mois, pendant lesquels nos artistes ont vécu de la plantureuse vie que l'on sait. Ils ont touché les quatre trimestres de leurs appointements, dont trois sont déposés dans les banques de San Francisco et de New York, lesquelles les verseront contre signature, quand il leur conviendra...

Après la cérémonie du mariage à Auckland, Sébastien Zorn, Yvernès, Frascolin et Pinchinat sont allés prendre congé de leurs amis sans oublier Athanase Dorémus. Puis ils ont pu s'embarquer sur un steamer à destination de San Diego.

Arrivés le 3 mai dans cette capitale de la Basse-Californie, leur premier soin est de s'excuser par la voie des journaux d'avoir manqué de parole onze mois auparavant et d'exprimer leurs vifs regrets de s'être fait attendre.

— Messieurs, nous vous aurions attendus vingt ans encore!

Telle est la réponse qu'ils reçoivent de l'aimable directeur des soirées musicales de San Diego.

On ne saurait être ni plus accommodant ni plus gracieux. Aussi la seule manière de reconnaître tant de courtoisie est-elle de donner ce concert annoncé depuis si longtemps!

Et, devant un public aussi nombreux qu'enthousiaste, le *Quatuor en fa majeur,* de l'op. 9 de Mozart, vaut-il à ces virtuoses, échappés au naufrage de Standard Island, l'un des plus grands succès de leur carrière d'artistes.

Voilà comment se termine l'histoire de cette neuvième merveille du monde, de cet incomparable Joyau du Pacifiqué! Tout est bien qui finit bien, dit-on, mais tout est mal qui finit mal, et n'est-ce pas le cas de Standard Island?...

Finie, non! et elle sera reconstruite un jour ou l'autre — à ce que prétend Calistus Munbar.

Et pourtant, on ne saurait trop le répéter, créer une île artificielle, une île qui se déplace à la surface des mers, n'est-ce pas dépasser les limites assignées au génie humain, et n'est-il pas défendu à l'homme, qui ne dispose ni des vents ni des flots, d'usurper si témérairement sur le Créateur?...

FIN DE LA SECONDE ET DERNIÈRE PARTIE

# POSTFACE

## LES MILLIARDAIRES RIDICULES

Paru en 1895, peu réédité depuis la mort de Jules Verne, *l'Ile à hélice* est l'un de ses romans, sinon méconnus, du moins peu connus.

Il semble appartenir, à première vue, à l'aspect traditionnel doublement traditionnel de son inspiration. A la fois roman de la science et roman de la géographie, *l'Ile à hélice* séduit par le merveilleux de l'anticipation — comme *Vingt Mille Lieues sous les mers* et instruit par la découverte née du voyage comme *les Enfants du Capitaine Grant*.

S'il aimait les voyages, dans la vie comme dans ses livres, Jules Verne souhaitait les accompagner d'un certain confort, voire d'un environnement matériel personnalisé. Presque tous ceux qu'il accomplit le furent à bord de son yacht, le "Saint-Michel" : résidence secondaire mobile... Pour sa traversée de l'Atlantique, le romancier goûta sur le "Great Eastern" tous les agréments d'un luxueux hôtel mouvant... dont toutes les chambres ô miracle - avaient vue sur la mer.

En 1869, déjà, le "Nautilus", par son confort très personnalisé : vaste bibliothèque, salon, salle à manger, annonçait cette conception idéale du voyage que Jules Verne va réaffirmer en 1880 avec la bizarre *Maison à vapeur*, en 1890 avec la plébéienne et sympathique roulotte de *César Cascabel*. L'une et l'autre inspirèrent à Raymond Roussel, grand admirateur de Jules Verne, la Maison Roulante, décrite avec admiration par la revue du "Touring Club de France" en 1925.

Avec *la Jangada*, la conception idéale du voyage s'élargit jusqu'à frôler le fantastique : le radeau géant qui va dériver durant huit cents heures sur l'Amazone transporte un véritable hameau avec arbrisseaux, moutons. basse-cour, une chapelle et des maisons pour les serviteurs et la famille de Joam Garral. Les voyageurs n'ont qu'à se louer des moyens mis à leur disposition par le romancier :

« Eh bien, padre, dit Benito, connaissez-vous une plus agréable manière de voyager ?

« — Non, mon cher enfant, répondit le padre Passanha. C'est voyager avec tout chez soi !

« — Et sans aucune fatigue ! ajouta Manoel. On ferait ainsi des centaines de milles ! » (*la Jaganda*, chapitre X).

Jules Verne imagina pourtant une façon encore plus agréable de voyager ; mais si coûteuse qu'il la réserva à des milliardaires, et même aux plus riches d'entre eux : essentiellement des américains. Standard Island, "l'Ile à hélice", supporte une ville entière (jardins, pièces d'eau, observatoire, théâtre, bibliothèque, palais du gouverneur). Elle joint au confort de la vie urbaine les agréments d'un voyage circulaire ininterrompu, sous des climats successifs toujours agréables.

Une formidable machinerie permet à l'île et à ses habitants de parcourir les mers australes à la recherche d'un éternel printemps.

Une des plus belles machines poétiques ou machines à rêver inventées par Jules Verne. Mais il n'est pas donné à tous de connaître l'art de rêver, cela exige un détachement matériel incompatible avec la psychologie du milliardaire. On aurait donc tort de réduire l'intérêt de *l'Île à hélice* au déploiement du merveilleux scientifique. loin d'être une fin en soi comme *De la Terre à la Lune* ou *Voyage au centre de la Terre*, le merveilleux sert de prétexte à de vigoureux réquisitoires anticolonialistes (servis à chaque escale) et d'alibi à une intéressante satire sociale.

Intéressante, car elle traduit l'évolution progressiste suivie depuis quelques années par la pensée politique de Jules Verne. Longtemps fasciné par les Etats-Unis, leur potentiel technique et économique, leurs leçons d'efficacité et esprit démocratique, Jules Verne, avec *l'Île à hélice,* met fin à une admiration inconditionnelle. C'est en iconoclaste qu'il attaque le fondement, la raison d'être de la civilisation américaine : la réussite économique et la possession de l'argent qui en est le signe.

Le romancier manifeste fort peu d'estime pour les habitants d'une ville que ses habitants ont baptisé avec une simplicité... voyante : "Milliard City". Il commence par dénoncer, de façon savoureuse, la désinvolture opulente qui accompagne la possession de l'argent.

Le surintendant des plaisirs de Milliard City, agissant sur instructions supérieures, n'a pas hésité à organiser un déraillement de chemin de fer, un accident de voiture avec blessés à l'appui, pour enlever en toute impunité, un quatuor de musiciens célèbres allant se produire à El Paso. Tant pis pour les habitants de cette ville qui avaient loué des places et disposé de leur soirée.

Et pourquoi cet enlèvement ? Pour le plaisir d'entendre un concert de qualité sans faire l'effort de quitter l'île paradisiaque ? Non : pour la satisfaction de tenir à leur disposition exclusive pendant un an des musiciens dont les magazines parlent et que les théâtres se disputent. Quand on peut tout acheter, on peut tout se permettre, y compris enlèvements et déraillements. Le raisonnement n'est pas faux, puisque les membres du quatuor, tout en méprisant leurs employeurs, acceptent de se prêter à leur caprice.

De même qu'ils vont au concert par snobisme, les "Milliardais" ne lisent jamais un seul des milliers de livres de choix que possède la Bibliothèque Municipale. Ils ne viennent dans cet endroit que pour s'y faire voir et tuer le temps, cigare au bec, en feuilletant distraitement des magazines et des revues illustrées.

Pour rendre l'étude de mœurs un peu plus acide, l'auteur sème la division dans cette micro-société insulaire qui cultive les différences de classes et les préséances. La vie à Milliard-City est si chère qu'il existe des quartiers luxueux... et d'autres où les loyers sont plus modérés. Seuls les "Milliardais" les plus fortunés peuvent payer les prix d'entrée du Théâtre. Les autres    comme par hasard, ce sont de véritables amateurs de musique    écoutent les concerts de l'extérieur, debout à l'entrée du bâtiment. Tel l'ex-roi de Marécarlie qui gagne sa vie à Milliard City comme Directeur de l'Observatoire.

A cette distinction fondée sur la grosseur du magot, s'ajoute celle née d'une querelle de clans qui recoupe une division topographique : les "babordais" et les "tribordais" ont à leur tête les deux plus gros richards ; et chacun d'eux se refuse à céder le pas à l'autre. Le gouverneur et le surintendant des plaisirs fondent, il est vrai, beaucoup d'espoirs sur un mariage qui mettrait fin à cette querelle de Montaigu et de Capulet orchestrée en jazz.

Enfin, Jules Verne ajoute une division supplémentaire inspirée par ses antipathies personnelles. Il distingue les "bons" et les "mauvais" milliardaires. Les premiers sont d'origine latine, franco-canadienne ou irlandaise : donc de religion catholique. Les autres, protestants, sont des anglo-saxons garantis d'origine. Les "bons" se sont enrichis dans la banque et l'industrie, activités nobles selon l'optique Saint-Simonienne ; les "mauvais" ont gagné leur fortune dans une activité parasitaire : le commerce ; le moins estimable d'entre eux a retiré la sienne du commerce des porcs.

Pour se venger de ces parvenus incultes, opulents et snobs, le romancier ne leur épargne ni affronts ni avanies. Il envoie le quatuor donner un concert privé (et gratuit) au domicile de l'ex-roi de Maré-carlie qui n'a pas les moyens de venir les entendre au Théâtre Municipal.

Il organise l'invasion de l'île par une bande d'animaux sauvages : du lion au crocodile ; elle interdit toute circulation dans les rues. Invasion suivie par celle d'un millier d'indigènes sous-développés qui salissent et saccagent tout et qu'on repousse à grand peine.

L'auteur frappe sauvagement les "Milliardais", et par deux fois, au point le plus sensible : le tiroir-caisse... Un de ses navires ayant été heurté par Standard Island, la marine britannique exige une indemnité de trente millions de francs-or sous peine de recourir à la force. Puis intervient la faillite de la compagnie possédant l'île, que les "Milliardais", redevenus des milliardaires soucieux, doivent renflouer.

Enfin, petit incident digne des spéculations sur la longueur du nez de Cléopâtre, la rupture du mariage réconciliateur des deux clans entraîne la dislocation physique de l'île et le naufrage de ses habitants. Chaque chef des deux clans rivaux ayant donné l'ordre de naviguer dans deux directions opposées...

La fin de Milliard-City... Et la morale d'une parabole : toute œuvre si géniale soit-elle, mais inspirée par l'argent pour la satisfaction égoïste de quelques-uns, périra par l'argent et les rivalités qu'il inspire. Robur le Conquérant, devant cette confirmation que les inventions les plus fabuleuses sont indignes des hommes, pourrait conclure à nouveau : « La science ne doit pas devancer les mœurs. »

Photogravure et photocomposition :
Y. Graphic

Imprimé en Italie par La Nuova Stampa di
Mondadori - Cles (TN)

Nº d'éditeur : 1021
Dépôt légal : 2e trimestre 1978